唐诗三百年

艾公子 著

辽宁人民出版社

ⓒ 艾公子　2025

图书在版编目（CIP）数据

唐诗三百年 / 艾公子著. -- 沈阳 : 辽宁人民出版社, 2025. 1. -- ISBN 978-7-205-11386-5

Ⅰ. I207.227.42

中国国家版本馆 CIP 数据核字第 2024X6H102 号

出版发行：辽宁人民出版社
　　　　　地址：沈阳市和平区十一纬路 25 号　邮编：110003
　　　　　电话：024-23284325（邮　购）024-23284300（发行部）
　　　　　http://www.lnpph.com.cn
印　　刷：天津旭丰源印刷有限公司
幅面尺寸：145mm × 210mm
印　　张：16
字　　数：356 千字
出版时间：2025 年 1 月第 1 版
印刷时间：2025 年 1 月第 1 次印刷
责任编辑：祁雪芬
封面设计：今亮后声·小九
版式设计：新视点工作室
责任校对：冯　莹
书　　号：ISBN 978-7-205-11386-5
定　　价：92.00 元

唐　阎立本《步辇图》

唐　孙位《高逸图》（竹林七贤图）

唐　李思训《江帆楼阁图》

唐　李思训（一说李昭道）《明皇幸蜀图》

唐　李昭道《宫殿图页》

唐　李昭道《松荫图》

唐　张萱《虢国夫人游春图》

唐　韩幹《照夜白图卷》

唐 《莫高窟第112窟壁画》（局部）

北宋　米芾《王维诗意图》

南宋　梁楷《李白行吟图》

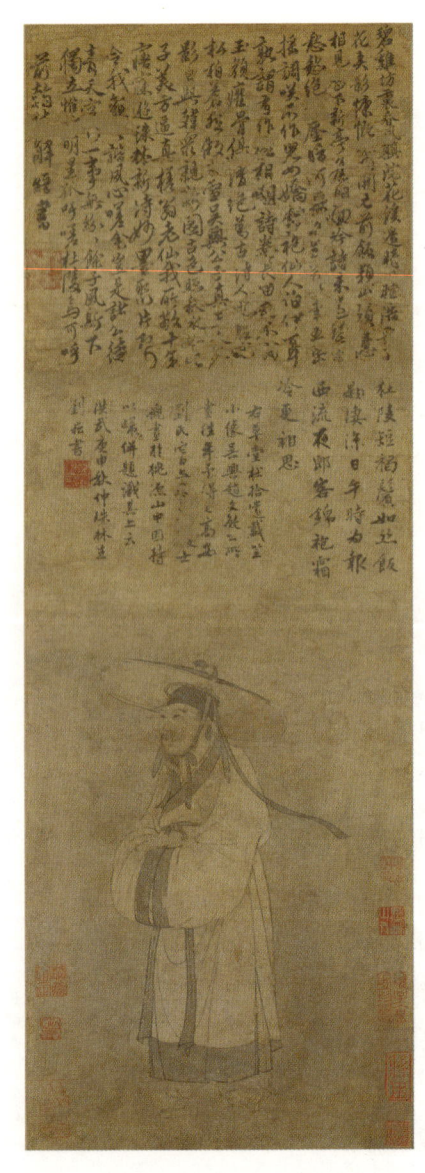

元　赵孟頫《杜甫像》

序言

唐诗的背面是"诗唐"

唐代中期有个诗人叫李涉,在我们今天看来不是大诗人,在当时却很有名气。李涉曾任太学博士,人称"李博士"。

有一次,李涉经过九江,遇上了一伙强盗。

强盗们手执刀枪,喝问:"船上何人?"

仆人回答:"是李博士。"

"是不是李涉博士?"

仆人又答,是的。

强盗们说:"如果真是李博士,我们不要他的钱财了。久闻诗名,希望他能给我们写一首诗。"

李涉听罢,铺纸磨墨,当场写了一首绝句:

井栏砂宿遇夜客

暮雨潇潇江上村,绿林豪客夜知闻。

他时不用藏名姓,世上如今半是君。

强盗们拿到诗，全然忘记了打劫的本行，拜谢告辞而去。

这样的奇遇放在哪个朝代都不可能发生，除了唐朝。而写诗出圈，在唐朝时常发生。

唐宪宗时期，有个名叫高霞寓的将领想聘娶一个歌妓，见面时，歌妓洋洋自得地说："我诵得白学士《长恨歌》，岂同他哉？"

能唱诵白居易的《长恨歌》，这身价自然要高出许多。反过来也说明，诗人白居易的地位和知名度有多高。白居易被贬江州司马后，给好友元稹写了一封信，便专门提到这件事。

在这封信里，白居易还提道："自长安抵江西，三四千里，凡乡校、佛寺、逆旅、行舟之中，往往有题仆诗者，士庶、僧徒、孀妇、处女之口，每每有咏仆诗者。"

在知识传播载体还很有限的时代，一个诗人在其生前就能看到、听到自己的诗歌被各个阶层的受众所传播，如今想来，这得是多么风雅的时代呀。

白居易死后，唐宣宗李忱为他写了一首悼念诗：

吊白居易

缀玉联珠六十年，谁教冥路作诗仙。
浮云不系名居易，造化无为字乐天。
童子解吟长恨曲，胡儿能唱琵琶篇。
文章已满行人耳，一度思卿一怆然。

这真是一个诗歌的朝代，上自帝王将相，下至贩夫走卒，都能

序言

为一个诗人而痴迷，而怅惘。

诗歌王朝，确实名不虚传。

闻一多先生曾经说过："一般人爱说唐诗，我却要讲'诗唐'，诗唐者，诗的唐朝也，懂得了诗的唐朝，才能欣赏唐朝的诗。"唐诗——唐朝的诗，是每个中国人都会背几首的，但诗唐——诗的唐朝，却不是所有人都了解的。

究其原因，唐诗太美，使得诵读它的人纯粹陶醉于它的氛围与意境，而忘记了它产生的时代和背景。那些穿越千年仍然闪闪发光的诗行，在历史的流转中获得了超越时空的普遍意义，同时也遗憾地丢失了特定的场域信息。

您现在打开的这本书，正是为了还原唐诗产生的特定场域而作。有别于市面上从文学视角讲唐诗的书籍，我们希望响应闻一多先生多年前的号召，写作一本从历史角度讲"诗唐"的书。

诗以纪史，史以入诗。《全唐诗》保存的4.8万多首唐诗中，渗透着大量的唐代历史信息，涉及诗人命运、政治生活、经济发展、历史地理、战争、宗教、民族关系、社会变迁、环境保护等众多领域。

以晚唐诗人皮日休的《汴河怀古》为例："尽道隋亡为此河，至今千里赖通波。若无水殿龙舟事，共禹论功不较多。"诗中讲述隋炀帝开凿大运河，改变了中国此后历代的漕运格局、都城迁移、经济重心等丰富的史实和细节。

大诗人杜牧的《过华清宫》："长安回望绣成堆，山顶千门次第开。一骑红尘妃子笑，无人知是荔枝来。"唐代时，秦岭山脉仍然覆盖大量的原始森林，四川地区气候温暖，可以出产荔枝（唐代以后气候趋冷，已无法再种植），所以唐玄宗为杨贵妃快递的荔枝，是从四川经蜀道运输到关中地区的。这里就涉及了气候、古蜀道等环境与地理问题。

白居易的《长恨歌》中"渔阳鼙鼓动地来，惊破霓裳羽衣曲"，杜甫的《春望》中"国破山河在，城春草木深"以及《石壕吏》中"暮投石壕村，有吏夜捉人。老翁逾墙走，老妇出门看。吏呼一何怒，妇啼一何苦"……这些唐诗则描绘了安史之乱对君王爱情的终结，对长安城的毁坏以及对民间造成的深沉苦难等一系列广阔的社会图景。

元稹的《缚戎人》："万里虚劳肉食费，连头尽被毡裘噎。华袽重席卧腥臊，病犬愁鸱声咽喔。中有一人能汉语，自言家本长城窟。少年随父戍安西，河渭瓜沙眼看没……"此诗则讲述唐王朝在西域地区与吐蕃、阿拉伯帝国的征战，安史之乱后河西走廊陷落，大唐孤军驻守西域，部分士兵被俘虏后留下了惨痛的回忆，中间涉及唐代民族关系及中亚国际历史。

而晚唐诗人韦庄的名诗《秦妇吟》："华轩绣毂皆销散，甲第朱门无一半。含元殿上狐兔行，花萼楼前荆棘满。昔时繁盛皆埋没，举目凄凉无故物。内库烧为锦绣灰，天街踏尽公卿骨……"表现了唐末黄巢起义后，在黄巢军队和朝廷官军的反复争夺下，长安城遭遇了毁灭性打击，整个贵族阶层面临灭顶之灾。在诗歌哀痛的乱世中，唐朝的悲剧性走向，正渗透在一行行诗史相契的文字里面。

……

序言

我们在这本书中采用新闻特稿式的写法，参考大量基本文献，希望从一个新的角度引领读者了解"诗唐"，从而读懂唐诗。

在中华文明的长河中，为什么唐诗的生命力如此旺盛？我想，历史的诗意若隐若现，无疑增添了它的魅力与传播力。唐诗被中国所塑造，同时也塑造了中国。

生老病死，悲欢离合，无论古今，人类的情感都是共通的。我们相信，若能深入古人的生活空间与书写情境，历史自然就鲜活起来。

本书作者艾公子（原用笔名"最爱君"）系文史原创品牌"最爱历史"创作团队的集体笔名，三名执笔者分别是郑焕坚、吴润凯和陈恩发。需要说明的是，本书曾以《唐诗里的风云史》以及《诗里的大唐》（繁体字版）为书名出版，并得到读者朋友的喜爱，此次再版，我们主要做了以下两项工作：一是对全书的结构进行大调整，希望更突出唐诗与唐史的时间性；二是对全书的内容进行修订，包括改正初版的一些讹误以及删除和增补部分篇章。这个时代，作者与读者的交互几乎不存在什么障碍，如果一本书也有生命的话，那么，它应该在不断被阅读的过程中获得成长。希望新版的《唐诗三百年》越"长"越好，也请读者诸君继续不吝批评指正。

人比任何概念都重要。现在，就请跟随大唐诗人们的脚步，开启这趟历史的旅程吧！

艾公子

2024年4月22日修订

目录 Contents

001　序言　唐诗的背面是"诗唐"

001　导论　从关键词"解码"唐诗

唐兴：唐诗开端和治世书写

骆宾王、卢照邻、王勃和杨炯，
他们与陈子昂共同点亮了初唐诗坛，
创造了一片光辉璀璨的星空，
为唐诗的盛世照亮前程。

020　谁写下了大唐第一诗？
034　初唐四杰：国运在上升，而天才在沉沦
050　贞观之治：一个被反复追忆的时代
064　陈子昂：高尚是高尚者的墓志铭

盛世：升平年代，诗文换酒

他的一生几乎横贯盛唐，
既是开元盛世的建设者，也是见证者。
平心静气、快意人生，方能福寿绵长。

078　贺知章的完美人生

087　张九龄：贤相之死

099　孟浩然：盛唐第一朋友圈

112　王维：诗佛的平凡与伟大

122　天宝三载：唐诗三大佬的命运分野

乱世：诗比历史还真实

真实的杜甫，
生前除了年少时度过一段快乐时光，
一辈子都在盛世的底层挣扎，
在乱世的途中歌哭。

136　王昌龄：被谋杀的七绝圣手

145　李白的最后五年：永王之乱历史真相

162　大唐苦命人：安史之乱中的杜甫

182　高适的政治传奇

199　元结：被遗忘的一代完人

目录

衰世：繁华事散逐香尘

帝都长安城中，宰相当街遇害，
凶手还残忍割去首级示威。
这个消息迅速震撼了整个长安城，
但事情还没完。

212　惊天刺杀案
223　孟郊：诗红了，人没红
239　韩愈：大唐的"钢铁战士"
255　政治风潮中的柳宗元与刘禹锡
273　元白：友谊万岁
285　李贺：我在大唐国家司仪馆写诗

终局：唐诗收笔，终章已书

江山代有才人出，遥望天地之间，
唐诗正在最后一丝光亮间绽放出绚丽的色彩。
王朝虽迟暮，但唐诗永存。

302　甘露之变：天降祥瑞，人头落地
316　杜牧：风流是苦难的表象
326　李商隐：一生无题
338　白马之祸：王朝崩塌前夜
347　寒冷、干旱与蝗灾：被极端气候摧毁的王朝
358　最后60年：一个时代远去，来不及告别

别集：唐诗的隐秘角落

如果没有共同的语言、文化打底，
再大的功业和疆土，
也都只是一盘散沙。

372　科举：诗人的内卷之路

388　唐朝的佛缘：玄奘、王维和韩愈

404　长安城"死"于907年

419　洛阳：中国唯一的"神都"

436　成都：大唐最后的乌托邦

446　大运河：王朝兴衰的生命线

459　唐诗里的长江：文明、经济与生态变迁

476　**参考文献**

导论　从关键词"解码"唐诗

2023年热映的动画电影《长安三万里》中,诗人李白在历经沧桑后,依然呐喊出了"人生得意须尽欢,莫使金樽空对月。天生我材必有用,千金散尽还复来"的《将进酒》,无论是在现实还是电影中,李白终其一生都是落寞的,而让他终身落寞的原因,是酿生唐诗的大唐其实有一个隐而不宣的秘密,那就是:阶层。

作为商人之子,李白是一个"富二代",所以年轻时游历天下、散尽千金,但在中国传统"士农工商"的农业社会阶层排序中,李白尽管年轻时经济优渥,但出身却是典型的社会末流,在一个本质为贵族社会的朝代中,可以说,李白终其一生怀才不遇的悲剧其实早已注定。

西周与春秋战国时期,中国社会属于古典贵族社会,后来的秦汉实现了大一统,消灭了中国的古典贵族社会,却为中古贵族社会的诞生奠定了基础。随着中国的一统,在皇权的荫护下,门阀士族逐渐成形,从汉末、魏晋南北朝到隋唐社会,门阀士族始终与皇权共舞,成为当权的皇族之外最为庞大的势力,可以说,没有门阀士族的出身背景，在从汉末到隋唐的中古贵族社会中，很难有出人头地之日。

所以，阅读唐诗，如果仅仅是从诗歌读诗歌、从文学看文学，就会始终不得要领，所谓文史互证，这也是我们写作本书，力求探寻唐诗背后的奥秘的用意所在，从而为读者呈现一个更全面、更深刻的唐诗和唐代社会。

从李白的经历说起，到回归本书，我们认为有12组关键词，是读懂唐诗和理解唐人、唐朝的关键所在，这些关键词分别是：阶层与贵族社会、二元王朝、游牧民族与农业民族、民族气质、中华文明与全球化、禅宗、科举制、大运河、商业与城市、道家与仙丹、宦官与藩镇以及气候变化——在本书中，我们努力探索的唐诗近300年风云，其实也是中国的历史文化真相。

作为唐王朝的创始人，唐高祖李渊是含着金汤匙出生的超级贵族：李渊的祖父李虎是西魏八位柱国大将军之一，死后被追封为唐国公，这也是后来李渊以"唐"为国号的原因；李渊的父亲李昞，则是隋朝柱国大将军、安州总管；李昞的老婆，也就是李渊的母亲，则是中国历史上最牛的超级岳父独孤信的第四个女儿。独孤信的大女儿嫁给了北周皇帝宇文毓，第七个女儿又嫁给了隋朝开国皇帝隋文帝杨坚，李渊的父亲李昞正是他们的连襟；李渊本人则是隋炀帝杨广的亲表哥，7岁时就袭爵封唐国公，曾在隋朝任卫尉少卿，他同时也是隋代军事重镇太原的最高长官太原留守。李渊后来夺取天下，正是依赖太原的精兵强将突袭长安，最终得以建立唐朝。

身上同时兼具鲜卑人和汉人血统的李渊，从一开始就是游牧民族与农业民族的混合体，这也使得沿袭北朝血脉的唐王朝，从一开始就拥有了胡汉混血的彪悍雄风，所以，李渊的儿子李世民尽管与唐朝初期的诗人群体一样，写诗"承陈隋风流，淫靡相矜"，写的诗句像"日丽参差影，风传轻重香。会须君子折，佩里作芬芳"，道叙起来温柔淑婉，但他政变起来却是血腥暴悍，在唐高祖武德九年（626）的玄武门之变中，他挥兵斩杀了亲哥哥、太子李建成，软禁父亲唐高祖李渊，夺取了唐王朝最高政权。

二元王朝的演化

李世民政变夺权后，对外开疆拓土，他先后指挥攻灭东突厥与薛延陀，征服高昌、龟兹和吐谷浑，重创高句丽，又设立安西四镇开拓西域，被周边各臣属部族尊称为"天可汗"——此中透露的秘密是，唐王朝对传统的汉地是一个农业大国，但对外，它又是一个游牧大国，此前的西汉、东汉以及唐之后的元朝、清朝，都在一定程度上带有这种特质。

可以说，在公元755年安史之乱爆发前，唐王朝的扩张表现非常明显，在此基础上，出现镇守边疆的需要，"边塞诗"应运而生，这首先就表现在先驱陈子昂的横空出世，在跟随武则天的侄子武攸宜北伐契丹叛军失败后，主动请缨出战的陈子昂被排斥贬黜，报国无门的他在满腔悲愤中写下了《登幽州台歌》："前不见古人，后不见来者。念天地之悠悠，独怆然而涕下。"

仔细解读这首诗，可以发现，这首唐代边塞诗的开山之作，其实揭示了大唐作为一个二元王朝的矛盾与困惑，在东北的边疆地区，大唐以农业民族的身份，必须不断与新崛起的高句丽人、契丹人做军事斗争；而在西部地区，大唐又主动出击，先后与突厥、吐蕃、阿拉伯人作战——在以农业大国为支撑，不断出击游牧部族的征战进程中，唐王朝一方面要守成，要面对东北的契丹人、西南的吐蕃人的进攻；另一方面又要进取，不断出击西北的突厥人、阿拉伯人，这种守成与进取相互融合的特质，也成了唐代边塞诗的内核所在。王昌龄的"黄沙百战穿金甲，不破楼兰终不还"的英雄气概，正是属于盛唐雄风的真实写照。

而边塞诗在唐王朝的消失陨落，也与唐王朝的衰落和疆域萎缩息息相关。

在安史之乱（755—763）以前，唐王朝的疆域在盛时，西北抵达中亚、东北抵达蒙古高原地区，是一个典型的二元王朝版图。安史之乱以后，由于国力衰退，唐王朝国土面积不断萎缩，最终退缩成传统的农业大国版图。

所以，如果拿安史之乱以后的唐朝版图与北宋版图做比较，会发现除了燕云十六州和河西走廊以外，北宋版图大体上是晚唐时期版图的继承——在这种时代背景下，以往诗人岑参、高适可以出使的西域之地，在后来已经不再属于大唐版图。唐代边塞诗正是在这种历史背景下断裂消失。

中华文明收缩与禅宗崛起

作为唐诗和唐王朝的转折点，安史之乱导致了一系列的后果，中华文明从此由积极进取走向了内敛收缩。

751年七月，唐朝名将高仙芝率领的3万汉、蕃联军，在怛

（dá）罗斯城（今哈萨克斯坦东南部的江布尔）下惨败于大食（阿拉伯）军队，此前，在高仙芝幕府中任职的诗人岑参为了送别随军出征的朋友，特地写下了《送李副使赴碛西官军》：

脱鞍暂入酒家垆，送君万里西击胡。
功名祗向马上取，真是英雄一丈夫。

但怛罗斯之战的结果，是唐军惨败，尽管此后继任的安西节度使封常清曾在天宝十二载（753）率军攻破大勃律国重振唐军雄风，但755年安史之乱的爆发，使得驻扎西域的唐军大部被撤回中原地区参与平叛。此后，在吐蕃和阿拉伯人的攻击下，唐王朝逐渐丧失了西域领土，使得中华文明在西域的传播日趋式微，而伊斯兰文明则在西域地区取代了唐风，并在此后千年间，逐渐扩散至中亚以及中国的新疆、甘肃、宁夏等地区，改变了中国西北地区的宗教和文明风貌，这也为后来的一系列国防隐患埋下了伏笔，其影响直至当代。

以怛罗斯之战为象征，安史之乱以后，唐朝的边塞诗逐步消失，这还关涉到另外一个重要通道，也就是陆上丝绸之路的断裂。

唐太宗贞观三年（629），僧人玄奘从长安出发，经由西北的陆上丝绸之路进入新疆、中亚，再转入古印度求取佛法，成为中印文化交流史上的辉煌事迹。

玄奘于贞观十九年（645）回到长安弘扬佛法，当时，在岭南新州（今广东新兴县），后来被尊为禅宗六祖的慧能（638—713）还只是一个8岁的孩子。

尽管陆上丝绸之路在安史之乱以后逐渐断裂，但得益于此前中西文化交流的暖风，在大唐扎下慧根的禅宗佛风也滋润了慧能的心胸。后来，他北上湖北黄梅求法，在五祖弘忍面前，他诵读出了那首即将在此后剧烈影响国人心灵千年的禅诗偈句：

菩提本无树，明镜亦非台。
本来无一物，何处惹尘埃。

五祖弘忍心生颤动，由此暗中将禅宗衣钵传授给了慧能，慧能由此成为禅宗六祖。经由慧能和他的弟子的传播，禅宗在此后逐渐深刻渗透唐朝诗人心灵，并滋养出了一代"诗佛"王维。

王维的母亲崔氏，是禅宗北宗普寂禅师的俗家弟子，曾经听普寂禅师讲法30多年。在母亲的言传身教下，王维早在年轻时就表现出禅宗的意境，他的《鸟鸣涧》诗句"人闲桂花落，夜静春山空。月出惊山鸟，时鸣春涧中"就呈现出很深的禅意。

由于曾经在安史叛军担任过伪职，因此王维在叛乱平定后尽管逃过一死，却始终内心惶恐，这使得他更加倾向于宗教和禅修，在《终南别业》中，他就写下了"中岁颇好道，晚家南山陲。兴来每独往，胜事空自知。行到水穷处，坐看云起时。偶然值林叟，谈笑无还期"的修行诗句。

从这个意义来说，随着大唐王朝在安史之乱后进入守成阶段和国事日衰，这使得众多唐朝诗人更加关注自己的内心，中国文化在此时也从外观、外求的阶段，进入追求内观、内求的禅宗时代。可以说，宗教灵风的注入，为唐诗和此后中国文学，乃至儒家的再次燃烧孕育了火种。

唐以后的南宋孝宗赵昚（1127—1194）曾经在《原道辨》中提出"以佛修心、以道养生、以儒治世"的概念，宋孝宗生活的时代，儒释道三家已经出现了大融合的趋势，但是在宋代以前的唐代，儒家的理论并未完成进化，只关注当下和现世、"不语怪力乱神"的儒家在安史之乱以后的乱世中，其哲学内修的短板很容易显现出来，所以，禅宗在此时对唐诗的灵风注入，丰富了唐诗的精神高度和内核。

乱世茶诗与民族气质演化

安史之乱，也让盛唐一代天才诗人遭受重创。由于乱世动荡，唐肃宗至德二载（757），60岁的诗人王昌龄路经亳州，被妒忌英才的濠州刺史闾丘晓所杀害；王维则在长安城光复后，于761年死于灰暗之中；无意中卷入唐肃宗与唐玄宗父子权斗的李白，则在永王之乱后被流放后又被赦免，最终于762年流落而死。临死前，他赋诗呐喊道：

> 大鹏飞兮振八裔，中天摧兮力不济。
> 馀风激兮万世，游扶桑兮挂石袂。
> 后人得之传此，仲尼亡兮谁为出涕？

安史之乱平定后2年，唐代宗永泰元年（765），有唐一代，唯一官至封疆大吏的边塞诗人高适也病逝了；大约唐代宗大历四年（769）秋冬之际，被罢官的另外一位边塞诗人岑参则因为四川动乱避居成都，其间死于旅舍；安史之乱平定后7年，唐代宗大历五年（770）冬天，"诗圣"杜甫则病逝于由潭州往岳阳的一条小船上，时年59岁。

至此，盛唐一代天才诗人逐渐凋零，而随着中央皇权的衰落、藩镇的猖獗和宦官势力的崛起，压抑的时代氛围，也使得唐人和唐诗开始由"动"向"静"。在此情况下，具有精神解压功能的茶饮逐渐被文人接受，茶诗开始崛起。

如果把中国比喻成一个人，可以这么说，秦汉是他的童年时期，魏晋南北朝则是他的少年时期，安史之乱以前的隋唐属于青春期——这些阶段的中国和中华民族，仍然属于一个动荡、骚动的青春期，他偏爱的是狂放不羁的烈酒和五石散，例如魏晋时期"竹林七贤"之一的刘伶，就经常搭乘鹿车，"携一壶酒，使人荷锸而随之，谓曰：'死便埋我。'"。

这些阶段，中华民族和中国文学的整体气质仍然属于青春狂放的动感阶段。但是安史之乱以后，以唐诗为代表的中国文学和中唐晚唐时以诗人群体为代表的中华民族，开始进入了一个偏好安静的中年阶段。

按照中国社会科学院哲学所研究员刘悦笛的说法，此时的中华民族，其精神气质正在从"风流"转向"风雅"。所谓"风流"，就是"外在、显露、放纵、没有节制，喜怒哀乐彰显于形色、动静之间吐露真情"，这在唐诗中的典型代表就是李白和他狂放不羁的诗歌；而"风雅"，则是"内敛的，克制的，合乎天理人道的，是对人情世故抱有同情之心，用雅正之道约束自我言行举止，以期塑造温柔敦厚的君子形象"，这在唐诗中的典型代表，就是禅诗和茶诗的崛起。

就在安史之乱尚未平定时，760年，后来被尊为"茶圣"的陆羽（约733—约804）"结庐于苕溪之湄，闭关对书，不非杂类，名僧高士，谈宴永日"，而苕溪一带，正是陆羽完成中国乃至世界上第一部茶叶专著《茶经》之地。

与陆羽交往颇密的诗僧皎然，就曾在《九日与陆处士羽饮茶》中写道：

九日山僧院，东篱菊也黄。
俗人多泛酒，谁解助茶香。

皎然是南朝诗人谢灵运的十世孙，他在出家以后，与其他禅僧一样，经常借助饮茶进行打坐禅修。尽管饮茶从南北朝到隋朝和唐朝初期，逐渐渗透进了南北方的普通百姓生活，僧人群体饮茶也越来越多，但在当时，饮茶并未进入上流文人的生活，或许是儒释道开始融合后，唐朝诗人群体开始接触佛教禅宗和僧人群体，又或许是安史之乱以后压抑的时代氛围需要茶饮解压，大概就是在陆羽创作《茶经》前后，茶饮开始走入了唐朝诗人的生活和笔端。

与白居易同为好友、后来官至宰相的诗人元稹（779—831），就曾经创作了一首很特殊的宝塔茶诗：

茶，
　香叶，嫩芽。

慕诗客，爱僧家。
碾雕白玉，罗织红纱。
铫（diào）煎黄蕊色，碗转麹（qū）尘花。
夜后邀陪明月，晨前命对朝霞。
洗尽古今人不倦，将知醉后岂堪夸。

随着茶诗的崛起，唐诗的气质也从"动之美"，融合进了更多的"静之美"，这也和禅诗一起，构成了中唐以后唐诗乃至中国文学气质的重大转折。

科举制的沦落

尽管诗人群体在内修方面获得了滋养，但在物质世界中，诗人仍然需要柴米油盐和现实世界的升迁，撬动这个路径的，正是科举制。

肇始于隋，到唐初基本成形的科举制，一度取代了豪门世族垄断仕途、以门阀家世取士的九品中正制，但科举制在唐代初期录取人数很少，到了武则天时期，武则天为了拉拢寒门庶族和关东士族，以对抗支持李唐皇族的关陇贵族集团和传统世家大族，于是开始大规模开科取士，由此带来了科举制的第一个高潮。但武则天死后，唐代科举制走向封闭，科举录取重新被传统的关陇贵族集团和世家大族垄断，科举制原本的阶层流动、社会流通功能再次被严重削弱。

到了晚唐时期，科举制度重新被贵族官僚和门阀士族所把持，偶尔有个别寒门子弟上榜，都成了稀罕事儿。以唐大中十四年

（860）为例，当时考生多达千人，中第者"皆以门阀取之"，全是衣冠子弟，宰相裴休、魏扶、令狐绹等重臣的儿子赫然在列，几乎占据了整个榜单。

这种士族垄断、寒门无路的科举现状，也使得屡次参加科举的唐末著名诗人罗隐（833—909）非常愤懑，罗隐30岁时再次落榜，他就写了首七律《投所思》，反映他在当时落榜后困居长安的窘境：

憔悴长安何所为，旅魂穷命自相疑。
满川碧嶂无归日，一榻红尘有泪时。
雕琢只应劳郢匠，膏肓终恐误秦医。
浮生七十今三十，从此凄惶未可知。

由于寒门升迁艰难，因此底层诗人群体在物价高昂的长安城如何谋生，就成了一个大问题。

例如诗人白居易（772—846）16岁时，到长安参加科举考试前，曾经带着自己的文稿拜访京城名士顾况，当顾况看到"白居易"三个字时，随口就说道："长安米贵，居之不易！"

由此可见底层诗人在科举制逐渐沦为摆设后，要从底层崛起的艰难困苦。

大运河与鬼神

顾况说"长安米贵"，则牵涉到长安城和中国历史的另外一个重要概念，那就是大运河。

魏晋南北朝以后，中国的经济重心逐渐有从黄河流域向长江流域转移的趋势，从唐朝建国开始，随着长安城所在的关中地区人口不断膨胀，粮食的缺口也愈加扶摇直上。唐朝初年，长安城每年的粮食缺口约为20万石（每石42公斤，约合840万公斤），最高峰时期缺口达400万石（约合1.68亿公斤），后来虽然有所回落，但长安城每年的粮食缺口仍然高达100万石（约合4200万公斤）。由于长期缺粮，长安城内的米价自然就高了。

　　而解决长安城缺粮的关键，就在于通过隋炀帝主持开凿的大运河，将江淮流域的粮食和物产、赋税，通过水运向西运输到关中地区。

　　早在唐朝初期和盛唐时期，江淮流域的经济就不断发展，并出现了扬州等商业中心城市，李白送别孟浩然的"故人西辞黄鹤楼，烟花三月下扬州"的诗句，正体现了江淮流域在盛唐时期的经济崛起和兴盛发展。也正是从唐代开始，经济的力量开始崛起，成为影响唐诗乃至中国文学、中国历史的重要力量。

　　安史之乱期间，黄河流域人口出现了自永嘉之乱以后的第二次大规模南迁，这更加加速了江淮流域的开发和经济发展。此后，以长江流域为代表的南方经济，一跃超过以黄河流域为代表的北方地区，并延续至今再未改变。

　　安史之乱以后，由于藩镇林立阻隔，政治中心位处西北关中地区的唐王朝只能依靠大运河的水运支援来维持其命悬一线的运转。为了解决这种政治困境，中晚唐时期，唐宪宗在宰相武元衡等人支持下开始削藩，但藩镇激烈反击，平卢淄青节度使李师道甚至派出杀手潜入长安，将力主削藩的宰相武元衡当街刺杀并残忍割下人头扬长而去。

为了对抗藩镇，唐宪宗等皇帝则依靠亲近的宦官执掌军权，以反击藩镇，尽管唐宪宗的削藩一度取得成就，但沉迷佛道两教的唐宪宗却因为服用仙丹慢性中毒，性格躁怒、动辄杀伤左右，以致被太子李恒利用，指使宦官刺杀于大明宫中，李恒对外则宣称唐宪宗是服用丹药导致暴崩。

而唐朝21位皇帝中，就有唐太宗、唐宪宗、唐穆宗、唐武宗、唐宣宗5人因为服用仙丹直接或间接而死。可以说，唐代帝王这种崇信宗教鬼神、服用仙丹的家事传统，也正是李商隐（约813—约858）写下《贾生》的隐喻所在：

宣室求贤访逐臣，贾生才调更无伦。
可怜夜半虚前席，不问苍生问鬼神。

藩镇与宦官

但在藩镇之外，比仙丹和鬼神更可怕的，是宦官的专权。

在中国历史上，尽管东汉和明代的宦官也专权，但东汉的宦官仍然受到士族制衡，明代宦官则始终听命于皇权，只有唐代的宦官力压皇权，甚至到了任意诛杀、废立皇帝的猖獗地步。

为了反击宦官，太和九年（835），不甘被宦官控制的唐文宗联合朝臣李训、郑注，试图群诛宦官、重振皇权，没想到政变失败，当时的唐朝大臣群体反而有1000多人被宦官反杀，致使朝堂为之一空，史称"甘露之变"。

甘露之变发生时，被后世誉为"茶仙"的卢仝正在宰相王涯府中做客，宦官派人到王涯府中搜寻杀人，完全不知何事的卢仝辩解说："我是山人，不知有何罪过？"宦官门吏直接回答说，你是山人的话，为何能到宰相府里？于是将卢仝虐杀。

此前，卢仝曾经写过《走笔谢孟谏议寄新茶》，其也被称为《七碗茶诗》闻名后世：

……
一碗喉吻润，
二碗破孤闷。
三碗搜枯肠，唯有文字五千卷。
四碗发轻汗，平生不平事，尽向毛孔散。
五碗肌骨清，
六碗通仙灵。
七碗吃不得也，唯觉两腋习习清风生。

但他自己没有想到的是，一代"茶仙"和诗人竟然会因为一场关涉藩镇的横祸而被连累身亡。

气候变化与阶层矛盾爆发

在藩镇与宦官的毒化、分裂下，唐王朝日趋衰弱，而气候变化也成了摧毁大唐的隐形稻草。

根据气候学家分析，公元800年以后，唐朝总体平均气温低于现今平均温度，其中在唐朝末年的公元880年，更是比今天低了0.6摄氏度。在冷湿气候降水增多以及人为砍伐等破坏生态的多重因素综合作用下，黄河在唐代明显进入了泛滥期，其中从746年到905年，黄河大概每10年就会决溢一次。

唐玄宗开元二十九年（741），黄河再次泛滥，两岸广受水害，杜甫的弟弟杜颖写信来告知灾情，有感于黄河经常泛滥，杜甫（712—770）在《临邑舍弟书至苦雨黄河泛溢堤防之患簿领所忧因寄此诗用宽其意》中写道：

> 二仪积风雨，百谷漏波涛。
> 闻道洪河坼，遥连沧海高。
> ……
> 螺蚌满近郭，蛟螭乘九皋。
> 徐关深水府，碣石小秋毫。

这首诗描述了当时黄河水患之重，以致州府城郭沦为水府，水族肆虐陆地的场景。

在气候变化，冷湿气候与冷干气候的交织影响下，唐王朝在河患严重之外，旱灾和蝗灾也相继而起。

安史之乱（755—763）以后，唐朝的蝗灾开始明显加剧，其中783—785年连续3年大蝗，836—841年连续6年大蝗，862—869年连续8年大蝗，875—878年连续4年大蝗。

就在蝗灾肆虐的乾符二年（875），王仙芝在蝗灾最为严重的濮州（今山东鄄城）领导发起了农民起义，由此掀开了唐末席卷全国的王仙芝、黄巢起义，这场大规模农民起义从875年一直持续到884年，农民军从山东一直打到广东，又转入陕西、占领长安，将唐王朝从北到南席卷扫荡了个遍，大唐由此国运衰微。

唐僖宗中和三年（883），黄巢率军攻破长安，不久唐朝官军又反攻入城，随后黄巢又再次反攻进入长安。在这种反复的争夺中，先是唐朝官军在长安城中大肆抢掠，然后反攻入城的黄巢"怒民之助官军，纵兵屠杀，流血成川，谓之洗城……纵击杀八万人，血流于路可涉也"。

经过这场残酷的战争，长安城遭到了大规模的破坏，对此，亲身经历此事的晚唐诗人韦庄在他的著名长诗《秦妇吟》中写道：

家家流血如泉沸，处处冤声声动地。
……
六军门外倚僵尸，七寨营中填饿莩。
长安寂寂今何有？废市荒街麦苗秀。
采樵斫尽杏园花，修寨诛残御沟柳。
华轩绣毂皆销散，甲第朱门无一半。
含元殿上狐兔行，花萼楼前荆棘满。
昔时繁盛皆埋没，举目凄凉无故物。
内库烧为锦绣灰，天街踏尽公卿骨！

在883年的这场战乱中，当时，长安城"宫室、居市、闾里，十焚六七"，昔日辉煌壮丽的大明宫更是烧得只剩下了含元殿。

而作为构建唐朝基础的王公贵族，则在"天街踏尽公卿骨"的大动荡中被大规模屠戮剿灭。

对此，对大唐王朝心生愤恨的黄巢，就曾在年轻时科举落榜后，写下《不第后赋菊》：

> 待到秋来九月八，我花开后百花杀。
> 冲天香阵透长安，满城尽带黄金甲。

盐贩子出身、阶层地位低下的黄巢，同样没能通过科举实现阶层跃升，对于这个阶层固化、贵族垄断的大唐王朝，黄巢很早就心生愤恨，而他后续的所作所为，正是这种心态的映照。

黄巢起义被平定后，军阀朱温入主长安。朱温的谋士李振也曾多次参加科举，却屡屡因为出身低下落榜。对于唐廷和士族心怀愤恨的李振开始撺掇朱温，将当时唐朝中央的30多位重臣集体屠杀并抛尸黄河，史称"白马驿之祸"。对于策动这场屠杀，李振的说法是：

> 此辈常自谓清流，宜投之黄河，使之浊流！

意思是说，唐朝士族经常自诩"清流"，他的想法就是要报复屠杀他们，使之变为"浊流"。尽管李振的想法和行径卑劣残酷，却真实再现了当时士族与庶族以及贵族与平民之间的深刻矛盾，而这，也是唐王朝无解的亡国原因之一。这在后世的调和还要等到北宋时期，那时科举制向平民大范围开放，阶层流动开始通畅，才实现了部分调解。

"白马驿之祸"发生2年后，掌控唐朝朝政的军阀朱温逼迫唐哀帝李柷禅位，唐朝灭亡，唐诗至此也烟消云散于历史的尘埃之中。

　　而回顾唐诗与唐朝相随始终的近300年历史，可以说，唐诗之中，蕴藏着唐人与唐朝兴衰起落的文化密码，透过这些唐诗中的关键词，我们也能更好地读懂唐诗、读懂唐史。所谓诗史互证，文学，永远根系于历史的时空土壤之中，互为因缘，不可分离——否则，我们就会陷入从文学看文学的坐井观天之中，永远无法以宏观视角来俯视唐诗，从而剖析其来龙去脉、透视其古往今来。

唐兴：唐诗开端和治世书写

骆宾王、卢照邻、王勃和杨炯，
他们与陈子昂共同点亮了初唐诗坛，
创造了一片光辉璀璨的星空，
为唐诗的盛世照亮前程。

谁写下了大唐第一诗？

1

大唐开国元年（618）十一月，39岁的魏徵（580—643）从长安出发向东，走在前往招降瓦岗军旧部的路上。

此前一个月，瓦岗军首领李密在被王世充击败后，不得已投降刚刚成立的唐朝，在瓦岗军旗下久不得志的魏徵也跟随着一起降唐，不久，渴望建功立业的他就向唐高祖李渊毛遂自荐，请求前往黎阳（今河南浚县东北）招降瓦岗军的旧部徐世勣。

徐世勣，就是后来被赐改姓，立下不世战功的名将李勣。

从小家贫，甚至做过道士的魏徵，对于时代有着敏锐的把握，面对隋朝末年天下大乱的局势，就在这次出关招降徐世勣的路上，他写下了日后被誉为大唐开国第一诗的《述怀》（一题《出关》）：

中原初逐鹿，投笔事戎轩。

纵横计不就，慷慨志犹存。

> 杖策谒天子，驱马出关门。
> ……
> 既伤千里目，还惊九逝魂。
> 岂不惮艰险？深怀国士恩。
> 季布无二诺，侯嬴重一言。
> 人生感意气，功名谁复论。

当时，渴望像班超一样投笔从戎、建功立业的他，在瓦岗军旗下郁郁不得志，但投降唐朝后，李渊却委他以招降瓦岗军旧部重任，这使得魏徵"深怀国士恩"，决定倾心报答李唐王朝，在写给徐世勣的劝降信中，魏徵写道："生于扰攘之时，感知己之恩。"

为此，他渴望像辅助项羽灭秦、一诺千金的季布一般，或者如为报答魏国信陵君国士之恩而自杀殉之的侯嬴，为唐王朝建功立业，最终，在魏徵的劝说下，徐世勣顺利归降唐朝。

然而，事有不测，就在东进的第二年（619），盘踞河北的窦建德却接连击败唐军，最终俘虏了李渊的堂弟淮阳王李神通和魏徵以及徐世勣的父亲徐盖等人，迫使徐世勣也投降窦建德。

一直到两年后的武德四年（621），随着唐军在洛阳决战中分别击败王世充和窦建德，魏徵得以重新归降唐朝。随后，这位在文学史上因"大唐开国第一诗"闻名的诗人，被太子李建成任命为太子洗马，日后，他还将经历一番腥风血雨的洗礼。

2

621年窦建德的兵败，在改变魏徵命运的同时，也深刻改变了诗人虞世南的命运。

当时，已经64岁的虞世南历经陈朝、隋朝，此时正在窦建德门下担任黄门侍郎，这位历经乱世的诗人命运多舛，早在4岁时就丧父，但他却勤奋向学，师从王羲之的七世孙智永和尚学习书法，深得王羲之的书法精髓，因此早在陈朝时就以书法扬名天下。隋朝开皇九年（589），晋王杨广带兵攻灭陈朝，虞世南与哥哥虞世基一起被俘虏到隋朝首都长安，时人将他们两兄弟比作西晋的陆机与陆云。

隋炀帝杨广登基后，虞世南先被授为秘书郎，后又升为起居舍人。但在618年五月的江都之变中，宇文化及派兵缢杀隋炀帝杨广，随后又杀虞世基等朝臣。虞世南请求代兄而死不成，被宇文化及裹挟北上，最终在宇文化及死后，又被窦建德俘虏为臣。

面对窦建德之败，已经64岁的虞世南又被迫仕唐，李世民对这位早已名满天下的诗人和书法家非常敬重，随即将虞世南任为秦王府参军，不久又转任记室参军。此后，秦王李世民开始建立自己的幕僚机构文学馆，虞世南又被授为弘文馆学士，与房玄龄共掌诏告文翰，为秦王府"十八学士"之一。

命运多舛的老诗人因祸得福，转眼间就成了秦王李世民手下的红人，与之相对应，魏徵则属于太子李建成一系。不同的站队选择，蕴藏着的是一场暗流汹涌、你死我活的最高权斗。

由于幼年丧父、历经动乱，因此虞世南的外表容貌怯懦、弱不胜衣，但是这位诗人却有着刚烈的性情，对李世民经常出言直谏，李世民曾经称赞他有五绝："世南一人，有出世之才，遂兼五绝。一曰忠谠，二曰友悌，三曰博文，四曰词藻，五曰书翰。"群臣如果都像世南这样，天下还愁有什么不能治理。

对于这种历仕三朝，几经动荡，幸运老来仍能保全的人生，虞世南曾经写有《蝉》诗以明志：

垂緌饮清露，流响出疏桐。
居高声自远，非是藉秋风。

在几经乱世之中，他多次委曲求全，进入唐朝宫廷后，他又不得不经常写一些无聊奉和的宫廷诗，例如这首《奉和幽山雨后应令》：

肃城邻上苑，黄山迩桂宫。
雨歇连峰翠，烟开竟野通。
排虚翔戏鸟，跨水落长虹。
日下林全暗，云收岭半空。
山泉鸣石涧，地籁响岩风。

作为一名御用诗人和书法家，他尽管不乏政治才能和文学才华，但却缺少一名诗人所必需的激情，这种辞藻的繁复和性情的贫乏，使得诗人虞世南更多以书法而闻名后世。对于乱世之中初唐一代人的遗憾，《新唐书·文艺传》后来总结说："唐兴，诗人承陈、隋风流，浮靡相矜"。

从梁朝、陈朝延续而来的诗歌绮靡之风，尽管经历隋朝，到了唐太宗李世民时期仍然是这种状态。以虞世南为代表，李世民身边聚集的诗人，大多是从陈朝和隋朝遗留下来的旧臣和已经功成名就的元勋。这些士族高贵的社会地位限制了他们真情实感的流露，所以一进入唐朝，这种文学的积习仍然明显地呈现在初唐的诗人群体身上。

对此，或许是心有感怀，李世民曾经写诗赠送给南朝梁明帝萧岿第七子、隋炀帝萧皇后的弟弟萧瑀说：

疾风知劲草，板荡识诚臣。
勇夫安识义，智者必怀仁。

萧瑀作为几朝元勋，本身是梁朝的皇子，又是隋炀帝的国舅，他的妻子则是唐高祖李渊的表妹，而他的儿子又娶了李世民的女儿。对于这样一批开国初期出身显赫的贵族诗人，同样贵族出身的李世民心中明了，承接隋朝而兴的唐朝皇亲贵胄遍地，因此诗风绮靡。即使一代雄主如他，流传下来的诗也大多轻浮无力，例如这首《芳兰》：

春晖开紫苑，淑景媚兰场。
映庭含浅色，凝露泫浮光。
日丽参差影，风传轻重香。

会须君子折,佩里作芬芳。

尽管诗风大多清绮无力,但李世民杀起人来却毫不手软。就在击败窦建德和王世充的这一年,武德四年(621),李世民下令将瓦岗军出身的王世充的大将单雄信斩首,因为他曾经败在单雄信手下差点丧命。

已经投降唐朝、同为瓦岗军大将出身的李勣(徐世勣)向李世民求情。当初李勣与单雄信共同投奔翟让、响应瓦岗起义,誓同生死。但李世民无情拒绝,对此李勣声泪俱下。在忠义无法两全的情况下,李勣到狱中看望单雄信,并承诺会在单雄信身后好好照顾他的家人。临别时,李勣直接用刀割下了自己腿上的一块肉说,"我没有忘记当初与兄长的誓言,生死永别,就让我的血肉随兄长入土!"

单雄信则毫不迟疑,将李勣的肉吞下后,慷慨赴死。

3

而武德四年(621)的这场洛阳决战,也改变了诗人王绩的命运。

隋炀帝被杀前,眼看天下大乱,当时正担任扬州江都郡六合县(今南京六合区)县丞的王绩不得已弃官逃职遁离,临行前他感慨道:"如同陷入天罗地网一样,处处都是束缚,我能到哪里去呢!"在一首描述隋唐交际之初天下动荡的诗歌《过汉故城》中,王绩写道:

> 大汉昔未定，强秦犹擅场。
> 中原逐鹿罢，高祖郁龙骧。
> ……
> 历数有时尽，哀平嗟不昌。
> ……
> 君王无处所，年代几荒凉。
> ……
> 在昔高门内，于今岐路傍。
> 余基不可识，古墓列成行。
> ……
> 烈烈焚青棘，萧萧吹白杨。
> 千秋并万岁，空使咏歌伤。

在这种感慨时世的哀伤之中，期望投靠明主的王绩来到了河北窦建德的帐下。然而就在621年窦建德与唐军决战前夕，王绩却突然离去，对此王绩对好友凌敬说："以星道推之，关中福地也。"

或许是意识到占据关中的唐朝军力强盛，王绩最终离开窦建德而去，返回家乡耕读，并专心攻读《周易》《老子》《庄子》。就在此时，王绩的朋友、跟随李世民征战起家的薛收在率军经过王绩的故乡龙门时，特地绕道前来看望老友王绩。作为一名失意的诗人，王绩因为在野的姿态，意外摆脱了陈隋以来的绮靡诗风，出于对友人的关爱，他写诗《薛记室收过庄见寻率题古意以赠》：

......

故人有深契,过我蓬蒿庐。

曳裾出门迎,握手登前除。

相看非旧颜,忽若形骸疏。

......

忆我少年时,携手游东渠。

梅李夹两岸,花枝何扶疏。

......

人生讵能几,岁岁常不舒。

......

在友人薛收的荐举下,王绩被召入唐朝任职门下省待诏,这是个虚职,有点类似在皇宫门下听招呼的意思,每日会给三升酒喝。弟弟王静担心哥哥困愁,就问他说:"待诏快乐否?"没想到王绩却回答说:"良酒三升使人留恋。"

当时侍中省的长官是陈后主的弟弟陈叔达,陈叔达听说后,特地下令将每日给王绩的酒从三升加到一斗,王绩也因此被称为"斗酒学士"。

但在唐朝初年或以贵族入仕、或以军功显赫的时代背景中,既无贵族背景,又无军功,本身又闲云野鹤、放旷豁达的王绩显得与时代格格不入。他没有贫寒出身的魏徵所具有的奋发向上的时代搏击精神,所作的诗又与当时"浮靡相矜"的风尚不相协调,于是从出身、功勋到诗风,他都注定只能是一个体制外的诗人,自吟自唱而已。

而玄武门之变的到来，剧烈地改写了诗人们的命运。

在唐朝基本平定天下后两年，唐高祖武德九年（626），李世民在长安城玄武门发动兵变，杀死了自己的哥哥太子李建成和弟弟齐王李元吉，并将李建成和李元吉的10个儿子全部斩杀灭门，随后又软禁父亲唐高祖李渊，并逼迫李渊"禅位"。

在这场宫廷巨变的腥风血雨之中，当时王绩在朝中的倚赖、老友薛收已经病逝，而王绩的老领导陈叔达也因为是太子李建成一党被贬。眼看祸乱在即，惯于避祸的王绩心生去意。此时，他的同乡朱仲晦刚好来访，王绩写诗赠朱仲晦，这就是《在京思故园见乡人问》：

>旅泊多年岁，老去不知回。
>忽逢门前客，道发故乡来。
>敛眉俱握手，破涕共衔杯。
>殷勤访朋旧，屈曲问童孩。
>衰宗多弟侄，若个赏池台。
>旧园今在否，新树也应栽。
>……
>院果谁先熟，林花那后开。
>羁心只欲问，为报不须猜。
>行当驱下泽，去剪故园莱。

作为非主流的诗人，在政治巨变的风雨之中，王绩选择了二次退隐，返回故乡继续种地。

4

与王绩不同,诗人魏徵则在腥风血雨中强势崛起。

太子李建成被杀后,李世民将担任太子洗马的魏徵召来,满面杀气地呵斥魏徵说:"听说你此前经常撺掇太子将我贬放到外地,你为何离间我们兄弟?"

魏徵毫不屈服,直接顶撞说:"当初太子如果听从我的建议,也不会有今日杀身之祸。"

魏徵舍得一身剐,以必死的勇气抗争,没想到这反而赢得了李世民的赏识。随后,魏徵被任命为詹事主簿。此后,魏徵又升任为尚书左丞,开始了他在贞观时期的进谏辅政生涯,并一步步晋升为李世民的麾下重臣。

玄武门之变将魏徵推上了历史舞台。而本来就"属意纵横之说"的魏徵,对于政治的兴趣显然也大于对诗歌的兴趣,此后,他更加倾心于投身政治、成就一代名臣的自我期许。

但初唐诗坛失去了魏徵,却开始收获王绩。

正所谓诗家不幸文章幸,政治失意的王绩倾心田亩,并经常以辞官耕作的陶渊明自许,在《醉后》他写道:

阮籍醒时少,陶潜醉日多。
百年何足度,乘兴且长歌。

在耕作生涯的舒适中,他又在《秋夜喜遇王处士》写道:

北场芸藿罢，东皋刈黍归。
相逢秋月满，更值夜萤飞。

袁行霈先生评价说，在唐朝初期文坛沿袭陈隋旧习、萎靡无力的诗歌风气中，王绩的诗就像"从贵妇堆里走出来，忽然遇见荆钗布裙的村姑，她那不施脂粉的朴素美就会产生特别的魅力"。

这种本色率真、自然朴素的诗歌，与其说是"久在樊笼里，复得返自然"，不如说是政治失意下的自我放飞。王绩虽然退身野外，但他心中仍然有着政治的火焰。到了玄武门之变后10年，也就是贞观十年（636），已经在隋唐两朝两次入仕又两次退隐的王绩再度出山，渴望一博功名。此时，他已经48岁了。

但现实证明，他这只野鹤并不适合樊笼。王绩便请求到太乐署担任太乐丞，而原因竟然是因为太乐署史焦革擅长酿酒。或许是吏部官员觉得让这位大才子屈任小小的太乐丞实在太不合适，于是一再追问王绩，是否愿意接受其他职务。王绩却一再坚持留在太乐署，他说这是自己深切的愿望。

王绩最终如愿以偿就职太乐丞，天天沉醉于焦革酿造的美酒之中。但焦革不久去世，焦革的妻子又接着给王绩酿酒送酒，不到两年，焦革的妻子也去世了。世间再无美酒，王绩慨叹说：这是苍天不许自己畅饮美酒吗？

于是，50岁的王绩第三次辞官退隐。

这次，他是真的退了。

在《晚年叙志示翟处士》一诗中，王绩披露自己的心迹说，他起初"明经思待诏，学剑觅封侯"，但随后恰逢隋朝末年天下大乱,"中年逢丧乱,非复昔追求。失路青门隐,藏名白社游",到了晚年终于想开了,"晚岁聊长想,生涯太若浮。归来南亩上,更坐北溪头"。

在三次入仕又三次退隐后,他最终看破红尘。在《野望》中,他写道:

东皋薄暮望,徙倚欲何依?
树树皆秋色,山山唯落晖。
牧人驱犊返,猎马带禽归。
相顾无相识,长歌怀采薇。

想当初,陶渊明在家门口种了五棵柳树,自号"五柳先生",而王绩则自诩能喝五斗酒,自称"五斗先生"。在《过酒家五首》中,他写道:

竹叶连糟翠,蒲萄带曲红。
相逢不令尽,别后为谁空。

或许,对于一位政治失意的诗家来说,诗酒田园的"五斗先生",才是他生命的最终归宿。

就在王绩第三次退隐的贞观十二年(638),善于写诗奉和、81岁高龄的虞世南最终在长安去世。五年后,贞观十七年(643),一代名臣和诗人魏徵也因病逝世。

魏徵去世后,生前曾经荐举的中书侍郎杜正伦和吏部尚书侯君集先后出事，其中杜正伦因为泄露李世民的密语被贬官外放，侯君集更是因涉嫌参与太子李承乾谋反案被杀。至此，李世民觉得，魏徵生前推荐的两个人竟然都出了问题，这完全是在"阿党"，搞小政治集团。于是李世民在处死侯君集后，恼怒之中下令狠狠砸掉了魏徵的墓碑，并下令取消衡山公主与魏徵长子魏叔玉的婚约。

一直到第二年，贞观十八年（644），李世民率军远征高句丽却损兵折将，在回军途中，突然想起了魏徵，他感慨地说："如果魏徵还在，一定会劝我取消这次征战。"有所醒悟的李世民于是下令，将被砸毁的魏徵墓碑重新树立，并特别召见了魏徵的妻儿子女进行抚慰。

这一年，王绩也走到了他生命的尽头。临死前，有感于世人对他的嘲讽与不解，他特地讲了一个故事：古代勇士飞廉有两匹马，一匹长得"龙髂凤臆"，奔驰飞快，结果一天到晚不得安歇，活活累死；另一匹丑陋难看，"驼颈貉膝"，还爱尥蹶子，结果啥事没有，"终年而肥"。如果让你选择，你愿意做哪匹马呢？

诗人的反问，也是对此后所有在江湖与庙堂之间进退反复的文人贯穿终生的审问。

他在唐诗孤独寂寥的初唐时代郁郁而终，享年56岁。在隋唐之际风云变幻、贞观之治名垂后世的沧海横流中，他三次入仕又三次退隐，最终在失意中看破红尘、复返自然。

王绩死后六年，唐高宗永徽元年（650），王绩的哥哥王通的孙子，即王绩的侄孙王勃出生。日后，写出"落霞与孤鹜齐飞，秋水共长天一色"的王勃，与杨炯、卢照邻、骆宾王合称"初唐四杰"，他们与陈子昂共同点亮了初唐诗坛光辉璀璨的星空，并为唐诗的盛世照亮前程。

而在艰难跋涉的开拓旅程中，魏徵、虞世南、王绩默默不言。

一个属于唐诗的时代，开始了。

初唐四杰：国运在上升，而天才在沉沦

618年，唐朝开国。一年后，619年，骆宾王出生。又十余年后，卢照邻出生。又十多年后，650年左右，王勃和杨炯同年出生。此四人，是初唐诗坛最亮的四颗星。但他们的命运，却比没有星光的夜，还要黯淡。

闻一多说，"初唐四杰"都年少而才高，官小而名大，行为都相当浪漫，遭遇尤其悲惨——因为行为浪漫，所以受尽了人间的唾骂，因为遭遇悲惨，所以也赢得了不少的同情。

到693年左右，当四人中的杨炯最后一个离世的时候，唐朝的国运一直处于上升期，治世、盛世呼声不断。

可是，国运昌隆并未开启个人的幸运之门。那些天纵之才，一个个活成了天妒英才。

1

初唐四杰中，命途多舛是"标配"，但仔细一想，卢照邻的人

生绝对是最悲苦的。

卢照邻出身范阳卢氏，常为自己是"衣冕之族"而感到自豪，但就像出身弘农杨氏的杨炯一样，他们只是豪门望族里被遗忘和冷落的支系。出身可以给予他们家风熏陶，却不能给予他们更多东西。

卢照邻是凭才华当上了邓王府的典签（掌管文书）一职。邓王李元裕是唐高祖李渊的第十七子，曾在王府中公开说，西汉梁孝王有司马相如这样的大才子做幕僚，而卢照邻就是他的司马相如。

但纵有邓王的欣赏，满腹才学的卢照邻仍然不满于现状。他有一股建功立业的冲劲，却始终找不到安放的位置。

他眼中的帝都长安，尽是王侯贵戚的骄奢淫逸和权力倾轧。在传世名作《长安古意》中，他对长安的名利场进行了渲染铺陈，末了，他写道：

> 节物风光不相待，桑田碧海须臾改。
> 昔时金阶白玉堂，即今惟见青松在。
> 寂寂寥寥扬子居，年年岁岁一床书。
> 独有南山桂花发，飞来飞去袭人裾。

一切庸俗的任情纵欲，毫无底线的倚仗权势，终究会在时间的碾压下烟消云散，声名俱灭。只有汉代大文豪扬雄的故居，还有终南山的桂花，虽然寂寥，备受冷落，但它们留了下来。

瞬息与永恒的命题，在他这里有了答案。

离开邓王府后，卢照邻的命运急转直下。不久，因"横事"被拘,飞来横祸,下狱。幸有友人救助,才得以出狱。随后,被贬到益州新都(四川成都附近),担任县尉(类似于公安局局长)。虽然内心无比郁闷,卢照邻仍旧坚守他认为最重要的东西,比如"天真本性"和"浩然之气"。

蜀中老人见卢照邻腹有诗书气自华,问他为什么"不怀诗书以邀名"?卢照邻回答说:"岂恶荣而好辱哉?盖不失其天真也……虽吾道之穷矣,夫何妨乎浩然?"

在写给益州官员的诗中,卢照邻把自己比作北方来的一只鸟,但这只鸟特立独行,从不同流合污,从不苟同世俗:

> 不息恶木枝,不饮盗泉水。
> 常思稻粱遇,愿栖梧桐树。
> 智者不我邀,愚夫余不顾。
> 所以成独立,耿耿岁云暮。

但是,命运之箭,从未放过这只独立的鸟,这个内心坚定的落魄诗人。

在益州后期,卢照邻患上"风疾",一种能把人折磨至死的疾病。从卢照邻自己的描述中,我们知道他患病后的身体状况:身体枯瘦,五官变形,掉发,咳嗽,四肢麻痹,肌肉萎缩,一手残疾,走路浑身哆嗦,长年卧床导致局部肌肉腐烂,奇痛无比……人生的最后10年,卢照邻拖着这样的病体残躯度过。

他原本有强烈的求生欲,曾五次更换地方,求医问药。还曾拜药王孙思邈为师,后者为他调理疾病,讲解为人之道。然而,就在他为治病四处奔走之时，他的父亲突然去世，卢照邻悲痛万分，连吃下的药物都呕吐了出来。

父亲去世后，卢照邻的整个家庭几乎陷入破产境地。为了购药治病，这个孤高的才子，不得不向洛阳名士乞求资助。而有限的资助，竟惹来了交朋结党的争议，卢照邻悲愤欲绝，却不得不辩解，说自己抱病多年，不干时事，形同废人，怎么会参与朋党之事？

贫病彻骨，故友疏远，世态炎凉，人生已无可留恋。他不无悲伤地说：上天恩泽虽广，可叹容不下我这一生；大地养育虽多，对我的恩情已断绝在这一世。

他最后写下的文字，锥心刺骨，沉痛至极：

> 岁将暮兮欢不再，时已晚兮忧来多。
> 东郊绝此麒麟笔，西山秘此凤凰柯。
> 死去死去今如此，生兮生兮奈汝何。
> 岁去忧来兮东流水，地久天长兮人共死。

剩下的日子，绝望的卢照邻倾其所有，在河南禹州具茨山下，"买园数十亩"，给自己挖好了坟墓，并请人疏浚颍水。他有时会躺到坟墓中，如同死去。

某日，与亲人诀别后，抱病10年的卢照邻，平静地踏进了滔滔的颍水。

明朝人张燮说："古今文士奇穷，未有如卢升之（卢照邻）之甚者。夫其仕宦不达，则亦已耳，沉疴永痼，无复聊赖，至自投鱼腹中，古来膏肓无此死法也。"

著名的唐诗研究专家马茂元曾说，卢照邻忽而学道，忽而为仕，忽而仕，忽而隐，终于在无可奈何的矛盾与病魔缠绕的苦痛中，用自杀方式结束了悲凉的一生。

2

大约在卢照邻蹈水自杀前后，他的朋友骆宾王，经历了从最激昂到最颓丧的人生旅程，最终整个人消失在历史的烟云中。

684年，武则天直接掌管大唐朝政后，唐朝开国功臣李勣之孙李敬业（即徐敬业）在扬州起兵，打出恢复李唐法统的旗号。已经65岁的骆宾王加入义军，写出了名动古今的战斗檄文——《讨武曌檄》。仅仅三个月后，李敬业兵败，骆宾王从此不知所终。

在初唐四杰中，骆宾王最具传奇色彩，经历最丰富：辞职、归隐、流放、参军、坐牢、造反……他性格外向，为人热烈，富有激情，一辈子没有安稳过。闻一多评价骆宾王说，他"天生一副侠骨，专喜欢管闲事，打抱不平、杀人报仇、革命、帮痴心女子打负心汉……"换句话说，骆宾王是一个有游侠精神、侠义心肠的才子。他在自述诗《畴昔篇》开头，这样写自己：

少年重英侠，弱岁贱衣冠。

可见，他不是一个内心柔弱、追求功名的诗人。

像初唐四杰中的其他人一样，骆宾王也是少年天才，七岁能诗。那首妇孺皆知的咏鹅名诗，就是他7岁时，客人手指鹅群命他作诗,他当场吟出来的作品。因此被称"神童"。长大后,他到长安参加过科举考试,信心满满而去,垂头丧气而回。

但我们不能怪骆宾王能力不足,只能说他生不逢时。唐初的科举,门第观念浓厚,走后门成为风气,有时候出身重于才学。骆宾王恃才傲物,不肯迎合官僚,几乎难以通过科举入仕为官。假如生在平民化的宋代,骆宾王的人生必定全然不同。

33岁那年,骆宾王到豫州担任道王李元庆(唐高祖李渊第十六子)的府属,应该是跟卢照邻在邓王府的工作差不多,从事文职。李元庆对骆宾王的才能颇为赏识,三年后,专门下令要他写自荐书,考察提拔的意思很明显。骆宾王提笔就写道:

若乃脂韦其迹,乾没其心,说己之长,言身之善,腼容冒进,贪禄要君,上以紊国家之大猷,下以渎狷介之高节。此凶人以为耻,况吉士之为荣乎?所以令炫其能,斯不奉令。谨状。

如果自卖自夸就能加官晋爵,那么,对上是干扰国家大计,对下则有损君子之风。意思是,我宁可原地打转,也不能写这个自荐书。这就是骆宾王的倔强。

又三年后,骆宾王离开道王府,在山东一带过了将近12年的闲居生活。据分析,这是耿介的骆宾王前半生在官场困顿挣扎,无望后的一种失望回归。但是,隐居乡野是要经济基础的。骆宾王说自己"中年誓心,不期闻达",蓬庐布衣,农耕养家即可。但过了几年,他发现要养活一家人,越来越困难,只得改变初衷,四处求仕:"有道贱贫,耻作归田之赋。"什么叫作理想丰满、现实骨感？这就是。

在生活的逼迫下，骆宾王一反当年狷介的个性，把姿态放得很低，四处托人求官，终于在49岁的时候，获得奉礼郎的小官。

但事实证明，命运往往不会眷顾在底层摸爬滚打的小官们。骆宾王的诗文可以写得很棒，在官场却只能沉沦下僚，郁郁不得志。甚至一度被排挤出长安，追随军队出塞、入蜀。

从历史影响看，这段出塞经历，使骆宾王成为唐初第一代边塞诗人，开启了盛唐边塞诗巅峰的先声；可是，从个人命运看，这段经历，则是骆宾王颠沛流离的人生写照。

人生兜兜转转，当61岁的骆宾王好不容易擢升侍御史的时候，却很快遭到构陷而入狱。一种说法是他频繁上疏讽谏，得罪了武则天而被捕下狱；另一种说法则是，他遭到同僚的诬陷栽赃而下狱。总之，这是老年骆宾王依然一身侠气不合群的代价。

在狱中，他写下了著名的《在狱咏蝉》：

西陆蝉声唱，南冠客思深。
那堪玄鬓影，来对白头吟。
露重飞难进，风多响易沉。
无人信高洁，谁为表予心？

蝉的高洁脱俗，无人理解，正像诗人自己一样：这世上，又有谁能替我鸣冤辩白呢？

入狱一年多，遇到朝廷大赦，骆宾王重获自由，随后被贬为临海丞。史书说，骆宾王"怏怏失志，弃官去"。

684年，65岁的骆宾王加入了李敬业的义军，担任艺文令（类似于秘书长）。为了号召天下，壮大起义队伍，骆宾王代李敬业起草了《讨武曌檄》。檄文传出，朝野震动。段成式《酉阳杂俎》记载，武则天亲自找来这篇咒骂自己的檄文，读到"蛾眉不肯让人，狐媚偏能惑主"时，微笑不已，继续读到"一抔之土未干，六尺之孤安在"，顿时收敛了笑容，指着宰相的鼻子骂：你怎么漏掉了骆宾王这样的人才？

《讨武曌檄》中还有一句流传至今的名言："试看今日之域中，竟是谁家之天下！"

这篇力透纸背的檄文，让武则天对扬州的造反十分重视，派出30万大军前往镇压。三个月后，李敬业兵败被杀，而骆宾王的结局则成了历史的疑案：有的说他和李敬业一起被杀，有的说他投水而亡，有的说他逃遁了，隐姓埋名。总之，684年后，骆宾王不知所终。

骆宾王写过一首诗，叫《于易水送人》：

> 此地别燕丹，壮士发冲冠。
> 昔时人已没，今日水犹寒。

诗中侠气十足，但诗名"送人"，送给谁，却无人知道。于是有人推测，骆宾王或许是送给自己，把自己当成了赴死的荆轲。

清人陈熙晋，用一句话精准概括了骆宾王悲剧的一生："临海（骆宾王）少年落魄，薄宦沉沦，始以贡疏被愆，继因草檄亡命。"而我们透过这层悲凉的生命底色，却看到当年咏鹅的少年，变成了冲冠的壮士，一次次抗击命运的无情打压。

3

那场让骆宾王亡命的失败的起义，也改变了另一个才子的人生轨迹。

在李敬业的起义队伍里，有一个名叫杨神让的人。杨神让的父亲叫杨德干，而杨德干正是杨炯的从伯父。起义被平息后，朝廷开始秋后算账，杨德干父子被杀，杨炯也受到牵连，在事业的上升期遭遇当头棒击，被贬到梓州（今四川三台县）担任司法参军。

飞来横祸，让一直在大唐官场悠游的杨炯，一下子感受到了人生无常。他怀着忧惧之心，离开长安：

郁郁园中柳，亭亭山上松。

客心殊不乐，乡泪独无从。

此刻，他认为自己是整个大唐最惆怅的人。他虽然出身弘农杨氏世家，他的曾祖、伯祖和从伯父都曾官至刺史，但他自己的祖父和父亲，却是名不见经传、未曾显达的普通人。他很早就意识到这一点，所以在谈到身世时毫不忌讳地说："吾少也贱。"

可是，家族的荣光他没分享到，家族的厄运他却逃不过。受族兄杨神让牵连被贬官之前，杨炯正在经历一生中难得的官运上升期。他10岁应童子举及第，11岁待制弘文馆，就是在弘文馆等待任命。这一等就是16年，朝廷早把这个神童遗忘了。到27岁时，杨炯再次应举，才补了个校书郎的小官。30岁以前，他不满现状，说自己"二十年而一徙官"，说官场倾轧，有志难抒，并发出"宁为百夫长，胜作一书生"的呼喊。但31岁时，他时来运转，被推荐为太子詹事司直，还充任崇文馆学士，开始仕途的一大跃升。谁知道仅仅3年后，这个素少往来的族兄，却把他的余生带进了沟里。

在梓州4年任期满后，杨炯去了洛阳。出川途经巫峡，他写诗表达个人的追求和品性：

忠信吾所蹈，泛舟亦何伤。
可以涉砥柱，可以浮吕梁。
美人今何在，灵芝徒有芳。
山空夜猿啸，征客泪沾裳。

此时的杨炯是否会感激厄运提升了他的诗风，造就了另一个他呢？我们不得而知，但苦难出诗人，似乎是一个残酷的真理。归来后的杨炯，不再汲汲于官场的得失，而是成了唐王朝政坛中的一个"毒舌"。

他官小位卑，朋友劝他谨言慎行，免得祸从口出，他却毫不在意。他曾当场对那些尔虞我诈、道貌岸然的朝廷官员进行冷嘲热讽，说你们都是"麒麟楦"。别人问他，"麒麟楦"是什么东西？杨炯便给他们解释说，你们在会聚饮宴之时，都看过玩耍麒麟的把戏吧？事先做好一件有头有角的麒麟皮，蒙在毛驴身上，扮成麒麟巡场奔跑。等到揭下那层皮，底下不过是一头蠢笨的毛驴。那头蠢笨的毛驴，就叫"麒麟楦"。官员们恍然大悟，原来杨炯是在用这个词骂我们啊！杨炯接着讽刺说，那些无德无才而身穿朱紫官服的人，跟毛驴披上麒麟皮又有什么区别呢！

尽管一生前途尽废，杨炯却活成了一个率性的诗人，不向权贵屈膝。连人品很一般的宋之问，都不得不感慨杨炯"气凌秋霜，行不苟合"。

马茂元如此评价杨炯的所作所为，他"怀才自负，充满着时代热情和功名事业的意念，但却不苟安于庸俗的官僚生活，或者是俯首帖耳地做个统治阶级倡优同蓄的御用文人"。

任何时代，做一个批判者都要付出代价。果然，没过两三年，杨炯又被贬，贬到盈川当县令。

他是在盈川县令任上去世的，年仅43岁。

终其一生，就是个县令的命。但，这一点卑微的归宿，已经算是初唐四杰中结局最好的一个了。

4

初唐四杰中，杨炯是最后一个谢幕的，而最早谢幕、离开人世的那个，是他的同龄人王勃。

王勃，仅仅活了27年，他的光芒却照彻千年。他是真正映照大唐荣耀的天才，是当之无愧的初唐四杰之首。

史书记载，王勃6岁时便能作诗，且诗文构思巧妙，词情英迈。10岁以前，已经通读了历史典籍和儒家经典，并写书专门指摘经典注释的错误。12岁时，他偷偷离家出走，投拜长安名医兼术士曹元为师，学了10个月，"尽得其要"，把曹元的看家本领全学会了，这才返回家中。17岁左右，王勃通过科举，授朝散郎，成为大唐最年轻的官员。后经吏部推荐，到沛王府担任修撰。但，一个天才的好运，至此已经用光了。王勃的最后10年，将是命运的三连击。

唐王室盛行斗鸡，恃才逞能的王勃写了一篇《檄英王鸡文》，声讨英王的斗鸡，为沛王拍马助兴。文章传到唐高宗那里，皇帝龙颜大怒，认定王勃蓄意挑拨皇子之间的关系，于是下令将王勃革除官职，赶出沛王府。这是命运的第一击，它彻底改变了王勃的人生轨迹。

王勃的忧愤人生开始了。他曾如此抒发心头之痛：

天地不仁，造化无力。授仆以幽忧孤愤之性，禀仆以耿介不平之气。顿忘山岳，坎坷于唐尧之朝；傲想烟霞，憔悴于圣明之代。

时代是个好时代，可是人生的路，怎么就越走越窄呢？

他告别长安，四处远游。有意思的是，初唐四杰都曾一次或数次去了巴蜀，要么做官，要么出使，要么游历，四人之间相互结识的地方，最大的可能是长安，其次就是四川了。

整整漂泊了三年，王勃返回长安。他的诗赋越写越好，名气越来越大，杨炯后来给王勃的文集写序说，王勃"每有一文，海内惊瞻"。只要他有文章出来，绝对洛阳纸贵。

但是，还有更大的暴击在等着他。

王勃和一个叫曹达的官奴关系不错。曹达犯了罪，跑到王勃那里避祸，王勃收留了他。但风声一紧，王勃怕被揭发后自身难保，竟然把曹达杀了。东窗事发后，王勃按律当诛，恰逢朝廷大赦而免死，但被革除公职。他的父亲也受牵连而远贬为交趾（今属越南）令。王勃从此弃官沉迹，避居乡下老家。这是命运的第二击，一代天才陷入了穷途末路。

以前，他写送别诗是这样的：

城阙辅三秦，风烟望五津。
与君离别意，同是宦游人。
海内存知己，天涯若比邻。
无为在歧路，儿女共沾巾。

如今，他写起送别诗，变成了这样：

送送多穷路，遑遑独问津。
悲凉千里道，凄断百年身。
心事同漂泊，生涯共苦辛。
无论去与住，俱是梦中人。

从豁达到悲凉，中间只隔着一次人生劫难，让人无限唏嘘。

675年，秋天，王勃最后一次远行。他要去交趾探望父亲。途经南昌，正赶上洪州（即南昌）都督阎伯屿在重修落成的滕王阁大宴宾客，王勃获邀参加。席间，阎都督号召宾客为这座新楼阁赋诗作文。宾客们都知道，阎都督只是为了当众夸耀自己女婿孟学士的才学，所以纷纷推辞不写，好让孟学士当众发挥。

王勃忽然接过纸笔，说："我来。"

据唐人笔记记载，阎都督顿时老大不高兴，起身离去，但又忍不住好奇名动天下的大才子王勃到底能写出什么。一会儿，手下报告："开头写了'豫章故郡，洪都新府'。"阎都督说："这不过是老生常谈。"接着手下又报告："他写了'星分翼轸，地接衡庐'。"阎都督不作声了。等听到手下报告说"落霞与孤鹜齐飞，秋水共长天一色"时，阎都督大惊，叹服不已："真是天才，这篇文章将永垂不朽！"

一篇光照文学史千年的《滕王阁序》，由此诞生。

在这之后，命运给了王勃第三击，也是致命的最后一击。从交趾探望父亲后，归途中，南海风急浪高，王勃失足掉进海中，惊悸而死。

676年，春夏之交，一颗巨星，悄然陨落。

同年，冬天，《滕王阁序》传到帝都，文人士大夫交口称赞。唐高宗命人取来一阅，读到"落霞与孤鹜齐飞，秋水共长天一色"时，不禁连拍大腿："千古绝唱，此乃天才！"越读越过瘾，接着问道："现在，王勃在何处？朕要召他入朝！"底下人吞吞吐吐："王勃，已落水而亡。"

上至帝王，下至布衣，对所有爱好文学的人来说，这或许是初唐最大的一个噩耗。

5

初唐四杰的人生，诠释了什么叫天妒英才。在网上，初唐四杰，有时候被谐音成"初唐四劫"，也很贴切。

他们的"劫"，有个人的因素，也有时代的因素。但放眼唐朝290年，如果是晚唐的衰落期，身处其中的杜牧、李商隐，命运不佳，尚可理解，因为唐王朝的沉沦必然裹挟着个体的悲剧；但是初唐四杰生活的时代，整个唐王朝都处在上升期，他们却走向了反向的悲剧，大唐的机遇之门，并未能向有才之人打开，这恰是王杨卢骆四人更让人同情和悲悯的原因。

人生实苦，一个人要才、时、命三者同时兼具，才能活得出彩。但这又谈何容易？历史往往是，个体的悲哀造就了时代的伟大。初唐四杰是不幸的，但当他们在遍布荆棘的山路上奋力前行时，唐诗却是幸运的。

四杰出名之前，唐朝诗人的代表叫上官仪，他写的诗深得唐太宗喜爱，整个文坛纷纷效仿，当时人称"上官体"。但正如闻一多所说："宫体诗在唐初，依然是简文帝时那没筋骨、没心肝的宫体诗。不同的只是现在辞藻来得更细致，声调更流利，整个外表显得更乖巧，更酥软罢了。此真所谓萎靡不振。"

直到初唐四杰的横空出世，为唐诗注入了一股新鲜活力。他们将诗的主题扩大，突破宫廷的局限，贴近百姓，转向现实，不仅描绘市井生活，更延伸至边塞苦寒。诗风清新刚健，一洗朝中俗气。他们四人的努力，为唐诗日后的繁荣气象埋下了伏笔。明朝人胡应麟说，"唐三百年风雅之盛，以四人者为之前导也"。

文学的攀登，都是踏着前人留下的履痕前行的。没有初唐四杰，就不会有后来的李杜、王孟、高岑、元白等名垂青史的组合。

可是，很多人不懂这个朴素的道理。他们在前行之后，反过来嘲笑前人的落后与过时，调侃前人的失败与悲哀。杜甫很看不惯这些哂笑的人。他为初唐四杰正名，说：

王杨卢骆当时体，轻薄为文哂未休。
尔曹身与名俱灭，不废江河万古流。

你们这些自以为是、不识珠玉的哂笑者，很快便会身名俱灭了，而王杨卢骆四杰的光华将会传之久远，如同大江大河，万古长流。

我记得电影《王勃之死》有一个情节，虽然是虚构的，却颇有深意——王勃与知己杜镜对话。杜镜说："大唐需要你的词章。"王勃答："你错了，是我们需要大唐。"

时代，个人，国家，宿命，到底谁造就了谁？这是一个值得思考的问题。

贞观之治：一个被反复追忆的时代

从盛唐到晚唐的200多年间，无数文人墨客通过诗歌不断追忆同一个时代。

大半辈子无时不愁的杜甫，在《复愁十二首》中写过："胡虏何曾盛，干戈不肯休。闾阎听小子，谈话觅封侯。贞观铜牙弩，开元锦兽张。花门小前好，此物弃沙场。"眼看着唐朝从开元盛世的巅峰滑落，在长期的战争中国势日衰，杜甫不禁慨叹大唐雄师当年征战四方的过往。

元和年间（806—820），白居易观赏唐初流传下的《秦王破阵乐》后，结合韵律创作了叙事长诗《七德舞》。诗人从"太宗十八举义兵，白旄黄钺定两京"，写到"尔来一百九十载，天下至今歌舞之"，回顾了贞观年间的德政、功臣与战将。遗憾的是，诗人所处的时代，世道早已变坏。

多年后，杜牧路过长安朱雀街东的魏徵故宅，想起这位敢于直谏的"诤臣"在与另一位名臣封德彝辩论时，为唐太宗指明了正确的政治路线，到了晚唐却无如此贤臣可为大唐力挽狂澜。杜牧感时愤世，作诗曰："蟋蛄宁与雪霜期，贤哲难教俗士知。可怜贞观太平后，天且不留封德彝。"

盛唐、中唐与晚唐的诗人，怀念的是大唐王朝风华正茂的青春往事。那个让他们魂牵梦绕的治世，史称"贞观之治"。甚至到五代时，那仍是文人笔下重要的创作题材，史书写道："贞观之风，到今歌咏。"

1

无论诗人心中的贞观之治多么美好，都无法否认这段唐朝的似水年华，开启于一场残酷的宫廷政变。

武德九年（626），29岁的秦王李世民在与太子集团的明争暗斗中杀死了亲兄弟太子李建成、齐王李元吉，之后逼迫其父唐高祖李渊退位，登上了原本与自己无缘的皇位。

玄武门之变的刀光剑影，为贞观之治拉开了序幕，也被掩盖在盛世的光辉下。贞观年间，唐太宗李世民有一次在玄武门大宴群臣，大臣杜正伦在宴会后写了《玄武门侍宴》一诗，王朝的曙光恰似宫廷中的盛宴，正冉冉升起：

　　　　大君端扆暇，睿赏狎林泉。
　　　　开轩临禁籞，藉野列芳筵。
　　　　参差歌管飑，容裔羽旗悬。
　　　　玉池流若醴，云阁聚非烟。
　　　　湛露晞尧日，熏风入舜弦。

杜正伦是东宫的辅臣，负责教导唐太宗长子李承乾，他的学生多年后也卷入了一场皇位争夺战，而贞观初年，李世民显然无法预料他将来会碰上与父亲相似的烦恼。

夺位之后，李世民首先要做的事是促成天下和解。他杀了兄弟，软禁了父亲，朝野上下不同派系早已炸开了锅，尤其是各地的反对者，正准备掀起一场大动乱。

镇守成都的益州行台仆射窦轨是李世民的死党，而他的手下韦云起是李建成一党。窦轨就把一群下属找来开会，说是朝廷的诏书到了。韦云起眉头一皱，发现事情没那么简单，问窦轨诏书在哪儿。

窦轨没等他反应过来，当即指责韦云起图谋造反，还没等对方申辩，就把韦云起及其亲信全部抓捕，下令处死。窦轨还在成都继续杀害许多李建成一党的人，甚至连平时与自己闹矛盾的无辜官员也不放过。

北边的幽州也有人借两党相争闹事。

幽州都督庐江王李瑗是李建成的老铁，他的部下王君廓得知李建成已经身败名裂，打算出卖领导立功。玄武门之变后，王君廓先是教唆李瑗起事为太子复仇，之后自己却趁乱以平叛为名发动兵变，煽动幽州将士将只剩下几百名亲兵的李瑗团团包围，把他勒死后传首长安，自己当上了幽州都督。

李世民这才知道当务之急是缓解派系之争，否则又将天下大乱。在玄武门之变中立下大功的尉迟敬德就劝过李世民："罪在二凶，既伏其诛。若及支党，非所以求安也。"

于是，李世民下诏大赦天下，并派遣大臣出使各地，安定人心，原太子集团的许多成员得到赦免。李世民用他的大度化敌为友，也因此得到了开启贞观之治最重要的助手之一——魏徵。

魏徵原本是东宫属官，多次为太子李建成出谋划策。玄武门之变几日后，李世民就急着召见这个危险分子，向他质问："你为何离间我们兄弟？"

魏徵从容不迫地答道：如果太子早些听我的话，也不会有如此下场。

一个"罪臣"竟如此出言不逊，正当在场的人以为魏徵必死无疑时，李世民却不再恼怒，而是对他以礼相待，并决定重用这个仇敌。李世民欣赏魏徵的才干，而魏徵因在贞观年间敢言直谏，才得以青史留名。他们一笑泯恩仇，此后合作无间，成为贞观之治最具代表性的注脚之一。

2

魏徵写过一首《赋西汉》，有学者认为这是写给唐太宗的：

> 受降临轵道，争长趣鸿门。
> 驱传渭桥上，观兵细柳屯。
> 夜宴经柏谷，朝游出杜原。
> 终藉叔孙礼，方知皇帝尊。

"以汉代唐"是唐诗中的经典艺术手法，魏徵这首诗表面上写汉高祖，实际上是劝谏唐太宗向刘邦等汉代明君学习，选贤任能，治理天下。魏徵认为，汉高祖有灭秦、楚之武功，却是靠儒生叔孙通为他制定朝廷礼仪，才开汉朝文治之基业。如果没有叔孙通，西汉开国功臣进宫议事，不是聚众饮酒争功，就是拔剑击柱、狂呼乱叫，把朝廷整得跟夜店似的。

唐太宗大半生戎马倥偬，年纪轻轻就闯过刀山火海，但他明白，马上打天下那一套在即位后就不管用了，只有学会治国安邦之道，才能治理好天下。即位两个月后，李世民就与封德彝、魏徵两位大臣对政治路线进行了一次重要的讨论。

封德彝是隋朝旧臣，投奔唐朝后得到重用，升任为宰相，他是"霸道"路线的忠实拥护者。封德彝认为，上古之后世风日下，秦用严刑峻法，汉以霸王道杂用之，不是无法治理好天下，而是根本做不到，也就魏徵这样的书呆子才会相信圣人以仁政治理天下那一套。

封德彝主张对百姓实行高压统治，即用"霸道"治理天下。

魏徵坚决反对封德彝的观点，他认为"易代不治"，也就是一个时代有一个时代的政策，大乱之后常有大治，百姓久经战乱，会珍惜来之不易的和平局面，就像饥饿的人不会挑食一样，只要施以仁政，就能国泰民安，况且圣人治理天下，上下同心，三五年就足够了。

魏徵的思想是施行仁政，安抚民心，与封德彝路线的区别，在于国家与人民的关系问题上。

在这场关于贞观政治路线的辩论中，以关陇贵族为代表的高官权贵大多不同意魏徵的观点，他们崇尚强权，甚至认为，国家衰亡，责任不在国家，而是老百姓的问题，仁政教化不可能解决问题,只有以法家高压统治为主,儒家作为点缀,才能治理好国家。

李世民站在了历史的十字路口,他不顾亲贵的反对,与魏徵不谋而合,倾向于王道路线。

过了两年,唐太宗问大臣王珪:"近代君臣理国多劣于前古,何也?"古人大多带有几分复古思想,认为上古三代就是完美无瑕的时代。

王珪也是一个复古派,他对唐太宗说:"古之帝王为政,皆志尚清静,以百姓之心为心。近代则唯损百姓,以适其欲。"

唐朝初兴,为了避免落入之前几个朝代灭亡的陷阱,李世民吸取隋亡的教训,采取种种以人为本的仁政。这就是白居易在《七德舞》一诗中所写的:"功成理定何神速,速在推心置人腹……不独善战善乘时,以心感人人心归。"

李世民在位时推行均田,轻徭薄赋,直至"米斗三钱",自隋末以来流离失所的百姓解决了温饱的难题,经济开始复苏;他释放隋朝以来困在深宫中的宫女数千人,赎回战乱时被外族掳掠的百万人口,这是为了奖励婚嫁,增加因战乱而丧失的人口;贞观十一年,河南发生严重的水患,他下诏拆除部分宫殿苑囿,只为给遭遇水灾的百姓修缮房屋。

有一个故事,成为唐太宗克己恤民的经典表演,后来还被转移到其他帝王身上。

贞观二年(628),京畿一带发生严重的旱灾和蝗灾,李世民到禁苑视察看见很多蝗虫,拾起几只就要往嘴里塞,口中咒骂道:人们以谷为命,粮食却被你们吃了,这是有害于百姓。就算有过,过错也在我一人,你们只需食我心,不要加害百姓。左右急忙阻止,说吞蝗是会生病的。

李世民却说,自己就是希望吞蝗移灾,身体染病没什么好回避的,接着就将蝗虫吞了下去。

唐太宗重视民本思想,有自己的一套理论。

贞观六年(632),唐太宗在与魏徵讨论时说了一句话:"天子者,有道则人推而为主,无道则人弃而不用,诚可畏也。"李世民这番话可不得了,相当于否认了汉代儒家君权神授的思想,认为君主无道就是不合法的,百姓可以将其推翻。这句话,比欧洲资产阶级革命早了整整1000年。

一旁的魏徵听到领导发言,马上点赞:"古语云:'君,舟也。人,水也。水能载舟,亦能覆舟。'陛下以为可畏,诚如圣旨。"(《贞观政要》)

当初反对魏徵的封德彝在贞观元年就病逝了,他未能目睹李世民开创的治世。这才有了杜牧那一句"可怜贞观太平后,天且不留封德彝"。

3

李世民并没有因对百姓的仁德而忘记威震四夷的雄心,他对内施行仁政,对外则采用积极开放、锐意进取的政策。

贞观年间,突厥常年侵扰边陲。李世民即位之初,东突厥的颉利可汗亲率大军一路打到了渭水边。面对内忧外患,李世民不得不骑马出长安城,亲临渭水和颉利可汗谈判,两军避免了一场军事冲突。但是,颉利可汗也没得意太久,四年后,李世民就派大将李靖、李勣出兵，把东突厥给灭了。

随着东突厥、吐谷浑、高昌国等被唐军平定，环伺中原的外敌逐渐臣服于李世民，并为他奉上了尊号——"天可汗"。日本、新罗（朝鲜半岛东南部）、林邑（今越南中部）也纷纷派出遣唐使，漂洋过海朝见大唐天子。

正当唐军高奏凯歌，志得意满的李世民回到了武功（在今陕西省咸阳市）的故居。他喜不自胜，大摆筵席，饮酒赋诗，如同汉高祖当年高唱《大风歌》，创作了极具帝王气象的诗歌《幸武功庆善宫》：

> 寿丘惟旧迹，酆邑乃前基。
> 粤予承累圣，悬弧亦在兹。
> 弱龄逢运改，提剑郁匡时。
> 指麾八荒定，怀柔万国夷。
> 梯山咸入款，驾海亦来思。
> 单于陪武帐，日逐卫文枇。
> 端扆朝四岳，无为任百司。
> 霜节明秋景，轻冰结水湄。
> 芸黄遍原隰，禾颖积京畿。
> 共乐还乡宴，欢比大风诗。

这位放开眼界、胸怀四方的"天可汗"宣称："自古皆贵中华，贱夷狄，朕独爱之如一。"

据《唐六典》记载，唐王朝曾与300多个国家与地区互相来往。位于丝绸之路最西端的东罗马帝国，也在贞观十七年（643）从君士坦丁堡（今土耳其伊斯坦布尔）派遣使者，将赤玻璃等西方特产运送到了长安。这两座繁华的千年帝都曾在唐朝的青涩年华相遇。

4

贞观之治并非李世民一人之功，而是贞观创业团队的共同成就。

杜甫在《行次昭陵》中描写贞观之治中的这支精英团队：

文物多师古，朝廷半老儒。
直词宁戮辱，贤路不崎岖。

李世民既能唯才是用，也能虚心纳谏。贞观智囊团中最著名的组合当属宰相房玄龄、杜如晦，他们一个善于谋划，一个擅长决断，被称为"房谋杜断"。他们从秦王府辅佐李世民登上帝位，到后来助李世民日理万机，执掌朝政，共同筹划了贞观初年的军国大事。唐太宗曾回忆，每次议论政事，他要是拿不定主意，就等杜如晦来帮他做决定，最终都是用房玄龄之策。

房玄龄几乎陪伴李世民度过了整个贞观时代，他病危时，李世民特令人将宫苑的墙凿开一门，方便派遣使者慰问房玄龄的病情。

杜如晦不幸英年早逝，死于贞观四年（630）。杜如晦去世后，李世民每次看到了什么好东西就会想到他，一定要派人分一些赐给杜如晦的家人。久而久之，每次谈到杜如晦，李世民就痛哭流涕，对一个已故大臣恩遇至此。

房玄龄和杜如晦是唐朝良相中的黄金搭档，而李世民本人最著名的搭档是魏徵。魏徵是一位个性鲜明的人物，身上最有名的标签就是骂皇帝。他一生诤谏"数十余万言"，常将个人性命抛之脑后，敢于犯颜直谏，争到李世民怀疑人生。

人都有喜怒哀乐，李世民从战场上一路走来，有时脾气暴躁。有一次，李世民被魏徵顶撞得实在受不了，回宫后怒不可遏，对长孙皇后说："我一定要杀了那个乡巴佬！"

长孙皇后就问，说的是谁啊？

李世民道：还不是魏徵这家伙，他总是当着满朝文武的面羞辱我！

长孙皇后以贤德著称，听到丈夫要杀忠臣，突然沉默不语，回去换上正式服饰，肃立于庭中向他行礼，笑道："妾闻主明臣直。如今魏徵如此耿直，自然是因为陛下是明君，我岂能不向陛下贺喜。"李世民当场气就消了，老婆的话与魏徵的话，都得听啊。

唐太宗一辈子都忘不了这位诤臣，他说过："贞观之后，尽心于我，献纳忠谠，安国利人，成我今日功业，为天下所称者，唯魏徵而已。"

魏徵的正直与自律，代表的是贞观之治的时代精神，而这样的精神，在当时的朝中大臣中屡见不鲜。

中书令岑文本，都做到中书省长官的位置了，自己住的房子还是狭窄潮湿。直到贞观十九年从征辽东去世，他都没有利用职权经营自己的产业，保持着清贫生活，平生唯一牵挂的是家中的老母。

户部尚书戴胄也是如此，他一手掌握着户部这一肥差与国家经济命脉，却穷到没钱买房，去世的时候家中连祭祀的场所都没有，遗体无处安置，皇帝亲自下令给他修了座庙。

杜甫在另一首诗《夏日叹》抚今思昔，叹息道："眇然贞观初，难与数子偕。"诗中的是"数子"，指的正是贞观名臣。当杜甫颠沛流离、忧国忧民时，朝中早已经没有像魏徵、房玄龄、杜如晦等一样的贤臣。

唐代诗人追忆贞观之治，也是在怀念那个贞观贤臣群星闪耀的时代。

杜甫的忧思，甚至唐代诗歌的批判现实主义都有一部分继承自贞观之治的风气。唐太宗从谏如流，自称常恐上不称天心，下为百姓所怨，渴望正直的人进谏，让他了解外面的世界，使百姓无怨无恨。

贞观之治开唐朝言论自由之风气，也开启了唐诗批判现实主义的精神与政治思想。正如洪迈在《容斋随笔》中的评价："唐人歌诗，其于先世及当时事，直辞咏寄，略无避隐。至宫禁嬖昵，非外间所应知者，皆反复极言，而上之人亦不以为罪。如白乐天《长恨歌》、讽谏诸章，元微之《连昌宫词》，始末皆为明皇而发。杜子美尤多，如《兵车行》、前后《出塞》《新安吏》《潼关吏》《石壕吏》《新婚别》《垂老别》《无家别》……今之诗人不敢尔。"

这段话什么意思呢？就是说，唐诗敢于批判当下，直面现实。到了后来大兴文字狱的朝代，言论自由的风气早已荡然无存，挺直腰杆的文人自然也就成了凤毛麟角。

5

贞观后期唐太宗的悄然转变,成为这个治世不容忽视的另一面。

在太平盛世的景象与万国来朝的欢呼中,晚年的唐太宗变得志骄意满,有一次还当着群臣的面自夸道:"朕之功业大小,竹帛岂能尽载。"骄傲的李世民开始不愿接受劝谏,大臣们也就不敢再直言进谏。

只有魏徵发现了这一变化,他上疏跟李世民表达意见:"陛下欲善之志不及于昔时,闻过必改少亏于曩日,谴罚积多,威怒微厉。"魏徵这是对李世民说:陛下啊,您现在越来越不爱听臣等的谏言了,还经常发脾气,这样不行啊。

更狠的话还在后面。魏徵说:"安危之理,皎然在日。昔隋之未乱也,自谓必无乱;其未亡也,自谓必无亡。故赋役无穷,征伐不息,以至祸将身而尚未之寤也。"李世民一直是以表叔隋炀帝作为反面教材,现在魏徵却讽刺他堵塞言路,不知悔改,像极了隋炀帝。

唐太宗完全听不进去。他老了,开始迷恋上骄奢淫逸的生活。

贞观初年,李世民是爱民如子的帝王,到了后期,他大兴土木,驱使兵丁,甚至说:"百姓无事则骄逸,劳役则易使。"这句话是说,老百姓都是贱骨头,容易无事生非,必须长期当牛做马。于是,洛阳、骊山、宜春、汝州,一座座宫殿相继拔地而起,只为了满足李世民的虚荣心。随着建筑的规模不断扩大,有的百姓甚至砍掉自己的肢体,试图逃避繁重的徭役,为此李世民特意下诏:

"自今有自伤残者，据法加罪，仍从赋役。"

李世民去世的原因可能与他晚年荒诞的生活有关。随着身体日渐衰老，他更加恐惧死亡，寄希望于方士的所谓长生之术，开始在宫中炼制丹药。这些丹药不仅没让他的身体好转，反而使他的健康每况愈下。

一代名相房玄龄辅佐李世民20多年，到了贞观后期，也不得不看李世民的脸色办事，以此在宦海沉浮中独善其身。当时，房玄龄奉命监修国史。李世民明知帝王不可观看当朝起居注，这是历朝历代的优良传统，可他偏要看，一提出要求，就有官员极力反对。

谏议大夫朱子奢上疏阻止，说："以此开后世史官之祸，可惧也。史官全身畏死，则悠悠千载，尚有闻乎？"朱子奢痛批道，陛下这种做法要是让后世学了，史官为了避祸都给当朝帝王饰非护短，那还有什么信史可言？

房玄龄却不敢得罪此时的唐太宗，他放弃原则，将"起居注"删为"实录"呈给唐太宗，以此掩人耳目，也开了恶例。

靡不有初，鲜克有终。

贞观十七年（643），魏徵未能看到唐太宗自我反省，善始善终，就永远离开了他。出殡之日，李世民登上高楼，目送这位功臣的灵车远去，写了一首诗，哀叹：

> 望望情何极，浪浪泪空流。
> 无复昔时人，芳春共谁遣。

李世民遭受了巨大打击，他回忆起魏徵怅然若失，说出了那段经典的名言："夫以铜为镜，可以正衣冠；以古为镜，可以知兴替；以人为镜，可以明得失。朕常保此三镜，以防己过。今魏徵殂逝，遂亡一镜矣！"

在魏徵去世6年后，贞观二十三年（649），唐太宗李世民也走到了生命的尽头。

晚年的李世民失去了这面镜子，身陷儿子们的储位之争、辽东的远征以及对功臣的猜忌之中。魏徵是李世民的镜子，而贞观之治也像是历史的镜子，照出了君明臣贤的政治风气，照出了大唐盛世的赫赫功业，也照出了一代明君的渐不克终。

陈子昂：高尚是高尚者的墓志铭

大唐诗人陈子昂，此刻正处在他一生中最孤独的时刻。

这是他第二次从军，随武则天的侄子武攸宜东征，讨伐契丹叛军。由于主帅武攸宜畏敌如虎，又刚愎自用，导致惨败。陈子昂慷慨陈词，提出一系列作战建议，并表示愿意亲率一万士兵担当敢死队。谁知，他的挺身而出却招来武攸宜的忌恨，武攸宜不仅未采纳他的建议，还将他贬为军曹。

英雄失路，满腔悲愤。

在一个沙尘漫漫的黄昏，陈子昂登上了幽州台（即黄金台，又称招贤台，故址在今河北省定兴县高里乡北章村），孤寂忧愤，沉吟许久，写下了《登幽州台歌》：

> 前不见古人，后不见来者。
> 念天地之悠悠，独怆然而涕下。

多少年过去，如果不是刻意提起，已经没有人记得那个让陈子昂郁闷的顶头上司，也没有人记得那场东征的最终战果。但是，作为诗人情感发泄的这首诗，却流传下来，迄今传唱不衰。

所有人都记得，独属于陈子昂的这一份伟大的孤独。

每个人都有孤独的时刻，你有你的孤独，我有我的孤独，但我们的孤独如此卑微，根本不足为外人道。而陈子昂的孤独，被他一个字一个字写下来，只用了22个字，就成为传世的、伟大的孤独。

大约在这首诗诞生1000年后，明末清初一个叫黄周星的文人评论说："胸中自有万古，眼底更无一人。古今诗人多矣，从未有道及此者。此二十二字，真可以泣鬼。"

而陈子昂的人生，同样"可以泣鬼"。在写下这首千古名诗之前和之后的数年间，他经历了两次牢狱之灾，最终在年仅42岁的时候丧命，说起来，真的跟他的诗一样让人痛心。

1

陈子昂是500年才出一个的奇才，按照唐朝人的说法，叫"道丧五百岁而得陈君"。

他是初唐人，写的诗却被认为是盛唐诗。因为，他是初盛唐诗歌转换过程中的决定性人物，他的诗风几乎影响了在他之后的所有唐代大诗人。

用现在的话来说，陈子昂就是一面显赫的旗帜。自李白、杜甫以下，几乎所有叫得出名号的大诗人，不是陈子昂的迷弟迷妹，就是陈子昂的模仿者。李白一生狂放不羁，但他看了陈子昂的诗集后，撕毁自己从前的作品，并在诗里把陈子昂称为"凤与麟"。

杜甫曾专门跑到四川射洪县，去拜访陈子昂故居，然后写下一首诗，称赞陈子昂："有才继骚雅，哲匠不比肩。公生扬马后，名与日月悬。"白居易不仅把陈子昂和李白并列，说"每叹陈夫子，常嗟李谪仙"，还把陈子昂与杜甫合称，说"杜甫陈子昂，才名括天地"，可见，在这名后起大诗人的心目中，大唐的三大诗人是陈、李、杜无疑。韩愈在诗里说："国朝盛文章，子昂始高蹈。勃兴得李杜，万类困陵暴……"言下之意，陈子昂就是盛唐文学的先行者，没有他就没有李、杜。

和初唐四杰一样，陈子昂是唐诗黄金时代绕不过去的一个人物。但比初唐四杰还厉害的是，他适逢其时地提出了诗文变革的理论，使得高雅冲淡之音成为唐诗的主基调，风骨端直之韵成为唐诗的新潮流。

他也因此曾被称为"唐之诗祖"，这个头衔还是相当吓人的，想想上面提到名字的大诗人，都是他的徒子徒孙啊。

可是，这样一个牛人，一生却沉沦下僚，两度入狱，最终死于非命，历史往往如此吊诡。

2

陈子昂的生卒年，历史上没有确切的记载。一般认为，他生于661年，死于702年。664年，武则天杀宰相上官仪，天下称唐高宗和武则天为"二圣"，武周集团开始把持李唐朝政。一直到705年，武则天病死，唐中宗李显复辟，武周时代宣告结束。可见，陈子昂一生基本与武则天时代相始终。

我觉得用这样一句话来形容诗人与时代的关系，最为贴切不过——武则天时代，成就了陈子昂，也毁掉了陈子昂。

武则天时代的一个重要历史功绩，是打击门阀，起用寒族。陈子昂的家族虽然是四川射洪当地有名的巨富，我们都知道他曾在京城豪掷百万买了一把胡琴"炒作"自己多才的故事，但是，这样的地方富豪在唐初，也仅是个寒族罢了。纵使你再有才，在看重门阀的年代，要走科举之路，那是难于上青天啊。

陈子昂早年不爱读书，有侠气，喜欢打抱不平。到十七八岁后幡然醒悟，发奋读书，显示出非凡的天赋，所作诗文已被认为有汉赋大家司马相如和扬雄的风骨。当时蜚声文坛的王适读到陈子昂的诗后赞叹不已，预言此人日后必为"海内文宗"。

但陈子昂第一次出川考科举，就失败了，落第而归。受到打击后，他郁闷还乡，给朋友写了一首落寞的诗，说他要回四川老家归隐了：

转蓬方不定，落羽自惊弦。
山水一为别，欢娱复几年。
离亭暗风雨，征路入云烟。
还因北山径，归守东陵田。

了解陈子昂的人，都不会把他这席落第后的伤心话当真。他可是有济世经邦、建功立业大抱负的人，怎么会年纪轻轻就隐遁不出呢？

果然，没过两年，陈子昂就再度出川赴试。正如后来他自己所说，"臣每在山谷，有愿朝廷，常恐没代而不得见也"。他在所谓隐居的岁月里，心心念念的是要找机会出来做事。

这次，22岁的陈子昂中了进士。虽然仅得到一个从九品下的小官职，却是他人生的一个重要转折。一个寒士，通过科举进入朝廷官员序列，这种事情在武则天时代以前，几乎是不可能的。所以说，是武则天时代成就了陈子昂。

史载，武则天读了陈子昂的诗文后，"奇其才"。武则天一生中仅称赞过两个文人"有才"，一个是起草檄文骂她的骆宾王，另一个就是陈子昂。

当时，唐高宗李治驾崩于洛阳，朝堂上大臣们为送不送皇帝的灵柩回长安而争论不休。陈子昂上《谏灵驾入京书》，认为洛阳去长安路途遥远，扶柩回京，劳民伤财，不如就近葬于洛阳。武则天看后，大加赞赏，立即召其问政。谈及王霸大业、君臣关系时，陈子昂慷慨应答，武则天甚为满意。

初入官场的陈子昂，因为这次召见倍受鼓舞，认定自己遇到了"非常之主"。但他恰恰没想到，终其一生，正是这位"非常之主"，扼住了他的仕途，让他在官场摸爬滚打十多年，到头来仅是一个空有其名的从八品上小官员——右拾遗。

武则天以非常手段上位，故为了巩固地位，推行恐怖政治，利用武家党羽、酷吏、元老重臣等各种政治势力相互斗争和牵制，从而达到操纵全局、消除统治危机的目的。对待人才，她采取的是一套所谓的"羁縻政策"，留用，但从不重用。她秉性刚烈残忍，却对自己的统治手段十分清醒，知道直言忠谏的人不能杀，可以留着遏制诸武和酷吏的专横残暴，使当时的政治秩序不至于崩裂。陈子昂对于武则天的意义，或许就是这样一枚政治的小棋子。

与陈子昂年龄相仿的开元名相宋璟（663—737），在武则天时代同样默默无闻，要一直熬到唐玄宗上位后才获得大显身手的机遇和地位，成为唐朝四大贤相之一。可惜的是，陈子昂未能等到武则天时代落幕就已离开人世，所以，我们看不到陈子昂人生的另一种可能性。

3

690年，武则天正式称帝，改国号为周。据说当时有6万多人上表请求武则天顺应天意改国号，陈子昂也加入百官劝进的行列，呈献《上大周受命颂表》。因为这一选择，陈子昂被后世一些史家认定为谄媚"伪周"的叛逆分子，是操守有亏的"贰臣"，甚至被骂为"立身一败，遗垢万年"。

但很明显，这种死忠于一姓王朝的观念，基本是宋代以后理学兴起才被不断强调和构建出来的。宋代以前，知识分子并未患上愚忠之病。我们都知道，在李唐、武周变革之际，就有包括狄仁杰在内的许多重臣是武周的支持者；时间再往前推，在玄武门之变发生后，李建成的臣子魏徵后来也跟了李世民，并成就一段君臣佳话；即便在唐代之后，五代十国时期，老臣冯道左右逢源，历仕四朝十帝，却始终是颇有影响力的人物……这些人，在历史发生的当时，并未受到时人的诟病，而只有在宋代发展出一套机械的忠君理论后，后来人才站在道德制高点对他们进行"后入为主"的指摘和斥骂。

陈子昂就是在宋代以后躺枪的。整个唐代和五代时期，没有人因为他的政治立场而对他进行吹毛求疵的指责。恰恰相反，因为他的侠义、耿直、敢言，他被认为是人品无缺的完人。人们封他为"诗骨"，不仅仅由于他倡导的诗歌"风骨论"，还由于他本人就活得很有风骨，是一个骨鲠之士。

陈子昂上表支持武则天称帝改国号，当然包含了他对武则天知遇之恩的感激之情，但更主要的是，武则天的统治确实给当时的大唐带来一种昂扬向上的气息。尤其是像他这样的庶族，终于有了上升的通道。但就像我前面所说，武则天有自己的执政手腕，对于那些有悖她杀伐立威政治理念的人才，她可以留用，但决不重用。陈子昂的仕途悲剧，根源就在这里。

陈子昂肯定也意识到问题所在，但以他的为人，他决不会为了仕途升迁而去迎合武则天时代存在的弊政。

他是那个时代难得的直臣之一，虽然支持武周，但不能容忍武周的酷政，衷心希望时代变得更好一些。

在朝廷任职期间，他"以身许国，我则当仁"，多次越职上奏，指陈得失。他批评武则天任用酷吏，滥施刑罚，劝谏武则天停止诛杀李唐宗室，废除告密等使得人人自危的做法。

武则天"禁天下屠杀及捕鱼虾"，换取不杀生的美名，但这导致江淮饥民"饿死者甚众"，陈子昂愤怒谴责，这种虚伪的政策是昏君才想得出来。

随着陈子昂的谏言越来越犀利，武则天的脸色也越来越难看。史书说，武则天对陈子昂的奏疏"不省""不听"。陈子昂眼看着与自己交游的友人一个个升官发达，而他这个经常批逆鳞的人，却始终位卑职小，有时难免心灰意冷。

尽管如此，面对不平之事，他仍然豪侠果敢，挺身而出。友人乔知之被武氏当权者迫害致死，知情者大多三缄其口，只有他站出来说话。他写过两句诗："赤丸杀公吏，白刃报私仇。"颇有侠义精神。

在屡遭冷遇的情况下，陈子昂依然为民请命，直犯龙颜，这在鼓励告密、大兴冤狱的武则天时代，是需要多么巨大的勇气和人格力量啊。

大概在这个时期，34岁的陈子昂蒙受了牢狱之灾。史书没有写明他入狱的缘由，但从当时酷吏横行的政治环境来看，连狄仁杰、魏元忠等名臣都曾无辜遭到酷吏诬陷，狄仁杰还差点因此丧命，陈子昂的入狱也就不难理解了。

陈子昂这次入狱，至少坐牢一年半以上。从他出狱后呈献给武则天的《谢免罪表》可以看出，他对武则天果断终止酷吏政治，让他出狱并官复原职，还是心存感恩的。因此，他在奏文中主动请求赴边疆杀敌。在这种情况下，他随武攸宜东征，并发生了文章开头的一幕。

在幽州台写下那首千古名诗之后，面对有殉国之志却始终报国无门的状况，陈子昂终于做出了最后的抉择。

700年左右，陈子昂以父亲年迈需要服侍为由，自请罢职还乡。女皇武则天特许他带官职、薪俸归去，以示优待。陈子昂回到了射洪老家，栖居山林，搭了数十间茅草屋，以种树采药度日。

十多年前，初入官场蒙获武则天召见时，他写过一首诗：

平生白云志，早爱赤松游。

事亲恨未立，从宦此中州。

主人亦何问，旅客非悠悠。

> 方谒明天子，清宴奉良筹。
> 再取连城璧，三陟平津侯。
> 不然拂衣去，归从海上鸥。
> 宁随当代子，倾侧且沉浮。

当时，他以为自己得遇"非常之主"，可以建立"非常之功"，所以写得意气风发。但即便在如此春风得意的时刻，他仍不忘在诗的末四句写上"不然拂衣去，归从海上鸥。宁随当代子，倾侧且沉浮"。意思是说，如果这个"非常之主"不能让人实现经世济民的抱负，那我宁可拂衣而去，追随海鸥浪迹归隐，也决不说违心话，决不行苟且事。

而今，这首诗成了40岁的陈子昂辞官返乡的预言，也成了他坚守初心的见证。

4

不知道从什么时候起，只要跟人聊起唐代那些仕途失意的才子、诗人，一定会有人发出这样刺耳的声音：这些人只是诗人而已，没什么可惋惜的；正是他们的失落，才给真正的治世将臣让了路。

我却向来不敢苟同这样的唯结果论。

不能因为命运给每一个人书写了唯一的结局，就把其他的可能性都堵住了。诗人才子和治世将臣，并不是对立的关系，而更像是两个有交集的圆圈。有些人最终以诗人之名传世，有些人最终以能臣之名传世，这固然都与他们最擅长的能力有关，但真正决定他们能做出什么样的历史功绩的，却是时代机遇与个人选择。

在唐代，根本没有诗人这种职业或分工。整个传统中国社会，一个知识分子，只有两条路可供选择：要么仕（做官），要么隐（归隐）。而且，选择"仕"的人占了绝对主流，尽管他们心中都奉守"隐"的文化传统。这就是说，今天我们口中的"唐代著名诗人"，其实绝大多数人真正的职业是官员，写诗仅仅是他们的一种干谒手段、社交需要、心理需求或兴趣爱好而已。

这些人，之所以在后世被冠以大诗人的头衔，也仅仅是因为他们的诗写得太好了。在漫长的历史时段中，任何现实功业都如同流水，而只有文字的流传可以跨越时代，深入人心，永不磨灭。这就是我们铭记诗人及其诗作的真正原因。

但我们切记不能因此颠倒本末，认为一个人成了大诗人，就说他除了文才很行，其他能力都不行。

历史上，人有能力却没有机会施展，这样的例子太多太多了。有的生不逢时，有的怀才不遇，有的身不由己，有的志不在此……时代与个人的每一个变量，都会影响个体的实际命运。初唐四杰，每一个都很厉害，但都命运多舛，不是他们能力不行，而是造化弄人。他们有的站错了队，有的被疾病纠缠，有的死于意外，最终，一个个天纵之才都活成了天妒英才。晚唐大诗人杜牧，从他留下来的政论文来看，他对收拾时局、制伏藩镇割据都有很独到的方略，可惜他一生陷于牛李党争中，没有机会为将为相，只能在"十年一觉扬州梦"的诗行中徘徊度日……

陈子昂，同样是一个被埋没的政治大才。他给武则天上了十多道奏疏，探讨治国之道，但均未被武则天采用。不过，这些奏疏流传了下来。

400年后，一个政治家读到了陈子昂的奏疏，称赞说"辞婉意切，其论甚美"。这个政治家叫司马光。

又600年后，一个思想家读到了陈子昂的奏疏，感慨说此人绝不仅仅是一个"文士"，假如他能遇到一个明君以尽其才，绝对是与姚崇齐名的"大臣"。这个思想家叫王夫之。

又几十年后，一个皇帝读到了陈子昂的奏疏，激赏不已，说这些文字"良有远识"，"洞达人情，可谓经国之言"。这个皇帝是康熙。

无论是政治家、思想家还是帝王，他们都深深懂得，陈子昂是被时代耽误的一个宰相之才。那些奚落诗人只能是诗人的人，又有什么资格继续他们纸上谈兵式的奚落呢？

我在前面其实已经讲到了，陈子昂之所以政治不得志，主要是两个原因：他有原则，有底线，不愿意奉承武则天时代的弊政，而希望国家可以变得更好；他活得不够长，没熬过把人才当点缀的武则天时代，从而失去了像姚崇、宋璟一样施展政治才干的可能性。

唐朝人赵儋说得很清楚，他说陈子昂"道可以济天下，而命不通于天下；才可以致尧舜，而运不合于尧舜"。时运不济，命途多舛啊！

5

陈子昂是孤独的。

从进入朝廷的那一刻起，无论他心怀多大的热情和抱负，都无法改变这层孤独的底色。他的诗,有众多带"孤"字的意象,"孤凤""孤鳞""孤征""孤愤""孤剑""孤松""孤飞""孤舟"等。"独"字也在他的诗中屡屡出现,"独坐""幽独""独青青""独婵娟"等。可见他是一个内心孤寂之人。

但,陈子昂最值得尊敬的地方,正在于此:他孤独,但不想着合群。因为,在当时的大环境下,合群意味着要放弃原则,可能还要同流合污。他不屑如此。

他曾在一首诗中反思过自己的命运。这是后世评价很高的一首诗,出自他的《感遇》组诗。诗中是这样写道:

> 翡翠巢南海,雄雌珠树林。
> 何知美人意,骄爱比黄金?
> 杀身炎州里,委羽玉堂阴。
> 旖旎光首饰,葳蕤烂锦衾。
> 岂不在遐远?虞罗忽见寻。
> 多材信为累,叹息此珍禽。

全诗都在描写一种不同流俗的翡翠鸟,全身长有极漂亮的羽毛,招惹起美人的喜爱,竟想用它来装点首饰和锦衾,因而招致杀身委羽之祸。全诗结束时才以"多材信为累",点出诗人的本意:一个品格高洁、才华出众的人,一旦为统治者所垂青,被选用作点缀升平的饰物,就难免因才华之累而丧生。

很明显,诗人自己就是那只翡翠鸟。

700年左右,一场牢狱之灾和杀身之祸,正在等待还乡归隐的陈子昂。

在老家的陈子昂，原本准备继承司马迁的志向编写《后史记》，大纲都编好了，却遭遇了丧父之痛。父亲病危逝世，给了这个至孝之人重重的一击。史书说，陈子昂痛哭连天，以至于自己身瘦如柴，衰弱不堪。恰在此时，射洪县令段简给陈子昂加了一个莫须有的罪名，将他拘捕入狱。在双重打击下，陈子昂整个人都垮了，拄着拐杖都难以行走。

关于县令段简为什么会拘捕陈子昂入狱，史学界有不同的说法。有的认为段简制造冤狱，是想讹诈陈家的钱财；有的则说段简的背后其实是武三思、武攸宜等诸武的势力，他们对陈子昂历来的直言极谏早已心生不满，所以逮住机会借段简之手将其杀害。

入狱前，陈子昂给自己算了一卦，然后仰天长叹："天命不佑，吾其死矣！"

702年，陈子昂死了，年仅42岁，"天下之人，莫不伤叹"。

陈子昂死去的那一年，盛唐一代诗人正在孕育中：孟浩然大概十三四岁，李白和王维只是一两岁的婴儿，而高适、杜甫、岑参这些人都还没有来到这个世界。等他们长大以后，他们将从陈子昂那些寂寥而苍凉的文字中，预感到中国诗史上一个空前绝后的光荣时代即将降临；他们将对这个一生伟大而孤独的前辈，致意良久；他们将对他那些震古烁今的诗句，不断传唱——

前不见古人，后不见来者。
念天地之悠悠，独怆然而涕下。

盛世：升平年代，诗文换酒

他的一生几乎横贯盛唐，
既是开元盛世的建设者，也是见证者。
平心静气、快意人生，方能福寿绵长。

贺知章的完美人生

1

天宝元年（742），李白与贺知章在长安相遇。两人都是狂放豪迈的诗人，也是疏宕不拘的酒徒，虽相差42岁，却一见如故。

初到长安的李白向老前辈呈上一首《乌栖曲》，年过八旬的贺老一边痛饮一边吟诵，赞叹道："此诗可以泣鬼神矣！"李白大受鼓舞，又从诗袋中取出自己的得意之作《蜀道难》。

噫吁嚱，危乎高哉！蜀道之难，难于上青天！蚕丛及鱼凫，开国何茫然！尔来四万八千岁，不与秦塞通人烟……

贺知章读完前几句，酒杯就快拿不稳了。全诗读罢，激动不已，给李白疯狂点赞："公非世间凡人，一定是天上的太白金星遇谪下凡！""谪仙人"这个流传千古的名号，正是老贺送给小李的。

盛世：升平年代，诗文换酒

酒逢知己千杯少，贺、李这对忘年交在长安酒肆纵酒高歌，一时竟花光了酒钱。贺知章二话不说，手一挥，解下腰间皇帝御赐的金龟拿来抵押，换酒钱。金龟可不是寻常之物，只有朝中高官才能佩戴。

孔子曰："不得中行而与之，必也狂狷乎。狂者进取，狷者有所不为也。"后人解释说，狂者，进取于善道。若说"狂"，自号四明狂客的贺知章绝对不逊于后辈李白。

不同的是，李白的狂，站在另一个角度看，多少有些硌硬人。如果你是领导，肯定不希望下属在工作时醉眼蒙眬，"天子呼来不上船，自称臣是酒中仙"。估计也看不惯他调戏自己的秘书和老婆，让力士脱靴、贵妃捧砚。而贺知章的狂，不仅是他人生最好的注脚，而且成就了他一生平顺、福寿双全，怎么看，都是一个可爱的老顽童。

贺知章是浙江有史可稽的第一位状元。他36岁科举入仕，在中央任职50载，从未被贬外地，如此经历在唐代高官中绝对是屈指可数。晚年还乡后，他自己也写诗道："少小离家老大回，乡音无改鬓毛衰。"

贺知章还是唐代长寿的诗人之一，86岁才辞官回乡，寿终正寝。他与唐朝著名的愤青陈子昂一样，生于初唐，不同的是，他的一生几乎横贯盛唐，既是开元盛世的建设者，也是见证者。后世诗人中，南宋的陆游也以高寿著称，但其人生幸福指数，显然远不如贺知章。

如果有记者采访贺知章，问一句你幸福吗？贺知章肯定会笑着答，他姓贺，之后再向大家分享他的幸福秘诀。

2

贺知章考中状元后,第一个职务是国子四门博士,相当于全国最高学府的教授。古人追求学而优则仕,可贺知章对仕途却淡然处之。他"性旷夷,善谈论笑谑",有一种魏晋名士的风范,整日乐乐呵呵,没事就和同事、学生侃大山,从来不担心自己哪天升迁,什么时候涨工资。当了几年国子学、四门学的教授后,贺知章才在姑表兄弟、宰相陆象先的帮助下,去了太常寺当礼官,正式踏上仕途。

这是贺知章人生中的第一个机遇。

要知道,陆象先可是出了名的直臣。他当年由太平公主举荐,当上宰相,却只知道在工作岗位上埋头苦干,从没卷入太平公主的权力斗争。唐玄宗李隆基发动先天政变后,因陆象先刚正不阿,才没有对他进行清算。

陆象先有句名言,天下本无事,庸人扰之为烦耳。这么一个不与世俗同流合污的人物,却特别欣赏贺知章。陆象先说:"贺兄倜傥多才,是真正的风流之士。我跟其他兄弟离别日久,从来不会想念他们。可要是一天没和老贺聊天,我就觉得胸中顿生鄙吝之气了。"

贺知章这种乐天派的性格,天生就有感染力,连陆象先这种老学究式的人物,也对他有一种亲近感。

3

"落花真好些，一醉一回颠。"（贺知章《断句》）

豪放的四明狂客，自然离不开美酒。

在贺知章告老还乡后，才姗姗来迟、困守长安的杜甫，一直十分仰慕这位文坛前辈的风采。《饮中八仙歌》中，杜甫写的第一位酒仙正是贺知章。他取魏晋"阮咸尝醉，骑马倾攲"的典故，写道："知章骑马似乘船，眼花落井水底眠。"

在杜甫的想象中，贺知章和李白、李适之等七人执酒共酌，喝醉后骑马似乘船般摇晃，醉眼昏花的他不慎跌落井里，竟然在浅水中坦然酣睡。

醉后的老顽童更是乘兴而发，他与饮中八仙之一的"草圣"张旭常走街串巷，在路上一遇到雪白的墙壁或屏障，二人就索笔挥洒，在上面写诗。温庭筠曾评价贺知章的书法："知章草书，笔力遒健，风尚高远。"其率性留下的笔迹，被民间奉为墨宝，老百姓都舍不得毁坏。贺知章逝世80多年后，诗人刘禹锡还曾在洛阳发现他当年的题壁，并在诗中写道："高楼贺监昔曾登，壁上笔踪龙虎腾。"

普通人乱涂乱画是破坏公物，贺知章在墙上写诗就是街头艺术了。

4

贺知章的题壁如今已难寻，甚至连他的诗现存也只有20余首。

这对于一位长寿诗人而言极为反常，毕竟后来就有一个同样活了80多岁的兼职诗人乾隆皇帝，一生留下4万多首诗。有学者认为，贺知章的诗文或许大部分已在漫长的时间中散佚，又或许是他为人随性，生前所作的诗随作随弃，从来没有妥善保存，导致去世后也没能结集。

贺知章的诗淹没在历史长河中，他所作的文章却在1000多年后逐渐重见天日。近代以来，考古学界先后出土贺知章所作墓志有8方之多，他是近年出土唐代墓志最多的作者，最早一篇写于开元二年，志主为前朝官员戴令言，出土于河南洛阳。

贺知章，一个放荡不羁的诗人，为何会为素未谋面的权贵创作这么多墓志铭？有学者推测，贺知章写墓志，"在一定程度上不能说与接受请托、收取润笔没有关系"，说白了，就是缺钱。

贺知章终生嗜酒，率性生活，自然需要大量花费，可位高权重的他，宁愿给人写墓志，也不投机取巧。在长安，贺知章和李白惺惺相惜，一块儿喝酒，喝到腰包空空如也。他既不仗势欺人，也不借机赊账，直接把腰间的金龟一解，拿去跟店家换酒钱。

在纸醉金迷的大唐盛世，贺知章始终保持着本真的生活态度。正所谓："主人不相识，偶坐为林泉。莫谩愁沽酒，囊中自有钱。"（贺知章《题袁氏别业》）

5

在明争暗斗的朝廷中，别人巴不得多在皇帝面前争取表现机会。生性率真的贺知章，并不适应官场规则，他踏实工作，升迁速度很慢，尽管誉满天下，可年近六旬依旧是个无名小官。如果活在现代，可能就会有些人以他为例子写几篇贩卖焦虑的毒鸡汤，说世道变坏，是从状元没钱买酒开始的。

在朝中任职30年后，年过花甲的贺知章才在开元十三年（725）升为礼部侍郎、集贤院学士，之后又改任太子宾客、秘书监（世人因此尊称其为"贺监"）。那时，与他同期的官僚早已出尽风头，甚至已经不在人世了。熬了大半辈子才熬出头，贺知章可能也只会从容笑一笑：别急，让老夫再喝杯酒。

有人说，贺知章没有出众的政绩，算不上好官。然而开创盛世的并非只是姚崇、宋璟这样的名相，也需要千千万万如贺知章这样默默奉献的官吏。他们不是最出众的一个，却如你我，化作汇成巨流的涓涓溪水。

在朝中，有些北方人带着地域歧视，嘲笑浙江人贺知章是"南金复生中土"，意思是贺知章是南方的乡巴佬，到了京城才得以焕发光彩。贺知章在京生活50年，但他浙江口音一向比较重。杜甫的诗就说过，"贺公雅吴语，在位常清狂"，一口"塑料普通话"难免和别人产生隔阂。

贺知章知道别人对他有偏见，不怒也不恼，写了首通俗易懂的诗送给这些同僚，嘲讽道："鈒镂银盘盛蛤蜊，镜湖莼菜乱如丝。乡曲近来佳此味，遮渠不道是吴儿。"（贺知章《答朝士》）

你们这帮老家伙，只会当"键盘侠"，吃南方出产的蛤蜊和莼菜等美食，就不管它们是不是南方产的，对南方人干吗这么挑剔呢？

对同为南方人的政敌，贺知章也是一副嬉皮笑脸的样子。

韶州曲江（今广东韶关）人张九龄是开元年间的贤相，可为相时一向看不惯贺知章为人，对他处处打压，让他累年不迁，一直得不到提拔。

后来，张九龄罢相，怕贺知章趁机报复，主动向贺知章道歉：昔日九龄多管闲事，让公多年不得升迁，为此感到遗憾。贺知章应声答道：知章蒙相公庇荫不少。

张九龄就纳闷了：我什么时候庇护过你呀？

贺知章一如往常诙谐幽默，说：因为之前您在朝为相，都没人敢骂我为'獠'（獠，北方人对南方人的蔑称），您走后，这朝中就只剩我一人了。

贺知章这句话的意思是，以前张九龄在朝，其他大臣对其保持敬畏，不敢轻易进行地域攻击，如今张九龄罢相，老贺这个南方人在朝中跟人吵架可就占不到便宜了。这个故事出自唐人笔记《封氏闻见记》，主要表现了贺知章的风趣幽默。

在权力游戏中，贺知章只是一个配角，但在他的生命里，他已是最好的主角。岁月静好，只有贺知章在尽情享受人生，所以他活得久，过得也最轻松。

6

天宝三载（744），即小说《长安十二时辰》故事发生的时间，大唐盛世正在悄无声息中走向腐朽衰亡。唐玄宗怠政，专宠杨玉环，李林甫大权独揽，排除异己，安禄山上下经营，羽翼丰满。盛世浮华的表面，竟是危机重重。

贺知章的生活一如既往地平静。那一年，他回家了。86岁高龄的贺知章生了一场病，一度精神恍惚，大病初愈后，便以出家当道士为由，向唐玄宗告老还乡，归隐镜湖。

贺知章为官50年，将快乐带给身边每个人。唐玄宗对这个可爱的老头由衷感到亲切，为他举办了大唐文坛最盛大的一场饯别宴会，如同送别一位多年知交。唐玄宗下诏，在京城东门设宴，并与到场的百官写诗为贺知章送行。之后，这些送别诗整理成册，由唐玄宗亲自赐序。

城门外，长安城最有权势、最富才华的人物悉数到场，祝贺老贺光荣退休，盛况空前。在大唐，从来没有一个文人享受过如此高的待遇。贺知章身披唐玄宗御赐的羽衣，与前来相送的客人一一道别，这其中有宰相、宗室、好友，还有他的学生——太子李亨。

时任翰林供奉的李白为老友写作一首《送贺宾客归越》："镜湖流水漾清波，狂客归舟逸兴多。山阴道士如相见，应写黄庭换白鹅。"

久客异乡的游子，沿着梦中的足迹，回到故乡江南。历经50多个年头的沧桑，日子明明是一天天地过，可在那一刻，贺知章却像穿越时空的"烂柯人"，在家乡找不到一丝熟悉的痕迹，只有同乡的孩子们好奇地问："老爷子，您从哪儿来？"

"儿童相见不相识，笑问客从何处来。"老人淡淡的悲伤后，藏着几分童趣，一如当年红尘中几许轻狂。

很多人生平第一次读贺知章的诗，是那首《咏柳》：

碧玉妆成一树高，万条垂下绿丝绦。

不知细叶谁裁出，二月春风似剪刀。

  儿歌般的天真烂漫，出自官居高位的贺知章之手，似乎有些许违和感，可与他老顽童般的性格又格外契合。庙堂之上，多少文人怀着封侯拜相的豪情壮志，即便潇洒如李白，也未能彻底放下功名，在安史之乱中入了永王的军营。

  贺知章却始终在做自己，做一个潇洒的狂客，就像那句话，出走半生，归来仍是少年。我们不妨学学老贺。平心静气，快意人生，方能福寿绵长。只有安然度过漫长岁月，才有机会去亲眼看一看，那锦绣繁华的盛世长安。

盛世：升平年代，诗文换酒

张九龄：贤相之死

张九龄最为人熟知的一首诗，写于他人生最失意的时刻：

> 海上生明月，天涯共此时。
> 情人怨遥夜，竟夕起相思。
> 灭烛怜光满，披衣觉露滋。
> 不堪盈手赠，还寝梦佳期。

这一年，64岁的张九龄遭到政敌李林甫排挤，被唐玄宗贬为荆州长史。贬谪途中，清风明月之夜牵动张九龄的乡思，他怀着对远方亲人的思念，写下了这首脍炙人口的《望月怀远》。如今，每年中秋晚会主持人都会念到其中两句。

那一轮盛唐的明月，随诗歌穿越时空，朗照于历史长河之中，1000多年来让人念念不忘，而张九龄在盛唐诗坛的地位同样不可撼动。

张九龄一生中有两个身份至关重要。

他是开元时期的最后一位贤相，宋人晁说之曾经感慨："九龄已老韩休死，无复明朝谏疏来。"张九龄和韩休都是敢言直谏的宰相。张九龄罢相成为开元盛世的拐点之一，此后危机逐渐浮现，直至安史之乱爆发。

他也是盛唐的文坛领袖之一，被唐玄宗誉为"文场之元帅"。张九龄一生上及初唐，下携盛唐，既是初唐诗人的继承者，也是不少盛唐诗人的"老大哥"。我们熟知的盛唐诗人，如王维、孟浩然、王昌龄等都受过张九龄的提携。

1

张九龄是从岭南走出的第一位宰相。他出身粤北山区的仕宦之家，家境贫寒，却从小就有远大的政治抱负，自称"弱岁读群史，抗迹追古人。被褐有怀玉，佩印从负薪"（《叙怀二首》）。

北京大学袁行霈教授如此分析："中国的士大夫受儒家思想的影响，许多人怀着'修身、齐家、治国、平天下'的抱负，积极入世，欲拯救人民于涂炭之中，治理国家达到升平之世。……他们并不是不关心个人的功名富贵，但个人的功名富贵是通过实现这种理想而获得的。"可以说，在做人为官方面，张九龄深刻体会到了中国儒家思想的核心价值观，一辈子也没有跑偏。

这个来自偏远烟瘴之地的才子，一身满满的正能量。史书记载，他13岁时就敢写信给广州刺史，谈论政事。广州刺史看完这少年的来信，嘿，小小年纪说得还挺有道理，将来一定大有作为，随手就点了个赞："此子必能致远。"

之后，通过考试和举荐，张九龄踏上仕途。宦海沉浮几十年，他最突出的无非就两点，说真话，办实事。

开元初年，唐玄宗以姚崇、宋璟为相，励精图治，开创盛世。一代名相姚崇身怀治国安邦之才，深受唐玄宗信任，每次玄宗见姚崇来都要起身相迎。张九龄当时的官职是左拾遗，相比之下就是个芝麻绿豆大的小官，还是个谏官，尽干些吃力不讨好的事。

官场水很深，姚崇功盖一世，他的亲族和下属自然也鸡犬升天，有的人就干了一些贪赃枉法的勾当。姚崇哪里管得过来，对这些见不得人的事情只好听之任之，朝中很多人对此敢怒不敢言。

张九龄就不服了，直接上书劝说姚崇。张九龄说：姚相啊，自从您执掌宰相的重任，不少小人跟您讨好处，您应该注重提拔德才兼备的人才，教育好自己的亲信，不然迟早完蛋。

虽说宰相肚里能撑船，姚崇读罢，也没有公开报复张九龄，却在之后故意给他穿小鞋。张九龄"封章直言，不协时宰"，这下子得罪当朝宰相，日子不好过，于是就干脆请了个病假，辞官还乡奉养母亲。

这一年是开元四年（716），张九龄39岁，这当然不是他最后一次"因言获罪"。

回韶州（今广东韶关市）老家途中，张九龄深感仕途无望，心生归隐之意，写下一首《南还湘水言怀》：

拙宦今何有，劳歌念不成。
十年乖凤志，一别悔前行。
归去田园老，倘来轩冕轻。

> 江间稻正熟，林里桂初荣。
> 鱼意思在藻，鹿心怀食苹。
> 时哉苟不达，取乐遂吾情。

有句话说，那些杀不死你的，终将会让你更加强大。如果张九龄就此成为深山隐士，盛唐将会少一位贤相，但这位大龄待业青年在岭南并没有闲着。

在实地考察岭南的交通后，张九龄发现扼守南北要冲的大庾岭山道年久失修，行走极不方便。他立马向朝廷汇报，建议开辟大庾岭新路，得到同意后更是亲自上阵，带领民工劈山开路，最后如期完成，并写下《开凿大庾岭路序》作为纪念："役匪愈时，成者不日，则已坦坦而方五轨，阗阗而走四通，转输以之化劳，高深为之失险。于是乎镵耳贯胸之类，殊琛绝赆之人，有宿有息，如京如坻……"

大庾岭驿道重新开通后，从广州北上中原的贸易往来更加频繁，史书有"广南金、银、香药、犀、象、百货，陆运至虔州（今江西赣州）而后水运"的记载，其中陆路的必经之道就是大庾岭。人们在岭上种满梅花，到宋代更是在岭上建造关楼，遂称为"梅关"。古驿道上的珠玑巷，成为后世中原动乱时士民南迁的中转站。据学者考证，岭南不少姓氏宗亲，都曾寄居于珠玑巷。这段传奇的移民史，正是始于张九龄开辟驿道的功绩。

盛世：升平年代，诗文换酒

2

官场上一代新人换旧人，姚崇死后，唐玄宗起用另一位名相张说。张说是一代文宗，执掌文坛30年，巧的是，他还是张九龄的知音，便捎带着提拔张九龄。张九龄几经沉浮，在年过半百时终于升到了宰相的位置。

张九龄身居相位，如他自己在诗中所说，恪守的是"报恩非徇禄""高节人相重"的信念，堪称一个有风度、有气节的大唐官员。

张九龄辅佐唐玄宗治理江山，广开言路，改革弊政，主张任人唯贤，以民为本，尤其是轻徭薄赋，重农桑。

封建王朝的所谓"太平盛世"，不外乎就是劳动人民吃得饱，社会基本稳定，经济持续发展。史书中对开元盛世的记载大都离不开对农业生产的描述：

开元、天宝之中，耕者益力，四海之内，高山绝壑，耒耜亦满。人家粮储，皆及数岁，太仓委积，陈腐不可较量。（《元次山集》）

是时海内富实，米斗之价钱十三，青、齐间斗才三钱，绢一匹钱二百。道路列肆，具酒食以待行人。店有驿驴，行千里不持尺兵。（《新唐书·食货志》）

忆昔开元全盛日，小邑犹藏万家室。稻米流脂粟米白，公私仓

廪俱丰实。（杜甫《忆昔二首》）

  张九龄重视农桑到了什么程度呢？有一年冬季，唐玄宗到洛阳过年，突然心血来潮，改变次年二月回京的主意，与宰相商议立即启程返回长安。皇帝出一趟门那可不得了，沿途大队人马护驾，各级官吏迎来送往，就连老百姓也得被迫参与其中，好不热闹。如此势必会影响百姓正常生产作息。

  时任中书令的张九龄认为不妥，说："今农收未毕，请俟仲冬。"眼下农民正在收割庄稼，如果皇帝此时回京，肯定会扰民误农，不如推迟返程的时间。只可惜一旁的李林甫为了讨好唐玄宗，不顾百姓利益，劝说玄宗不必再等。唐玄宗听了他的话，即日便启程回长安。

  张九龄体恤民情，不仅在于关心民生疾苦，还在于个人的廉洁奉公。

  张九龄担任宰相后不久，唐玄宗赏赐他一幢豪宅。第二年装修完，张九龄看到这座官邸太过豪华，不愿接受如此厚爱，就向唐玄宗呈上一篇《让赐宅状》，请求退回皇帝的奖赏。

  这篇《让赐宅状》大意是说：我张九龄出生在贫穷的家庭，过惯了简朴的生活。我家中只有十几人，不需要这么大的房子，纵有住宅百间，睡眠才需几尺？纵有腰缠万贯，每日能食多少？朝廷为臣修筑这么一幢高级住宅，实在是劳民伤财，臣住着也不踏实，恳请陛下收回，赐给更需要的人吧。

  生活上的高度自律，表现在工作上是高尚的政治操守。开元二十四年（736），武惠妃谋废太子李瑛，而改立自己的儿子为皇储。武惠妃是当时最受唐玄宗宠爱的妃子，她去世后，唐玄宗为她黯然神伤，悲痛许久，直到见到杨玉环才又焕发第二春。

武惠妃为废立太子之事派心腹宦官找到了张九龄，对他说："有废就有兴，大人若是肯帮忙，你的宰相之位就可以长久。"张九龄一听，当面怒斥，为太子据理力争。在他看来，宫闱绝对不可干预朝廷之事。可张九龄这一骂，既得罪了武惠妃，也引起唐玄宗的不满。

相比之下，同为宰相的李林甫在这件事上就是个十足的投机者。他知道武惠妃得宠，当唐玄宗问他关于太子之事时，就回答道，这是皇帝的家事，没必要问外人。

众所周知，这一事件的结果是太子李瑛被武惠妃诬陷谋反，最终和另外两个兄弟被唐玄宗废为庶人，并在同一天被赐死。

唐玄宗变了。一代英主已经不再愿意听逆耳的忠言，而是更愿意听顺耳的佞语。对于贤能的张九龄，他是又爱又恨，他喜爱的是张九龄治国有方的才干，却逐渐反感张九龄不留情面的直谏。相反，同样才能出众而又灵活听话的李林甫更能得到唐玄宗的青睐。创业难，守业更难，谁不想舒服地过日子呢？

唐玄宗的转变，也是张九龄命运的转折。

3

张九龄不愿迎合皇帝，惹来唐玄宗的猜忌，可在当时文坛，他却是当之无愧的领袖。傅璇琮先生认为，"张九龄在盛唐诗坛的地位，不仅是他自己的创作本身，还由于他的文学交往"。（《唐代

诗人丛考》）

张九龄的老大哥是张说，两人都姓张，老张就把小张认作"同宗同族"的族子。张九龄26岁时，他的诗文就得到这位文章大家的赏识，之后在官场上更是离不开张说的举荐。张说去世后，张九龄自然而然地继承了文坛老大哥的地位。

作为诗人，张九龄出生于初唐，晚年跻身开元名相，这使他成为初唐四杰、陈子昂之后，到盛唐诗人之间这段诗歌革新运动过渡时期重要的见证者和推动者。要知道，初唐最具影响力的大诗人陈子昂逝世于702年，而在此前一年，盛唐诗人王维与李白才刚刚出生。张九龄继承发展五言古诗，一扫六朝绮靡诗风，独具"雅正冲淡"神韵。因此，清人刘熙载在《艺概·诗概》一文中评价道，陈子昂、张九龄"独能超出一格，为李（白）、杜（甫）开先"。

盛唐诗人对张九龄的景仰，是后生晚辈对文坛前辈的尊敬，也是出于政治上寻求靠山、请求援引的需要。古人追求"学而优则仕"，不想当高官的诗人，着实少见。

王维就是张九龄的粉丝，他年轻时向张九龄献诗，请求为其帐下幕僚，后来被张九龄举荐为右拾遗，两人之间多有唱和。张九龄晚年处境窘迫时还没有忘记这个学生，写有一首《答王维》："荆门怜野雁，湘水断飞鸿。知己如相忆，南湖一片风。"

另外一位与张九龄感情深厚的是盛唐诗人中较为年长的孟浩然。孟浩然比张九龄小12岁，一生仕途失意，曾为张九龄的幕僚，两人结为忘年之交，也留下了多首唱和之作。其中孟浩然那首入选中学语文教材的《望洞庭湖赠张丞相》，就是写给时任宰相张九龄的干谒诗：

盛世：升平年代，诗文换酒

> 八月湖水平，涵虚混太清。
> 气蒸云梦泽，波撼岳阳城。
> 欲济无舟楫，端居耻圣明。
> 坐观垂钓者，徒有羡鱼情。

甚至就连安史之乱后历仕四朝，为大唐力挽狂澜的名相李泌，年少时也是张九龄的"小友"。

李泌是个神童，7岁就会写文章，机缘巧合下受皇帝召见，得到唐玄宗的喜爱，更有张九龄、贺知章等朝中重臣"倾心爱重"。如此童年经历堪称传奇，唐玄宗还特意下旨命他的父母要善加抚养。

张九龄平时经常请小李泌到自己家中做客。当时，大臣严挺之、萧诚都是张九龄的好友，严挺之厌恶萧诚的谄媚，劝张九龄谢绝与萧诚来往。张九龄尽管一身正气，可在人际交往中也难免从俗，听严挺之的建议后也不以为然，念叨着说：老严太严肃了，还是老萧讨人喜欢。

张九龄正要命左右唤萧诚来见，这时一旁的李泌说话了：您是布衣出身，因正直无私而官至宰相，也喜欢萧诚这种低声下气、毫无节操的人吗？张九龄听李泌这么一说，顿觉醍醐灌顶，再三感谢李泌的劝说。

后来，张九龄亲自指导李泌写诗，结合自己的宦海生涯告诫他："早得美名，必有所折。宜自韬晦，斯尽善矣。"

小心驶得万年船，但明枪易躲，暗箭难防，一场危机正向张九龄逼近。

4

开元二十四年（736），唐玄宗罢张九龄相位，任李林甫为相。这被视为唐玄宗转变为昏君的标志之一。

兼听则明，偏听则暗。开元前期，唐玄宗身边集结了姚崇、宋璟、张九龄等贤相，这些人都才能出众，直言谏诤。可到了专任李林甫为相时，唐玄宗已步入晚年，日渐独断专行、纵情享乐。李林甫闭塞言路，排除异己，上演"口有蜜，腹有剑"的好戏，实际上也需要唐玄宗的默许和配合。

李林甫为相后，首先借机彻底扳倒张九龄，将开元宰相的最后一股浩然正气驱逐出朝廷。

当时，与李林甫一同被任命为宰相的还有牛仙客。监察御史周子谅认为，牛仙客才能平庸，根本不适合做宰相，甚至还以民间"两角犊子牛也"的谶语指出这是凶兆。这番话传到了唐玄宗耳中，他大为恼火：宰相是朕任命的，哪里轮到你插嘴。

愤怒的唐玄宗命人在朝堂之上杖责周子谅，将他打得死去活来后，贬到偏远的地方为官。周子谅一介文弱书生，经不起折腾，走到半路上伤重而死。周子谅含冤而死，对朝中众臣形成极大的威慑，他们再不敢对唐玄宗说真话，"自是朝廷之士，皆容身保位，无复直言"。

这事儿还没完。周子谅获罪，李林甫看在眼里，喜在心上。他摸透了唐玄宗的心思，知道皇帝正在气头上，就从中挑拨，说周子谅是张九龄举荐的，必须追究张九龄的责任。

因此，张九龄被贬荆州。他一生三起三落，这是最后一次被贬，从此一蹶不振。贬谪途中，张九龄不仅留下代表作《望月怀远》，还写下了组诗《感遇十二首》，感慨自己潦草收场的朝官生涯，其中第一首诗曰：

兰叶春葳蕤，桂华秋皎洁。
欣欣此生意，自尔为佳节。
谁知林栖者，闻风坐相悦。
草木有本心，何求美人折？

5

作为开元的最后一位贤相，张九龄在不经意间预言了一场灾难。

安禄山出身营州杂胡，早年投靠幽州节度使张守珪，官职低微，为人狡诈。一次，安禄山以范阳偏校的身份入朝奏事。张九龄见到这个幽州来的胖子，似乎察觉到了些许异样，对同僚说了一句惊人的预言："乱幽州者，必此胡也。"

开元二十二年（734），张九龄偶然间收到了张守珪的报告，其中说到安禄山在与奚族、契丹的作战中犯了错，依军法处置应该执送京师处死。张九龄当即作出批示："春秋时期司马穰苴出征，处死误期的庄贾；孙武练兵，斩杀违令的妃嫔。张守珪的军令一定要执行，安禄山必须死！"

唐玄宗得知此事，觉得安禄山骁勇善战，是一个人才，就将他赦免了。张九龄再三上奏，认为安禄山狼子野心，面有逆相，请求玄宗依法处置，以绝后患。唐玄宗不乐意，说："你不要因为王夷甫识石勒的典故，就误害了忠良。"王夷甫是西晋官员王衍。十六国时的羯族豪强石勒14岁时曾在洛阳当小贩，倚在东门长啸一声。王衍听到后，认为此人将来必是祸患，要将他杀掉，却未能得手。

那时的唐玄宗绝对想不到安禄山会给大唐带来怎样的祸害，为自己带来怎样的恐惧。

安史之乱爆发后，唐玄宗逃亡到四川，蜀道的铃声唤醒他沉睡的记忆，让他想起张九龄当年的忠告。那时，距离张九龄去世已经过去15年了。

后悔不已的唐玄宗从四川派使者前去张九龄的墓前祭奠，并抚慰他的家属。他深深怀念自己的最后一位贤相，但开元盛世，再也回不去了。

盛世：升平年代，诗文换酒

孟浩然：盛唐第一朋友圈

　　大唐诗人孟浩然（689—740）是一个怪咖，一个一辈子的布衣，一个矛盾的隐居者，一个倒霉的求职者，一个像李白一样的狂人，一个不要命的性情中人。他死的时候，半个盛唐心都碎了。

　　他的诗写得好，好极了。闻一多评价说，唐诗到了孟浩然手里，产生了思想和文字的双重净化作用；还说他的诗之干净，同时代的诗人无一能敌，只有在他以前的陶渊明到达过同样的境界。

　　但他的命真歹，歹极了。他生逢盛世，自己也有走仕途求功名的愿望，然而，经过无数次的努力，终生与官场无缘。如此事与愿违的际遇，在诗人满街走的大唐，也绝对找不出第二个。

　　人们只知道他的诗清淡寡欲，是真隐者之风，根本不知道这背后是一段现实的命运悲剧。做隐者，不是他人生的出发点，却成了他人生的归宿。这样的人生，在唐朝著名诗人中，无疑是最失败透顶的。

　　我很早就对孟浩然感兴趣，研读了他的很多诗和相关史料，但一直想不明白一个问题：一个功名心如此强烈，却又终生碰壁的人，为什么能够写出那么多清、淡、雅的诗歌？连生前未曾谋面的杜甫，都夸他"清诗句句尽堪传"，着重点也在孟浩然诗的清朗。

按照我们的生活经验，一个失败的人，可以写出好东西，但基调可能是焦虑的，也可能是愤怒的，绝不可能是孟浩然这种读起来相当冷淡的文字呀！

反过来想，这个人的内心得有多强大，才能让苟且的现实，丝毫不侵入他的诗与远方？肯定有一种力量，重塑了孟浩然的内心。

1

孟浩然是襄阳人，家境不错，有祖上留下来的田产，从小衣食无忧。读书学剑，有侠者之风。但20来岁的时候，他隐居了。跟他的同乡好友张子容一起在鹿门山隐居多年。

在唐朝人眼里，那种消极遁世、为隐居而隐居的纯粹隐者是不存在的。当时的社会风气，流行以归隐作为入仕的阶梯，被称为"终南捷径"。隔一段时间，长安、洛阳两京就会传出激动人心的消息：大唐领导人访诸山林，搜求隐逸，谁谁谁又受到征辟或礼遇了。这样的消息隔三岔五放出来，相当于不定时给全国各地在山水之间养望待时的隐者们打强心针。大家伙隐居得更起劲了。

张子容率先走出这个迷梦。景云二年（711）秋，张子容决定入京考科举。他认为科举这条路，从成功概率上讲，比隐居和买彩票都靠谱。

孟浩然很伤心啊。《唐才子传》说他们同隐鹿门山，为生死交。如今要分别，内心受到的刺激可想而知。

盛世：升平年代，诗文换酒

按照唐朝照例，再伤心痛苦，也要写诗送别呀。我敢保证，你想破脑壳都不知道孟浩然会怎么写这首送别诗。他是这样写的：

送张子容进士赴举

夕曛山照灭，送客出柴门。
惆怅野中别，殷勤岐路言。
茂林予偃息，乔木尔飞翻。
无使谷风诮，须令友道存。

前面四句还很正常，心中惆怅啊，临别叮嘱啊。后四句画风突变，孟浩然没有像常规的送别诗一样，祝愿好友考试顺利，一举及第。他在诗里警告张子容：既然你要出山，我也不再拦你了，但请你必须谨记在心——将来不要因为地位的变化，而破坏我们的友谊。我将继续安卧茂林之间，他日你或如乔木出人头地，飞黄腾达，但是，朋友啊，你千万不要像《诗经·谷风》讽刺的那样"天下俗薄，朋友道绝焉"，一定要记得好友一辈子。

孟浩然这么写，严重背离了唐朝送别诗的惯例。但他之所以这么写，一个是他俩的关系确实非同一般，另一个是孟浩然的真性情使然。

孟浩然的崇拜者王士源，在孟浩然死后，替他编了文集。王士源这样说孟浩然："骨貌淑清，风神散朗。救患释纷以立义表，灌蔬艺竹以全高尚。交游之中，通脱倾盖，机警无匿。"意思是说，孟浩然为人有侠义之气，交友很真诚，即使初次相识也会以诚相待，不为俗世礼法所拘，而且从不藏匿自己的真实情感。

一个"真"字，是孟浩然对待朋友的基本原则。

进京第二年，张子容考中了进士，但做官不久，即被贬为晋陵尉，随后再贬为乐城尉。

一晃十余年，孟浩然从未忘记这个好朋友。当他听说张子容被贬到了乐城（即"乐成"，唐代永嘉郡辖县，今浙江乐清市），实在放心不下，便决定从襄阳启程去看望张子容。

那已经是分别15年后的除夕夜，他们在乐城重逢。

久别未见，朋友失意官场，自己也寂寂隐居着，这种感觉，怎么说呢！孟浩然写了好几首诗，纪念他们的这场重逢。

永嘉上浦馆逢张八子容

逆旅相逢处，江村日暮时。
众山遥对酒，孤屿共题诗。
廨宇邻蛟室，人烟接岛夷。
乡关万余里，失路一相悲。

除夜乐城逢张少府

云海泛瓯闽，风潮泊岛滨。
何知岁除夜，得见故乡亲。
余是乘槎客，君为失路人。
平生复能几，一别十余春。

重逢的喜悦，淡到看不见，诗中反倒充满悲情的基调。虽然十多年未见，孟浩然对他们的友情并未疏离，仿佛两人从未分别，该发牢骚就发牢骚,该抱怨就抱怨。

刚好是春节,两个老朋友痛饮夜聊。或者是由于旅途劳顿,或者是病酒之故,孟浩然生病了,连日来长卧病榻。张子容也不便强留,待孟浩然痊愈之后,替他整理了行装,准备了船只,临行赠诗说"因怀故园意,归与孟家邻",孟浩然想家了,我这就把他送回去。

但我想,如果张子容在官场混得风生水起,孟浩然绝对不会千里迢迢专程去探望他。和你一同笑过的人,你可能把他忘掉;但是和你一同哭过的人,你却永远不忘。这就是孟浩然与张子容的友情。

史书对张子容此后的记载不详,我们只知道他做官做得不爽,后来直接弃官不干了。

2

以40岁为界,孟浩然的人生被掰成了两截。

围绕着隐士的身份事实,40岁之前,他养望待时,却假隐成真,很有隐士范儿。40岁之后,他觉得走"终南捷径"无望,终于改走科举之路,可是连连遭遇挫败,未得一官半职,始终是一介布衣。这时他却心有不甘,真隐成假。

你去读孟浩然的诗,会发现40岁之前跟之后,有一个很大的区别。他40岁之前的诗,每一首都像在说,我就是陶渊明,我的生活就是陶渊明的生活。但40岁之后,他的诗变了,每一首像是在说,我羡慕陶渊明,我向往陶渊明的生活。

是风动,还是幡动?都不是。

是心动。

开元十七年(729),孟浩然第一次到长安考进士,没考上,做了一年北漂,看不到出路,遂在冬天来临的时候南下,返回襄阳。走前,他给好朋友王维写了一首诗:

留别王维

寂寂竟何待,朝朝空自归。

欲寻芳草去,惜与故人违。

当路谁相假,知音世所稀。

只应守寂寞,还掩故园扉。

任何人都能读出,诗中充满了怨愤和牢骚,一会儿说当权者没一个肯提携他,一会儿说世上知音太难觅。这么痛的倾诉,显然没有把王维当外人。

王士源后来说,孟浩然初到长安时,风光无两。半个盛唐都为他震动,尽管他没有任何功名,只是一介布衣,但从张九龄到王维再到王昌龄,帝都顶级的诗人都为他的到来而兴奋。在一次群英荟萃的诗歌大会上,孟浩然当众咏出两句:"微云淡河汉,疏雨滴梧桐。"举座皆惊,由衷赞叹此两句诗,意境清绝,无人能及,于是纷纷搁笔。

在山中隐居了数十年的孟浩然,甫一露脸,就征服了半个盛唐,镇住了帝都精英。这个开场,堪称惊艳。

但据史载,孟浩然第二次亮相,却把前程葬送殆尽。

王维当时在朝廷做个小官,把孟浩然请到办公室里聊天。聊着聊着,传报说唐玄宗下来视察工作。孟浩然有点慌,把自己藏起来了。王维却想趁机向唐玄宗举荐孟浩然,于是跟皇帝实话实说:有个叫孟浩然的布衣诗人,现在也在这屋子里头。

唐玄宗一听很来劲,说自己早就听说过此人。孟浩然赶紧出来相见。唐玄宗命他吟几首写过的诗来听听,孟浩然遂咏诵起自己的诗。

千不该万不该,他把自己科举落榜后的一首诗读了出来:

岁暮归南山

北阙休上书,南山归敝庐。
不才明主弃,多病故人疏。
白发催年老,青阳逼岁除。
永怀愁不寐,松月夜窗虚。

听到"不才明主弃"这一句,唐玄宗怒了,孟浩然就这样搞砸了,直接被唐玄宗拉黑。

离京前,孟浩然来跟王维告别,郁闷是难免的,所以赠别诗里满是怨愤和牢骚:"寂寂竟何待,朝朝空自归","当路谁相假,知音世所稀"。如果你是王维,你会怎么回复他,怎么宽慰他?

我想,99%的人为了担得上朋友之名,肯定上来就是一番热血激励,说孟浩然加油、孟浩然加油,或者说"天下谁人不识君"之类的正能量。

确实,无论古今,朋友之间的劝慰鼓励,从来都是从俗从众的。哪怕两个人亲密无间,但在情感上已经越来越找不到真实,越来越不敢表达真实。因为,类型化情境下的俗话、套话太多了,大家在什么模式下,调用什么话语资源,早已成为一个运行程序,准确而冰冷。你成功,朋友会说恭喜啦;你失败,朋友会说加油呀。从来都是这样的。

有没有一个朋友会反过来说?你成功,他对你说不好;你失败,他反而对你道恭喜。

有。这个朋友就是王维。

王维回赠了孟浩然一首诗,诗是这么写的:

送孟六归襄阳

杜门不复出,久与世情疏。
以此为良策,劝君归旧庐。
醉歌田舍酒,笑读古人书。
好是一生事,无劳献子虚。

全诗都在劝孟浩然回乡隐居,没必要辛辛苦苦跑到帝都献赋求官。没有一句话像世俗那样,劝他继续努力,安慰他胜利在前方什么的。

王维和孟浩然都是山水田园诗的高手。他们之间的相互理解,会比其他类型诗人更深一层,这是肯定无疑的。

王维这么说,一方面是他自己做官就做得很郁闷,很苟且,大半辈子仕途很不顺遂,全然是生活、家庭所迫才在官场上跟跟跄跄,所以他真心不希望孟浩然也走这条路。另一方面是他深知孟浩然的为人，知道他隐居这么多年，一出山就以一片真心示人，不懂人情世故，不懂逢场作戏，这在官场上铁定吃不开，面见唐玄宗那一幕就是深刻的教训。

此刻，两个好朋友内心的矛盾与纠结以及彼此交换品尝的人生痛苦，尽在诗中。我在写王维的文章里说，王维一生都在做官，却拼命想归隐田园；而孟浩然一生归隐田园，却拼命想做官。

孟浩然虽然没有全盘接受王维的劝诫，五六年后他又重返长安，又空手而归，但到生命的最后一两年，他终于读懂了王维的一片苦心，心如止水，超凡脱俗。

在他们分别后12年，王维经过襄阳的时候，老朋友孟浩然已经过世。他的伤心，化成了一首祭奠的诗。

哭孟浩然

故人不可见，汉水日东流。
借问襄阳老，江山空蔡州。

或许，对王维来说，孟浩然一走，世上再难找彼此懂得之人。他们曾经各自忙乱，却互相牵挂，这就是最好的友情。岁月可鉴。

3

世人对孟浩然有一个最大的误解：孟浩然诗风冷淡，个性肯定随和，没有棱角。实际上，王维看得很准，孟浩然个性狷介，坦荡率真，时露狂放。这样的人，即便身处盛世，也不适合官场。

你绝对想不到，若要在盛唐找一个孟浩然的个性同类人，排位第一的肯定是李白。

他们都有建功立业之心，都曾借隐居养名气，但也都不是汲汲于富贵利禄之人，哪怕是向人求官的干谒诗，写起来也绝不掉价，一定有一根傲骨撑着，维持住独立人格。

他们睥睨一切，甚至看不惯自己在仕与隐、身与名之间纠结。他们要是见了自己跟着衮衮诸公束带出入朝廷，一定会骂自己这么傻何苦来。

李白一生自视甚高，眼空四海，从不轻易许人。在他的朋友圈中，前辈如李邕，同辈如王昌龄、高适，晚辈如杜甫，虽交往甚密，但看不到他对这些人的诗才有所称赞。即便是德高望重的老诗人贺知章，称誉李白为"谪仙人"，他也没有回馈对方以相当的称誉。但是，对孟浩然，李白却瞬间变成追星的小迷弟。

杜甫给李白写了那么多诗，李白却鲜有表示，为什么？因为，李白把诗都写给孟浩然了。

李白写给孟浩然的诗，现在流传下来的有5首。而孟浩然写给李白的诗，一首没有。情况就是这样。

我们今天已无法知道孟浩然对李白的态度，但从孟浩然平生特重友情的个性来看，他们的相处肯定不赖。

史书记载，开元二十三年（735）早春，襄阳刺史韩朝宗约了孟浩然一同上京师，准备将他举荐给朝中同僚。到了出发的时间，适逢孟浩然与一位友人饮酒，酒兴正浓。有人提醒孟浩然说：你与韩公约定的时间到了，快出发吧，不然来不及了。孟浩然则回答道：我现在酒兴正酣，哪里管得上他！

史家因此认定，孟浩然太任性，为了喝酒又误了人生大事。但据学者王辉斌考证，与孟浩然一同喝酒的这个朋友，正是当时身在襄阳的李白。

一切就可以解释了。这两个狂士在一起，若不能尽兴，一切俗事勿扰。孟浩然不是为了喝酒误事，是为了李白才误事。

一辈子布衣的孟浩然，却拥有盛唐难得一见的朋友圈，这不能不归功于他的人格魅力。

李白给孟浩然写过一首脍炙人口的赠别诗：

黄鹤楼送孟浩然之广陵

故人西辞黄鹤楼，烟花三月下扬州。

孤帆远影碧空尽，唯见长江天际流。

朋友间的一片深情，全在诗中。隔了1000多年，读来仍为这段友情感动不已。

据说波兰有句民谚：是所有人的朋友，对谁也不是朋友。李白这种孤高难相处的人，一旦认定你是朋友，就一定是真朋友。而且，绝对不是那种豪猪式的友情：为了御寒，才挤在一起，为了自保，就维持距离。孟浩然同样如此，一个人朝做官的机会，虽然是他一生以求的东西，但比起故人重逢，就不算那么重要了。

开元二十五年（737），一代名相张九龄被贬为荆州长史，聘孟浩然为幕僚。但没到一年，孟浩然就辞职返家了。这是孟浩然人生中唯一一段工作经历，没有编制。

经过无数挫折，在生命的最后两年，孟浩然再无进入官场的念头。

开元二十八年（740），李白与孟浩然最后一次见面。他看到的孟浩然，已经是一个彻彻底底的高士：

赠孟浩然

吾爱孟夫子，风流天下闻。
红颜弃轩冕，白首卧松云。
醉月频中圣，迷花不事君。
高山安可仰，徒此揖清芬。

如王维当年所寄望的，孟浩然的心，安了。

可惜王、孟无缘再见面了。开元二十九年（741），王维路过襄阳，第一件事就想去看孟浩然，这时，他才听到一个晴天霹雳的噩耗：孟浩然已经故去一年了。王维心都碎了，痛苦地写下他的哀悼诗《哭孟浩然》。

王昌龄应该是最后一个见到孟浩然的大诗人。开元二十八年（740），王昌龄被贬谪途中路过襄阳，与孟浩然重逢。当时，52岁的孟浩然背上长了毒疮，疽病尚未痊愈，本来饮食忌口，可再次遇到王昌龄，心里一高兴，多吃了点河鲜，"食鲜疾动"，旧疾复发，不久就病逝了。

只能说，这种死法很孟浩然。他一生重情重义，曾为了接待李白，放弃高官举荐的机会，如今为了接待王昌龄，一不小心放弃了整个生命。可是，盛唐诗坛的一面旗帜就此倒下，这是多少人扼腕痛惜的悲剧啊。

盛世：升平年代，诗文换酒

日本的日野原重明在《活好》一书中说，做到三点就能活出真实的自己：第一，不在乎身外之物；第二，不被他人评价所左右；第三，顺其自然，不要勉强。

孟浩然这一生，虽然坎坷，虽然沉沦，虽然悲剧，但真的算"活好"了。在唐朝诗人中，他拥有最好的友情，最让人羡慕的朋友圈。这个朋友圈不在于它能为孟浩然带来多少实际的便利门道（事实上他一生求取功名无门，以世俗意义上的失败者告终），而在于它的"真"已经超越了利益、物质、虚荣等低级层面，进而内化为一种高级的情感需求与精神砥砺。反观我们，朋友圈的好友越来越多，朋友却越来越少。纵有好友三五千，抵不上孟浩然的知己三五人。

此刻，应该再背一首孟浩然的诗，表达敬意：

过故人庄

故人具鸡黍，邀我至田家。

绿树村边合，青山郭外斜。

开轩面场圃，把酒话桑麻。

待到重阳日，还来就菊花。

王维：诗佛的平凡与伟大

天宝三载（744），正月，唐玄宗亲自倡导了一次盛大的饯别活动，规格之高，仪式之隆重，参加人数之多，均属空前。

饯别的主角是写出"二月春风似剪刀"的贺知章。当时他已经86岁高龄，因病恍惚，上疏请求告老还乡。玄宗皇帝同意了。

身在帝都的高官基本都参加了饯别活动，可谓大咖云集。

唐朝的规矩，你懂的。但凡送别，一定要作诗，或者折柳枝。于是，有37人当场写了送别诗，流传下来。连唐玄宗都写了。这跟我们现在搞欢送宴会，都要合影发朋友圈一个样，区别可能是格调有高低吧。

参加的人里面，有一个人很特别。他是一年多前，唐玄宗特意下诏征召进京的，当时是皇帝身边的红人。他与贺知章喝过酒，是"酒中八仙"天团成员。

他叫李白。

而我今天要写的主角是王维。按照通行的说法，他与李白同岁，都出生于701年。

盛世：升平年代，诗文换酒

时年43岁的王维，并没有参加这场著名的饯别活动。

1

王维为什么缺席这次活动？

这是一个开放式的话题，没有标准答案，因为王维从未说过他为什么缺席。我们只能去找一种相对合理的解释。

很多人认为，王维缺席，是因为他躲起来了。一个山水田园诗人，跟这种热闹的氛围不搭。

这个解释看似最符合我们对王维的认识，其实是错的。

王维没有躲起来，他当时任的是一个叫侍御史的从六品上官职。官阶太低，没资格参加。

而李白获邀参加的两个要素，王维一个都不具备——他既不是唐玄宗的红人，跟贺知章也不曾过从。

有些人，有些事，错过就错过了。

贺知章返乡后，没多久就过世了，王维再无缘与这名旷达、好酒的老诗人相识。

更大的遗憾是，盛唐诗坛的两个大咖，李白与王维，彼此错过，终其一生，未曾晤面，互不相识。

他们都曾在相同的时间待在相同的城市，都有一些共同的朋友，他们肯定都知道对方的名字，但是，他们的生命与诗均没有交集。

2

有些学者说，李、王二人不相识，是李白看不起王维，不屑认识这个人。

这个理由，确实道出了两人的性格差异，一个狂放不羁，藐视一切，一个谨小慎微，服从流俗。个性张扬的人，往往会把内敛平和的人看得一无是处。

但从现存的诗作来看，两人应该在暗暗较劲。

比如，都写思念，一个写"床前明月光，疑是地上霜。举头望明月，低头思故乡"，一个写"红豆生南国，春来发几枝。愿君多采撷，此物最相思"。

都写送别，一个写"故人西辞黄鹤楼，烟花三月下扬州。孤帆远影碧空尽，唯见长江天际流"，一个写"渭城朝雨浥轻尘，客舍青青柳色新。劝君更尽一杯酒，西出阳关无故人"。

都是唐诗细分类别的扛鼎之作，几乎难分伯仲。

现在，李白的诗名比王维盛，但他们的同时代人殷璠则认为，王维与王昌龄、储光羲才是开元、天宝诗坛的代表人物。

即便到了后世，说唐诗，李、杜以下，一定要说到王维，而且很多人私底下更喜欢文人味十足的王维。不仅因为他的诗，最关键是他的为人更符合大众审美——他的个性与经历不难模仿，但李、杜的就很难。

比起李、杜单纯以诗人身份扬名，王维的才艺也更为全面，在古代文人所能精通的领域，他都玩得很溜，耍出了新高度。他的书画、音乐与禅理，几乎跟他的诗一样出名。这样的全能型选手，恐怕只有后来的苏轼能跟他拼一下了。

3

王维是个才气逼人的人，17岁就写出了《九月九日忆山东兄弟》这样的教科书级别的名诗。

但他的性格远远不如他的才气。

一般来说，才气爆棚的人都有睥睨一切的自信和自负，比如李白。王维不一样，用现在的话说，他是一个很"丧"的才子。一生软弱无力，谨小慎微，与世无争，却又不甘放弃，不敢对抗。

王维性格的养成，与他的家庭环境不无关系。他是家中长子，童年的时候，父亲就过世了，遗下几个弟妹，很早就需要他担起家族重担。

15岁那年，他带着小一岁的弟弟王缙到京城闯荡，凭借一身才华，很快成为京城王公贵族的宠儿。岐王李范，李隆基的弟弟，一个热心的文艺赞助人，很欣赏王维。

唐代科举制，试卷上不糊名，主考官不仅评阅试卷，主要还参考考生平日的诗文和声誉来决定弃取。所以，准备应试的士人提前结交、干谒名人显贵，向他们投献作品，争取他们的推荐和奖誉，是当时一种相当普遍的社会风气。

王维不能免俗。据说正是岐王的推荐，王维21岁就中了进士。

这时的王维意气风发，颇有功名事业心，不过很快就被现实痛击成了"佛系"青年。

4

王维刚做官没几个月，人生遭遇了一次暴击，在太乐丞任上被贬出京城。

事情源于一次有僭越嫌疑的舞黄狮子活动。

史载，王维在别人的唆使下，让属下的伶人舞黄狮子。黄狮子当时是一种"御舞"，非天子不舞。

结果，王维和他的上级、太乐令刘贶都遭到贬逐。刘贶的父亲刘知几替儿子求情，也遭到了贬谪。

王维被贬为济州司仓参军。更为致命的是，这次事件使得王维被唐玄宗列入了黑名单。整个玄宗朝，王维的官运都很不顺，这几乎摧毁了他在官场上的所有信心。

唐玄宗为何下手这么重？

根据陈铁民等学者的分析，这跟唐玄宗与诸王的权力斗争有关，王维可能在自己不知情的情况下做了政治牺牲品。

唐玄宗为了巩固皇权与皇位，担心他的兄弟们形成有威胁的势力，颁令"禁约诸王"，不使与群臣交结。王维出仕之前就是岐王、薛王等诸王的座上宾，又犯了黄狮子案，刚好戳到唐玄宗的隐痛，于是此后都得不到这个皇帝的好感。

承受着与理想渐行渐远的苦楚，王维离开了长安。

他不知道的是，这只是他波折人生的序幕。

5

在此后的20多年间,王维基本是唐王朝政坛的一个零余人。他长期在诗中自称"微官",真不是自谦,而是事实。

尽管在张九龄当宰相期间,他膜拜张的人品,跟张写诗"跑官",得了个右拾遗的官职,很是振奋了一段时间。但随着李林甫的上台,张九龄的被贬,把他的这点光芒也扑灭了。

他是一个心中有是非,但不敢公开对抗的人。开元二十五年(737),张九龄被挤出朝廷,王维还给张写诗,倾诉知遇之恩。

与此同时,李林甫把持朝政的十几年间,王维仍做着他那可有可无的"微官"。

他并非没有擢升的机会,李林甫的亲信苑咸曾言及王维久未升迁,言外之意,王维如果有意向,他可以帮忙操作。

不过,王维以一种相当委婉的方式拒绝了。他在回赠苑咸的诗里说:"仙郎有意怜同舍,丞相无私断扫门。"表面是称颂李林甫大公无私,禁绝走后门,实质是表明他与李不是一路人,不屑去蹚浑水。

这件事,可以看出王维的底线。

然而,他既然不屑李林甫的所作所为,为什么不干脆辞官呢?

6

是啊,王维不是一直向往田园生活吗,为什么不学陶渊明辞官归隐呢?

开元十五年（727），王维在结束了济州的五年贬谪生活之后，到了淇上当小官。此时，才26岁的他已萌生了归隐心志。

经过一番衡量，他认定陶渊明的活法并不可行。

说到底，父亲早逝，长子代父，他不忍推诿全家生计的重负。他在诗中说，"小妹日长成，兄弟未有娶。家贫禄既薄，储蓄非有素"，所以"几回欲奋飞，踟蹰复相顾"，不敢抛开这个包袱，自己一个人逍遥去隐居。

他还批评陶渊明，认为陶不为五斗米折腰，是成全了自己的勇气与尊严，却把眷属带入了生活极度清苦的境地，实际上是一种纯粹为己、不负责任的自私行为。

因此，即便深深感受到吃朝廷这碗饭吃得很辛苦，很痛苦，王维也不敢效仿陶渊明的活法，拂袖而去。

他很现实地明白，隐居是要花钱的，为了隐居得起，他不得不为官。

中年之后，他已无意仕途，纯粹为了俸禄和家族责任而在官场待着。身在朝廷，心在田园，过起了时人称为"吏隐"，即半官半隐、亦官亦隐的生活。

对他来说，这是一种退而求其次的选择。

生活不仅有田园与诗，还有眼前的苟且。

7

紧接着，命运跟王维开了个大大的玩笑。在他人生最苟且的时候，突然迎来了最戏剧性的转折。

盛世：升平年代，诗文换酒

安史之乱期间，王维未能逃离长安城，被乱军俘虏到了洛阳。一番威逼之下，他出任了安禄山授予的伪职。

唐军收复两京后，新帝唐肃宗对投降安禄山并接受其伪职的官员，进行逐一处理。王维作为典型的"陷贼官"，本应处死，却出乎意料地被唐肃宗免了罪罚，而且还升了官。

《旧唐书》对此的解释是，王维在出任伪职期间写了一首诗，表明他对李唐的忠心，唐肃宗读到后对其产生原谅心理；此外，他的弟弟王缙请求削去自己刑部侍郎的职务，为哥哥赎罪，所以王维最终得到了宽宥处理。

这时，一直很敬重王维的杜甫，也站出来写诗为王维辩护，赞扬他忠于唐室，能守节操。

关键时刻，是诗和弟弟救了他。

然后，他在仕途上竟然转运了，做到了尚书右丞，正四品下阶。这是他一生所任的最高官职了。

越是官运亨通，他越是不能心安。他无数次进行自我反省，开展自我批评，批评自己一生的软弱，痛恨自己出任伪职的经历，说"没于逆贼，不能杀身，负国偷生，以至今日"。许多话都说得极其沉痛。

这个时候，官位依然不是他热衷的东西，归隐之心更重了，佛教成了他最大的精神寄托。《旧唐书》说他"晚年长斋，不衣文采……退朝之后，焚香独坐，以禅诵为事"。

61岁那年，王维逝世。临终之际，弟弟王缙不在身边，他要了一支笔给弟弟写了告别信，又与平生亲故作告别书数幅，敦励朋友们奉佛修心。写完了，舍笔而绝。

到唐代宗时，王缙应代宗的要求，进呈了哥哥的诗文集。代宗做了批示，肯定王维是"天下文宗"，诗名冠代，名高希代。

王维的诗名，在他死后达到了巅峰。

唐代宗还说，他想起很小的时候，在诸王的府上听过王维的乐章。

8

讲完王维的一生，我想起两个人。

一个是我原来的邻居陈叔，他是我老家区政府的公务员，到退休也就是政府办的副主任。他没有什么爱好，一下班就躲在自家书房练他的草书。

另一个是我的大学同学李谅，他是一个二线城市工商局的公务员，上班写材料，下班写现代诗。在他生活的城市里，他的诗友们无从想象他的职业，他在读诗会上的慷慨激昂，让很多人无法适应他手中的保温杯。

王维若生活在当代，他可能就过着陈叔或李谅的日常生活。他身上的烟火气太重了，尽管他有一颗不死的归隐的心，但他表现出来的，永远是那么接地气，小心翼翼扮演好他的社会角色。

他会用他做官的正当收入，购买和经营辋川山庄，给自己一处逃避现实、逃避俗世的临时处所。在公余闲暇或休假期间，他回到辋川，沉溺于山水田园之中，写"月出惊山鸟，时鸣春涧中"，写"山路元无雨，空翠湿人衣"。这才感觉舒服得不得了。

尘世被过滤掉之后，他把灵魂释放出来。

除了无可匹敌的才华，王维这样的人在历史上并不讨好。他没有李白的敢爱敢恨，也没有杜甫的忧国忧民，他有自己的小世界，却不敢全身心投入。

他受到的羁绊，他做出的选择，提供了一种温润平和的生活模式。大部分人无法决绝地脱离社会，隐遁起来，也无法在社会中不计底线，混成人精，因此王维的存在，丰富了中国人人生道路的选择。

找到属于自己的一片心灵园地，只问耕耘，不问收获，人生会感觉不一样的。

天宝三载：唐诗三大佬的命运分野

1

天宝三载（744），诗仙李白与诗圣杜甫在东都洛阳初次相遇，留给后世无限遐想。

闻一多将其比喻为日月相会，在中国数千年的历史中，唯有孔子见老子可与之媲美："譬如说，青天里太阳和月亮走碰了头，那么，尘世上不知要焚起多少香案，不知有多少人要望天遥拜，说是皇天的祥瑞。如今李白和杜甫——诗中的两曜，劈面走来了，我们看去，不比那天空的异端一样神气，一样的有重大的意义吗？"

当时，李白刚被唐玄宗赐金放还。

两年前，他接到玄宗诏书，还曾高唱"仰天大笑出门去，我辈岂是蓬蒿人"，心怀"愿一佐明主，功成还旧林"的抱负，进京供奉翰林。

可来到长安，李白才知自己不过是专供帝王娱乐的文学侍臣，偶尔写几首《清平调》，用"云想衣裳花想容，春风拂槛露华浓"

这样的诗句来满足玄宗的虚荣心，与自己所追求的帝师卿相大相径庭。

他壮志难酬，狂放不羁，耍起大牌，要宦官高力士为其脱靴，得罪朝中权贵，只好再次仗剑远游。

杜甫比李白小11岁，那时的他不过是初出茅庐的文学青年，出身书香门第，热衷于科举考试，一心想"致君尧舜上，再使风俗淳"。可杜甫考砸了，尽管已在翰墨场崭露头角，仍是一介布衣，只好四处旅游，排解忧闷。

年轻的杜甫"性豪业嗜酒，嫉恶怀刚肠"，"放荡齐赵间，裘马颇轻狂"，和后来那个忧郁的老杜截然相反，自然和李白意气相投。

李、杜相逢，一见如故，相约同去梁宋之地游玩，携来诗酒相伴，求仙访道，寄情山水，"醉眠秋共被，携手日同行"。

世人多记得李杜初遇，却忘了他们此次旅行，还有一个"驴友"，那便是高适。

明明是三个人的电影，高适怎能没有姓名？

高适，出生于败落的官宦世家，和李、杜一样，他一向志在官场。20岁时进京，写下："二十解书剑，西游长安城。举头望君门，屈指取公卿。"

高适豪言，哥要当官，就该名列公卿。然而理想很丰满，现实很骨感，在长安，没人看得上这个热血青年。他在科举之路上也屡次碰壁，考一次挂一次，考到怀疑人生。

高适一怒之下去了燕赵，投身边疆建设，还跟胡人打过仗，后来写下"战士军前半死生，美人帐下犹歌舞""相见白刃血纷纷，死节从来岂顾勋"等边塞诗名句，成为大唐极负盛名的边塞诗人之一。

尤其是《别董大》中那句"莫愁前路无知己，天下谁人不识君"更是送别诗中的千古名句。名不见经传的董大和汪伦一样，都靠着朋友写给他们的诗而存在感飙升，至今活跃在中小学课本里。

李、杜结伴旅游时，高适已经返回中原，旅居宋地数年，躬耕于野，读书不辍，算是半个"河南人"。由高适做东，三位大诗人不期而遇，开始了一次别开生面的三人行，成就唐朝文化史上一件盛事。

那年秋天，李、杜、高畅游梁宋之地，"饮酒观妓，射猎论诗，相得甚欢"。他们开派对，逛夜总会，在孟诸野泽狩猎，在吹台、梁园赋诗，品味陈年佳酿，笑谈天下大势，何等快意潇洒。

据传，三人一路来到王屋山。

这座曾出现在愚公移山故事中的名山，在唐代时道教兴盛。道士司马承祯曾受唐玄宗召见，奉诏在山上阳台观修行，他与李白曾有交情。

李白想起他的这位道士朋友，当即带着杜甫和高适前往拜访。

到阳台观一问，才知司马承祯早在几年前驾鹤西去。

李白得知与友人已天人永隔，怅然若失，请道童取来司马承祯所作山水画观赏，只见画中山涧丘壑，高耸峻拔，极为壮观。

李白一看这画，心潮澎湃，拿出纸笔，思绪飘荡于大好河山，乘醉写下25字草书："山高水长，物象千万，非有老笔，清壮可穷。十八日，上阳台书，太白。"

李白草书师其好友张旭，这25字豪气雄健，气势飘逸，即便历

盛世：升平年代，诗文换酒

经千年沧桑，百代艰危，我们仍能从中窥见诗仙的昔日风采。

这幅作品，正是李白唯一的传世墨宝《上阳台帖》。这是李白留给后世的"国宝"级遗产，也是李、杜、高三人旅行的一个见证。从此以后，他们各自为前程奔波，可万万没想到，等待他们的竟是迥然不同的结局。

2

梁宋之旅结束后，杜甫继续求取功名，于天宝六载进京赶考，偏偏遇上奸相李林甫上贺表，对玄宗进言"野无遗贤"，人才都已在朝中，民间没有遗漏的贤人。

李林甫明显是在吹牛，可唐玄宗为顾及面子，竟然真当回事。结果，应考士子全部落榜，杜甫又没考上。

在长安，杜甫开始了长达10年的"京漂"生涯，四处投简历，穷得叮当响，饭都吃不饱。

在《奉赠韦左丞丈二十二韵》一诗中，他对自己这段穷困生活如此描述："朝扣富儿门，暮随肥马尘。残杯与冷炙，到处潜悲辛。"

杜甫在京城混了10年，才当上右卫率府兵曹参军这么一个小官，这一职位主要负责看管兵甲器杖，就是高级别的门卫大爷，他也无可奈何。

杜甫赶紧到奉先县，探望寄住在此的妻儿，将这一消息告诉家人。一到家中，"入门闻号啕，幼子饥已卒"，原来小儿子已经饿死了。

"朱门酒肉臭,路有冻死骨。"在长安10年,这就是杜甫眼中的大唐。

可是,高适所见却与杜甫不同。

在李林甫"野无遗贤"闹剧的三年后,高适受名相张九龄之弟、大臣张九皋推荐,参加专为隐士开设的"有道科",终于取得人生第一个正式官职——封丘尉。那一年,他已经年近半百。

得到这份工作后,高适写了一首《留上李右相》,为奸相李林甫歌功颂德。

诗中说:"傅说明殷道,萧何律汉刑。均衡持国柄,柱石总朝经。"李相可比傅说、萧何,实在是一位治国能臣。

"恩荣初就列,含育忝宵形。有窃丘山惠,无时枕席宁。"我高适何德何能,竟然有幸得到李相的恩惠,感激涕零,一夜难眠啊。

写完这首诗没多久,天宝十一载(752),高适就把这份工作辞了,前往河西,做了哥舒翰的入幕之宾,辟为幕中掌书记。那几年是哥舒翰的事业巅峰,高适也由此步入权力游戏的中心。

第二年,李林甫去世,死后被杨国忠诬告谋反,子孙抄家、流放。

高适的政治嗅觉可见一斑。

杜甫与高适,一人心想"致君尧舜上",另一人念叨"屈指取公卿",都曾是不甘雌伏的白衣秀士。

可是,10年过去了,在险恶的官场中,杜甫只看到了大唐的危机,而高适却学会了如何在黑暗的朝堂生存。

盛世：升平年代，诗文换酒

3

天宝十四载（755），"渔阳鼙鼓动地来，惊破《霓裳羽衣曲》"。

安史之乱，终结了大唐盛世，也拨动着李白、杜甫和高适的命运之轮。

安史之乱第二年，高适辅佐哥舒翰守潼关。

潼关被叛军攻陷后，哥舒翰投降，守城官员四散逃命。唐玄宗听说这一消息，仓皇西逃，跑得比兔子还快。

唯有高适，临危不惧，他也跑了，却是抄小路跑去觐见唐玄宗。唐玄宗心急如焚，得知高适自前线而来，便问他战况如何。

高适先为其解释潼关失守的原因，然后话锋一转，为玄宗逃跑开脱，称此举可以避叛军锋芒，是社稷之幸，不足以为耻。

高适嘴甜，唐玄宗听着高兴，到了成都，封高适为谏议大夫。

入蜀途中，唐玄宗采纳宰相房琯的建议，命诸王分镇，其中，太子李亨为天下兵马元帅，永王李璘则为江陵大都督。高适一眼就看出这一安排的缺陷，极力反对："所谓分镇，不过是效仿西周初期封建诸侯以藩屏周的伎俩，必然会导致南北各自拥兵对立。"高适一语中的。

纵观唐朝历史，皇权的争夺总是伴随着阴谋与杀戮。提心吊胆做了近20年太子的李亨，早就迫不及待地想要上位，于是他遥尊玄宗为太上皇，自己登上皇位，是为唐肃宗。

新君一即位，老迈的唐玄宗就成了吉祥物，高适一转身就跑去投靠唐肃宗。

杜甫显然没有高适那样的政治远见，不仅求仕经历一路坎坷，还在安史之乱中身陷长安，被叛军俘虏。

某夜，绝望中的他见明月高悬，想起分隔异地的妻儿，不知自己还能不能活着见到他们，心如刀割，写下这首《月夜》：

> 今夜鄜州月，闺中只独看。
> 遥怜小儿女，未解忆长安。
> 香雾云鬟湿，清辉玉臂寒。
> 何时倚虚幌，双照泪痕干。

估计是杜甫的官职实在太小，人微言轻，安史叛军根本不把他放在眼里，困在孤城一年后，杜甫趁乱逃出，前往唐肃宗所在的凤翔。

一路上险象环生，生死难料，正是"今夏草木长，脱身得西走。麻鞋见天子，衣袖露两肘"，终于在至德二载（757）见到唐肃宗。

唐肃宗一见杜甫前来，心里颇为感动，甭管认不认识，先封个左拾遗，以资鼓励。

照理说，杜甫在此时选择唐肃宗，一点儿毛病都没有，前途一片光明，可惜他认识了一个肃宗欲除之而后快的人。

这个人就是随唐玄宗入蜀、提议诸王分镇的宰相房琯。

房琯和杜甫是布衣之交，喜好文学，两人相交淡如水，本来无关政治。

然而，唐肃宗灵武即位，备受争议。不甘心就此退出政治舞台的唐玄宗为牵制肃宗，派房琯前往灵武，传授国宝玉册。

唐肃宗刚刚在乱中即位，不敢轻易换掉老爹安排的人，于是留房琯继续为相，心却想着早点儿把他从相位上撤下来。

此时，有人告发房琯门客受贿赂。唐肃宗抓住机会，以此为由，将其贬为太子少师。

房琯罢相本来只是皇位交接的一个政治事件，不过是唐肃宗嫌弃玄宗系老臣碍事，找个机会"请"他退休。杜甫却看不懂其中玄机，他身为左拾遗，职责就是举荐贤良、劝谏皇帝。房琯既是贤良，又无重罪，杜甫当机立断，上疏直陈："罪细，不宜免大臣。"

唐肃宗勃然大怒。

谁？杜甫？刚来那个？就你话多！贬！

为杀鸡儆猴，唐肃宗将敢做出头鸟的杜甫贬为参军，放回鄜州探望家人，实际上就是跟他说，不用再回来了。

乾元二年（759），屡遭打击的杜甫弃官，入蜀避乱，开始了客居草堂、漂泊西南的穷苦生活。他再一次成为政治的牺牲品，这一次毁掉他仕途的不是奸相，而是皇帝。

4

高适向唐玄宗陈述的忧虑很快成为现实，永王李璘是唐肃宗的第一个隐患，而高适的好友李白牵扯其中。

杜甫、高适都在求取功名时，李白在干吗呢？自赐金放还，离开长安后，他在仕途上一蹶不振，整日借酒消愁。备受排挤的李白也想放弃,他大声疾呼:"安能摧眉折腰事权贵,使我不得开心颜!"

安史之乱爆发后,李白携家人在庐山隐居,躲避战乱,若能就此归隐山中,不问世事,倒真应了谪仙人之名。

偏偏在这个时候,永王给李白抛出了橄榄枝。他多次派人上庐山,恳请李白出山相助。

生性浪漫的李白以为,出镇江陵的永王只是为平定安史之乱而组建幕府、壮大队伍,根本没意识到永王早已成为唐肃宗皇位的威胁,有另立朝廷之嫌。

在永王的再三邀请下,李白怀着"终与安社稷,功成去五湖"的理想重出江湖,加入永王帐下。

那两个月里,诗仙迸发久违的工作热情,创作一系列诗歌为永王加油助威,以尽"宣传委员"之职。他高唱:"永王正月东出师,天子遥分龙虎旗。楼船一举风波静,江汉翻为燕鹜池。"在他笔下,永王的军队军纪严明,浩浩荡荡,奔赴战场,似乎跟着这支王师,他就能实现济国安邦的人生抱负。

可是,唐肃宗早已把这支队伍定义为"伪军",宣布永王为叛逆,身在其中的李白不经意间成了反贼。

唐肃宗命永王觐见,永王死活不肯奉诏,偏要跟朝廷对着干。

攘外必先安内,至德二载(757)二月,忍无可忍的唐肃宗派兵镇压永王,安史之乱还未平定,兄弟俩先开战了。

率军而来的正是飞黄腾达的高适,这一年,他官拜淮南节度使。

永王的杂牌军一击即溃,毫无反抗之力。唐朝大军一来,一波带走，永王被杀，"宾御如浮云，从风各消散"。

李白虽然侥幸不死，却在回庐山的途中被捕，投入浔阳狱中，被判罪名"附逆作乱"，命悬一线。李白听说老友高适现在发达了，写了首诗给高适，请他高抬贵手，帮自己一把。

在这首《送张秀才谒高中丞并序》中，一向桀骜不驯的李白，难得谦虚一回，盛赞作为讨伐永王军的指挥官高适，称其"智勇冠终古，萧陈难与群""英谋信奇绝，夫子扬清芬"。

然后，就没有然后了。

想当年，三人游梁宋、高歌畅饮，如今高适对李白视而不见。

只因高适选择了唐肃宗，李白加入了永王集团，昔日好友，形同陌路。

从此之后，李白、高适互相拉黑，似乎刻意删去诗文中关于对方的记录，史书留下两人相识相知的痕迹，可李白的诗中不再有高适，高适的诗中也不再会有李白。

乾元元年（758），李白被判流放夜郎，尽管大难不死，却已心灰意冷。

第二年，关中大旱，唐肃宗大赦天下。前往夜郎路上的李白终于重获自由，他泛舟长江，顺流而下，在绝处逢生的喜悦中写下了千古名篇《早发白帝城》：

朝辞白帝彩云间，千里江陵一日还。
两岸猿声啼不住，轻舟已过万重山。

在生命的最后三年里，李白四处寄人篱下，最终在当涂的同族家中病逝。

谪仙人魂归明月，结束失意而潇洒的一生，留下千年不朽的诗篇。

5

杜甫在成都，他不会很忙，但是日子过得很苦。

当自己所住茅屋破败，一家人饥寒交迫时，他仍心忧天下："安得广厦千万间，大庇天下寒士俱欢颜。"

当得知李白下狱，流放夜郎，他时时担心这位已经14年未见的故人，写下《梦李白二首》，诗中说"死别已吞声，生别常恻恻"，开篇便写生离死别，语调悲怆，又说"应共冤魂语，投诗赠汨罗"，为李白鸣冤叫屈。

"出门搔白首，若负平生志。冠盖满京华，斯人独憔悴"，这说的是李白一生壮志终成空，也是在说二人同病相怜。

所幸，高适和杜甫的友谊没有在政治的旋涡中改变。

早在高适入哥舒翰幕府，前往河西闯荡时，还在长安漂泊的杜甫就常常寄诗问候。杜甫生性耿直，诗中满满都是对高适事业有成的欣慰和鼓励，没有一丝妒忌，如"主将收才子，崆峒足凯歌。闻君已朱绂，且得慰蹉跎"。

虽然我过得很失败，但你成功了，我为你感到高兴，这便足矣。

在有些人眼中，官场上从来只有利益，可在杜甫心中，还有一生不变的友谊。

乾元二年（759），高适入蜀，出任彭州刺史。

当杜甫与高适久别重逢，忧郁的他难得写了一首《奉简高三十五使君》表达欣喜之情："行色秋将晚，交情老更亲。天涯喜相见，披豁对吾真。"

高适晚年诗作不多，但在见了杜甫后也写诗唱和，同时对友人怀才不遇感到遗憾，诗中说："身在远藩无所预，心怀百忧复千虑。今年人日空相忆，明年人日知何处？"

杜甫生活窘迫时，高适多次给予资助，杜甫甚是感激，在诗中写道："故人供禄米，邻舍与园蔬。"

后来，高适被调回京，杜甫恰好没在成都，未能来得及相送，只能寄书以述别情，"天涯春色催迟暮，别泪遥添锦水波"。

从此，二人再未相见。

当年，李白挥毫，手书《上阳台帖》，在场的杜甫、高适一样壮志凌云。

可是，时光匆匆催人老，命运，最终让昔日同游梁宋的三人天各一方。有一人，泛舟浩荡江湖，酒入豪肠，仗剑长啸，那是李白。有一人，徘徊山间小路，忧国忧民，蹒跚前行，那是杜甫。有一人，驰骋塞上边关，金戈铁马，乘风而上，那是高适。

千百年后，我们仍记得狂放的李白、愁苦的杜甫和得意的高适。

人生无法重来，很多人想做李白，却活得像杜甫，最后变成了高适。

乱世：诗比历史还真实

真实的杜甫，
生前除了年少时度过一段快乐时光，
一辈子都在盛世的底层挣扎，
在乱世的途中歌哭。

王昌龄：被谋杀的七绝圣手

"青山一道同云雨，明月何曾是两乡。"这两句诗出自王昌龄被贬龙标（今湖南黔阳）时期写的一首送别诗《送柴侍御》。当时，诗人的朋友柴侍御正要从龙标乘船前往武冈（今湖南武冈）。你与我之间，青山一路相连，共沐云淡风轻，我们在同一月下，又何曾分处两地？

两地山川阻隔，王昌龄舍不得好友老柴，以诗相送。有别于高适"莫愁前路无知己，天下谁人不识君"的豪爽洒脱，抑或王维"劝君更尽一杯酒，西出阳关无故人"的淡淡愁绪，王昌龄的诗虽同样深情，却不诉离伤。

然而，王昌龄此次贬谪经历的终点，竟是一桩没有事先张扬的谋杀案。

安史之乱中，年逾花甲的王昌龄为避战乱，辞官离开贬所北上还乡，路过亳州时为刺史闾丘晓所杀。诗人豪情壮志的一生，以一场悲剧匆匆落幕。

乱世：诗比历史还真实

1

　　王昌龄最广为人知的是他描写边关战争的边塞诗，而这些诗歌的书写肇始于其年轻时一段不羁放纵爱自由的边塞之旅。

　　与大部分寒窗苦读的学子一样，王昌龄家境平平，用他的话说是"久于贫贱，是以多知危苦之事"，也就是俗话说的，穷人的孩子早当家。从王昌龄存世的诗作中，可知他少年耕读于山水之间，闭户著书于南窗之下，曾经漫游于中原一带，还向嵩山道士学过炼丹。在科举兴盛的年代，知识分子大都心怀入仕的理想，这个志向高远的年轻人却不走寻常路，决意弃笔从戎，到西北边塞建设祖国。

　　王昌龄匹马戍边河陇，行走于刀锋边缘，本来是想投身军幕。这是当时不少文人的仕进之路，比如与他同时代的高适，就曾在名将哥舒翰的幕府任掌书记。但是王昌龄没赶上建功立业的机遇，在他前往边塞的数年内，边境战事逐渐平息，没打过几场大仗，突厥向唐朝认，遣使求和；吐谷浑内附，其酋率众降唐；吐蕃与唐军交战没有占到便宜，也暂且罢兵。这是国家的幸事，王昌龄只能算不太走运。

　　开元十三年（725）秋冬时节，王昌龄东归，投宿于扶风（今陕西宝鸡）一家客舍。旅店主人正好是一个退伍老兵，自称"十五役边地，三四讨楼兰。连年不解甲，积日无所餐"，他跟王昌龄说，如今三边皆无事，年轻人还是要从事于翰墨，靠科举求取功名。

　　王昌龄听老兵的话，收收心好好读书，他不但能到边疆扛枪，还是个学霸，两年后就一举高中，进士登第，步入仕途。

2

王昌龄的西北之行并非一无所获，正是这段旅程，让他留下了不少大气磅礴的千古名篇。

有学者考证，王昌龄出塞后，从甘肃靖远东行沿黄河南岸过白草原，经干盐池到李旺堡，然后向南折返沿清水河经萧关到今宁夏固原，之后顺官道而行返回长安。在这段别开生面的旅程中，他是大唐盛世中独一无二的歌者。

王昌龄被誉为"七绝圣手"，他的七言绝句有极高的艺术成就，寥寥数语就将临洮、玉门关、青海湖、楼兰、碎叶等壮丽山河囊括于诗里，将后世读者带入对盛唐边关雄壮气势的畅想中。我们在王昌龄情景交融的诗中，可以读到唐玄宗时期古战场的荒凉肃杀、边关战争的满目萧然与戍边将士的艰苦卓绝。

他有一首诗被明人李攀龙称为唐代"七绝压卷之作"，堪称大唐流行金曲、粉丝打榜NO.1，正是这首大家都能全诗背诵的《出塞》：

秦时明月汉时关，万里长征人未还。
但使龙城飞将在，不教胡马度阴山。

秦汉时的明月依旧照耀着大唐的边疆关塞，多少王朝兴衰，战争仍不休，士卒们只能前仆后继地奔向沙场。在描绘瑰丽壮美的边塞风光和边关将士的英雄气概时，王昌龄同样诉之以雄浑笔墨，如《从军行七首》（其四）：

青海长云暗雪山，孤城遥望玉门关。
黄沙百战穿金甲，不破楼兰终不还。

有个导演说过，所有的战争电影都是反战电影。优秀的边塞诗实际上也饱含浓烈的反战思想以及对戍边士卒的深切同情，王昌龄为边塞风光所陶醉，也为边疆将士的英勇所感动，可其边塞诗并非赞美战争，而是向往和平，他反对一切不义之战，谴责朝廷频繁用兵的边境政策。这种反战思想，在《从军行七首》（其一）中表现得淋漓尽致：

烽火城西百尺楼，黄昏独上海风秋。
更吹羌笛关山月，无那金闺万里愁。

王昌龄还擅长写闺怨诗，借闺妇的口吻进行细腻的心理刻画，道出她们内心对残酷战争的悲怨，如《闺怨》一诗：

闺中少妇不知愁，春日凝妆上翠楼。
忽见陌头杨柳色，悔教夫婿觅封侯。

唐朝开元、天宝年间脆弱的盛世泡沫中，边塞战火频仍，百姓不堪其苦，其中隐藏着边将野心膨胀的重重危机，而唐玄宗逐渐依恋于宫中的纸醉金迷，毫无警惕之心。

王昌龄寓论于诗，这些富有边塞情调的篇章，是对唐朝军事现实状况的反映，似乎也早已预示着天宝十四载那场终结太平盛世的大动乱。日后掀起安史之乱的安禄山，正是利用唐朝的边策在十几年间平步青云。

3

在政治上，王昌龄属于张九龄一派，写有奉赠这位贤相的诗篇，与他同样有着清雅的名声，善于直抒己见。但在朝堂之上，正直的品格往往会招来恶意的诽谤。这也导致这个汲汲于功名的书生，在科场得意后仍然未能一展抱负，而是一贬再贬，如他所说的，"得罪由己招，本性易然诺"。

别人在朝为官，要学着见风使舵，明哲保身，可王昌龄还是像早年写边塞诗一样，将对政治的见解毫无保留地写在诗中。在王昌龄所写的五言古诗《宿灞上寄侍御玙弟》中，他几乎直言不讳地批判朝政日非、国势日衰的真相，"诸将多失律，庙堂始追悔""虽有屠城功，亦有降虏辈""明主忧既远，边事亦可大""公论日夕阻，朝廷蹉跎会"。

别人写诗，就算再愤青也是借古讽今，王昌龄却是直接骂宰相李林甫弄权，指责唐玄宗怠政，警告边事复起。可这些大实话没有挽回唐王朝的陨落，只给自己带来了无情的贬谪。

贬谪不能封住王昌龄之口，我们进一步咀嚼他的诗篇，可以感受到他的悲愤与感慨。一如他处江湖之远时，写给好友辛渐的诗中所言:"一片冰心在玉壶。"我的心,正如盛装在洁白玉壶之中的冰一般清廉正直。

4

王昌龄初贬岭南,二贬龙标,长年的贬谪浇灭了他胸怀天下的热情,却给予了他似水绵长的友情。

有一个"旗亭画壁"的典故,说是一日天降微雪,王昌龄与齐名的两位诗人高适、王之涣,兜里没多少钱,就到一家酒楼赊账小饮,忽然间,十几个美貌歌女登楼献唱。

梨园伶人唱的都是当时名曲,盛唐诗人的作品最受乐工青睐,常被谱为乐曲,用现在话说就是流行歌。三位诗人都挺低调,主动避席坐在角落,拥着炉火观赏表演。

王昌龄等三人打赌说:我们三人都有些诗名,可是一直未能分出个高低,今日趁此机会,我们暗地里看歌女演唱,唱到谁的歌词最多,谁就算最优秀,如何?

话音刚落,一名歌女打着节拍,唱了一首王昌龄的《芙蓉楼送辛渐》:

> 寒雨连江夜入吴,平明送客楚山孤。
> 洛阳亲友如相问,一片冰心在玉壶。

王昌龄伸出手指,在墙壁上画了一道,说:"一绝句。"

紧接着听到另一个歌女唱道:"开箧泪沾臆,见君前日书。夜台今寂寞，独是子云居……"这是高适的诗，他也小酌一杯，引手画壁。

余音袅袅，绕梁不绝，第三个歌女又唱了一首绝句："奉帚平明金殿开，且将团扇暂裴回。玉颜不及寒鸦色，犹带昭阳日影来。"正是王昌龄的《长信秋词》。王昌龄再次画于壁上，颇为得意地说："二绝句。"

随后歌女又唱完了两首诗歌，分别为高适和王之涣的作品，三人大笑。直到这时，店中众人才发现三位作者在场，急忙以礼相待，请三人上座。寒冬之中，气氛更加热闹，旗亭酒肆欢笑一堂，三人饮醉竟日。

王昌龄在长安时，曾与孟浩然交游，多年后在贬谪途中路过襄阳，幸运地与老孟重逢。他乡遇故知，哥俩当然要痛饮一番。当时孟浩然身体抱恙，背上长了毒疮，疽病尚未痊愈，本来饮食忌口，可再次遇到王昌龄，老孟心里一高兴，多吃了点儿河鲜，结果旧疾复发，不幸逝世。

王昌龄心里苦啊，好不容易跟老朋友孟浩然吃顿饭，还眼瞅着他因馋嘴送了命。

之后到巴陵（今湖南岳阳），王昌龄总算再逢喜事，遇上了另一个朋友李白，二人同样是盛唐大诗人，且都因遭谤议而仕途不顺。英雄惜英雄，王昌龄挥笔写下一首《巴陵送李十二》：

摇曳巴陵洲渚分，清江传语便风闻。
山长不见秋城色，日暮蒹葭空水云。

分别之后，李白深深想念王昌龄，当听闻他被贬到西南边陲为龙标县尉时，遥寄一诗表示安慰，即这首著名的《闻王昌龄左迁龙标遥有此寄》：

杨花落尽子规啼，闻道龙标过五溪。
我寄愁心与明月，随风直到夜郎西。

谁也不知道，王昌龄这次贬谪，会迎来怎样的命运。

王昌龄早已在诗中告诫当权者边事危矣，可安史之乱这场风暴，最终还是搅动了天下，也将他推向了死亡。

5

关于闾丘晓杀害王昌龄的原因，早已成为千古之谜。史籍只留下只言片语，如"（王昌龄）以刀火之际，归乡里，为刺史闾丘晓所忌而杀"，却不曾说闾丘晓是忌恨王昌龄耿介的性格，还是嫉妒他出众的才华。

正义没有迟到，闾丘晓不久就因自己的罪恶得到了报应。

至德二载（757），王昌龄遇害之时，一场空前惨烈的大战正在睢阳展开，守城的官员张巡、许远兵微将寡，面对叛军攻城苦守数月。睢阳是江、淮之间的屏障，一旦失守，战火将蔓延到江南。张巡等人深知其中利害，在弹尽粮绝的困境下死守这座城，甚至到了以人为食的境地。

河南节度使张镐火线上任，主持河南一带军务，得知睢阳危在旦夕，下令闾丘晓带兵救援。闾丘晓为人贪婪自私，接到张镐的信后担心兵败被追究责任，不顾国难当头，居然带兵原地逗留。等到张镐率援军到达前线时，睢阳已沦陷三日，张巡与部将36人英勇就义。全城军民以惨痛的代价阻止安史叛军南下，城破时全城只剩下400人。

张镐早已听说王昌龄被害，此时新账旧账一起算，更是怒不可遏，于是将误期的闾丘晓召来。闾丘晓这时终于怕了，用上有高堂、下有妻小的经典理由请求张镐放他一条生路（"有亲，乞贷余命"）。

张镐正色道："王昌龄的妻儿老小，谁来照顾？"

闾丘晓无言以对，随后被张镐下令杖杀。

王昌龄死于非命的惨案，至此总算得到一个让人些许安慰的结局。

乱世：诗比历史还真实

李白的最后五年：永王之乱历史真相

大唐诗人李白（701—762），被命运扼住了喉咙。

自从在浔阳登上永王李璘的楼船，他的理想和抱负在两三个月内就被迅速燃尽，余生抱着一堆灰烬，四顾茫然。他一遍遍地解释，一次次地找人，落笔皆是苦涩的诗句。

他早些年被公认为"谪仙人"，为人潇洒，诗风豪逸。但到此时，那口"仙气"已然离他而去，他像个掉落凡间的孩子，惊恐无措。

权力与舆论强加给他的罪名以及由此带来的牢狱之灾和声名受辱，让他在最后的年月里痛苦不堪。他的处境，正如他的"小迷弟"杜甫当时所写的——"世人皆欲杀"。

他，李白，大唐盛世的狂士与歌者，在生命的最后阶段，变成了一个国人皆曰可杀的叛国者。

他无数次执笔写诗申冤和抗辩，一次次还原被权力篡改的真相。但大唐的子民以及后世每一个时代的人们，都只愿意诵读他喝酒吹牛时豪情四溢的诗句，没有人愿意去读他晚年那些悲苦、泣血、隐晦的诗行。

每个人只当这个真实的诗人,没了人生的最后五年。即便有,也是狗尾续貂的五年,声名败坏的五年。

历史就这样书写了一个人生断裂的李白。直到宋代,直到现在,李白参加永王李璘起兵的经历,仍被当作叛国谋乱的污点,"文人之没头脑"的体现。根本没有人在乎他本人在乎的真相。

1

至德元载(756)十二月,在庐山避乱的李白,迎来了一个神秘人物。

来人叫韦子春,身份是永王李璘的重要谋臣,任务则是游说李白出山加入李璘的幕府。

李白说韦子春"三顾茅庐",他终于答应出山了。但实际上,他极有可能一下子就爽快地答应了。他在《赠韦秘书子春》一诗中,记录了这次志同道合、相见恨晚的谋面会谈过程:

> 斯人竟不起,云卧从所适。
> 苟无济代心,独善亦何益。
> 惟君家世者,偃息逢休明。
> 谈天信浩荡,说剑纷纵横。
> 谢公不徒然,起来为苍生。
> ……
> 气同万里合,访我来琼都。

> 披云睹青天,扪虱话良图。
> 留侯将绮里,出处未云殊。
> 终与安社稷,功成去五湖。

韦子春确实有辩才,一下子就说到李白的心坎上。他看出李白表面是一个隐居的高士,内心却放不下济世情怀,还是想学东晋名士谢安,关键时刻出来救苍生、建功业。

韦子春将永王李璘的"良图"——平定叛乱、收拾河山的计划向李白和盘托出。李白听完,直接感慨说"披云睹青天",平定中原乱军,好像就是分分钟的事情。他已经在想着,自己在跟随李璘建立不世之功后,像范蠡一样功成身退,深藏功与名。

当时,李璘率军从江陵(今湖北荆州)东下,趋广陵(今江苏扬州)。李白告别妻子宗氏,登上了李璘的楼船,一路东下。在给妻子的诗中,他对前景充满了信心,跟妻子调侃了一下将来自己佩相印归来的情景:

> 出门妻子强牵衣,问我西行几日归?
> 归时倘佩黄金印,莫学苏秦不下机。

这时候,56岁的李白感觉人生焕发了第二春。一生中,除了42岁那年,他奉唐玄宗之诏入长安供奉翰林,恐怕再没有如此时这般意气风发的记忆了。那年,他写下《南陵别儿童入京》,是多么的狂放,一点儿也不想掩饰内心的狂喜:

> 会稽愚妇轻买臣，余亦辞家西入秦。
> 仰天大笑出门去，我辈岂是蓬蒿人。

那年，这个一直以"大鹏"和"凤凰"自我期许的诗人，以为扶摇直上、青云展翅的机会来了。那年，唐玄宗给了这个狂傲的诗人最大的面子，"降辇步迎"，"以七宝床赐食，御手调羹以饭之"。那年，他以为自己是"帝王师"，不承想自己只是君王用来点缀升平、以夸耀于后世的文学侍从。两年后，天宝三载（744），李白的首次从政之旅在理想幻灭中宣告结束。唐玄宗将他"赐金放还"，理由是"非廊庙器"。用现在的话来说，绩效考核不达标，他被裁员了，拿了N+1的赔偿金走人。这次打击太沉重了，离京时，他写下了著名的《行路难》：

> 金樽清酒斗十千，玉盘珍羞直万钱。
> 停杯投箸不能食，拔剑四顾心茫然。
> 欲渡黄河冰塞川，将登太行雪满山。
> 闲来垂钓碧溪上，忽复乘舟梦日边。
> 行路难，行路难，多歧路，今安在？
> 长风破浪会有时，直挂云帆济沧海。

尽管"行路难"，但他还是在诗中给自己留下了一条足够光明的尾巴。他依然相信，自己会是姜尚、伊尹、诸葛亮、谢安那样的大才，只是还缺少一个"直挂云帆济沧海"的机会。

之后，他与杜甫、高适在梁宋之地有过一段三人行的畅游时光。

再后来,他开始了如早年一般的南北漫游,喝最豪气的酒,赏最寂寞的月,写最好的诗,只是为了摆脱"大道如青天,我独不得出"的现实处境。他的诗写得再好,名气再大,对于建功立业、兼济天下的理想而言,终归只是一个手段而已。他的内心深处,从不因自己能写出盛唐最好的诗行而满足。

恰恰相反,随着时间的流逝,他为自己未能找到真正的用武之地而流露出越来越强烈的焦灼感。他的"愁"越来越多,越来越乱:

将进酒

君不见,黄河之水天上来,奔流到海不复回。
君不见,高堂明镜悲白发,朝如青丝暮成雪。
……
主人何为言少钱,径须沽取对君酌。
五花马,千金裘,呼儿将出换美酒,与尔同销万古愁。

宣州谢朓楼饯别校书叔云

弃我去者,昨日之日不可留;
乱我心者,今日之日多烦忧。
……
抽刀断水水更流,举杯消愁愁更愁。
人生在世不称意,明朝散发弄扁舟。

秋浦歌

白发三千丈，缘愁似个长。
不知明镜里，何处得秋霜。

自从被"赐金放还"后，整整13年，诗名满天下的李白，无所用于世。直到一个乱世来临。

自古乱世出英雄，李白也想在安史之乱爆发后，游说江南的李唐宗室起兵勤王，但最终无所成，才上了庐山隐居。

现在，韦子春的到来，永王李璘的邀约，就像把他从废弃的深井里捞了上来，他毫不犹豫地投入了自己的第二次也是最后一次从政生涯。

他不知道，自己将要掉入一个更深的深渊。

2

李白跟随李璘的军队东下的时候，早已在灵武称帝的唐肃宗李亨，偷偷将自家兄弟当成了打击对象。一场影响大唐国运的同室操戈，一触即发。

在至德二载（757）开年，大唐王朝内部实际上进行着两场战争：一场是唐王室与安史叛军的战争，另一场是唐王室内部的战争。两场战争看似毫不相关，其实错综复杂，纠缠不清。

事情起源于安禄山叛军攻陷潼关后，唐玄宗仓皇奔蜀途中的一个重大人事安排。在逃亡路上，太子李亨与禁军首领陈玄礼操纵"马嵬兵谏"，又派人唆使当地父老拦住唐玄宗，要其留下太子抗击叛军，并分去大半人马。天宝十五载（756）七月初九，李亨到达灵武（今宁夏灵武市），很可能经他本人授意，三天后，他被随从诸臣拥立为皇帝，是为唐肃宗。

李亨擅自称帝的消息，整整一个月后，即八月十二日才传到蜀中。获悉消息的唐玄宗，这才知道自己早已从皇帝变成了太上皇。

正史记载，毫不知情的唐玄宗在七月十五日以皇帝身份下诏，部署了平定安禄山叛乱的重大决策——以皇子代替边镇将领典兵，具体安排如下：太子李亨充任天下兵马元帅，仍都统朔方、河东、河北、平卢等节度采访等都使，与诸路及诸副大使等，南收长安、洛阳；永王李璘充山南东道、江南西道、岭南、黔中等节度采访等都使，江陵大都督如故；盛王李琦充广陵郡大都督；丰王李珙充武威郡大都督……

由于其他皇子并未到府就任，只做了挂名一把手，实际到任的仅有李亨和李璘。两人一个独撑北方战局，一个寄希望于南方后盾。而在唐玄宗的算盘中，自己则坐镇蜀中统筹南北全局。

但让唐玄宗始料未及的是，到了灵武的李亨在朔方军的全力支持下登基称帝。鉴于朔方军当时是朝廷硕果仅存的最强军队，偏居蜀中的唐玄宗无力掌控，更无力对抗，只好在表面上承认了李亨即位的既定事实。但他并不甘心自己沦为太上皇，于是对李亨展开了权术反制：第一，宣称军国大事先由皇帝（唐肃宗）处理，但应奏报太上皇（唐玄宗），太上皇保留发"诰"（以区别于皇帝的"诏"）的权力，仍可号令天下，等到收复两京，太上皇才不问政；第二，派亲信大臣韦见素、房琯、崔涣等人到唐肃宗身边，希望加强对唐肃宗的控制；第三，希望在南方建立一支足以与朔方军抗衡的武装力量，从而加强太上皇的话语权。

我们都知道，枪杆子里面出政权，所以第三点是尤其重要的一点。唐玄宗把希望寄托在李璘身上，任命李璘出镇江陵后，又二次任命他为江淮兵马都督、扬州节度大使。这次任命之后，自山南东路（治江陵）沿长江东至江南西路（治洪州）、江南东路（治苏州）、淮南路（治扬州）之军事，皆受永王李璘节制。

李璘也领会到父皇的用意，因此在江陵招募了数万将士，再利用江南的经济优势，企图在南方建立反击安史叛军的基地。一旦军队建立起来，并在对付叛军方面取得战果，那么，唐玄宗在与唐肃宗争夺实权的斗争中就有了足够的筹码。

在唐玄宗与唐肃宗两个政治中心并存的前提下，李璘作为唐玄宗的筹码，成为震慑唐肃宗的一股势力。这引起了唐肃宗的警觉。

之前向唐玄宗面谏、反对诸王分镇的高适，此时获得唐肃宗召见，于是从蜀中跑到灵武，跟新君陈述"江东利害"，并说永王李璘"必败"。唐肃宗对高适的见解很满意，遂在江淮地区安排亲信，做好对付李璘的准备。

在李白决定加入李璘幕府任江淮兵马都督从事的时候，高适获得唐肃宗任命，出任淮南节度使，领广陵等十二郡。这意味着，这对昔年共游河南的好友，此时分属不同的阵营，他们的关系即将破裂。

与此同时，唐肃宗以名将来瑱为淮南西道节度使，领汝南等五郡。加上江东节度使韦陟，唐肃宗完成了三名亲信共同对付李璘的人事布局。

而在李璘这边，他对唐肃宗已将自己列为对手的事实完全蒙在鼓里。他的任命来自父皇唐玄宗，在南北两个朝廷并存的情况下，他选择听命于蜀中的唐玄宗朝廷。所以，当唐肃宗害怕李璘的势力扩张会威胁到自己，命令他返回蜀中的时候，他违抗了唐肃宗的命令，继续率军东进。

根据学者邓小军的分析，李璘水军下广陵的目的，是从广陵出发，走海路直取安史叛军的大本营幽州。这从李白写于李璘幕府的《永王东巡歌》中，也可以得到佐证：

> 王出三山按五湖，楼船跨海次扬都。
> 战舰森森罗虎士，征帆一一引龙驹。
> ……
> 祖龙浮海不成桥，汉武寻阳空射蛟。
> 我王楼舰轻秦汉，却似文皇欲渡辽。

加入李璘幕府后，李白肯定获悉了李璘集团的作战计划，因而在诗中明确以唐太宗对高句丽渡海登陆作战的历史，作为李璘水军出海北伐的比附。

可是，不等李璘到达广陵，受到唐肃宗支持的南方地方势力，纷纷向李璘发起了挑战。在润州（今江苏镇江），李璘水军虽然击败了挑衅的地方势力，但当唐肃宗派出的宦官使者出现在江对岸时，李璘集团内部军心崩溃——唐王朝的共同敌人是安史叛军，而唐肃宗竟然以"讨逆"之名将矛头对准了永王李璘，这一波政治宣传和军事镇压，让李璘的部下觉得失去了合法性和正义性，于是纷纷倒戈。

至德二载（757）二月十日，李璘兵败润州。10天后，逃至大庾岭的李璘被江西采访使皇甫侁擒杀。

这场由唐肃宗发动的内讧权斗，最终以胜利者的意志，定性为"永王之乱"。太上皇唐玄宗在李璘兵败已成定局的情况下，失去了赖以制衡儿子唐肃宗的唯一势力，无奈只能发诏，宣布将李璘废为庶人。但当唐玄宗获悉李璘遇害的消息，他才真情流露，"伤悼久之"。

而唐肃宗，再次以他的表演，洗脱他才是害死李璘的真凶这一事实。史载，唐肃宗在得知李璘死亡的消息后，责备皇甫侁"既生得吾弟，何不送之于蜀而擅杀之"，并做出"废（皇甫）侁不用"的决定。皇甫侁成为唐肃宗的替罪羊，而唐肃宗则在历史上继续营造孝悌的君王形象。

所谓"永王之乱"，因为关乎胜利者唐肃宗的历史形象，事后被篡改和掩盖的真相很多。特别是当唐肃宗付出了巨大代价，在同年九月收复长安，并迎回太上皇唐玄宗，最终"取缔"了蜀中朝廷、实现大权在握之后，永王李璘连同他的同党，更是被塑造成为王朝的叛乱者。

李白加入李璘幕府不到三个月，人生就从高峰跌入了谷底，不仅是朝廷的囚犯，还是"世人皆欲杀"的罪人。

别人不知道或假装不知道"永王之乱"的真相，但他李白知道呀。

他要说出来。

3

李白卷入的这场皇室内斗，使得原本两三年可以平息的安史之乱，一拖拖了八年，大唐盛世由此彻底转衰，再无复兴之日。

重新审视"永王之乱"，唐肃宗才是最应该站上历史审判席的那个人。他为了抢班夺权，不惜引入回纥军队，许诺后者收复长安后可以抢走财物和女人；他为了证明自己即位的合法性，放弃谋臣李泌提出的直捣安史叛军老巢的计谋，只想着收复仅有象征意义的长安；他为了消除皇位的潜在争夺者，再次将李璘走海路奇袭叛军老巢的计划扼杀，并将其定性为"谋乱"……他的皇位保住了，但国家却陷入了更长久的战乱。

这是事件的真相，也是李白认定的、需要告诉世人的真相。最后的几年，他咀嚼苦涩，吐露悲情，在诗里一遍遍述说李璘之事，就是为了申冤和抗辩，跟被篡改的事件真相做斗争。

在李璘兵败之时，李白跟随溃散的士兵死里逃生，当时的情形，他在《南奔书怀》中有这样的描述：

> 主将动谗疑，王师忽离叛。
> 自来白沙上，鼓噪丹阳岸。
> 宾御如浮云，从风各消散。

部将们相互疑神疑鬼，永王的军队顷刻七零八落，来到白沙洲一带时，丹阳岸边战鼓雷鸣，而幕僚们就像天上飘浮的云朵一样，随风不知消散到哪里去了。

李白沿江西逃,先平安地逃到舒州(今安徽潜山),再躲藏到西边的司空山,但是不久他被抓住了,囚禁在浔阳的监狱中。

即便如此,他仍然感激李璘邀请他加入北伐叛军的队伍。他从未埋怨李璘,更未学别人对着落败的李璘踩上一脚以示割裂。最痛苦的时候,他曾违心说自己是被胁迫入了李璘幕府,但也是到此为止。他不说李璘的任何坏话。在史书将李璘丑化成一个蠢货的时候,他还在感念李璘的知遇之恩:

> 秦赵兴天兵,茫茫九州乱。
> 感遇明主恩,颇高祖逊言。
> 过江誓流水,志在清中原。
> 拔剑击前柱,悲歌难重论。

我李白是要学祖逖北伐,志在消灭安史叛军平定中原,现在竟然被人当成了乱臣贼子,天理何在呀?

他向大唐的官员、认识的老朋友求助,希望能够洗脱罪名。他甚至对身为讨伐李璘军队总统帅的高适发出过乞求救援的信号,寄希望于他们曾一起漫游所建立的友谊,能够抵抗政治立场的侵蚀。

他在浔阳狱中,托要去广陵拜谒高适的张秀才带去了他的一首诗。在诗里,他谈古论今,将高适比为张良,并大加赞赏。没有说出来的一层意思,则是希望高适伸出援手,为他洗脱罪名。

送张秀才谒高中丞

高公镇淮海,谈笑却妖氛。

> 采尔幕中画,戡难光殊勋。
> 我无燕霜感,玉石俱烧焚。
> 但洒一行泪,临歧竟何云。

高适对李白的求助,没有任何回应。相反,从高适的诗文集来看,这名依靠打败李璘军队而仕途平步青云的诗人,为了与对立者李白切割,将李白的名字从他的诗文集中彻底删掉了。天宝三载(744)以后,他和李白、杜甫同游梁宋间的诗文题目,但凡出现李、杜之名,都被他改为"群公"。

只有仕途同样困顿的杜甫,依然那么膜拜和相信李白。从阵营来看,杜甫算是最早投奔唐肃宗的元老级臣子,但后来因为替房琯求情而被唐肃宗疏远,断了前途。但作为忠臣的杜甫,听说李白的遭遇后,并没有抹除他们的记忆,也没有像高适那样做出切割的举动。相反,他写下了许多怀念李白的诗作,这些诗作虽然无助于身处困境的李白,但至少说明,李白的痛苦和落寞,有人懂。

不见

杜甫

> 不见李生久,佯狂真可哀。
> 世人皆欲杀,吾意独怜才。
> 敏捷诗千首,飘零酒一杯。
> 匡山读书处,头白好归来。

梦李白二首（其二）

杜甫

浮云终日行，游子久不至。
三夜频梦君，情亲见君意。
告归常局促，苦道来不易。
江湖多风波，舟楫恐失坠。
出门搔白首，若负平生志。
冠盖满京华，斯人独憔悴。
孰云网恢恢，将老身反累。
千秋万岁名，寂寞身后事。

最终是御史中丞宋若思、前宰相崔涣等人，认定李白无罪，将他从狱中捞了出来。宋若思还直接把李白请到军中，让他加入幕府。这似乎表明，朝廷高层对"永王之乱"的定性有不同意见，所以才会认为李白入狱是冤案，并还他清白之身。

李白在浔阳监狱蹲了半年左右，出狱后入了宋若思的幕府。但不久，李白即离开宋若思幕府，估计是宋若思受到了某些压力，风向又有变化。

这时，大概是唐肃宗收复长安，而唐玄宗被从蜀中接回长安，"上皇（唐玄宗）御宣政殿，授上（唐肃宗）传国玺"。至此，唐玄宗、唐肃宗的权力交替全面完成，太上皇成了唐肃宗任意摆布的对象。唐肃宗重启针对唐玄宗旧臣的清洗行动，对"永王之乱"遗留问题的处置，力度趋严。因此，在王朝庆祝收复帝都的喜悦氛围里，本已出狱的李白突然接到了流放夜郎的处理决定。

乾元元年（758）春，李白才姗姗由浔阳出发赴流放地夜郎，此时他写有《流夜郎至西塞驿寄裴隐》，诗中有句：

鸟去天路长，人愁春光短。

流放途中，李白的悲愤仍盈溢在字里行间，经过汉阳时，他写《望鹦鹉洲怀祢衡》，借祢衡的遭遇写自身的不幸：

魏帝营八极，蚁观一祢衡。
……
才高竟何施，寡识冒天刑。
至今芳洲上，兰蕙不忍生。

第二年，他遇赦放还，写了《流夜郎半道承恩放还兼欣克复之美书怀示息秀才》一诗。诗中，他隐晦地重提大唐曾有唐玄宗和唐肃宗两个政治中心的事实，说明永王李璘的任职和行动，皆出自唐玄宗，具有正当性和合法性，不应被定性为谋乱叛国。

"大驾还长安，两日忽再中"，暗指从唐肃宗灵武即位，到唐玄宗返还长安期间，唐王朝二主并存，如天有二日。"一朝让宝位，剑玺传无穷"，这是说到至德二载（757）十二月，唐玄宗授传国玉玺给唐肃宗，王朝二主状态才宣告结束。言外之意，唐肃宗在至德二载（757）年初，二主体制尚存的情况下，发动了镇压永王李璘的战争，谁是谁非，不言自明。可是，这段历史现在却被掩盖了，死去的永王李璘却沉冤莫白。

随后，李白在江夏又写了带有生平自述性质的长诗《经乱离后天恩流夜郎忆旧游书怀赠江夏韦太守良宰》，其中，重提二主体制，再次替李璘申辩，说"帝子"李璘的统兵征讨之权是唐玄宗授予的，绝非作乱：

> 二圣出游豫，两京遂丘墟。
> 帝子许专征，秉旄控强楚。

总之，余生反反复复，李白都在纠缠为永王李璘平反，也为自己申冤这件事。他的诗风变了，在多数作品里，豪情顿减，气势转弱，从以前的高调飘逸、痛快淋漓，转为沉沦落魄、晦涩难懂的风格。

这些诗，有他最在意的东西，对个人名节的守护，对知遇恩人的仗义，对历史真相的坚持。但是，人们不愿读，也不愿听这个絮絮叨叨的老诗人在痛苦什么，在执着什么，在期待什么。

人们只需要一个"十步杀一人，千里不留行，事了拂衣去，深藏身与名"的侠客，一个"花间一壶酒，独酌无相亲，举杯邀明月，对影成三人"的酒徒，一个"安能摧眉折腰事权贵，使我不得开心颜"的狂士……

人们不需要深入历史真相，不需要一个不符合自己心理预期的伟大诗人。如同朝廷屏蔽了"永王之乱"的真相，人们屏蔽了一个执着于真相的诗人。

一生中最后的日子，李白流寓在当涂县令、族叔李阳冰处。

即便经历了九死一生的命运戏弄，他依然不改初衷，梦想着做一个建功立业之人。上元二年（761），年届60的诗人闻知名将李光弼出征东南，又想从军报国，无奈半道病还。

第二年，李白卒于当涂，享年62岁。人们相信他是捉月而死，不愿意相信他是醉酒病死。

他在绝笔《临终歌》中叹道："大鹏飞兮振八裔，中天摧兮力不济。"

大鹏终于无力了，诗人承认了自己的失败。

同一年，唐肃宗死，唐代宗继位后，第一时间为永王李璘平反昭雪。

李白生前可能得知这一重要的历史信息，但更大的可能是，他并不知道平反的诏令。这或许是他一生中最大的遗憾。

自遣

> 对酒不觉暝，落花盈我衣。
> 醉起步溪月，鸟还人亦稀。

寂寞无边无际，醉酒的老诗人，他神游到另一个时空去了。

大唐苦命人：安史之乱中的杜甫

安史之乱爆发三年前，天宝十一载（752）的秋天，杜甫与高适、岑参、储光羲等诗人一起登上慈恩寺塔（大雁塔）。

每人赋诗一首。其他人的诗写景都是天朗气清，大好河山，只有杜甫看到的是：

同诸公登慈恩寺塔（节录）
秦山忽破碎，泾渭不可求。
俯视但一气，焉能辨皇州。

从上往下一眼望过去，一片空蒙蒙，哪里还分辨得出帝都长安在何处。这实际上是诗歌写作的一种隐喻手法，包含了诗人的政治忧虑，他隐约有一种不祥的预感：

长安可能要面临一场大乱啊。

乱世：诗比历史还真实

1

杜甫在世时，只是一个小官员和小诗人。但并不妨碍他在穷困潦倒的一生中孜孜不倦地书写和反思王朝盛世的衰亡，从而成为一个时代最真实而坚定的历史记录者。

希腊古哲亚里士多德说过：诗比历史还真实。我们将在杜甫的诗中读懂这句名言。

杜甫赶上了伟大而不幸的时代。唐玄宗即位的先天元年（712），杜甫降临人世，到唐代宗大历五年（770）病逝，他经历了大唐由盛而衰的全过程。

杜甫比李白小11岁左右，但在后世看来，他们的诗像是两个时代的产物。

李白的诗，大气磅礴，想象奇诡，纵横无边，确实是大唐盛世才能催生出来的鬼才作品。现实也是如此，安史之乱爆发后，李白在生命最后的几年经历悲情，鲜有好诗问世。而杜甫，整个的诗歌写作重心都在安史之乱爆发后，之前虽然也有著名的传世作品，但沉郁顿挫、感时忧世的整体风格尚未形成。

现代诗人冯至说杜甫是两个世界的亲历者："杜甫生在唐代封建社会发生巨大变化的时代。他青年时期经历的'开元之治'和他中年以后、也就是安史之乱爆发以后社会秩序相比，俨然是两个截然不同的世界。国家的危机和人民的痛苦通过种种难以想象的、耸人听闻的事实呈现在他的面前。他面对许多残酷的事实，既不惶惑，也不逃避，而给以严肃的正视。他既有热情的关怀，也能作冷静的观察，洞悉时代的症结和问题的核心所在。"

乱世苦难以及勇敢面对和书写乱世苦难的态度，塑造了一个伟大的诗人。

也正因此，杜甫的成名之路十分坎坷。终其一生，他几乎默默无闻，声名不显。天宝三载（744），32岁的杜甫在洛阳遇到被唐玄宗赐金放还的李白，两人一见如故。此时还有高适，三人结伴同游。第二年，杜甫又跟李白见了一面，两人互赠诗篇。从此却再没机会见面。

不过，杜甫后来给李白写了许多诗，而李白再也没为杜甫写过一首诗。这段关系几乎已成为一个学术八卦，一种可能的解释是，两人在世时的声名明显不对等，李白是曾经大红大紫到轰动长安城的大诗人，杜甫更像是一个粉丝偶然结交到了自己的偶像，自然有全情的膜拜流露在许多诗里。

美国汉学家宇文所安分析，杜甫的诗在他生前虽然也得到一些高度评价，但基本上可以肯定是社交场合的礼貌用语和客套而已。一直到9世纪初，在杜甫去世三四十年后，由于中唐诗人领袖如韩愈、白居易、元稹等人对杜诗的推崇和不断模仿，才使得杜甫的名声越来越大。宋代以后，杜甫最终奠定了史上最伟大现实主义诗人的地位。

所以，我们现在认识的杜甫，与杜甫在世时的样子和际遇是截然不同的。这么说吧，杜甫如果看到宋代以后世人对他的追捧，估计他自己都会被吓死。

真实的杜甫，生前除了年少时过过一段优裕的快乐时光，一辈子都在盛世的底层挣扎，在乱世的途中歌哭。

他的朋友，李白是名噪天下的大诗人，高适后来做了大官。只有他，一生终了，仅是一个小诗人，一个小官员。

2

有史学家以张九龄罢相的开元二十四年（736）作为盛唐的分水岭，这是有道理的。因为，盛世的衰亡，总是从政治的败坏开始的。

一个在位多年、志得意满的皇帝，身边围绕着一群争权夺利、不顾世道人心的臣子，这个王朝基本就在变乱的边缘不断溜达了。

盛世久了，也总会有一些乌七八糟的事情来终结盛世。在权相李林甫掌权的十多年间，唐王朝气脉的衰微被独裁和谎言掩盖了。

天宝六载（747），唐玄宗诏天下"通一艺者"到长安应试，杜甫参加了考试。由于李林甫编导了一场"野无遗贤"的闹剧，参加考试的士子全部落选。

那个曾经写过"会当凌绝顶，一览众山小"，希望"致君尧舜上，再使风俗淳"的中年求职者，客居长安整整10年（745—755），郁郁不得志，过着极其困苦的生活。

他一直试图建立在朝廷中任职的必要关系，但未获成功。他最后奔走献赋，为唐玄宗献上三篇赋，终于再获得一次考试机会，通过后，被通知等待授予官职。

这一等却又是没有尽头。

史学家推测，杜甫和他的交际圈可能都是让权相李林甫感到不爽的人，所以卡住始终不给他安排官职。到了李林甫的继任者杨国忠当权，杜甫仍然未得到任命。

天宝十三载（754），42岁的杜甫希望追随高适的脚步，向名将哥舒翰请求入幕，却未得到理睬。

也就是在这一年，关中出现了被杨国忠捂住不报的大暴雨和饥荒。为了生存，杜甫被迫带领全家北迁到了奉先县（今陕西蒲城县）。

或许是命运的刻意安排，杜甫在长安的10年辛酸生活，打开了他观察大唐盛世真相的一扇窗户。当其他精英诗人沉湎醉乡之时，他穿着粗布短衣，和京城贫民排队购买低价粮食。他从盛唐那群浪漫的诗人群体中游离出来，开始以清醒的目光审视这个社会。

在哭声震天的咸阳桥头，他聆听过征夫的怨愤诉说，了解到唐玄宗好大喜功，轻启边衅，而杨国忠趁机邀功，出兵南诏掩盖败绩的背后，是王朝无数家庭的生死离散以及国家经济的凋敝破坏：

兵车行（节录）

边庭流血成海水，武皇开边意未已。
君不闻汉家山东二百州，千村万落生荆杞。
纵有健妇把锄犁，禾生陇亩无东西。

在仕女如云的曲江池畔，他远远地冷眼观看杨国忠兄妹的游春排场，唐朝的财富支撑起这个外戚家族的挥霍豪奢，京城长安成了他们肆无忌惮的极乐世界，而这背后是谁在纵容杨氏一手遮天，已经不言而喻了：

丽人行（节录）

杨花雪落覆白苹，青鸟飞去衔红巾。
炙手可热势绝伦，慎莫近前丞相嗔。

唐王朝政坛笼罩在谎言编织的歌舞升平之下，杜甫的诗，成了那个时代最勇敢、最真实的话语。

当杜甫孤身一人从奉先返回长安后，他的任命终于下达了。朝廷授予他河西尉的小官，他拒绝了："不作河西尉，凄凉为折腰。"朝廷遂改派他出任太子府的一个官职——兵曹参军，类似于武库看守人的低阶职务。迫于生计，他接受了这个离理想很远很远的官职。

天宝十四载（755），年末，杜甫赴奉先探望妻儿。一进家门，就听到哭泣声，原来他的小儿子饿死了。个人的悲苦境遇，让他想到了底层人民正在经历的艰难岁月，他拿起笔，写下了著名的史诗：

自京赴奉先县咏怀五百字（节录）

老妻寄异县，十口隔风雪。
谁能久不顾，庶往共饥渴。
入门闻号咷，幼子饥已卒。
吾宁舍一哀，里巷亦呜咽。
所愧为人父，无食致夭折。
岂知秋禾登，贫窭有仓卒。
生常免租税，名不隶征伐。
抚迹犹酸辛，平人固骚屑。

> 默思失业徒，因念远戍卒。
> 忧端齐终南，澒洞不可掇。

他在诗中说：作为父亲，竟然没本事养活孩子，真是惭愧至死！今年的秋收还算不错，可谁能料到，穷苦人家仍然有饿死的意外发生。我还算是个小官儿，也免不了这样悲惨的遭遇，那平民百姓的日子，就更加苦不堪言啊——想想失去土地的农民，早已倾家荡产；想想远戍边防的士兵，还不是缺吃少穿。一想起这些，我的忧愁就千重万叠，高过终南山，浩茫无际……

就在这首诗中，他写出了千古名句，深刻揭示了大唐贫富悬殊的社会现实：

> 朱门酒肉臭，路有冻死骨。

当杜甫写下这些诗句的时候，王朝之病终于捂不住了。
安史之乱爆发了。

3

安禄山是在天宝十四载（755）十一月九日起兵叛乱的，这次叛乱成为唐朝历史的一条分界线。但在当时，朝中那些狂傲而颟顸的君臣，都没有意识到一个新的历史阶段已经到来。

数日后，叛乱消息传到长安，宰相杨国忠向唐玄宗保证：不用10天，安禄山的人头就会送到陛下面前。

只有安西节度使封常清是清醒的。安禄山起兵33天后，天宝十四载（755）十二月十二日，洛阳失陷。封常清因战败被唐玄宗派人就地处死，他在临终上表中告诫唐玄宗：我死之后，望陛下不要轻视安禄山这个叛贼。

唐玄宗君臣没有接受封常清的忠告。

名将哥舒翰坚守潼关长达半年，叛军久攻不下。唐玄宗不断派宦官催促哥舒翰出关决战。哥舒翰再三向皇帝奏明，此时我军轻出，必定落入叛军圈套，到时追悔莫及啊。

唐玄宗又不听。

天宝十五载（756）六月四日，哥舒翰"恸哭出关"，5天后，兵败被俘。

噩耗传来，唐玄宗和杨氏集团却跑得比谁都快。

六月十三日夜，唐玄宗带着杨氏集团仓促逃离长安。过了整整10天，没有任何防御的长安才被叛军攻陷。

逃亡路上，太子李亨与禁军首领陈玄礼操纵"马嵬兵谏"，又派人唆使当地父老拦住唐玄宗，要其留下太子抗击叛军，并分去大半人马。

七月初九，李亨到达灵武（今宁夏灵武），很可能经他本人授意，三天后，他被随从诸臣拥立为皇帝，是为唐肃宗。从此时起，李亨掌握了王朝抗击叛军的权力。

安史之乱是唐玄宗后期恶政横行、奸人当道导致的结果，它敲响了王朝衰亡的丧钟。安禄山起兵的旗号，是要诛杀奸臣杨国忠，以此为自己的反叛行为争取正当性。马嵬兵谏中，愤怒的士兵首先杀掉了杨国忠，继而逼迫杨贵妃自尽。可见，杨氏当政的短短几年间，已经触怒了所有的社会阶层。

从本质上讲，这场战争是朝廷高层权斗引发的，但是，最终为战争买单的，却是王朝所有人，不分官位，不分身份，不分贫富。

在长安沦陷之前的半年里，随着战况加剧，杜甫带着家人避乱，先从奉先北迁到了白水（今陕西白水县），又从白水继续北迁到了鄜州羌村（今陕西富县南）。一路辗转，十分狼狈。

至德元载（756）八月，杜甫再次告别妻儿，从鄜州羌村投奔唐肃宗。途中，他被叛军俘获并押解到长安。在叛军占领的长安城中，杜甫度过了大半年时间。他写诗悲叹唐军的一次次失利以及这座伟大城市的衰败。

史书载，安禄山占领长安后，对未能逃出长安的王侯将相及其家人，"诛及婴孩"，连小婴儿都不放过。这是一场针对皇室成员和朝廷大臣的大屠杀。身陷长安的杜甫，遇见了在这场大屠杀中侥幸逃脱的一名皇孙：

哀王孙（节录）

金鞭断折九马死，骨肉不得同驰驱。
腰下宝玦青珊瑚，可怜王孙泣路隅。
问之不肯道姓名，但道困苦乞为奴。
已经百日窜荆棘，身上无有完肌肤。

唐玄宗逃奔成都，留下王公贵族被满门灭族，只有一个幸存者流落市井，体无完肤，乞求为奴。在杜甫的眼里，长安城的血雨腥风，谁也难以逃避，不论昔日如何锦衣玉食。这就是乱世的缩影。

至德二载（757）的春天，杜甫想念家人，好久没有妻儿的消息，生死未卜，忧愁满怀。战乱时期，所有幸存者的共同心理，被他用一首诗写了出来：

春望

国破山河在，城春草木深。
感时花溅泪，恨别鸟惊心。
烽火连三月，家书抵万金。
白头搔更短，浑欲不胜簪。

后来，宋朝人说，这是第一等好诗，但想起当时乱世，就"不忍读也"。

4

至德二载（757）正月，安禄山被其子安庆绪所杀，形势向对唐王朝有利的方向扭转。四月，杜甫趁乱逃出长安，穿过两军对峙之地，到达凤翔（今陕西宝鸡）投奔唐肃宗。

杜甫已经半年多没有妻儿的消息，但他没有第一时间奔赴鄜州羌村的家。这是因为，他此时仍是朝廷官员，赶紧到凤翔政府报到是他的职责所在。

唐肃宗授予他左拾遗的官职，虽然仍是一个八品小官，但可以向皇帝直接谏言了。杜甫忠于职守，报到后仍未返家，只是在诗里担忧家中的情况：

述怀（节录）

寄书问三川，不知家在否。
比闻同罹祸，杀戮到鸡狗。
山中漏茅屋，谁复依户牖？
摧颓苍松根，地冷骨未朽。
几人全性命？尽室岂相偶？
嵚岑猛虎场，郁结回我首。
自寄一封书，今已十月后。
反畏消息来，寸心亦何有？

  他发出无奈的疑问，这年头有几个人活着，希望全家团聚岂非做梦？正因如此，他盼望家信，又怕家信到来，因到来的可能是坏消息。

  但很快，身在凤翔的左拾遗杜甫就感受到了战乱当前，而新皇帝唐肃宗却把巩固帝位摆在了第一位。

  唐肃宗连走了三步棋，每一步都充满帝王权术：首先，唐肃宗发兵，消灭其弟永王李璘的"反叛"，李白因为追随李璘，遭到流放，境遇凄凉。其次，清除唐玄宗旧臣，宰相房琯因为是父亲唐玄宗所用之人，被认为是太上皇党而遭贬。杜甫本是局外人，但他上疏替房琯说话，虽未治罪，却被唐肃宗视为"房党"，从此被疏远，失去了参与朝政的机会。最后，唐肃宗急欲收复长安、洛阳二京，以证明他的能力和正统性。为了收复两京，他决定孤注一掷，不惜撤空西北边防，把精锐部队调入中原与叛军对阵，甚至以"克城之日，土地、士庶归唐，金帛、子女皆归回纥"为代价，请求回纥出兵助战。他宁愿引狼入室，让城中百姓再遭劫掠，也要夺回长安。

至德二载（757）九月，收复长安。但也错失了著名谋臣李泌建议直捣叛军老巢范阳的时机，导致安史之乱又拖延了好几年才被平定。

人间又无故多了好几年的生离死别。

两京收复后，杜甫写了长诗《洗兵马》，暗讽皇帝和帝都官员不反思战祸，而沉浸在一时的胜利中。战争还没结束，但唐肃宗已经显示了他的权威和能力，于是朝臣争献祥瑞，开始唱赞歌了：

洗兵马（节录）

寸地尺天皆入贡，奇祥异瑞争来送。
不知何国致白环，复道诸山得银瓮。
隐士休歌紫芝曲，词人解撰河清颂。

此情此景，忧国忧民的小官员无力阻止，只能发出最微弱的叹息，但愿战争真的早点结束，"净洗甲兵长不用"。

此时，杜甫早已被贬出长安，到华州（今陕西渭南）任司功参军。皇帝的身边，果然容不下一个说真话的人。

5

开始于乾元元年（758）九月的邺城之战，最终以唐军的诡异溃败，而再次昭示着大唐的无可救药。此战过后，杜甫对王朝前景彻底失望,对唐朝中兴不再抱有任何幻想。

邺城(今河南安阳附近)是通往河北的门户,这场战役,朝廷和安史叛军谁都输不起。唐军以60万大军围攻只有7万人的邺城,长达半年而不能克。史思明以13万兵马来救,与城内安庆绪叛军合共亦仅占唐军的三分之一。然而,唐军终遭惨败。

复盘此役之败,其实无关叛军的强大与否,一切皆由唐肃宗猜忌功臣所致。

在名将郭子仪平复两京之后,唐肃宗曾对郭子仪说:"吾之家国,由卿再造。"表面是对平乱功臣的感激之辞,但他内心实则十分忌惮郭子仪、李光弼等名将功高震主,权重难制。

命令郭子仪、李光弼等九个节度使围攻邺城之后,唐肃宗所考虑的,依然不是怎么打胜仗,结束战乱,而是怎么分散这些名将的权力,避免一家独大。这个本性阴暗狭隘的皇帝,做出了一个匪夷所思的决定——任命宦官鱼朝恩为观军容宣慰处置使,去指挥60万大军。

唐军最终陷入混乱,犹如一盘散沙,以极大的优势兵力却被叛军击溃了。

唐肃宗只顾玩政治平衡术以固帝位,不把天下百姓之生死放在眼里,故而一次次错失了彻底平息安史之乱的机会,任由这场战争拖延长达八年之久。当他在宝应元年(762)四月病死的时候,安史之乱仍未得到平息。

安史之乱的八年间,唐朝全国人口锐减3600万。但百姓和士兵的死,对于心中只有权力的皇帝而言,只是一个个冰冷的数字。

殊不知,数字的背后,是一个个活生生的家庭惨剧。正如日本

乱世：诗比历史还真实

导演北野武所说，灾难并不是死了2万人这样一件事，而是死了一个人这件事，发生了2万次。

在这场影响大唐国运的战争中，杜甫几乎是唯一一位从头到尾关注个体命运与生死悲剧的记录者。

乾元元年（758）年底，当朝廷军队围攻邺城之时，杜甫从华州出发，前往洛阳探望故旧、故居。第二年二月以后，唐军大败，损失惨重，杜甫正好从洛阳返回华州，一路上都是朝廷为了扩充兵力拉夫抓丁、无数家庭妻离子散的情景。安史之乱的巨大浩劫，朝廷全部转嫁到了老百姓头上。

杜甫沿路自新安—石壕—潼关，耳闻目睹无不是战乱的哭泣和死亡的阴影。他以目击者的身份，记录下一路的所见所闻，写出了震撼千古的灾难史诗——"三吏""三别"。

在他这组诗中，战争给人民造成的创伤，不再只是冰冷的数字，而是一个个可以感知的家庭悲剧。

老翁、中青年人和未成年人，这些不同年龄层次的男子，被拉夫推上战场。他们在战场上大量死亡后，留下了大批独寡孤幼，有苦守荒村的老寡妻，有怀抱乳婴的年轻寡妇，还有刚刚新婚就要准备守寡的小媳妇。老母无子送终，乳孩无父照应。所谓盛世，不用几年，就沦为了人间荒原。

看到新安县吏抓壮丁，把未成年男子都拉走了，沿路都是一个个家庭生离死别的哭声。杜甫无能为力，只好安慰他们说：

新安吏（节录）

莫自使眼枯，收汝泪纵横。

眼枯即见骨，天地终无情。

把你们的眼泪收起吧，不要哭坏了眼睛，徒伤了身体。天地就是这么无情啊！

傍晚投宿石壕村，看见差役半夜来拉夫，这家人的老头子赶紧翻墙逃走了，杜甫只听得一个老妇人开门对着差役哭诉：

石壕吏（节录）

听妇前致词：三男邺城戍。
一男附书至，二男新战死。
存者且偷生，死者长已矣。
室中更无人，惟有乳下孙。
有孙母未去，出入无完裙。
老妪力虽衰，请从吏夜归。
急应河阳役，犹得备晨炊。

这是一个为国家做出巨大牺牲而贫穷至极的家庭啊，三个儿子有两个战死在邺城，剩下唯一的儿子还在军中。即便如此，官府也没有放过这个家庭，吓得老头子连夜躲起来，而老妇人还要被拉去做后勤。

沿路又经过一个寂寞荒凉的村子，这个村子百余户人家，因世道乱离都各奔东西。活着的没有消息，死了的已化为尘土。刚从邺城战场下来的老兵，回到村子，举目无亲，还来不及悲叹，县吏又要赶着他去服役了。而他，临走前，连一个可以告别的人都没有：

无家别（节录）

人生无家别，何以为烝黎？

人活在世上却无家可别，这世道，当个老百姓怎么就这么难呢？

这些具体的悲剧，杜甫看得见，而王朝的决策者，看得见吗？看见了，在意吗？

杜甫在写这些悲惨的个案时，内心怀着深深的矛盾和痛苦。一方面，他知道这一个个家破人亡的人间惨剧，是王朝高层无视民间疾苦，肆意酿成战争导致的，是赤裸裸的人祸。但另一方面，在战争胶着已成定局的前提下，尽快平息叛乱，才能解除叛军的劫掠和朝廷的拉夫强加给百姓的灾难，而要尽快结束战争，则只能由百姓继续付出代价上战场。

面对这对矛盾，杜甫唯有一边批判朝廷的黑暗无道，一边含泪赞美百姓的爱国精神。他感到极端的痛苦，写出来的"三吏""三别"是那样的悲凉，而又悲壮。

回到华州后，47岁的杜甫修订完"三吏""三别"，内心悲怆而又无力，随即弃官而去，彻底告别了这个腐烂的朝廷。

正如那句名言所说，时代的一粒灰，落在个人头上，就是一座山。

大唐那么多底层平民，喘不过气来，向来忧国忧民、感同身受的杜甫，也已喘不过气来。

6

唐朝的一些诗人选择弃官，过起隐居生活，基本都有雄厚的家产和庄园别墅做后盾。杜甫显然没有这样的资产。他的弃官，便注定了是一个痛苦的决定，并且，这种痛苦将持续影响他和他的家人。

史书记载杜甫弃官的原因说："关辅饥，辄弃官去。"因为京畿地区闹饥荒，所以就辞官而去。现在看来，这种解释很难说得通，杜甫官阶低微，俸禄虽薄，但总比弃官之后没了收入来源强呀。

而杜甫宁愿带着家人困苦潦倒，四处觅食，也不愿再做着他的小官员，可见内心对朝局已经失望透顶了。这或许才是他下定决心弃官的真实原因。

弃官的这一年，乾元二年（759），杜甫一家就迁移了三四次。从华州迁到秦州（今甘肃天水），再到同谷（今甘肃陇南），直到年底迁到四川成都才算暂时安定下来，可谓颠沛流离，漂泊无根。他当初决定去同谷，是因为得到同谷县令的信，说此地盛产一种薯类，吃饭问题好解决。可是，杜甫去后，却发现情况并不那么乐观，他在《同谷七歌》中写道：

同谷七歌（节录）

有客有客字子美，白头乱发垂过耳。
岁拾橡栗随狙公，天寒日暮山谷里。
中原无书归不得，手脚冻皴皮肉死。
呜呼一歌兮歌已哀，悲风为我从天来。

手脚冻僵的杜甫苦苦寻找的"橡栗"，是一种极其难吃的苦栗子。庄子《齐物论》中，那个养猴子的狙公，正是拿这个橡栗给猴子选择要"朝三"还是"暮四"。可见诗人的生活是相当饥寒交迫、狼狈不堪的。所以杜甫在同谷住了一个多月就只好离开,辗转到了成都。

在剑南西川节度使严武的帮助下,杜甫出任节度参谋,并在城西浣花溪畔建了一座草堂,住了下来。著名的《茅屋为秋风所破歌》,就是写这座草堂在八月被大风暴雨破坏的情景,诗人彻夜难眠,心中所念,却仍是整个家国的忧愁:

茅屋为秋风所破歌(节录)

安得广厦千万间,大庇天下寒士俱欢颜,风雨不动安如山。
呜呼!何时眼前突兀见此屋,吾庐独破受冻死亦足!

自从寄寓成都以后,杜甫生命中的最后10年,一直在川湘多地漂泊,再未回到中原。虽然远离政治中心,但他其实没有放下对家国天下的关注。

唐代宗广德元年(763),当漫延八年的安史之乱终于以史思明之子史朝义的自杀宣告结束时,杜甫表现出一生中难得一见的异常兴奋,手舞足蹈,放歌纵酒,并写出他最欢快的一首诗:

闻官军收河南河北

剑外忽传收蓟北,初闻涕泪满衣裳。
却看妻子愁何在,漫卷诗书喜欲狂。
白日放歌须纵酒,青春作伴好还乡。
即从巴峡穿巫峡,便下襄阳向洛阳。

他谋划好了还乡的路线，可是短暂的兴奋过后，残酷的现实直刺过来。安史之乱是结束了，但中原战火长期未能停息，藩镇割据和此起彼伏的争斗，让诗人回归到沉郁顿挫的生存状态。

根据宇文所安的分析，寄居成都之后，杜甫的诗日益与自我有关，他是一位关注基本问题的诗人，如同他早年曾询问"雄伟的泰山似什么"（岱宗夫如何），在沿长江而下时他转向"我似什么"的问题，并反复从大江的各种形态和生物中寻求答案：

旅夜书怀（节录）

名岂文章著，官应老病休。
飘飘何所似，天地一沙鸥。

他一生经历了两个断裂的时代，以至于后来只能从历史的巨变中体味人生的悲凉，又从人生的悲凉中观照历史的巨变。开元盛世年间，他交往和见识过的许多文人艺术家，为了逃离乱世，都像他一样，漂泊在西南天地间的小城里。他用诗歌写他们，也写自己的飘零，为一个逝去的时代留下极为沉重而苍凉的篇章。

大历五年（770），人在潭州（今湖南长沙）的杜甫，竟然遇到了开元年间皇家梨园中的著名乐师李龟年。当年，杜甫曾在岐王李范、殿中监崔涤府内听过李龟年的演奏。旧人相见，同病相怜，感慨万千，杜甫遂写下《江南逢李龟年》相赠：

岐王宅里寻常见，崔九堂前几度闻。
正是江南好风景，落花时节又逢君。

诗中繁华消歇，物是人非，读来令人黯然神伤。一个时代都这样被摔坏了，遑论个人！

一切尽在不言中。

杜甫已经老了，常年贫苦，心力交瘁，各种疾病缠身，更容易在诗中落泪。

这一年的冬天，他在潭州往岳阳的一条小船上病逝，结束了58年的生命历程。至死，流落湖湘间，未曾还故乡。

"二流的诗人，以诗为生命；一流的诗人，以生命为诗。"杜甫至死都是被埋没的一个小诗人，但接下来的时代，将发现这个在770年冬天离世的苦命人，不仅是"一流的诗人"，而且是"中国最伟大的诗人"。

史学家洪业在他的书《杜甫：中国最伟大的诗人》中说，杜甫是孝子，是慈父，是慷慨的兄长，是忠诚的丈夫，是可信的朋友，是守职的官员，是心系家邦的国民。

世间已无杜子美。

高适的政治传奇

46岁这年,失意半生的诗人高适(704—765),终于迎来了命运的转折点。

此时,大唐已经进入盛世尾声。天宝八载(749)的莺歌燕舞中,在睢阳(宋州)耕种半生、一直求仕不得的高适,终于在名宰相张九龄的弟弟、睢阳太守张九皋的推荐下,参加制举考试中举,获得了一个官阶为从九品下的陈留郡(汴州)封丘县尉职务。

如果放在年轻时候,他一定看不上这种九品芝麻官的小吏职务,可眼下,他太穷了,他迫切需要一个养家糊口的官职。就在此前写给友人的《平台夜遇李景参有别》一诗中,他哀叹道:

离心忽怅然,策马对秋天。
······
岁物萧条满路歧,此行浩荡令人悲。
家贫羡尔有微禄,欲往从之何所之。

他对友人感慨说，虽然你觉得官禄微薄，但是我家贫，多么羡慕你啊，我也想有个小官当当，搞点禄米养家糊口，却不知从哪里获得。

对于家道中落的高适来说，即便只是一个九品芝麻官，那也是他多年梦寐以求的。

很多人在年近半百时，早已颓废丧失希望，而他却将从此奋起，从一名高歌悲语的边塞诗人和不为人知的低级小吏，在此后几年间建功立业，迅速崛起成为唐王朝的封疆大吏，成为唐代诗人中绝无仅有的政治传奇。

这是他生命的第一束光，他将紧紧地抓住这道光。

1

有唐一代，诗人大多志存高远。

在盛唐奋发进取的时代风气中，诗人们普遍并不甘心做一个默守书斋的书生，尤其是对于高适这种诗人。

他的祖父高偘曾经官至安东都护、平原威公，赠左武卫大将军，生前曾经出击突厥并生擒车鼻可汗，死后陪葬于唐高宗李治的乾陵。而高适的两位伯父高崇德和高崇礼，也分别因为军功担任并州司马和左卫中郎将。

受家庭环境影响，高适从年少时就"朔气纵横、壮心落落"，一直渴望建功立业，恢复祖上的荣光。

但高适的父亲高崇文或许是犯了某种政治过错，被贬黜到位处今天广东韶关的韶州，至死也只是一个"韶州长史"的小官。对

于这种家道中落的世家子弟,唐玄宗时期的名宰相姚崇就曾经感慨道:

> 比见诸达官身亡以后,子孙既失覆荫,多至贫寒。

高适就是这种"达官子孙"的典型代表,因为祖上曾经有过生擒突厥可汗的壮举,所以他一直梦想着由门荫入仕,也因此,他"不事生业,家贫",甚至沦落到"以求丐取给",需要亲友们接济度日。

大概开元十年(722),19岁的高适初生牛犊不怕虎,独自闯荡京城长安,希望谋得个一官半职。

在唐代,当时人入仕主要有两条途径:一是科举入仕,二是门荫入仕。但唐代的读书人即使通过了科举考试,也不能像后代一样被立即授予官职,而是必须另外参加吏部组织的考试,通过铨选后才能当官,因此唐代有不少读书人虽然高中进士,却仍然蹉跎半生,连个低级官吏都捞不着。

希望能快速入仕的高适,只能寄希望于通过门荫入仕。但唐代制度规定,五品以上官员的子孙,可以由门荫入仕,但只能一荫一人。并非家族长房长孙的高适,实际上也很难走通这条路。

年轻的诗人在长安碰了一鼻子灰,终于了解世道的艰辛。在告别友人的《别韦参军》一诗中,他写道,他"二十解书剑,西游长安城",渴望"举头望君门,屈指取公卿",但徘徊许久才明白"白璧皆言赐近臣,布衣不得干明主"。作为家道中落的世家子弟,稚嫩的诗人"惆怅惊心神",只得返回宋州(后改名睢阳郡,

乱世：诗比历史还真实

即今河南商丘）一边耕田，一边读书。

这一入田亩，就是10年时光。但即使耕读，也"喜言王霸大略，务功名，尚节气"的高适，一生都处于积极向上的意气当中。在《田家春望》中，他以曾向刘邦进献夺取天下之计的陈留高阳人郦食其自比说：

> 出门何所见，春色满平芜。
> 可叹无知己，高阳一酒徒。

2

他当然不是自甘没落于田亩的农夫，开元十九年（731），28岁的诗人又从宋州（睢阳）出发，北游燕赵，想通过从戎入幕的方式进入仕途。

唐代制度规定，将帅可以自请官吏，所以从戎入幕也成为唐代士人进入官场的一条重要途径。作为祖父曾经生擒突厥可汗的名将子孙，通过门荫入仕无望的高适，对于从戎入幕也抱着相当的希望，而在当时，东北的契丹和奚族逐渐崛起，不断入侵大唐的东北边境，使得大唐不得不在东北陈列重兵布防，因此燕赵地区从盛唐时期开始，军事战争也日益激烈，这也为渴望从戎报国、出仕显进的高适提供了无限希望。

在唐代以前，古代中国的边防压力主要来自西北，无论是周朝时的犬戎，还是秦汉时的匈奴，抑或隋唐时期的突厥和盛唐时期的吐蕃，这些崛起于西北的游牧民族经常入侵冲击关中地区，成为唐王朝的心腹大患。

但从隋唐时期开始，来自东北的游牧民族也不断崛起。隋朝时，天才的隋炀帝就意识到了位处东北的高句丽的巨大威胁，但过于心急的隋炀帝想毕其功于一役，三征高句丽以致亡国。隋朝灭亡以后，为了消灭东北隐患的唐太宗李世民接力进攻高句丽也无功而返。最终一直到唐高宗李治时期，唐朝才最终平定高句丽。但此后，契丹、奚族、女真以及女真的后裔满族人不断从东北崛起，最终极大影响了此后千年的历史走向。

渴望在东北的燕赵前线建功立业的高适摩拳擦掌，他在《塞上》一诗中写道：

总戎扫大漠，一战擒单于。
常怀感激心，愿效纵横谟。

诗人心存高远，对处于与契丹和奚族争战前线的营州（今辽西地区），赋予了热情的歌颂：

营州少年厌原野，狐裘蒙茸猎城下。
虏酒千钟不醉人，胡儿十岁能骑马。

在《塞上闻笛》中，他描叙前线的胡天雪夜：

雪净胡天牧马还，月明羌笛戍楼间。
借问梅花何处落，风吹一夜满关山。

对此，唐朝文学家殷璠在《河岳英灵集》中评价说，高适的诗歌"多胸臆语，兼有气骨，故朝野通赏其文"，在当时就颇有声名，但才气与官运并不能成正比，诗人在大唐东北前线徘徊2年，却一直没有谋取到进入将军幕府的机会，在"逢时事多谬，失路心弥折"的坎坷中，他失落南下，记下了《自蓟北归》的惆怅：

驱马蓟门北，北风边马哀。
苍茫远山口，豁达胡天开。
五将已深入，前军止半回。
谁怜不得意，长剑独归来。

尽管年过三十仍然一事无成，甚至生活困顿，但他却生性豁达，与渔夫樵民、士兵、隐士和赌徒打成一片，对此，友人李颀后来歌颂这位老友说：

五十无产业，心轻百万资。
屠酤亦与群，不问君是谁。
饮酒或垂钓，狂歌兼咏诗。

从28岁到30岁，游荡东北的诗人一事无成，于是又在32岁那年（开元二十三年，735年）再赴长安，但"长安不易居"，政治失意，甚至连个小吏也没捞着的诗人，只得返回宋州（睢阳）居住。

19岁赴长安，28岁赴东北，32岁再赴长安，三次求仕失败的诗人在735年返回宋州后，一直到749年，点燃他生命的那束光照耀他之前，14年间除了中间短暂出游，他大部分时间都居住在宋州。

从少年奋进到中年失意，但他始终洋溢着热烈的自信："公侯皆我辈，动用在谋略""且见壮心在，莫嗟携手迟"。

正是在此时期，一直紧密关注前线局势的高适写下了千古名作《燕歌行》。

开元二十六年（738），唐军在与契丹的作战中先胜后败，数万唐军折戟沉沙。而东北大将张守珪则在部下兵败后，隐瞒败绩谎报军情，消息传出后，曾经漫游幽蓟长达2年之久、渴望进入张守珪幕府从军的高适感慨不已，他在诗中写道：

> 汉家烟尘在东北，汉将辞家破残贼。
> 男儿本自重横行，天子非常赐颜色。
> ……
> 战士军前半死生，美人帐下犹歌舞。
> 大漠穷秋塞草腓，孤城落日斗兵稀。
> ……
> 相看白刃血纷纷，死节从来岂顾勋。
> 君不见沙场征战苦，至今犹忆李将军。

张守珪是盛唐的一代名将，作为"空城计"的真正原型，他曾经在西北的瓜州以残兵疑阵吓退吐蕃，在东北则抗击契丹和奚族多年，对稳固东西两大前线曾经立下了显赫战功，但晚年却将开元二十六年（738）的这次惨败谎报为大捷。在朝野的一片谴责声中，第二年（739），张守珪被贬为括州刺史，不久，张守珪病死。

张守珪虽死,但张守珪的义子安禄山却在张守珪病逝的当年(740)出任平卢兵马使,在此后,逐渐在东北独掌大权的安禄山,将给大唐王朝和高适带来翻天覆地的剧烈冲击。

3

"宁为百夫长,胜作一书生",初唐诗人杨炯的诗句,感召着大唐后世的诗人们奋发前进,但前路在哪里?高适还没有找到出路。

在《淇上别业》中,他似乎对躬耕读书的生活有了陶渊明式的感悟:

> 依依西山下,别业桑林边。
> 庭鸭喜多雨,邻鸡知暮天。
> 野人种秋菜,古老开原田。
> 且向世情远,吾今聊自然。

但高适不是陶渊明,盛唐也不是战乱流离的魏晋时代。在这个诗人集体渴望建功立业的时代,天宝三载(744),三位政治上的失意者,李白、杜甫与高适,在宋州相逢了。

这注定将是一次中国文学史上的千古盛会。

这一年,44岁的李白因为才高气傲,刚被唐玄宗赐金放还再次流落民间;33岁的杜甫则屡试不第;41岁的高适更是已经失意多年。三位中国文学史上的"大咖"相见甚欢,在高适读书种地的梁宋地区(今河南开封、商丘等地)携手同游。三人一起登临怀古、射猎赋诗、慷慨畅饮,后来,杜甫在《遣怀》中追忆这一次的同游聚会说:

> 昔我游宋中,惟梁孝王都。
> ……
> 忆与高李辈,论交入酒垆。
> 两公壮藻思,得我色敷腴。
> 气酣登吹台,怀古视平芜。

作为当时三人中最年轻的诗人,杜甫平生最为没落,也最重感情,他在《昔游》中又回忆李白和高适说:

> 昔者与高李,晚登单父台。
> 寒芜际碣石,万里风云来。
> 桑柘叶如雨,飞藿去裴回。
> 清霜大泽冻,禽兽有馀哀。
> ……
> 不及少年日,无复故人杯。
> 赋诗独流涕,乱世想贤才。

此后终其一生,杜甫都很怀念天宝三载(744)这一年与李白和高适的盛会。尽管日后高适将与李白在安史之乱中分道扬镳,但杜甫与高适的感情却至死不渝。

高适与李白、杜甫畅游一段时间后，因为有事离开梁宋地区，李白和杜甫二人则继续往鲁东游览。相对家财雄厚的李白和当时仍然有为官的父亲倚赖的杜甫来说，已经42岁的高适还在为柴米油盐操劳奔波，但他在困顿中，仍然不忘安慰同样困窘的老友，在《效古赠崔二》里他语重心长道：

> 我惭经济策，久欲甘弃置。
> 君负纵横才，如何尚憔悴。
> 长歌增郁怏，对酒不能醉。
> 穷达自有时，夫子莫下泪。

天宝六载（747），吏部尚书房琯被贬出朝，房琯的门客、长安著名琴师董大（董庭兰）也因此被迫离开长安。在睢阳（宋州此时已改名睢阳郡）与董大的相会中，诗人劝慰友人说：

> 千里黄云白日曛，北风吹雁雪纷纷。
> 莫愁前路无知己，天下谁人不识君。

这无疑是整个唐朝最狂、最励志的一首送别诗。尽管诗人自己也困顿窘迫，但他仍然激励友人"丈夫贫贱应未足"；尽管他自己也已44岁，年近半百却没有任何产业，但他始终壮心不已。

机会，将留给像他一般自强不息的诗人。

4

于是，正如本文开篇所述，一直到46岁这一年（749），在名宰相张九龄的弟弟、睢阳太守张九皋的推荐下，高适最终才得以参加须经五品以上官员举荐的制举考试。在等待多年后，他终于中举，获得了一个官阶为从九品下的陈留郡（汴州）封丘县尉职务。

为了生活，诗人无奈赴任，他在诗歌中哀叹说，任职封丘县尉的日子"拜迎长官心欲碎，鞭挞黎庶令人悲"，"揣摩惭黠吏，栖隐谢愚公"。

在担任"从九品下"的封丘县尉3年后，天宝十一载（752），已经49岁的高适最终辞职，转赴长安谋取机会。

在古人的时代里，年近五十已属衰年，但诗人高适却将在这一年开始奋发，并迎来属于他人生的超级逆转。

也就是在49岁这一年，高适经朋友推荐，进入名将哥舒翰的幕府中担任掌书记。于是，他在意气风发中奔赴河西。

此时，距离安史之乱爆发，还有3年时间。

尽管安史之乱将成为大唐王朝由盛而衰的转折点，诗人李白、杜甫也将在战乱中颠沛流离，但诗人高适却是因乱而兴，即将迎来属于自己人生的灿烂春天。

就在安史之乱当年，天宝十四载（755）二月，高适跟随名将哥舒翰进入长安面圣，没想到哥舒翰在洗澡时突然中风，半身瘫痪，随后高适跟随哥舒翰滞留长安。到了当年十一月，身兼范阳、平卢、河东三镇节度使的安禄山突然起兵叛乱。当时，由于镇守潼关的名将封常清、高仙芝被冤杀，为了拱卫关中地区和长安，唐玄宗在无奈下，只能起用已经半身不遂的哥舒翰守卫潼关。

随后，天宝十五载（756）六月，急于求胜的唐玄宗又逼迫哥舒翰仓促出击，无奈"恸哭出关"的哥舒翰最终大败被俘。潼关沦陷后，已经失去雄心壮志的唐玄宗仓皇西逃。在这历史的转折点上，李白仓皇逃亡庐山，王维等人则被迫投降安禄山出任伪职，杜甫则被叛军俘虏押回长安。

在这王朝与个人人生的分水岭上，从潼关前线撤下来的高适，终于将积蓄多年的政治远略发挥得淋漓尽致，他一路追随唐玄宗的足迹，终于在河池郡（今陕西凤县东）追赶上了逃亡的唐玄宗。

当时，高适在潼关之战前已经晋升为正八品上的监察御史，在潼关战败后，各位将帅和士兵纷纷四散逃命，在长安的诗人们也慌不择路，只有极具谋略和政治眼光的高适，坚持追赶上了西逃的唐玄宗，并向唐玄宗陈述了潼关战败的原因。

高适向唐玄宗说，哥舒翰重病在身，丧失了指挥能力，而监军的诸将则只顾寻欢作乐，不恤军情，以致军士们连粗米饭都吃不饱，种种因素叠加在一起，最终导致潼关大败。对于这位在乱世中仍然坚持职守、前来陈述军情的诗人，唐玄宗很是感动，于是将53岁的高适提拔为侍御史。

这是安史之乱的第二年，也是诗人命运剧变的一年。

当年七月，北上灵武的太子李亨自行宣布即位，是为唐肃宗，被蒙在鼓里的唐玄宗则到一个多月后，才知道自己成了"太上皇"。仍然留恋权力、不甘退位的唐玄宗于是发出诏令，下令李亨为天下兵马元帅，永王李璘则为江陵大都督筹措兵马反攻叛军。

在唐玄宗看来，通过让几个儿子分镇天下，他仍然可以利用各个儿子实现相互制衡和围攻叛军，从而维护他这个老皇帝的尊严和权力，但唐肃宗已经即位于灵武，自然不允许有人染指他的权力，在这个父子争权的历史关键点，高适极富远见地劝谏唐玄宗不可如此，否则将造成国家内乱，唐玄宗不听，但仍然将高适提升为谏议大夫。

"负气敢言，权近侧目"的高适尽忠职守，到了当年（756）十一月，镇守江陵（今属湖北）的永王李璘出兵东进，已经成了唐肃宗李亨继安史叛军之外的又一心腹大患。鉴于高适此前曾经进谏不可分封永王，于是唐肃宗向高适抛出了橄榄枝，诏令高适共商对策。

与政治站队错误，从庐山下山归顺永王的李白相比，高适则倾心归顺唐肃宗，并踊跃分析江东形势，断言永王李璘必败。于是，唐肃宗火速任命高适为淮南节度使、扬州大都督府长史，并命令高适与江东节度使韦陟、淮南西节度使来瑱共同讨伐永王李璘。

于是，就在半年前的潼关之战中，还只是一个八品官员的诗人高适，在历史动荡的金戈铁马中，被火速提拔为封疆大吏。随后，高适与韦陟、来瑱共会于安陆（今属湖北），结盟讨伐永王李璘。高适积极投书永王手下的各个将校，进行分化瓦解。

三个月后，还没等到高适的兵马出征，李璘的部队就在唐肃宗至德二载（757）二月土崩瓦解，永王李璘本人也在逃亡路上被杀。

5

作为唐玄宗与唐肃宗争权的棋子，加上本身也有野心，想要在乱世中争夺天下的永王李璘最终战败，而投靠永王的李白，也因此被判"从逆"，被押入浔阳监狱。

为了自救，李白于是托人向身居高位的高适求救，在《送张秀才谒高中丞并序》中，李白比喻自己不幸卷入唐玄宗与唐肃宗的争斗说："两龙争斗时，天地动风云。"一度心高气傲的李白又奉承高适，求救说："高公镇淮海，谈笑却妖氛……我无燕霜感，玉石俱烧焚。但洒一行泪，临岐竟何云。"

但诚如后来杜甫所写，当时政治站队错误的李白"世人皆欲杀"，对此政治敏感度极高的高适当然不会不懂，于是，他对老友李白的求救选择了漠视，从此，两位唐诗大佬分道扬镳，友谊的小船因为政治的风雨翻了。

李白随后被判"流放夜郎"，并幸运地在路上遇到大赦归还，但也耗尽了最后的运气。6年后，就在安史之乱结束的前一年（762），李白病逝于安徽当涂，临死前，"诗仙"在《临终歌》中哀叹说："大鹏飞兮振八裔，中天摧兮力不济。"

与此同时，积极进谏的高适则被宦官李辅国进谗言，于是被唐肃宗暗贬为左授太子少詹事，并留司洛阳。759年，唐朝官军在邺城之战中大败，高适跟随洛阳百官被迫西迁长安，又被贬任四川彭州刺史，随后又转任蜀州刺史。

但与在安史之乱中，唐诗大佬们如李白、王维和杜甫颠沛流离的生活相比，高适却屡屡在逆境中崛起。

到了761年四月，四川梓州刺史段子璋造反，并自立为梁王。当时，58岁的高适与成都尹崔光远联手平叛，仅用两个月时间就剿灭了叛军。

第二年（762），在安史之乱中耗尽了生命的唐玄宗和唐肃宗父子两人，相隔12天先后驾崩，唐肃宗之子李豫即位，是为唐代宗。就在这个节骨眼上，西川兵马使徐知道趁机谋反。于是，已经59岁、升任成都尹的诗人高适，又联手川南将领击败了叛军。

广德元年（763）二月，已经60岁的高适因为接连立下战功，被晋升为剑南西川节度使，他也因此成为大唐诗人中唯一一位成为封疆大吏的著名诗人。

就在高适到达事业巅峰的当年（763），利用安史之乱趁机占领了河西和陇右地区的吐蕃攻进长安，唐代宗被迫出逃。为了减轻关中地区唐军的压力，镇守四川的高适于是主动向吐蕃发起进攻，却不幸战败，丢失了西山平戎城等多个城池。鉴于当时的战略背景，唐代宗并未怪罪高适。随后，唐代宗派出严武出镇四川，并将高适替换回长安，61岁的高适则被改任为刑部侍郎、左散骑常侍，册封渤海县侯。

对于这位46岁才入仕，60岁晋封为封疆大吏，61岁封侯的诗人，《旧唐书》赞誉说："有唐以来，诗人之达者，唯（高）适而已。"

诗人功成名就，至此到达人生巅峰：15年间，他从一个失意民间的村野诗人，崛起成为大唐王朝的封疆大吏；他人生的真正篇章，从46岁方才徐徐展开，至此，终于在61岁结出硕果，并成为大唐诗人的不朽传奇。

而在从759年至763年入职四川的4年时间里，杜甫跟随着老友高适和严武的脚步进入四川避乱。在高适和严武的接济下，诗人杜甫在乱世中终于有了稍稍喘息的间歇。就任高官后，已经较少写诗的高适，则在宝应元年（762）正月给老友杜甫写了一首《人日寄杜二拾遗》：

> 今年人日空相忆，明年人日知何处。
> 一卧东山三十春，岂知书剑老风尘。
> 龙钟还忝二千石，愧尔东西南北人。

在诗中，已经功成名就的高适对老来潦倒的杜甫感慨说，自己老态龙钟，愧列"二千石"的高官，相比东南西北到处漂泊的杜甫来说，"人日空相忆，明年知何处"。

写下这首诗3年后，唐代宗永泰元年（765），62岁的高适在盛唐的陨落中去世。当时，安史之乱已经平定一年，而诗人王维已于761年去世，李白也已于762年窘迫病死于安徽当涂，盛唐的诗人群星已经逐渐凋零。

高适去世5年后（770），由于蜀中大乱，不得不离开四川漂泊湖南一带的杜甫，无意中重新翻到了高适寄给自己的这首诗，杜甫"泪洒行间，读终篇末"，写下了给故友的最后一首诗《追酬故高蜀州人日见寄》：

> 自蒙蜀州人日作，不意清诗久零落。
> 今晨散帙眼忽开，迸泪幽吟事如昨。
> ……
> 东西南北更谁论，白首扁舟病独存。
> ……

> 长笛谁能乱愁思，昭州词翰与招魂。

写完这首诗后不久，大历五年（770）冬天，在安史之乱后藩镇割据、大唐动荡不息的烟尘中，诗人杜甫最终病逝于由潭州往岳阳的一条小船上，时年59岁。

那时，盛唐，已经一去不返了。

元结：被遗忘的一代完人

大唐天宝六载（747），36岁的杜甫被戏弄了。

正月，唐玄宗搞了一场隆重的祭天大礼，然后命令各地长官速速推举当地贤人，集中送到朝廷礼部应试。看样子，皇帝是要来真的，务必把全国的牛人都用起来。

但考试结果一公布，所有人都傻眼了：零录取。只有总导演李林甫兴冲冲地给唐玄宗上了贺表，恭喜皇帝，天下英雄早就尽入吾皇彀中矣，现在是"野无遗贤"。

在这场骗局中，和杜甫一起被戏弄的，还有29岁的元结。

1

"野无遗贤"的背面，分明是妖孽当道。同为受害者的杜甫和元结，他们的反应却截然不同。

杜甫为人敦厚，虽然满腔激愤，但只是吐槽自己没本事，也没赶上好时候，"致君时已晚，怀古意空存"。而元结被惹毛了，回去后写文章，指名道姓把李林甫臭骂了一顿。在《喻友》一文中，他将事件的来龙去脉写了出来，毫不避讳："相国晋公林甫，以草野之士猥多，恐泄漏当时之机，议于朝廷曰，举人多卑贱愚聩，不识礼度，恐有俚言，污浊圣听……已而布衣之士无有第者，遂表贺人主，以为野无遗贤。"

尽管李林甫的操作全无底线，但元结的朋友还抱有幻想，"欲留长安，依托时权，徘徊相谋"。元结十分不齿，劝诫朋友说："人生不方正忠信以显荣，则介洁静和以终老。"人生在世，如果不能靠正直忠信而显达富贵，那么就耿介、清廉、恬淡、和乐一辈子，直至老死。他劝朋友不要去阿谀奉承恶人恶政，要做官，就做一个堂堂正正的、由天子礼聘的社稷纯臣，决不苟取。"贵不专权，罔惑上下，贱能守分，不苟求取，始为君子"。发达了不专权跋扈，不欺上瞒下，失意了能守住本分，不苟取掉价，这才是君子。面对李林甫这样的小人，我们不能附和他，学他丢掉做人的底线呀。既然妖孽当道，那就恕不奉陪，爷要回去隐居，修炼君子人格了。

元结说服了朋友，一起在河南老家商余山隐居，一边耕种，一边读书。

但元结觉得还不过瘾，继续写文章骂以李林甫为首的长安无耻之徒。在奇文《丐论》中，他对世道的诸般丑恶做了入木三分的讽刺："于今之世有丐者，丐宗属于人，丐嫁娶于人，丐名位于人，丐颜色于人。甚者则丐权家奴齿，以售邪佞；丐权家婢颜，以容媚惑。有自富丐贫，自贵丐贱；于刑丐命，命不可得；就死丐时，就时丐息，至死丐全形，而终有不可丐者。更有甚者，丐家族于仆囹，丐性命于臣妾，丐宗庙而不取，丐妻子而无辞。有如此者，不可为羞哉？"

在元结眼里，长安城里的衮衮诸公，为了名位都曾像乞丐一样：有的攀宗族，拉裙带，奴颜媚态；有的丧失名节，苟延残喘，得过且过；更可鄙的是，有的向婢仆求认本家，向佞臣乞饶性命，还有的恳求放弃祖祠宗庙，认了别人做祖宗，有的甚至把妻子让给别人，什么都可以牺牲。而这些蝇营狗苟为名位奔忙的权贵，比起那些为生活所迫、向人求取衣食的乞丐，更应该感到羞耻。

2

元结写这些贬斥权贵的文章，意图很明确：政治黑暗，你们搞"野无遗贤"，我干不过你们，但我可以用我的文字，作为匕首和投枪，借助历史和时间干掉你们。

但元结这么聪明的一个人，他怎么会不知道妖孽李林甫的背后还有更大的妖孽呢？他怎么会骂到李林甫为止呢？这不符合他傲骨铮铮的个性。

在长年的隐居和漫游期间，他虽然还没有当过一天官，但他对时局的洞悉甚至比长安城中的权贵还要深刻。

他向所有人都不敢骂的那个人，向开启乱世的最大的妖孽，开骂了。

一开始是拐着弯儿骂。元结的脑洞跟庄子有得一拼，都很大。他在自己的诗文中虚构了好、坏两种帝王。好帝王是他想象中的治世明君，坏帝王则是现实中的一面镜子。这些坏帝王叫荒王、乱王、虐王、惑王、伤王,每一个都是子虚乌有,但联系当时的宫廷政治,又很容易发现元结意有所指。比如他写"惑王"说:"古有惑王,用奸臣以虐外,宠妖女以乱内。内外用乱,至于崩亡。"谁是奸臣,谁是妖女,谁又是惑王,放在天宝年间,大家一目了然吧。

接着是借古讽今。元结曾在淮阴一带目睹运河决堤后百姓溺毙的惨象,因而写下《闵荒诗》,这首诗表面是表达隋朝百姓对隋炀帝的怨愤,实际上明眼人也能一眼看出隋炀帝只是今上的一个镜像。诗中说:

四海非天狱,何为非天囚。
天囚正凶忍,为我万姓雠。
人将引天钐,人将持天鍭。
所欲充其心,相与绝悲忧。

是"天囚"(统治者)把人间变成了"天狱",而苦难的农民最终将举起镰刀,推翻昏暗的统治。这是隋末的历史,距离元结生活的年代,不过100多年。往事历历在目,他写这首当时颇有禁忌的诗,正是在警示当时的唐玄宗。

在另一篇文章中,元结开头就写道:"昔隋氏逆天地之道,绝生人之命,使怨痛之声,满于四海。四海之内,隋人未老,隋社未安,而隋国已亡。何哉?奢淫、暴虐、昏惑而已。"——这不正是以前朝历史,对当时的最高统治者进行警诫吗?

最后是直接上书骂。安史之乱中,元结获得唐肃宗亲自召问。

元结并未因皇帝的垂青而献媚，而是献上《时议三篇》尖锐地指出，安史之乱初起，其祸虽剧，平乱却进展顺利，以弱制强，以危取安，如今却诸事不顺，原因皆在天子"未安忘危"，纵情享受，乐闻谀辞，致使举措多误，平乱越平越乱。

他的原文是这么写的："今天子重城深宫，燕私而居；冕旒清晨，缨佩而朝；太官具味，当时而食；太常修乐，和声而听；军国机务，参详而进；万姓疾苦，时或不闻。而厩有良马，宫有美女，舆服礼物，日月以备，休符佳瑞，相继而有。朝廷歌颂盛德大业，四方贡赋尤异品物。公族姻戚，喜符帝恩，谐臣戏官，怡愉天颜，而文武大臣，至于公卿庶官，皆权位爵赏，名实之外，似已过望。"说得很明白了，战乱不止的根源全在皇帝一人身上。

而因为元结确实是个人才，除了天地皇帝，他在《时议三篇》中还提出了卓有见识的谋略，所以唐肃宗被骂了竟然不以为意，还为他点赞，让他去招募义军抗敌。

看清楚了吗？元结就是这种骂时局骂得痛快淋漓、骂当局骂得一针见血的人，他若生在宋代便是陆游，生在明代便是海瑞，生在近代便是鲁迅。

3

但元结比陆游、海瑞和鲁迅都厉害。他除了以文字为武器，还是一个真正拿过武器、上过战场的乱世战将。

我们来回溯一下元结的经历。

他从小疯玩，也不爱读书，直到17岁才恍然醒悟，跟从族兄元德秀学习。元德秀是个儒家圣徒，不仅为人子孝顺，做官有口碑，而且不追求名声，生活简朴，当时的大人物房琯曾说，看到元德秀的眉宇，就"使人名利之心尽矣"。元结跟随元德秀学了10年，终生以元德秀为楷模，自己也修炼成了"元德秀2.0版"。

41岁以前，元结基本处于隐居状态，中间大概漫游过几次，并去过两次长安，一次是747年遭遇那场"野无遗贤"的骗局，另一次是6年后，这次获得赏识，中了进士。但不管中不中进士，他知道时局已经溃烂，也知道溃烂的根子在哪，所以一直写诗文讽刺当下。他也没有因为中进士而出去做官，仍旧回到老家山里隐居。他的终极理想，也许是做一个江湖隐士，像草木一样，忘情、无为、顺其自然。

如果生在盛世，天下太平，他真的就会像父亲元延祖、族兄元德秀一样，做一个道德高洁、淡泊名利的隐者。但时代不允许，妖孽横行的乱世把他逼成了一个怒目金刚，写下那么多火气旺盛的文字。

在他37岁那年，安史之乱爆发，他像当时的士人一样，举家南迁避难。

直到41岁，759年，他在《时议三篇》中把唐肃宗骂爽了，后者任命他为右金吾兵曹参军，摄监察御史。这是元结首次为官。

乱世召唤他出山，那他便出山。

神奇的是，这名毫无从武经验的士人，在战场上居然颇有作为，很快就成长为一名杰出的战将。当时的名臣颜真卿后来给元结写墓志铭说，元结出任山南东道节度参谋，奉旨在唐、邓、汝、蔡等州招缉义军，山棚高晃等率5000人归附，"大压贼境，于是

（史）思明挫锐，不敢南侵"。随后，他屯兵泌阳守险，保全了大唐15座城池。元结"威望日崇"，他统领的部队，成为朝廷在南方可以依靠的一支重要军事力量。

但与其他战将只关注战争输赢、不关心百姓死活不同，元结在战争中始终更关注人本身。他多次给名将、山南东道节度使来瑱上书：《请省官状》，请求裁减官员，减轻战后百姓的负担；《请给将士父母粮状》，希望军队能给随军将士父母提供衣食，将士们才不会因为要把自己的衣食分给父母而饥寒交迫，无力打仗；《请收养孤弱状》，希望收养将士们的子女，免除他们的后顾之忧……

由于讨贼有功，三年间，元结连连升迁，一时声动朝野。

很多人根本想不到，这个大半辈子躲在山里写诗文骂时局的"闲人"，居然拥有一身救时本领。人家原来不光能说，还能做事，真是奇才。

4

在乱世中成名的元结，并未迷失自我。功名利禄始终未能羁绊住他的脚步，时代有需要，他就站出来，没需要了，他就退回去。

有"好心人"指点他为官之道、飞黄腾达之术，告诉他："于时不争，无以显荣。与世不佞，终身自病。君欲求权，须曲须圆。君欲求位，须奸须媚。不能此为，穷贱勿辞。"这是要他记住"争、佞、曲、圆、奸、媚"的做官六字诀。

元结听完，冷然笑道："不能此为，乃吾之心。反君此言，我作自箴：与时仁让，人不汝上。处世清介，人不汝害。汝若全德，必忠必直。汝若全行，必方必正。终身如此，可谓君子。"他说他要反庸俗的官场成功学而行，确立"仁、清、忠、直、方、正"六字箴言，当作自己的为官准则。

出山后，在他人生的最后十余年，他一直处在半官半隐的状态。奉命到一个地方收拾残局，待局面稳定了，他就上书告辞。随后又奉命到另一个地方，收拾完残局，他又毫不恋栈，转身归隐林下。如此反复。

唯一不变的是，遇到不仁不义之事，不管哪个妖孽作祟，他照例要骂个痛快。

唐代宗广德元年（763），年底，元结被朝廷任命为道州（治今湖南道县）刺史。他是临危受命，因为道州刚刚被西原蛮劫掠，"贼散后，百姓归复，十不存一，资产皆无，人心嗷嗷，未有安者"。但就在元结到任后，开始组织当地百姓恢复生产、保卫城邑的时候，奇葩的事发生了：朝廷对道州的劫厄不闻不问，反而三番五次发函催缴赋税，不到50天，各级就发来了200余封催税牒。

元结怒了，写下了著名的《舂陵行》一诗，诗中有句：

> 朝餐是草根，暮食仍木皮。
> 出言气欲绝，意速行步迟。
> 追呼尚不忍，况乃鞭扑之！
> 邮亭传急符，来往迹相追。
> 更无宽大恩，但有迫促期。
> 欲令鬻儿女，言发恐乱随。
> 悉使索其家，而又无生资。

乱世：诗比历史还真实

> 听彼道路言，怨伤谁复知！
> 去冬山贼来，杀夺几无遗。
> 所愿见王官，抚养以惠慈。
> 奈何重驱逐，不使存活为！

遭遇战乱和抢劫的百姓，日子已经惨到要嚼草根，吃树皮了，但朝廷各级官吏不但不体恤，还要横征暴敛，滥施刑罚，这是要把人都逼上绝路呀。元结发出质问和感慨："追呼尚不忍，况乃鞭扑之！"

在诗前小序中，元结写道，面对各级频繁地催缴赋税，他这个地方官："若悉应其命，则州县破乱，刺史欲焉逃罪；若不应命，又即获罪戾，必不免也。吾将守官，静以安人，待罪而已。"要么服从上级命令，逼死百姓，要么抗命不执行，自己倒霉丢官。这是个两难题，但对元结来说，不难选择——宁可自己丢官，也不能害了百姓。

第二年，764年，西原蛮又攻永州，破邵州，但并未进入道州，可能觉得道州已经被吃干榨尽，所以放过了这里。元结于是写下了《贼退示官吏》一诗，诗中说：

> 城小贼不屠，人贫伤可怜。
> 是以陷邻境，此州独见全。
> 使臣将王命，岂不如贼焉？
> 今彼征敛者，迫之如火煎。
> 谁能绝人命，以作时世贤！

思欲委符节，引竿自刺船。
将家就鱼麦，归老江湖边。

　　山贼都因为这里没有油水而放过道州了，但朝廷的使节还来催逼租税，元结愤怒地骂道：你们这些朝廷命官，难道连土匪都不如吗？你们再逼我，我就抛弃官印，归隐垂钓而去，绝不当只顾政绩、害死百姓的"时世贤"！

　　盗亦有道，而昏官无道，竟然想竭泽而渔，简直禽兽不如。从中央到地方，充斥着人形妖孽，所幸元结从不在意自己的仕途，所以他随时准备挂印而去，哪怕丢官，也要与这些非人的同僚抗争到底。

　　朝廷最终同意减免了道州的租税。

　　但元结的抗争却触怒了元载、第五琦等当朝权臣，据晚唐人李商隐说，元结因"见憎于第五琦、元载，故其将兵不得授，作官不至达"。其间，他一度被免去道州刺史之职，后又复任。

　　在道州前后6年，元结仁心勤政，终于使百姓恢复了安居乐业的日子，并有能力上缴正常的租税。离任时，当地人十分不舍，请求在州中为他建立生祠，长久纪念。

5

　　767年，在元结写出《春陵行》和《贼退示官吏》的3年后，56岁的杜甫读到了这两首诗。此时，距离他们一起被"野无遗贤"的骗局戏弄，已经整整过去了20年。

乱世：诗比历史还真实

20年，唐朝由盛而衰的这两名重要见证者，活成了两条平行线。元结喝最烈的酒，骂最狠的话，为将为官，人生意外开挂；而杜甫颠沛流离，沉沦下僚，疾病缠身，如果不是因为写诗，恐怕早已失去活着的勇气。

他们平时没什么联系，对彼此的近况也不甚了解。但当杜甫读到元结这两首诗，他震惊了，可能还老泪纵横。他立马提笔写了《同元使君舂陵行》一诗，诗前小序称赞元结说："今盗贼未息，知民疾苦，得（元）结辈十数公，落落然参错天下为邦伯，万物吐气，天下小安可待矣。"大唐如果有十几个像元结这样的人出任地方官，那么天下太平指日可待。可见杜甫对元结的治理能力十分认可和欣赏。

在《同元使君舂陵行》一诗中，人在夔州的杜甫一面为自己的衰老、贫病和漂泊而满心感慨，为自己不能有所作为而伤怀；一面为元结不苟合世俗而能成大事，并写出具有讽谏意义的诗歌而兴奋，说元结这两首诗可与秋月争光，与华星同辉。

但写完后，杜甫并未把他的诗寄给元结。他只是想写出来，给懂他的人看到就足够了。他或许只是欣慰而又悲伤地发现，自己一生想做而未能做到的事，都被元结做了。他那个"致君尧舜上，再使风俗淳"的理想，在仁政爱民、勇于讽谏的元结身上实现了。

那一刻的杜甫，从元结的诗里看到了一个成功的自己。

而元结并不知道这一切，他甚至不知道杜甫读过他的诗。

768年，他调任容州（在今广西境内）刺史，兼容管经略使，并授予容州都督职衔。时间不长，但政绩颇丰，百姓感念。

772年，元结病逝于长安的旅馆中，年仅54岁。此前两年，59

岁的杜甫病逝在湖湘间的一条小船上。

随着时间推移，杜甫在后世的声名越来越大，而那个被他认为是"成功的自己的镜像"的元结，却渐渐被人遗忘。历史总是这么吊诡。

最后，请允许我列举一下元结在诗文上的成就，希望我们都不要忘记这个与杜甫同时代人——他不仅个性鲜明，品行高洁，出口即是怒骂文章，出手就能挽救时局，而且还是唐代诗文发展史上一个承前启后的关键人物。

他和杜甫一起，被认为是唐代新乐府运动的先驱，有他们，然后才有元白诗派。他"以文为诗"的诗歌写作，深深影响了后来的韩孟诗派。可以说，中唐的两大诗派都曾受元结的恩泽。

他也是古文运动的开路人之一，其散文创作对"唐宋八大家"之韩愈、柳宗元影响甚大。他的文章被认为"上接陈拾遗（陈子昂），下开韩退之（韩愈）"。清代大师章学诚说，"人谓六朝绮靡，昌黎（韩愈）始回八代之衰，不知五十年前，早有河南元氏为古学于举世不为之日也，元（结）亦豪杰也哉"。

历史上，如元结这般的文武全才，着实罕见。南宋叶适说，元结实有材用，论能扶世，政能便民，"唐时高品人物不过如此也"。

中国文人的理想状态是"穷则独善其身，达则兼济天下"，元结一生同时做到了这两点，堪称古今典范。

让我们一起记住这个"完美人物"：元结，字次山，河南人，唐代文学家、战将、官员，生于719年，卒于772年。

衰世：繁华事散逐香尘

帝都长安城中，宰相当街遇害，凶手还残忍割去首级示威。这个消息迅速震撼了整个长安城，但事情还没完。

惊天刺杀案

1

清晨，大唐长安城。状元宰相武元衡像往常一样骑着马，走在上朝的路上。但他不知道，潜伏在不远处的刺客，正在酝酿一起针对他和大唐王朝的惊天阴谋。

这是唐宪宗元和十年（815）六月初三。这一天，状元出身的宰相武元衡带着两名仆人，主仆三人像往常一样，从长安城靖安坊家中出发赶赴早朝。然而刚出靖安坊坊门不远，从街边水沟的树后突然蹿出一名刺客，刺客先是一箭射倒了武元衡的一名仆人；与此同时，另外一名刺客则先用大棒猛击武元衡的左腿，并将另外一位马夫击倒。随后，刺客将武元衡掀下马来，直接将其杀害，并割下武元衡的头颅扬长而去。

帝都长安城中，宰相当街遇害，凶手还残忍割去首级示威，随着武元衡仆人呼救声的传开，这个消息迅速震撼了整个长安城。获悉消息后，唐宪宗立马下令取消当日早朝，并迅速召集其他宰相商议对策。

但事情还没完。

紧接着,又一个消息传来,御史中丞裴度也在长安城的通化坊外遇刺。遇刺过程中,裴度被刺客共击砍三刀,所幸裴度的随从王义舍身掩护,刺客在砍断王义的右手后,看到裴度跌入路边的水沟,以为裴度已死,于是迅速离去。

帝都长安城内,刺客竟然在同一时段,对朝廷两位重臣武元衡和裴度同时发起刺杀,一时间人心惶惶。唐宪宗下令封闭各个城门实施戒严,并出动禁军护卫其他宰相出入。为了以防万一,长安城中其他官员也纷纷带着家仆和武器出行护卫。坊间流言四起,唐宪宗面临着空前压力。

2

作为宰相武元衡遇刺案的现场目击者,诗人白居易也被卷入其中。

武元衡遇刺当天,白居易刚好要去上朝,就走在武元衡主仆后面。武元衡被杀后,武的仆人大声哀叫,惊睹惨状的白居易义愤填膺,于是紧急向唐宪宗写了封奏折,请求尽快缉捕凶手,以告慰宰相武元衡在天之灵。

诡异的是,无论是唐宪宗还是满朝文武大臣,都纷纷对白居易的仗义执言投以白眼。在白居易看来,宰相武元衡为人清廉正直,不仅是建中四年(783)的进士状元和蜚声朝野的著名诗人,而且主政四川七年政绩斐然,自担任宰相以来更是竭心尽力,协助唐宪宗平定藩镇之乱，这样一位杰出政治家无端枉死，岂能不为他痛心惋惜。

然而以宰相韦贯之、张弘靖为首的满朝官员却保持着沉默。在他们看来，刺客敢于在天子脚下、皇城之中行刺当朝宰相，不仅来势汹汹、来历更是绝对不凡。而遇刺者武元衡和裴度的共同特点就是，都站在大部分主和派官员的反面，力主出兵平定藩镇割据，是朝内著名的主战派。

联想到朝廷已经进行了一年多却没有太大进展的征讨淮西藩镇之战，满朝文武大臣隐隐察觉到了一点，就是武元衡和裴度的遇刺，与两人力主削藩消灭割据势力，存在着某种必然的联系。而此刻敢于在皇城行刺，说明凶手早已遍布整个长安城，所以眼下还是沉默保命为妙。

另外在主和派官员们看来，前朝唐代宗、唐德宗等皇帝削藩多年却没有效果，相反还造成了783年的泾原兵变等内乱，使得叛军一度攻占了长安城，大量皇族和官员被杀，惹来了一身膻。所以，主和派官员们平日里过惯了太平日子，最讨厌的就是武元衡、裴度等主战派。

当白居易全力主张缉凶的时候，为求自保而沉默的满朝文武，不仅不讨伐凶手，反而群起攻击白居易以太子左赞善大夫的闲职，竟然敢来僭越干预朝政发表议论，实在可恶至极。

而在唐宪宗看来，此前担任翰林学士、左拾遗的白居易就是因为敢于进谏，"多话"惹人心烦，才被踢到一边担任太子东宫的左赞善大夫这种闲职。眼下宰相被刺，满朝文武诡异般地沉默，白居易却独起进奏，在本来就看白居易不顺眼的唐宪宗眼里，这家伙就是个试图谋取名声的典型投机分子。

对此，白居易后来喊冤说，宰相被刺，满朝文武却各怀鬼胎，反而将敢于呼吁缉凶的人当成了攻击对象："朝廷有非常之事，即日独进封章，谓之忠，谓之愤，亦无愧矣！谓之妄，谓之狂，又敢逃乎？"

由于被诬陷妄议朝政、僭越进言，白居易最终被贬为江州司马。江州就是今天的江西九江，也就是在这里，失意的白居易写下了著名的《琵琶行》：

> 我闻琵琶已叹息，又闻此语重唧唧。
> 同是天涯沦落人，相逢何必曾相识！

对于自己的"忠而被谤"，有感于政治险恶，白居易也进行了深切的"反思"。此后，他变得圆滑世故，从"兼济天下"转向"独善其身"，在诗歌中他叹息道："宦途自此心长别，世事从今口不言。""面上减除忧喜色，胸中消尽是非心。"

以宰相武元衡遇刺案为分界线，白居易从一个忠直敢言的官员，蜕化成了一位世故圆滑甚至有些耽于安乐的诗人。

然而，不管唐宪宗如何憎恶白居易，白居易请奏的事仍是最关键的要点，即眼下的要务就是缉凶以查清真相、安抚人心。但满朝文武各怀鬼胎不愿表态，唐宪宗对此暴怒。一年前（814），他力主出兵征讨割据叛乱的淮西节度使吴元济，满朝文武应之者寥寥，只有武元衡和裴度等极少数人始终支持唐宪宗，并出谋划策、筹备军务。但眼下武元衡被杀、裴度重伤生死未卜，悲从中来的唐宪宗在孤独中，爆发出了帝王的暴怒，并下令全城戒严缉拿元凶。

畏于唐宪宗的施压，禁军和京兆府等各路机构开始全力搜捕，但刺客却胆大妄为，反而在长安城中散发字条，威胁查案人员称："毋急捕我，我先杀汝！"

文武百官的沉默和忌讳以及凶手的肆无忌惮，让查案人员也感觉到了某种诡异，于是他们纷纷敷衍拖延、以观后变。长安城中，到处弥漫着恐慌不安的气氛。

3

话说起来，武元衡对自己的遇刺，冥冥之中或许也有某种预感。

武元衡是唐德宗建中四年（783）的科考状元。他的曾祖父武载德是武则天的堂兄弟。作为武则天的侄孙，武元衡天资聪颖、才华横溢，是中唐时期的著名诗人，才情、文学更是被同时代的韩愈、白居易、元稹等诗人交口称赞。

尽管出身贵戚家族，但武元衡刚正不阿。唐德宗时期，武元衡迁升御史中丞，掌管监察执法，经常与唐德宗商议国事。有一次，唐德宗私下跟近侍说："这人真是有宰相的才能啊！"唐宪宗即位后，才华出众的武元衡最终升任门下侍郎、平章事（宰相）。

在被刺杀的前一天，武元衡在皇宫中和唐宪宗商讨淮西战事。当时，平定淮西割据的战事已经进行了一年多，但是围攻淮西的十几万中央军和地方军却玩寇自重，希望能得到朝廷更多赏赐。而作为各路军队统帅的宣武节度使韩弘更是心怀鬼胎："（韩弘）常不

欲诸军立功，阴为逗挠之计。每闻献捷，辄数日不怡。"（《旧唐书·韩弘传》）

在韩弘等将帅和兵士看来，只要淮西战役继续打下去，就可以继续拿到朝廷的丰厚俸禄和赏赐。而且藩镇不平，则藩镇之间可以结成一种默契的均衡来对抗中央、维持分裂的局势，否则荡平一个藩镇后，谁能保证下一个目标不会是另外一个藩镇呢？

对于朝廷主和派的阻挠以及前线军队将帅的鬼胎，全力主持削藩战事的武元衡知道自己触犯的利益面之广。但作为政治家的一往无前，让这位试图协助唐宪宗实现大唐中兴伟业的状元诗人和铁血宰相，始终以毅然决然的态度在推进平叛战争。

就在遇害前一天，武元衡的宰相府中，也来了一位成德进奏院的说客。

当时，各个藩镇在长安城和东都洛阳都有自己的办事处，史称进奏院。成德进奏院就是位处河北的藩镇成德镇的驻京办事处。

作为与淮西毗邻的藩镇，在成德镇节度使王承宗看来，成德镇与淮西唇齿相依，如果朝廷剿灭淮西割据的吴元济，那么中央的下一个目标，很有可能就是成德镇。尽管在809—810年对抗唐朝中央军的战争中取得了胜利，但王承宗明白，想要长期持久对抗中央军是很困难的。

因此，王承宗通过驻扎在长安城进奏院中的各路人马四处贿赂打点，游说各级官员应该主和停战。但尽管多次试图贿赂游说武元衡，清廉刚直的武元衡就是"油盐不进"，不为所动，始终力主应该削藩平叛。对此，王承宗对武元衡恨得牙痒痒。

武元衡被害前一天，王承宗又派出下属尹少卿前往宰相府进行游说，想让武元衡劝说唐宪宗停战讲和。在受到武元衡的训斥后，尹少卿临走前还恶狠狠地出言威胁武元衡。

或许是有感于削藩大业的艰难，就在遇害的前一夜，武元衡写下了一首很有谶纬意味的诗《夏夜作》：

夜久喧暂息，池台惟月明。
无因驻清景，日出事还生。

写下这首诗后，第二天清晨，前往早朝路上的武元衡最终遇害。

4

宰相被杀，除了白居易奋起直言，其他百官和缉捕机构却畏缩观望，对此，兵部侍郎许孟容流着眼泪对唐宪宗说："自古以来，从来没有宰相遇害横尸街头，却抓不到凶手的，这实在是朝廷之耻！"

而在重伤昏迷数日后，坚决主战的御史中丞裴度苏醒后的第一句话，就是让人传话给唐宪宗说："淮西，腹心之疾，不得不除！"

许孟容和裴度的话，让几日来一直被文武百官的畏缩阻挠所困扰的唐宪宗终于下定决心："我用裴度一人，足平恶贼！"

随后，唐宪宗下令将裴度晋升为宰相，接替武元衡一职继续主持削藩战争。唐宪宗还下诏追捕凶手，并悬赏称谁能捕得凶手，可授五品官,赏钱一万贯。

随后,长安城展开了全城大搜捕。元和十年(815)六月初七,也就是武元衡遇害后第四天,有人奏称,在事发前曾经威胁宰相武元衡的成德进奏院中,有一位名叫张晏的吏卒跟事发当天凶手的身型很相似。尽管没有明确证据,但唐宪宗还是命人火速将张晏缉拿下狱拷问,对此,刑事部门反馈的结果是,张晏经过审讯,已经承认自己就是杀害宰相武元衡的凶手。

真相似乎已水落石出:与淮西镇毗邻的成德节度使王承宗担心淮西被平定后唇亡齿寒,所以在多番诬陷、贿赂、威胁武元衡和裴度不成后,最终痛下杀手,指使成德进奏院的吏卒张晏等人行刺武元衡和裴度。

然而案情似乎并没这么简单。尽管部分朝臣要求继续彻查此案,但有鉴于连日来的大搜捕和戒严使得整个长安城中人心惶惶,为了尽快恢复秩序、安抚人心,于是,在武元衡被刺后第25天,元和十年(815)六月二十八日,唐宪宗最终下诏,将张晏等人以凶手名义公开处死。

案件似乎就此了结,长安城中的人心也开始回稳。而在唐宪宗看来,尽管证据仍显不足,但他想要的"凶手"是成德节度使王承宗。自从805年即位后,唐宪宗先后平定了试图作乱四川的刘辟以及为乱陕西靖边一带的杨慧琳,随后又挥兵出征,平定了盘踞今江苏镇江一带的镇海军节度使李锜,但唯独在809年至810年征讨成德镇的战争中,唐朝官军接连失败、最终无功而返,使得唐宪宗一度颜面扫地。

所以,无论是从平定藩镇割据、恢复大唐伟业,还是弥补帝王尊严的角度，他都一定要拿下成德镇，缉捕成德节度使王承宗。而眼下，成德镇节度使王承宗最符合他想要的"凶手"定义，况且，王承宗也确实是狡猾凶悍，不仅割据在外，还贿赂满朝文武，阻止国家平乱大业。

但鉴于征讨淮西的战争仍然僵持不下，为避免双线作战，唐宪宗在裴度和群臣的建议下，放弃了立即征讨成德镇的想法，在对外颁布的《绝王承宗朝贡敕》中，唐宪宗指出："（王承宗）潜遣奸人，窃怀兵刃，贼杀元辅，毒伤宪臣……但绝朝贡，未加讨除。"

在唐宪宗和裴度等君臣心中，朝廷目前暂且隐忍不发，但削藩大业终将步步推进。

5

尽管张晏等人被处死，但真凶并未落网。一场针对唐王朝的更大阴谋，也酝酿待发。

武元衡遇害前一年，元和九年（814），唐宪宗发起了讨伐淮西节度使吴元济的战争，这也让当时跟淮西毗邻的成德节度使王承宗、平卢淄青节度使李师道心急如焚。有感于唇亡齿寒，王承宗四处出击，通过贿赂、恐吓、威胁等各种手段，试图迫使唐朝中央放弃削藩战争。

与此同时，李师道秘密派出军士，烧毁了唐朝中央储存江淮财赋的河阴转运院，烧掉钱财布帛30多万缗匹，谷物3万多斛，使得征讨淮西的唐朝官军军心震动。但即使遇到这样的困难，唐宪宗也不肯放弃征讨淮西的战争。

一计不成，李师道又开始酝酿更大阴谋。李师道通过长期准备，在东都洛阳附近准备了几千人马，准备趁着唐朝官军主要集中在淮西前线、后防空虚时进攻东都洛阳，希望"釜底抽薪"，瓦解淮西前线官军的军心。

就在这场阴谋即将发动之际，没想到事有不巧，李师道下属中有位士卒因为受到处罚，于是转而投降官军，并供出了李师道这个酝酿已久的惊天阴谋。洛阳留守吕元膺随后开始紧急平叛，并捉获了李师道属下的两个军将訾嘉珍和门察。訾嘉珍和门察在供认计划袭击洛阳的同时，还供出了当初指使刺杀武元衡和裴度的幕后真凶，正是平卢淄青节度使李师道。

真凶意外曝光。获悉消息后，唐宪宗再次隐忍不发。因为他知道，无论真凶是成德节度使王承宗，抑或是平卢淄青节度使李师道，在淮西没有平定之前，朝廷只能是隐忍不发，以避免多线作战。

但唐军当时也是困难不少，平定淮西的战争从元和九年（814）一直打到元和十二年（817），四年间唐朝的财政负担越发沉重。但各个将领之间以及中央军与地方军之间始终互相观望、继续玩寇自重，以致战争进展甚微。在此情况下，元和十二年（817），裴度向唐宪宗请求亲自前往前线督战。临行前，裴度对唐宪宗说："臣若顺利破贼，必有面圣之日，如果不能成功，定无归阙之期。"

裴度以必死决心请求督战，唐宪宗当场流下了眼泪。与遭遇挫折后蜕变世故的诗人白居易不同，大难不死的裴度始终初心不改，并且不顾个人安危,一直奋战在削藩战争的第一线。

在裴度的统领下,原本一盘散沙的唐朝官军开始相互配合,而唐朝名将、忠武节度使李光颜有感于裴度的知遇之恩,也对淮西吴元济的军队发起了猛烈进攻,迫使吴元济将军队主力调往北线应战,导致南线防守空虚。

元和十二年(817)十月初十,名将李愬亲率9000精兵,冒着风雪连夜挺进淮西南线老巢蔡州(今河南汝南),一举擒获淮西节度使吴元济,终结了淮西30多年的割据叛乱。

淮西的平定,也极大震动了全国各地藩镇。慑服于唐朝中央的威力,各个藩镇纷纷表态愿意归顺唐朝中央。横海节度使程权奏请听从朝廷任命、入朝为官,并献出了沧州、景州(今河北景县);幽州(今北京)节度使刘总也上表请求归顺,刘总自己甚至削发为僧,挂冠而去;见到各个藩镇纷纷归顺,成德节度使王承宗也上表请求改过自新,并向朝廷献出了德州、棣州(今山东惠民东南),还将两个儿子王知感、王知信作为人质送到了长安。

元和十三年(818)七月,唐宪宗命令各路唐军共同讨伐平卢淄青节度使李师道。一年后,迫于唐朝官军压力,平卢淄青发生内乱,李师道父子被部下斩杀,父子两人首级均被传送长安。至此,这名下令刺杀武元衡和裴度的嚣张军阀,终于遭到了报应。

李师道被杀后,唐朝自安史之乱以后持续60多年的藩镇割据,一度基本消失,"垂六十年,藩镇跋扈河南北三十余州,自除官吏,不供贡赋,至是尽遵朝廷约束"。而从唐宪宗在元和元年(806)即位发动削藩开始,历经唐朝中央十多年努力,终于一度平定了藩镇割据,史称"元和中兴"。

衰世：繁华事散逐香尘

孟郊：诗红了，人没红

如果不是50岁那年给母亲写了一首《游子吟》，而又恰好被后世各种选本和教科书反复选用，并在感恩节、母亲节等现代节日上被不断吟诵传唱……那么，孟郊这个名字，大概没有多少机会被写出来或念出来吧。

事实上，即便《游子吟》家喻户晓，几乎人人会背，但大家对这首每年供自己用来感动母亲的好诗背后的那个诗人，好像也没有什么了解的欲望。

要是活在当代，孟郊大概率就是那种最委屈的歌星：歌红了，人没红。

1

751年，唐玄宗天宝十载，湖州武康（今浙江省德清县）人孟郊出生了。天没有降下什么祥瑞，他母亲裴氏也没做什么好意头的梦境。只有一个略显尴尬的年份。这意味着他的童年和少年，基本笼罩在一场名为"安史之乱"的国家内战之中。

盛唐的逝去，国家的动乱，影响的是整整数代人的精气神。而孟郊这一代战前出生的人，无疑是悲剧的第一代。

更惨的是，大概在孟郊10岁的时候，他那个在地方当小官员（昆山县尉）的父亲突然离开人世。在经历年轻丧夫的剧痛之后，孟郊的母亲裴氏担起一人抚养三个小孩的重任。

历史上由寡母抚养长大的孩子，似乎有一个优秀的成才传统，从孟子而下，到范仲淹、欧阳修、海瑞，再到胡适，等等。孟郊也在这个成才序列里面。作为懂事的孩子，他对单亲母亲的感情不是常人所能理解的，这是他一辈子"听妈妈的话"的主要原因。

因为是家中长子，孟郊舍不得母亲一人辛苦，所以当两个弟弟长大后，他才外出漫游，求取功名。据考证，孟郊真正出外地，是在30岁之后。30岁之前，他的圈子主要是诗僧皎然在湖州组织的诗会，这影响了他一辈子。

虽然走的路不多，但他想得挺多。他面临家国忧愁，从小就有大志。

他有治国平天下的理想：

> 壮士心是剑，为君射斗牛。
>
> 朝思除国雠，暮思除国雠。

他对自己的政治才能也有信心：

> 为水不入海，安得浮天波。

> 为木不在山，安得横日柯。

他对自己的文学才华更是相当自负：

> 下笔证兴亡，陈词备风骨。
> 高秋数奏琴，澄潭一轮月。

他感觉自己的前途畅通无阻：

> 路喜到江尽，江上又通舟。
> 舟车两无阻，何处不得游。

可是，他还能这么乐观，仅仅是因为现实给他的重击还未陆续到来。这个从小吃苦长大的孩子，日后将以穷苦酸寒的诗歌，记录下个人与时代的悲剧。

2

大约40岁那年，孟郊把家和母亲托付给弟弟们，自己赴京城考取功名去了。

很难想象，别人都是十几二十岁闯荡京城，盛唐诗人王维21岁就考中进士，孟郊人到发际线秃了又秃的年纪才进京。而这或许就是他孝心的表现：因为是孝子，他年纪很大才舍得离开母亲，游学交友，增长见识；又因为是孝子，他年纪这么大还要听妈妈的话，求取功名,跻身仕途。

先贤说"四十不惑",但这个年逾四十的男子,到了京城却蒙掉了。孟郊的挚友韩愈,写过一首《孟生诗》,叙述孟郊792年在京城长安的样子:

> 骑驴到京国,欲和熏风琴。
> 岂识天子居,九重郁沈沈。
> 一门百夫守,无籍不可寻。
> 晶光荡相射,旗戟翩以森。
> 迁延乍却走,惊怪靡自任。
> 举头看白日,泣涕下沾襟。
> 竭来游公卿,莫肯低华簪。
> 谅非轩冕族,应对多差参。

大意是说,孟郊这个外省来的寒士,年纪老大不小了,虽然已经是颇有名气的诗人,但在京城的交际场中却举止失态、不懂应酬,显然是没见过世面呀。在韩愈看来,孟郊是个自卑而又自傲的人,一方面不肯低下高贵的头颅,另一方面又因为四处碰壁而涕泣伤心。

在京城的孟郊,跟以前的乐观自信判若两人,他写诗抱怨自己在长安无路可走:

> 尽说青云路,有足皆可至。
> 我马亦四蹄,出门似无地。

第一次科举，黄了。他写诗：

> 晓月难为光，愁人难为肠。
> ……
> 弃置复弃置，情如刀剑伤。

第二次科举，又黄了。他写诗：

> 一夕九起嗟，梦短不到家。
> 两度长安陌，空将泪见花。

朋友考上了，他写诗"祝贺"，却写成了自己的满腹牢骚，估计朋友看了也无语：

> 谁言形影亲，灯灭影去身。
> 谁言鱼水欢，水竭鱼枯鳞。
> 昔为同恨客，今为独笑人。
> 舍予在泥辙，飘迹上云津。
> 卧木易成蠹，弃花难再春。
> 何言对芳景，愁望极萧晨。
> 埋剑谁识气，匣弦日生尘。
> 愿君语高风，为余问苍旻。

长安落第后，孟郊去了东都洛阳附近的嵩山。根据史学家严耕望的考证，当时的嵩山一带，跟毗邻长安的终南山一样，聚集了许多以隐居为名钓取功名的读书人，人一多，各种名师辅导班也办起来了，五年科举三年模拟。孟郊也到嵩山参加科举培训去了。

但第二次落第后，孟郊彻底放弃了，返回家乡。也许是京城的氛围，他人的鄙薄，社会的冷眼，让这个40多岁的两度落榜生崩溃了。他已没了早年治国平天下的伟大理想，有的是对不公遭遇、人情冷暖的沉痛悲叹。

他对功名已无兴趣，然而，46岁那年他却三度进京。神奇的是，这次他莫名其妙就考中了进士。韩愈后来说，孟郊"年几五十，始以尊夫人之命来集京师，从进士试，既得即去"。原来这次进京是孟郊的母亲裴氏让他去的。整个世界，能让孟郊改变主意的人，也只有他的母亲了。

但中了进士，孟郊也并不留恋，"既得即去"，只是留下了一首诗的痕迹：

昔日龌龊不足夸，今朝放荡思无涯。
春风得意马蹄疾，一日看尽长安花。

孟郊这首《登科后》在后世的知名度，应该仅次于他的《游子吟》，但历来的诗评家对他这首毫不掩饰狂喜之情的诗多有批评。《唐才子传》的作者、元朝人辛文房据此诗说孟郊"气度窘促，卒沦为薄宦，诗谶信有之矣"，讥讽孟郊不大气，中个科举就高兴得失态了，后来在仕途上没出息，在这首诗里已经注定了。到了清代，诗评家依然说他"一日之间花皆看尽，进取得失，盖一常事，而东野（孟郊字）器宇不宏，至于如此，何其鄙邪"。他们这么鄙薄孟郊，是不知道这个年近半百的诗人被压抑了多少年呀，也不知道他在文字中的扬眉吐气，是因为实现了母亲的夙愿呀。他们对诗人，缺乏同情之理解。

最主要的是，孟郊考中进士，完成母亲的心愿后就返乡了，并不留恋功名与繁华。"一日看尽长安花"，除了"看尽"，又何尝不是"看透"呢？你品，你细品，就能品出诗人的本意，可能超越了后人所理解的得意狂喜，而是有一种空空的悲凉意味。

他这一生太难了，而且越活越难。

3

孟郊再次出现在世人面前，已经是四年后。根据他的从叔孟简的说法，50岁的孟郊依然是奉母命才出来做官的。

朝廷授予孟郊的官职是溧阳县尉。这个职位跟他父亲生前做过的职位一样，官小位卑。唐朝一个县的主要官员有县令、县丞、主簿、县尉等，县尉相当于是四把手了，负责具体政务的执行，俗务多，且烦琐。

孟郊到溧阳上任后，第一件事就是把母亲裴氏从老家接过来一起住。如今家喻户晓的《游子吟》，正是写于此时：

> 慈母手中线，游子身上衣。
> 临行密密缝，意恐迟迟归。
> 谁言寸草心，报得三春晖。

孟郊的母亲是一个善良贤惠、坚毅果敢的女性，她不仅抚养了孟郊，献出了所有的母爱，而且成为儿子的精神支柱和动力来源。孟郊年过半百，才终于有能力把母亲接到工作的地方一起住，但这寸草之心，又怎么报答得了三春之晖呢？这首诗好就好在孟郊用最朴实的语言，写出了母爱震撼人心的力量。清人宋长白说，孟郊这首《游子吟》，言有尽而意无穷，足与李绅的"锄禾日当午"一诗并传于世。

然而，孟郊在溧阳做官做得并不开心。尽管他战战兢兢，"饱泉亦恐醉，惕宦肃如斋"，终究还是不能胜任这份天天与烦琐事务打交道的工作。据说县令迁怒于他，将他的月俸减半，孟郊过得更艰难了。

大约干了四年后，孟郊辞职了。孟简说："东野（孟郊）既以母命而尉，宜以母命而归。"说明孟郊出来游历以及最后为官都是奉母之命，辞官不干也是其母做主的结果。母亲或许不忍见儿子当一个县尉当得如此郁闷，所以劝他不当好了。

辞官后，54岁的孟郊带着家人和母亲寄居东都洛阳，在那里度过了他生命中最后，也是最惨的10年。

56岁时，经韩愈、李翱等友人推荐，孟郊出任水陆运从事，试协律郎。一听就是很适合孟郊的闲差，所以孟郊也算有了一段较为平静的生活。但仅仅一年后，接踵而来的丧子之痛和亡母之悲，在五年间几乎摧毁了孟郊的精神和身体。

根据韩愈的说法，年届六旬的孟郊连丧三子，导致无后，晚景凄凉。一些史学家则考证，孟郊一生四个儿子全部夭亡，最大的一个仅活到十来岁。可以想象，孟郊是多么的痛不欲生。看到早春一

场严霜过后杏树花苞一个个被打落,他写了《杏殇九首》,哀悼儿子的早夭,真是字字泣血。我录其中两首:

> 儿生月不明,儿死月始光。
> 儿月两相夺,儿命果不长。
> 如何此英英,亦为吊苍苍。
> 甘为堕地尘,不为末世芳。

> 此儿自见灾,花发多不谐。
> 穷老收碎心,永夜抱破怀。
> 声死更何言,意死不必喈。
> 病叟无子孙,独立犹束柴。

前一首说他的儿子跟月光相克,所以命不长。一个饱受痛击的老诗人,恐怕也只能用天命来自我麻痹了。后一首说他的儿子死了,他这个病恹恹、骨瘦如柴的老头儿也就无后了。在古代,无后绝对是一个人最最锥心的痛。难怪后世很多诗人表示不喜欢读孟郊的诗,因为实在太苦、太痛了,令人读后情绪低落到极点。

809年,正月,在孟郊接连丧子之际,他一生最敬重的母亲裴氏也辞世了。从这一年起,孟郊居家服丧,生活几乎陷入绝境:穷蹙、饥饿、衰老、疾病、寒冷、孤独……这时,他写了《秋怀十五首》,是他生活和精神状态的真实写照,简直悲到极致,让人不忍卒读:

孤骨夜难卧,吟虫相唧唧。
老泣无涕洟,秋露为滴沥。

冷露滴梦破,峭风梳骨寒。
席上印病文,肠中转愁盘。

秋至老更贫,破屋无门扉。
一片月落床,四壁风入衣。

老骨惧秋月,秋月刀剑棱。
纤威不可干,冷魂坐自凝。

老人朝夕异,生死每日中。
坐随一啜安,卧与万景空。

……

生命中的最后四五年,孟郊基本处于绝望的状态。

814年,唐朝宰相郑余庆出任山南西道节度使,聘孟郊为参谋。老病缠身的孟郊最后振作了一下,携妻赴任,不幸行到半路,暴疾而卒,享年64岁。

孟郊死后,其妻郑氏无钱下葬。郑余庆出钱才完成他的葬礼,并负责赡养他的妻子多年。韩愈写了墓志铭,说孟郊卒后,"无子,其配郑氏以告"。孟郊没有儿子,是他的夫人郑氏来报丧的。

与孟郊同病相怜、后世并称"郊寒岛瘦"的诗人贾岛写诗《哭孟郊》：

> 身死声名在，多应万古传。
> 寡妻无子息，破宅带林泉。
> 冢近登山道，诗随过海船。
> 故人相吊后，斜日下寒天。

虽然人死了，也没有子嗣，只剩下寡妻，这是痛心彻骨的事，但你的声名在，诗也在，而且必将万古流传。然而，贾岛怎么也想不到，孟郊生前艰辛，死后同样"艰辛"。

4

孟郊死后的千年时间里，他的诗褒贬不一，经常不受待见，并遭到鄙薄和嘲讽。

从晚唐诗人司空图开始说孟郊的诗没意思，历代的诗评家大多对孟郊的诗缺乏好感，评论用语也相当刻薄。比如严羽说，孟郊的诗跟李、杜比起来那就是"虫吟草间"；翁方纲说孟郊的诗是"蚯蚓窍中苍蝇鸣"；苏轼喜欢豁达和乐观的人，所以他对孟郊也无感，说他的诗就是"寒虫叫"；元好问说，孟郊就是"高天厚地一诗囚"……

很多人可能看不出来，元好问封孟郊为"诗囚"是在贬抑他。人们习惯地以为，有个"诗×"外号的诗人一定被看得起，像"诗仙""诗圣"一样,听起来段位很高。但实际上,"诗囚"是说孟郊写诗无法自由表达,要么囿于形式,要么囿于字词,是一个囚徒状态,离出狱还远着呢。这就像你朋友人送外号"金刚狼",很厉害的样子,而你的外号"大灰狼",这就没什么好嘚瑟的。

千年以来,孟郊的诗就处于这样一种被贬抑的状态中。历代的诗评家说来说去就一个观点,他的诗写个人的愁苦,惨兮兮的,就跟个可怜虫似的。

事实上,这是对孟郊最大的偏见和误解。

别林斯基说过,伟大的诗人谈着他自己、谈着他的"我"的时候,也就是谈着大家,谈着全人类。孟郊那些痛入骨髓的诗,写个人的悲哀,何尝不是人类共同的悲哀?

他为人孤峭,不随俗浮沉,老天于是把人生最痛苦的一切都给了他,多次落第、仕途不顺、丧子无后、贫病交加、流离失所……但他把这一切吟唱成苦涩的歌声,又何尝不是对那个时代社会失序的一种批判?

你知道吗?孟郊成长起来的大历年间(766—779),恰好是唐诗新老交替的尴尬年代。那时候,盛唐大诗人王维、李白、高适、杜甫、岑参等人已相继离世,而中唐的"扛把子"张籍、韩愈、刘禹锡、白居易、柳宗元、元稹等人才相继出生。那时候,流行的诗歌出自"大历十才子",他们的诗文采华丽,但骨卑气弱,粉饰太平,他们经常集结在权贵门下,投其所好,金围玉绕。

孟郊不是不知道,学习大历十才子的调调,他的文字就值钱了,他也不用整日苦哈哈的。但他就是不屑啊,史书说他"一贫彻骨,裘褐悬结,未尝俯眉为可怜之色",他就是这样的耿介啊。

他知道那个时代,"恶诗皆得官,好诗空抱山"。

他知道像他那样苦吟,"以诗为活计,从古多无肥"。

他也知道自己的现实处境,"本望文字达,今因文字穷"。

但是,他就是不从俗,"万俗皆走圆,一身犹学方"。他不做圆滑之人,不写圆滑之诗,他要做有棱角的人,写有棱角的诗。

他苦苦吟唱,写下古朴、奇险、艰涩的诗句,要以与众不同的诗风,开辟新的诗派。这就是他的野心。

他一生在官场混不好,生活也一团糟,但他有他永恒的、不变的追求。

他写出来的诗,换不了钱,升不了职,甚至也不受后世待见,但在当时,他却实实在在影响了一批人。

韩愈比孟郊小17岁,虽然他后来的官位和文坛地位比孟郊高,但他本人一直对孟郊十分折服,并深受孟郊诗风的影响。他曾写诗说:"我愿身为云,东野变为龙。四方上下逐东野,虽有离别无由逢。"以"云从龙"的姿态,表示愿意追随孟郊,向他学习。时人也普遍认同"孟诗韩笔"的说法,即孟郊的古诗一流,韩愈的古文一流。

在孟郊的影响下,中唐的诗坛摆脱"大历十才子"的靡靡之音,发展出了全新的诗歌风格。孟郊之后,韩愈的豪放,贾岛的瘦硬,李贺的奇诡,纷纷崛起于诗坛,继盛唐之后掀起了唐诗的一个高潮。以孟郊、韩愈为核心的"韩孟诗派",是与"元白诗派"并驾齐驱、相互抗衡的中唐两大诗派之一。从这个意义上看,这些人中,年纪最大、成名最早的孟郊,相当于是召唤并催生诗歌革新的"中唐陈子昂"。他的地位无可取代。

不仅如此，真实的孟郊也从未像后世诗评家说的那样，仅局限于抒写他个人的凄惨和苦闷。他的诗歌范围其实很广，由于他个人的悲惨遭遇，一直处于穷苦酸寒的状态，所以他对社会的底层向来抱有深切的同情和认同感，对社会风气的变坏也有深刻的观察和揭露。用闻一多的话来说，孟郊诗歌的特点一是"写实"，二是"敢骂"。说得再形象一点，孟郊就是一个犀利版杜甫。

他关心社会最底层的人，为他们发声：

寒者愿为蛾，烧死彼华膏。
华膏隔仙罗，虚绕千万遭。
到头落地死，踏地为游遨。
游遨者是谁，君子为郁陶。

那些受冻馁的老百姓，为了得到片刻温暖，居然愿意变为飞蛾，扑向富贵人家的灯烛，这是怎样生不如死的惨痛！然而更惨痛的是，富贵人家的灯烛都被纱罗阻挡，就算你变成飞蛾，千万次飞越也无法挨近灯火啊。最终碰得头破血流，落地而死，死后还要被那些正在跳舞嬉戏的权贵践踏在脚下。你看，这不就是杜甫的"朱门酒肉臭，路有冻死骨"吗？

他写中唐时期的战争，夺去了多少无辜人民的生命，制造了多少荒无人烟的城郭：

两河春草海水清，十年征战城郭腥。
乱兵杀儿将女去，二月三月花冥冥。

衰世：繁华事散逐香尘

> 千里无人旋风起，莺啼燕语荒城里。
> 春色不拣墓傍株，红颜皓色逐春去。

他写他生活的时代，世道开始变坏，虚伪、虞诈、浇薄的世风让他几乎破口大骂：

> 兽中有人性，形异遭人隔。
> 人中有兽心，几人能真识。
> 古人形似兽，皆有大圣德。
> 今人表似人，兽心安可测。
> 虽笑未必和，虽哭未必戚。
> 面结口头交，肚里生荆棘。

他一生沉沦，尤其是多次科举落第，饱受亲邻冷眼，所以他痛恨这样的世风，却不愿自己变成那副讨厌的样子：

> 有财有势即相识，无财无势同路人。
> 因知世事皆如此，却向东溪卧白云。

正如闻一多所说，孟郊是真正继承发扬了杜甫写实精神，并为写实诗向前发展探出一条新路的诗人："孟郊是以毕生精力和亲身感受作诗向封建社会提出的血泪控诉，他动人的力量当然要超过那些代人哭丧式的纯客观描写，它是那么紧紧扣人心弦，即使让人读了感到不快，但谁也不能否认它展开的是一个充满不平而又是活生生的有血有肉的真实世界，使人读了想到自己该怎么办。"

苦难出诗人。这种批判现实的力量，绝对不是一辈子锦衣玉食的诗人写得出来的。像杜甫一样，孟郊终生流离颠沛，穷病缠身，胸怀苦闷，偃蹇平生，而他的诗，同样有穿透时空的感染力，值得后世致敬。真的，孟郊是一个被严重低估的诗人。

写这么多，只是想告诉大家一个真实的孟郊。那个写出《游子吟》的诗人，不应该被误解，更不应该被无视。希望你下次读到"谁言寸草心，报得三春晖"的时候，会想起他的名字，他的遭遇，他的孤独，他的坚守，他的犀利以及他的一切。

衰世：繁华事散逐香尘

韩愈：大唐的"钢铁战士"

中唐之后，有一个非常有趣的话题：李白和杜甫，谁更厉害一些？

元和年间，元稹为杜甫写了一篇墓志，对杜甫极尽赞美之词，里面提到"诗人以来，未有如子美者"。不仅如此，他还嫌夸得不够狠，节外生枝地把另一位大诗人李白拉了进来："时山东人李白，亦以奇文取称，时人谓之李杜。余观其壮浪纵恣，摆去拘束，模写物象，及乐府歌诗，诚亦差肩于子美矣。至若铺陈终始，排比声韵，大或千言，次犹数百，词气豪迈而风调清深，属对律切而脱弃凡近，则李尚不能历其藩翰，况堂奥乎？"这是说，虽然"李杜"并称于世，李白在一些体裁上确实也可比肩杜甫，但在长篇排律上，李白可远不如杜甫。

元稹的好友白居易也赞成这一观点，他说："杜诗最多，可传者千余首，至于贯穿今古，觏缕格律，尽工尽善，又过于李。"

当时，元白二人都是诗坛的新锐，才名远扬，锋芒毕露。他们未必真心想要贬李捧杜，很有可能想借这一观点，挑战一下权威，开辟一些新气象。

然而，他们惹恼了一位文坛领袖——韩愈。对此，韩愈在《调张籍》中写道：

> 李杜文章在，光焰万丈长。
> 不知群儿愚，那用故谤伤？
> 蚍蜉撼大树，可笑不自量。

韩愈以一个非常高调的姿态向世人宣告，谁才是李杜诗学的真正继承人。在他笔下，李、杜二人不再是文雅的诗人，而是开天辟地、气吞山河的猛士。《调张籍》后面接着写道：

> 伊我生其后，举颈遥相望。
> 夜梦多见之，昼思反微茫。
> 徒观斧凿痕，不瞩治水航。
> 想当施手时，巨刃磨天扬。
> 垠崖划崩豁，乾坤摆雷硠。

李、杜用语言的暴力劈开造物，电闪雷鸣、波澜壮阔。而韩愈要追随前贤的脚步，成为一名开天辟地的大英雄。这般强悍刚健的气势，很难在一个文人身上看见。

韩愈是中国历史上一个很"政治正确"的人物，恪守正统、尊王攘夷、排斥佛老、嫉恶如仇。同时，他也具备世故的一面，功利的一面。可以说，理想主义和现实主义，都在他身上表现得极为明显,且相互缠绕,难以分割。

北宋的苏洵说,韩愈之文就像一条长江大河,浩浩荡荡,气势磅礴,但仔细一看,也有许多掩抑的东西,深沉在浪涛之下。

其人,正如其文。

1

大历三年(768),韩愈出生。3岁时,父亲去世,韩愈便由长兄韩会带大。后来,韩会被贬为韶州刺史,举家迁往南方,到任没多久就去世了。韩愈先是跟着兄嫂郑氏回到河阳(今河南孟州)老家安葬兄长,又跑到宣州维持生计。至亲离世,衣食匮乏,四处奔波,这就是韩愈的童年。想要让家族脱离窘境,韩愈必须要努力读书,以求入仕当官。

贞元二年(786),19岁的韩愈一个人来到长安打拼。他一连考了3年科举,都没考上。

唐代科举以诗赋取士,但想要通过考试,光靠才华可不够,还需要上位者的推荐。考生需要将自己的作品四处投递,然后拜访名流,获得他们的支持。这就是"干谒"。这种行为是普遍的,几乎成了科举的一个环节。

干谒不只是权贵子弟走后门的工具,对于寒微士人来说,也是向上攀爬的绳索,虽然免不了要放下自己的尊严。

韩愈不愿摇尾乞怜,也拿不出像样的财富,只能四处献上自己所写的文章,但凡有人肯提携自己,就不吝赞美之词。他一面用文字讲述自己的窘迫,博取同情;一面又说自己是身处"天地之滨"

的"怪物",一旦得水,就上天入地。

经过多年的干谒,韩愈的文采逐渐被人看见。当时,梁肃倡导古文,喜欢质朴的文章,而韩愈深得古文之义,自然引起了梁肃的注意。两人交往不浅,韩愈更是把梁肃当成自己的老师。贞元七年(791),兵部侍郎陆贽主持考试,梁肃担任副手,举荐韩愈。这一年,韩愈顺利地考中进士。

值得注意的是,与韩愈进士同榜者,多是习古文的年轻学子,比如李观、李绛、欧阳詹等人,时称"龙虎榜"。这些人后来大多成为韩愈古文事业上矢志不渝的朋友。

座主门生、同年进士、文学之友,一群志同道合的人走到了一起。

韩愈心里多多少少以干谒为耻,也曾埋怨别人专事干谒,不学无术。不过他明白一点,出身贫寒、孤立无援的士人,需要这样一个机会。正如他在《与凤翔邢尚书书》中所说:"布衣之士,身居穷约,不借势于王公大人,则无以成其志;王公大人功业显著,不借誉于布衣之士,则无以广其名。"

考取进士,只是获得了当官的资格。想要换上一身官服,还得通过吏部试。韩愈又考了三次,没能得到一官半职。贞元十一年(795),他心情焦虑到了极点,竟然给宰相写了三封信,妄想讨得一官半职,已是病急乱投医了。

此时,韩愈在长安待了快10年,尝尽了辛苦,耗尽了家财,走到了穷途末路,他只能离开长安,另寻生路。走到黄河的时候,他看见有数人手提鸟笼,所到之处,众人回避。原来,笼里都是些羽毛纯白的鸟儿,乃是进献给天子的祥瑞之物。几只禽类大摇大摆走入京师，一介书生失魂落魄不知所归。有时候，人真的比不上一只鸟。

离开长安之后，韩愈四处漂泊。之后，他两入藩镇，给人当幕僚，还遭遇了兵乱，差点身家性命不保。世事艰难，岁月蹉跎，他不得不思考一个关乎自身价值的问题。

2

由于科举制的存在，读书人必须会写一手好文章。可是，一篇辞藻华丽、铺排精美的文章，有什么价值呢？它既不能扫平割据的藩镇，也不能吓退入侵的外敌。吟诗作赋倒是能考取进士、青云直上，不过，韩愈自身的经历却告诉我们，幸运儿始终是少数。

如此华而不实的文学，还有什么存在的必要？可如果文学不再重要，那么读书人又凭什么安身立命呢？

韩愈给出的答案是：如果文学还有被人看重的理由，那它就必须成为载道的工具。换句话说，文学不能只是为了文学，文学得彰显道德。

在当时，并不是韩愈一个人是这样想的。

韩愈的身边聚集了许多同道。举荐他的人是梁肃，古文大家。与韩愈进士同榜者，一共23人，梁肃就举荐了8人。在长安，韩愈认识了孟郊、裴度、柳宗元、刘禹锡等人，大都是古文的倡导者。韩愈在幕府工作时，也曾教导几位青年练习古文，比如张籍、李翱等人。

这是一个非常庞大的文学集团。他们认为，华丽的骈文害得人心浮躁，只有古文才能让人们重拾道德。于是，他们掀起了一场古文运动。

古代的文人总是怀揣这样一种理想主义：一切的问题，都可以归结为"人心"二字。在他们的想象中，最好的时代，莫过于夏商周，路不拾遗，夜不闭户，人人恪守礼节，遵守道德。朝代更迭，世道日坏，所以要用制度激发人的善性，用文章找回人的道德。历史中有非常多"卫道士"，但他们并非泥古不化的守旧派，相反，极有可能是开拓进取的革新派。韩愈一行人推崇的古文未必能挽救时局，但是，他们作为朝野闻名的文学集团却能够让政坛刮起风暴。

韩愈刚入长安的时候，科举考试里流行的是"俗气"的骈文，他处处碰壁，是因为文章不受考官喜爱。韩愈离开长安之后，古文运动还在发展，好文章的标准变了。

贞元十五年（799），韩愈作为藩镇使者来到长安，社会上层依旧对他冷漠，但是年轻士人对他明显热情了许多。国子监的学生一起在宫门请愿，要求给韩愈一个博士的官职。此举没有成功，却让韩愈重拾信心，再来长安一试。2年之后，韩愈终于得到了四门博士一职。

渐渐地，人们发现，古文写得好，也能够在科举中出彩了。雄心勃勃的年轻学子看到了机会，纷纷拜访韩愈。《唐国史补》中说："韩愈引致后进，为求科第，多有投书请益者，时人谓之'韩门弟子'。"只要有人来请教，韩愈就把他当成弟子对待，不遗余力地支持他们博取功名。

诗人李贺还未成名之前，带着自己的作品去拜谒韩愈。当时韩愈刚刚送客归来，非常疲倦。但他读到《雁门太守行》开头两句——"黑云压城城欲摧，甲光向日金鳞开"时，眼前一亮，立马邀请李贺相见，两人相谈甚欢，结下了友谊。韩愈当时已是文坛领袖，还主动登门拜访李贺，鼓励他考取功名。这对一名落魄的士人来说，无异于枯草遇上了春天。李贺的诗名也是从那时打响的。

李贺参与科举时，有人硬说李贺父亲的名字有一个字与"进士"的"进"字同音，所以李贺应该避父亲讳，退出考试。韩愈知道后，立马写了一篇《讳辨》，为之据理力争。唐人避讳甚严，而韩愈不惜与世俗开战，足见其爱才之心。可惜，李贺最终还是愤然离场。

在韩愈的倡导下，古文的支持者越来越多，那么科举也会越来越偏向那些写古文的人。"韩门弟子"多是寒酸文士、底层官吏，韩愈自己也经历过窘迫的岁月。他们越不得志，改变世界的愿望就越强烈，也就越希望一个遵守道德的秩序重现人间。对于步履蹒跚的唐朝来说，这是一股新鲜的血液。

3

贞元十九年（803），韩愈晋升为监察御史。当时，德宗年老，宦官掌握兵权。太子锐意革新，意欲抑制宦官，于是任用翰林学士王叔文、王伾等人，联合宰相韦执谊，想要有所作为。柳宗元、刘禹锡也加入其中。

韩愈虽然和刘柳二人是古文的同道，但政见不同。他对于王叔文、韦执谊等人的一些结党行为颇有微词，还曾当着刘柳二人的面，批评他们。

那年冬天，京城大旱，农业歉收。韩愈目睹了饿殍满地、丢女弃子的种种惨状，心中难过万分，吃不下饭，如同一条中钩的鱼。哀鸿遍野的景象就在脚下，朝中大臣却公然撒谎称，禾苗长得很好，不用减免赋税。举朝竟无人出来反驳。于是，韩愈上了一封《御史台上论天旱人饥状》，矛头直指视灾民而不见的君臣，上疏的结果却是被贬去岭南的阳山县。这个结果，意料之内。蹊跷的是，韩愈一人上疏，但是御史台的同事也被贬职了，这恐怕不是触怒君主这么简单，兴许牵扯到了党争。

贬官的命令一下，韩愈就得动身，甚至连安顿家人的机会都没有。到任还有时间限制，每天至少要走两三百里路。韩愈一路跋涉，马不停蹄，心中的郁闷越积越多。忧愤之下，他做了一个大胆的推测，可能是刘柳二人泄密给王叔文，使他遭受打击。三人的友谊出现了裂痕。

贞元二十一年（805），德宗去世，顺宗即位，掀起了一场革新运动。当时，顺宗已经病入膏肓，大权基本交给了王叔文等人。这些年轻新锐想要夺取宦官的军权，然而他们并无多少实权，还党同伐异，四处树敌，以致孤立无援。宦官立马拥立李纯即位，是为唐宪宗。唐顺宗被迫成为太上皇，革新集团一击即碎。

唐宪宗即位之后，将革新派全都贬出京城。柳宗元、刘禹锡离开长安，韩愈却迎来了回京的大好机会。

在岳阳楼的一次文人宴会上，北上的韩愈与南下的刘禹锡相遇了。那时，韩愈依然耿耿于怀，带着几分怨愤写下了《岳阳楼别窦司直》，里面写道：

念昔始读书，志欲干霸王。
屠龙破千金，为艺亦云亢。
爱才不择行，触事得谗谤。
前年出官由，此祸最无妄。

"爱才不择行"，很有可能指的是刘柳二人。刘禹锡已遭贬官，处境尴尬，还能说什么呢？刘禹锡也写了一首诗，里面有一句："卫足不如葵，漏川空叹蚁。"葵草之叶能够为根须遮蔽阳光，我在动荡之中却难以自保。蚁穴能够毁坏河堤，但是谁又能预先知道呢？今时今日只能空叹。

两人都不是小气之人，话说开了，推杯换盏，自然就冰释前嫌。宴会之后，刘禹锡将带着"永贞革新"失败的阴影永远活下去，而韩愈则开始放眼长安的风景。

不久之后，韩愈写下了《永贞行》。诗中措辞严厉，痛骂革新派，指责他们有篡位之嫌，还夹杂着几句对唐宪宗的歌颂。后面话锋一转，说像刘禹锡、柳宗元这样的青年才俊，应该和王叔文之流区别开来，没必要贬到蛮荒之地。后人却常常以这首诗批评韩愈，说他搬弄文字，夸大罪责，明显是为了讨好唐宪宗。

"永贞革新"带有一定的悲剧色彩，但这6个多月的新政并没有多少值得吹嘘的地方。只是一群有才学、有抱负的人就此沉沦，实在可惜。不幸中的大幸是，人生的苦难成就了两位伟大的文学家。

文学与事功，是士人的两个理想，往往不可兼得。孰为轻，孰为重？韩愈在为柳宗元写的墓志里说："必有能辨之者。"那都是后人的议论了。

对于韩愈、柳宗元、刘禹锡三人来说，给他们一万次机会，也都会选择事功。

4

元和五年（810），韩愈任河南令。当时，洛阳城内有许多军人，借身份为非作歹。许多藩镇在洛阳都有家宅，豢养了不少士兵，一旦有风吹草动，这些人会作为内应起事。韩愈上任之后，将这些军人一网打尽。宪宗听闻之后，大悦道："韩愈助我者。"

我们都知道，唐朝尚武，不过武周以来，科举大兴，文教之风盛行。士人能够治国理政，却不知军事。安史之乱后，藩镇割据，军人跋扈。皇帝希望依靠文臣来控驭骄兵悍将，削强藩，平外患。有识之士也觉得士人应当才兼文武，一群能文能武、出将入相的士人出现了，比如裴度、武元衡。

从河南任返回长安后，韩愈写下《论淮西事宜状》，坚定了唐宪宗削藩的决心，给裴度、武元衡以强大的支持。虽然上疏不久，就发生了刺杀宰相事件，不过主战派最终还是占了上风。元和十二年（817），裴度大军奔赴淮西，韩愈亦在军中。

裴度到前线后，赶走了碍事的宦官，诸将得以专力军事，胜利的天平很快偏向朝廷。名将李愬奇谋频出，屡立战功。十月的一个夜晚，寒风凛冽，大雪纷飞，军旗被吹裂，"人马冻死者相望"。李愬亲率一队精兵在风雪中急行70余里，意欲偷袭蔡州。当将士得知此行是要入蔡州擒拿贼首吴元济的时候，全都大惊失色，但是不敢违背命令。等到早晨鸡鸣之时，李愬神不知鬼不觉占领了吴元济的外宅。最后，吴元济束手就擒。这一战，举重若轻，荡平了淮西强藩。

韩愈在军营中，堪称尽心尽力可书之事有三：第一，他独身入藩镇，见宣武节度使韩弘，劝说其不在背后搞事；第二，他先李愬之前提出偷袭蔡州的计划，可惜裴度没有同意；第三，他趁蔡州大捷，给另一个藩将王承宗写信，使其投降，收获一石二鸟之效。

淮西平后，中兴事业大成，群臣请求刻石碑，记录盛世。韩愈既是淮西战事的参与者，又是古文大家，写碑文一事就落到他的头上。这本是他最荣耀的一刻。然而碑成之后，李愬的妻子，也是宪宗的姑姑，看到碑文，怒上心头，进到宫中，向皇帝痛诉碑文不实。原来，韩愈在碑文中花了大篇幅记录裴度的功劳，却将入蔡的李愬列为普通将领。

碑文一事本质上是一个争功劳的问题。究竟是裴度功劳更大，还是李愬功劳更大？裴度是朝中的主战派，还担任了军事统帅的职责，协调各方，稳定军心，可以说居功至伟，韩碑夸裴度，并没有太大的问题。但是，李愬身在最前线，扭转了战局，入蔡州更是极为关键的一场战役。如果没有李愬，淮西很难迅速平定，所以韩碑漠视李愬战功，也是实情。

韩愈想要突出文臣的功劳，武将自然不答应。在抗议声中，宪宗下令磨去韩碑，另找他人撰写了一文，重新铭刻。

碑文争议证明了一件事，文人"才兼文武"的想法是一个巨大的泡沫。

裴度、韩愈们努力参与军事行动，主要依赖宪宗主战的信心和对主战文臣的信任，在现实中却没有制度保障。哪一天，皇帝开始猜忌文臣了，开始想要和平了，他们就得放手军权。而且，文人参与军事，最多只是指挥，他们无法和士兵建立关系，行军作战必须依赖武将。

宪宗之后，武人跋扈依旧，唐朝还有多少文人驰骋在疆场？韩愈的暴力之风，注定只是特定时代下的产物。

5

韩愈一生最大的事业，大约三件，曰古文运动，曰排佛老，曰主张道统。其中主张道统最为关键。

道，是儒家经典里的道理。统，其实就是一段经过筛选的虚构的历史。

历史发生了这么多事，纷繁复杂，人们要怎么记住历史呢？那就只能记一些重要的人、重要的事，那么，何为重要的人、重要的事？

韩愈把代表儒家精神的人挑选出来，比如周文王、孔子、孟子，然后按时间连缀起来，写成一段历史。不过，韩愈认为，孟子之后就没有继承儒家精神的人了，直到自己出现，圣人的理念才有了传承。所以从秦到唐这一大段历史，属于真理失传的黑暗时期。

还有一种视角，是按照秦—汉—晋、汉文帝—汉景帝—汉武帝这样顺延下来。皇帝的传承是历史的主线。这就是所谓"君统"。

道统有两个作用，一个是防御，一个是进攻。防御的是"异端"的兴起。唐朝君主大多崇信佛老。虽然儒家还是主流，但佛教与道教隐隐有了分庭抗礼之势。想想看，如果人人迷信彼岸世界，或者向往逍遥自在，那么还怎么回到夏商周那样的黄金时代？所以，韩愈坚定地排斥佛老，进攻瞄准的是"君统"。儒生自战国以来，就有"从道不从君"的传统。道统的存在，提醒所有人，帝王并不是历史的唯一主角，他们如果不遵守儒家之道，也会被排除在"正确"的历史之外。

元和十四年（819），唐宪宗派遣使者去扶风县的法门寺迎接释迦牟尼的一根指骨。这根小小的指骨成了京城最耀眼的"明星"。它"大摇大摆"进入长安，由光顺门被迎进宫中，供皇帝瞻仰三天，接着进出各大佛寺，好不风光。人们为之疯狂，富人倾家荡产，也要施舍给佛骨；穷人为表虔诚，烧灼头顶，近乎自残。

韩愈怒极，写了一篇《谏迎佛骨表》。里面说，佛法传入中国之后，乱象横出，崇佛的王者大都寿命不长，国运衰微。如此大不敬的话，说明韩愈已经顾不上君臣之礼了，这既是向佛教宣战，也是向皇帝宣战。

宪宗龙颜大怒，想要将其斩首。裴度等人极力回护，宪宗还是消不了火，说道："愈为人臣，敢尔狂妄，固不可赦。"于是将韩愈贬往潮州。

韩愈刚走，又一道命令下来。其一家老小也必须迁离长安。于是冰天雪地中，韩氏一家相继踏上了南去的道路。韩愈12岁的爱女带着病痛行走在群山之间，又饥又渴，最后死在路上。可谓家破人亡！

在给侄孙韩湘的诗中，韩愈写道：

一封朝奏九重天，夕贬潮州路八千。
欲为圣明除弊事，肯将衰朽惜残年！
云横秦岭家何在？雪拥蓝关马不前。
知汝远来应有意，好收吾骨瘴江边。

全诗"语极凄切，却不衰飒"（纪昀语），沉郁顿挫，苍凉悲壮。

来到潮州后，死亡的恐惧和被抛弃的失落始终萦绕在韩愈心头。在《潮州刺史谢上表》中，韩愈述说自己的凄惨："臣所领州，在广府极东界上，去广府虽云才二千里，然来往动皆经月。过海口，下恶水。涛泷壮猛，难计程期；飓风鳄鱼，患祸不测。州南近界，涨海连天；毒雾瘴氛，日夕发作。臣少多病，年才五十，发白齿落，理不久长，加以罪犯至重，所处又极远恶，忧惶惭悸，死亡无日。"

在残酷的环境下，他的骨气也大不如前。文中，韩愈一再大颂皇恩，并建议宪宗应"东巡泰山"以封禅庆功，讨好皇帝。最后，他说："伏惟皇帝陛下，天地父母，哀而怜之。"他在《谏迎佛骨表》中一再称述的儒家之道，乃至他试图以道统压君统的理想也销声匿迹了。他的道统在皇权的城墙面前，脆弱得就像一个鸡蛋。他唯一的坚持，就是没有改变自己的反佛立场。

宪宗在读到韩愈的信时，对宰相说，昨天看到韩愈的上表，想了下佛骨一事。韩愈是爱我的，我怎能不知道？但是，他作为人臣，不应该说君王崇佛就会短寿。我是讨厌他太轻率了。于是，皇帝重新起用韩愈。雷霆雨露，皇恩浩荡！

韩愈回到长安之后，官越做越大，锐气尚存。不过此时已是他人生的暮年。长庆四年（824），韩愈离世。

宋人范仲淹《岳阳楼记》中说，"先天下之忧而忧"，"不以物喜，不以己悲"，这是士人的理想境界。读书人可以为了心中的黄金时代，忧国、忧民、立道统、反佛老。可是，人生在世，难免忧己、奉承、乞怜、自我保护、汲汲于富贵。这是绝大多数士人真实的心灵世界。

6

古文运动在韩愈去世后，渐渐冷却下来，文臣驾驭武将的现象也随着宪宗的离世销声匿迹，佛教融入了中国的思想世界。然而，古文、道统这些词却已经深入了士人内心。它们就像是家里放着的水缸，韩愈曾经用它们来装米，时间流逝，物是人非，水缸可能藏着金砖，也可能装酒。但是，水缸依然还是那个水缸。

北宋，欧阳修从别人家尘封多年的书堆里看到一本破烂的韩愈文集，惊喜不已。他说："是时天下学者，杨、刘之作号为'时文'，能者取科第，擅名声，以夸荣当世。未尝有道韩文者。"他立下誓言，将来一旦得志，一定要以韩氏之文来改变当时的文风。于是，又一场古文运动开始了。还出现了一个纵横政坛的文人集团，领袖是欧阳修。"文以载道"的观念，成为宋代的官方意识形态。

道统也迎来了新生。宋朝的儒士们创造了一个包罗万象的思想体系——程朱理学。朱熹完成了"道统"体系的建构，用来厘清历史的脉络。直到近代西学的传入，中国人才转变对历史的看法，开始认为历史是一条向前发展的直线。

我们应该看到，宋人的诸多创造，都可以追溯到韩愈头上。所以，苏轼评价韩愈道："文起八代之衰，道济天下之溺；忠犯人主之怒，而勇夺三军之帅：此岂非参天地，关盛衰，浩然而独存者乎？"

至此，韩愈一生执着的事业才算分出了胜负。生前，他的奋斗几近失败；死后，却在另一个时代聆听成功的回响。

衰世：繁华事散逐香尘

政治风潮中的柳宗元与刘禹锡

805年是一个多事的年份。这一年，大唐两度换了新主人。正月，在位27年的唐德宗驾崩，太子李诵躺在床上（身体不好）当了皇帝，即唐顺宗。八月，唐顺宗"内禅"为太上皇，他的儿子李纯即位，是为唐宪宗。

权力转移的背后，是朝廷精英的起起落落。在这短短的几个月间，一场被称为"永贞革新"的新政旋起旋灭，却对参与其中的人施加了毕生的影响。

刘禹锡和柳宗元，这对当时政坛最有名的新星，似乎一夜之间，就从熠熠生辉、奋发有为的年纪，迈入了黯淡哀愁的中年。他们的苦难，刚刚开始。

但是，对于中国历史而言，大唐坠落了两颗政坛新星，却升起了光耀千年的文坛双子星。

1

人们喜欢说，天才成群结队地出现。对于中唐来说，更显著的特征则是：双子星成群结队地出现。

现在最著名的两对唐代双子星——白居易和元稹以及刘禹锡和柳宗元——他们都是8世纪的"七〇后"。

刘禹锡生于772年，白居易也生在这一年。柳宗元比他们小一岁。元稹生于779年，后来人称"诗奴"的贾岛也生在这一年。

还有个韩愈，比他们稍大一些，生于768年，是个"六〇后"。而更大的是"五〇后"的孟郊，751年出生。

中唐是盛唐之后的又一个诗歌高峰，主要表现为流派纷呈。上面点到名的人物，都是中唐诗坛的"扛把子"，在他们中间，至少形成了三个迥然有别的流派：元白一派，韩孟一派，刘柳也算一派。

单说刘禹锡和柳宗元，两人合称"刘柳"，是各种文学排行榜的常客：

刘禹锡的文学成就主要体现在诗歌方面，他有一个霸气的名号，人称"诗豪"，此外他与韦应物、白居易并称"三杰"，与白居易合称"刘白"。

柳宗元的文学成就则主要在文章方面，他是"唐宋八大家"之一，"千古文章四大家"之一，与韩愈并称"韩柳"；他的诗其实也非常好，走陶渊明这一派的，与王维、孟浩然、韦应物并称"王孟韦柳"。

但赶上一个唐诗发展的新时代，刘禹锡和柳宗元，当然包括其他任何一个诗人，他们的初衷并不是要做一个好的文学家，而是梦想着做一个好的政治家。

对于古代读书人而言，诗人并不是一个职业，做官才是。

2

刘禹锡和柳宗元的经历太像了，以至于许多人读他们的传记，往往会把他们搞混。像到什么程度呢？像到让人怀疑上帝有意在他们身上做一个实验：同一段人生，赋予不同性格，会开出怎样不同的花。

他们在同一年考中进士。那一年，刘禹锡22岁，柳宗元21岁，两个意气风发的年轻人就像两块磁石互相吸引。此后他们虽然聚少离多，但心是粘在一起的。

他们都是家中的独子。

他们的父亲在大致相同的年份去世，他们分别返乡丁忧。

他们分别经过了朝廷的授官考试。

他们分别在京兆府下面的县做官。

他们一起进了御史台。

在御史台时期，他们一起结识了比他们大四五岁的韩愈，三人过从甚密。他们本有可能从两人组合，发展成三人天团，最终因为不同的选择，韩愈与刘、柳虽仍保持终生的友谊，但中间有过误会，人生也完全错开。

这次选择，实际上就是一次政治站队。

在唐德宗暮年，围绕在太子李诵身边，逐渐形成了一个以东宫侍读王叔文、王伾（即史书所说的"二王"）为核心的政治集团，蓄势准备辅佐新君进行改革。刘禹锡和柳宗元均加入了二王集团，备受赏识。在李诵（唐顺宗）继位后，两人一个被任命为屯田员外郎，一个被任命为礼部员外郎，成为"永贞革新"的核心成员。而韩愈并不反对政治革新，只是因为对王叔文这个人素无好感，或者早已预见到这个政治团体不可能成功，所以没有选择站队到二王集团这一边。

在唐顺宗继位前一年，韩愈由监察御史被贬为阳山县令。关于这次贬官的缘由，别人怎么说不重要，重要的是韩愈自己怎么看。

韩愈在诗中写过这样的话：

同官尽才俊，偏善柳与刘。
或虑语言泄，传之落冤仇。
二子不宜尔，将疑断还不。

也就是说，他严重怀疑，自己遭贬，是因为刘禹锡和柳宗元把自己平时非议王叔文的言论泄露给了对方，从而引来了对方的报复。

后世史家认为，韩愈被贬时，王叔文并未掌权，这是韩愈对刘、柳二人的误会。但这次误会，显然在他与刘、柳二人中间制造了隔阂。

虽然多年后消除了误会，但韩愈与刘、柳已经不能站在同进退的阵营里。当二王集团掌权的时候，刘、柳也没有把韩愈召回朝廷。

刘、柳最终建立起最铁的友情，是因为他们不仅共事过，还选择了相同的站队。他们有一样的政治理念，一样的政治遭遇，一样的政治目标。他们的友情，是革命同志式的、牢不可破的友情。

3

"永贞革新"是一场短命的政治改革，历时100多天即宣告失败，跟衰病缠身的唐顺宗的上台与退位相始终。

王叔文和王伾在领导改革之前并无丰富的政治实践背景，只是在各方势力斗争的空隙中找到了跻身要职的机会。唐顺宗身体每况愈下之时，二王集团在拥立太子问题上又出现了重大失误，他们并不拥护后来的唐宪宗李纯继承帝位。所以当永贞元年（805）八月，唐宪宗继位后，这个革新集团的政治生命就彻底宣告终结了。

至于"永贞革新"的具体内容，反而不那么重要了，无非就是施仁政、发布赦免令、夺取宦官的禁军指挥权、打击藩镇势力等针对中唐政治困境的举措。这些事情，换了皇帝也依然会做下去。正如唐史大家黄永年所说，唐宪宗虽然收拾了王叔文集团，用人上"一朝天子一朝臣"，但在行政上有好些地方却是顺宗朝的延续。

由于"永贞革新"的失败来得太快，传统史书对两名主要领导者王叔文和王伾进行了污名化书写，讥讽他们为"小人"，导致后世绝大多数人对这场革新的成员并无好感。而深陷其中的刘禹锡和柳宗元，令后世叹息。王安石、苏轼等人都说，刘、柳二人是天下奇才，高才绝学，如果"不陷（王）叔文之党"，前途无量，一定是唐代名臣。

但放在现在，我们大可不必叹息刘禹锡和柳宗元的选择。他们当时是三十出头的热血官员，怀着"致大康于民，垂不灭之声"（柳宗元语）的雄心壮志，满怀热情地投入到政治革新之中。事实虽然证明他们还是太理想主义了，但至少他们努力过，奋斗过。我们的历史一直习惯于以成败论英雄，殊不知，行动比结果更宝贵。

"永贞革新"的失败，演变成唐史中著名的"二王八司马事件"。唐宪宗上台后，王叔文被贬为渝州司户，次年被赐死；王伾被贬为开州司马，不久病死；刘禹锡、柳宗元等革新集团的八个核心成员，通通被贬为边远之州的司马。

他们开始了苦难的人生旅程。

4

柳宗元被贬到了偏远的永州，一个盛产蛇虫野兽的地方，那里再往西南就是广西了。

他是抱着痛苦赴任的，名义上是任司马之职，其实是作为朝廷官员的贬谪处置，限定不能离境罢了。他天生是一个忧郁气质明显的诗人，心思细密，为人内向，常常想着自己的人生际遇就会落泪。

早年，他父亲柳镇得罪权臣被贬官，他去给父亲送行，父亲对他说："吾目无涕。"虽然受了委屈，但父亲一滴泪也不流。父亲或许希望以自己刚直的精神来影响自己的孩子。长大后的柳宗元改变不了自己的忧郁和悲观，但他学到了父亲的刚直和勇敢。

他是一个正直、有骨气、有胆气的人。"永贞革新"那几个月,他仕途通畅,想投靠他做官的人很多,但他从未利用手中的权力去做交易。

当王叔文失势后,大难临头,原先趋附革新集团的那些人巴不得赶紧做切割。而柳宗元非常"不识时务"地站出来,借着替王叔文之母写墓志的机会,大胆地赞颂王叔文,讴歌革新。

人在顺境中,在有利可图的时候,我们是看不到他的真实品性的;但在逆境中,在大难降临的时候,我们很容易看清楚一个人的品性。这就是孔子所说的,"君子固穷,小人穷斯滥矣"。君子即使穷途末路,依然固守节操和本分,小人身处逆境,就容易想入非非,胡作非为。

柳宗元虽然忧郁和悲观,但他是一个真正的君子。

到了永州之后,他暂住在当地的龙兴寺。

他开始写一些寓言诗,在诗中塑造褪羽的苍鹰、跛脚的乌鸦、待烹的鹧鸪等形象,它们都在现实的压迫下陷入窘境。明眼人都知道他真正在表达什么。

笼鹰词

凄风淅沥飞严霜,苍鹰上击翻曙光。
云披雾裂虹蜺断,霹雳掣电捎平冈。
砉然劲翮剪荆棘,下攫狐兔腾苍茫。
爪毛吻血百鸟逝,独立四顾时激昂。
炎风溽暑忽然至,羽翼脱落自摧藏。
草中狸鼠足为患,一夕十顾惊且伤。
但愿清商复为假,拔去万累云间翔。

他有时候会反思自己在"永贞革新"中的站队到底对不对。他给友人写信，承认自己"年少气锐，不识几微，不知当否，但欲一心直遂，果陷刑法"，意思是自己年轻气盛太单纯了，才导致今天的下场。但他只是想不开的时候自责，从未责备当年一起践行政治理想的同志们。

在永州的第二年，他在一场罕见的大雪中匆匆赶回寄居的龙兴寺，提笔写下了一首千古名诗：

江雪
千山鸟飞绝，万径人踪灭。
孤舟蓑笠翁，独钓寒江雪。

这是一首越咀嚼越有味的小诗，很多人读出了柳宗元的清高，而我读出了他的孤独。他太孤独了，理想破灭之后，只能偏居在远离帝都的小地方。或许只有来自朗州（今属湖南常德）的刘禹锡的书信，能给他带来一些慰藉和温暖。

很快，传来了他昔日的同志、"八司马"之一的凌准的死讯，加剧了柳宗元的愁苦。他写了一首很长的诗怀念凌准，最后坦诚地说"我歌诚自恸，非独为君悲"：我写这首诗不仅为你伤悲，也为自己伤悲。

哭连州凌员外司马（节录）
恬死百忧尽，苟生万虑滋。
顾余九逝魂，与子各何之？

他"乐死而哀生",羡慕凌准一死而得到了解脱,自己则还要在人间被万千忧愁与孤独包围。

接下来的打击,是他的母亲和女儿在四五年内相继于永州病逝。他的女儿叫和娘,死时只有10岁,临死时抓着父亲的手,请求不要把她葬在山上,她害怕那里有蛇虫野兽。那一刻,柳宗元凄凉而绝望。30多岁的年纪,柳宗元已经衰病缠身,老气横秋。这也埋下了他后来早逝的病根。他常常半夜失眠,或被噩梦惊醒,只好起来走啊走啊,走到了天亮。

中夜起望西园值月上

觉闻繁露坠,开户临西园。
寒月上东岭,泠泠疏竹根。
石泉远逾响,山鸟时一喧。
倚楹遂至旦,寂寞将何言。

直到在永州待了5年后,他才放弃了返回长安的奢望。

冉溪

少时陈力希公侯,许国不复为身谋。
风波一跌逝万里,壮心瓦解空缧囚。
缧囚终老无余事,愿卜湘西冉溪地。
却学寿张樊敬侯,种漆南园待成器。

他开始流连于当地的山水。他从龙兴寺搬出来,在冉溪边筑室而居，有在此终了余生的意思。他将冉溪改名为"愚溪"，并用于自称。也许是自嘲，也许是希望自己能做到大智若愚。

5

当柳宗元来到永州的时候，刘禹锡被贬到了朗州，一个跟永州一样僻远蛮荒的地方。

如果说柳宗元是一个忧郁诗人，那么，刘禹锡就是一个豪迈诗人。他的性格恰好与柳宗元形成了互补。

虽然都是遭遇政治前途的毁灭性打击，但在一样的苦难面前，柳宗元的悲观映衬出了刘禹锡的乐观。

这个"没心没肺"的刺头，在离开长安之前就写诗表达他的心情，哪怕政治革新失败了，他也不会向任何人低头：

咏史二首（其一）

骠骑非无势，少卿终不去。
世道剧颓波，我心如砥柱。

咏史以明志，他在诗里赞赏了汉代那位不愿抛弃旧主、趋附新主的任少卿，实际上是向世人昭示，他自己也是一个"心如砥柱"、绝不会趋炎附势的人。

跟柳宗元一样，身在贬谪地的刘禹锡写起了寓言诗。不同的是，柳宗元的寓言诗，处处在吐露和舔舐自己的伤痕，而刘禹锡的寓言诗，却像是一个永不言败的战士，依然举着长矛对准了他所厌恶的小人。

在他的笔下,革新集团的政敌变成了夏夜喧嚣的蚊子、飞扬跋扈的飞鸢、巧言善变的百舌鸟。

聚蚊谣

沉沉夏夜兰堂开,飞蚊伺暗声如雷。
嘈然欻起初骇听,殷殷若自南山来。
喧腾鼓舞喜昏黑,昧者不分听者惑。
露花滴沥月上天,利觜迎人著不得。
我躯七尺尔如芒,我孤尔众能我伤。
天生有时不可遏,为尔设幄潜匡床。
清商一来秋日晓,羞尔微形饲丹鸟。

别看这些蚊子现在叮人吸血闹得欢,等到天气一凉,就要被象征光明火种的萤火虫(丹鸟)吃光光了。

其实,像柳宗元一样,刘禹锡在朗州的日子也不好过。清苦贫寒不说,他的妻子薛氏在到朗州的第八个年头病逝,他只能一个人吞咽生活的苦涩,照顾80多岁的老母亲和三个幼小的子女。

他只有在给妻子的悼亡诗中,卸下他的铠甲,流下他的眼泪。

谪居悼往二首

邑邑何邑邑,长沙地卑湿。
楼上见春多,花前恨风急。
猿愁肠断叫,鹤病翅趾立。

牛衣独自眠，谁哀仲卿泣？

郁郁何郁郁，长安远如日。
终日念乡关，燕来鸿复还。
潘岳岁寒思，屈平憔悴颜。
殷勤望归路，无雨即登山。

短暂的低落和悲哀，不会掩盖他豪情万丈的生命底色。

他又昂起了头。像苍鹰等待搏击长空，像孤桐撑起一方天地。

秋词二首（其一）

自古逢秋悲寂寥，我言秋日胜春朝。
晴空一鹤排云上，便引诗情到碧霄。

自古以来，世人眼中的秋天都是萧瑟寂寥的。但他刘禹锡的秋天不一样，是孤傲的，是倔强的，是比春天更美的，是诗情画意的。

这个不屈的灵魂，就这样在朗州撑了10年。

6

整整10年之后，刘禹锡和柳宗元相逢于返回帝都的路上。

元和十年（815），在宰相韦贯之等人的争取下，朝廷解除了对"八司马"的严苛禁令，将刘禹锡、柳宗元等五人召回长安。只用了一个月时间，他们就回到了魂牵梦萦的长安。

柳宗元写下了他一生中最欢快的诗之一：

诏追赴都二月至灞亭上
十一年前南渡客，四千里外北归人。
诏书许逐阳和至，驿路开花处处新。

然而，来不及庆祝，柳宗元和刘禹锡就遭遇了更为致命的打击。他们回到长安正值春天，桃花盛开，遂相约赴长安城南的玄都观赏花。向来心高气傲的刘禹锡借赏桃花之事，写诗讽刺当朝权贵：

元和十年自朗州承召至京，戏赠看花诸君子
紫陌红尘拂面来，无人不道看花回。
玄都观里桃千树，尽是刘郎去后栽。

诗的表面是说，玄都观里这么多秾艳的桃树，都是我老刘离开长安的10年间新栽的。实际上，刘禹锡是把满朝新贵比作玄都观的桃花，讽刺他们是在排挤自己出朝的情况下才被提拔起来的。

这下捅了马蜂窝。朝中大多权贵本来就竭力阻挠"八司马"还朝，便抓住刘诗"有怨愤"的把柄进行新一轮打击。可怜刘禹锡、柳宗元等人回到长安还不到一个月，又同时被调任为边远之州的刺史，"官虽进而地益远"，实际上遭到了比10年前更为沉重的打击。

对于冲动惹祸的刘禹锡，柳宗元没有半句怨言，收拾行囊就准备前往柳州。

当他得知刘禹锡要去的播州（今贵州遵义）比自己的柳州更远、更蛮荒时，心思细密的他立即上奏，请求与刘禹锡对调任所，"以柳易播"。理由是，他不忍看到挚友带着80多岁的老母亲颠簸于西南绝域，希望能够稍移近处，让老人家少受点苦。

唐宪宗起初对柳宗元表现出来的朋友义气很生气。幸好御史中丞裴度从中斡旋，好说歹说，终于使皇帝同意改授刘禹锡为条件好一些的连州（今属广东清远）刺史。

而柳宗元为了挚友，"虽重得罪，死不恨"的精神，至今仍十分感人。数年后，韩愈为死于柳州的柳宗元写《柳子厚墓志铭》时，专门提到这件事并无比感慨地说：

呜呼！士穷乃见节义。今夫平居里巷相慕悦，酒食游戏相征逐，诩诩强笑语以相取下，握手出肺肝相示，指天日涕泣，誓生死不相背负，真若可信；一旦临小利害，仅如毛发比，反眼若不相识。落陷阱，不一引手救，反挤之，又下石焉者，皆是也。此宜禽兽夷狄所不忍为，而其人自视以为得计。闻子厚之风，亦可以少愧矣。

有些朋友，平时吃喝玩乐，指日赌咒说绝不背弃对方，说得跟真的一样。一旦面临利害冲突，哪怕仅仅可能会损害自己的一点点小利益，便翻脸不认人，落井下石。为朋友两肋插刀，说说而已；为利益插朋友两刀，真的如此。这个世界都是这样的人啊。

衰世：繁华事散逐香尘

韩愈感叹，这些人听到柳宗元的节操和义气，应该会感到一丝惭愧吧？

7

患难朋友才是真正的朋友。刘禹锡与柳宗元结伴离开了长安，奔赴各自的贬所。到衡阳分别时，两个饱经忧患的老友老泪纵横。

一般人临别，互相写一首赠别诗就算情深义重了。而刘、柳分别给对方写了三首赠别诗。

两人在诗里约定：如果有一天皇帝恩准咱们归田隐居，咱俩一定要成为邻居，白发相伴，共度晚年。

重别梦得

柳宗元

二十年来万事同，今朝岐路忽西东。
皇恩若许归田去，晚岁当为邻舍翁。

重答柳柳州

刘禹锡

弱冠同怀长者忧，临岐回想尽悠悠。
耦耕若便遗身老，黄发相看万事休。

时间最终残酷地剥夺了他们的约定，衡阳一别，竟成永诀。4年后，元和十四年（819），在柳州种柳树、行仁政、有口皆碑的柳宗元，再次等来了皇帝的大赦，但召他还京的诏书尚未到达柳州，他已经病逝了。半生凄苦，年仅47岁。

同年，护送老母亲灵柩还乡的刘禹锡，在衡阳接到了柳宗元的讣告和遗书。他"惊号大哭，如得狂病"。这个一生刚强的人，彻底崩溃了。

余生，他有一大半的原因是为柳宗元而活着。

柳宗元在遗书中，将他最看重的两件事——他的子女和他的著作——都托付给了刘禹锡。刘禹锡将柳宗元的子女视如己出，抚养成人，多年后，其中一个儿子考中进士。他还将柳宗元的诗文编纂成集，让那些光芒万丈的文字得以流传千古。完成这些的时候，刘禹锡也垂垂老矣。

53岁时，他写下了经典名篇《陋室铭》。56岁那年，他再次收到回京的圣旨。途经扬州，在一场宴席上，他与白居易不期而遇，顿时老泪纵横。

酬乐天扬州初逢席上见赠

巴山楚水凄凉地，二十三年弃置身。
怀旧空吟闻笛赋，到乡翻似烂柯人。
沉舟侧畔千帆过，病树前头万木春。
今日听君歌一曲，暂凭杯酒长精神。

人老了，泪点低了，但他的倔强和精气神还在。或许他只是在热闹的场合，想起了死去多年的老友。

回到长安，刘禹锡又去了玄都观：

衰世：繁华事散逐香尘

再游玄都观

百亩庭中半是苔，桃花净尽菜花开。

种桃道士归何处？前度刘郎今又来。

以前他不怕写讽刺诗，现在他更不怕了。若是再遭贬，他亦不后悔，不平则鸣，他依然是那个直来直去的刘禹锡。他坚信，柳宗元若还在，也会毫无怨言地开始收拾行囊一起走。

又两年，刘禹锡第三次被排挤出朝廷，或者说，是他自请外任苏州刺史。

史书说，刘禹锡晚年"虽名位不达，公卿大僚多与之交"。他一辈子不得重用，却凭借诗名，与朝廷大僚唱和往来，率性自为。

他一直活到了71岁，熬过了唐宪宗，熬过了唐穆宗、唐敬宗、唐文宗，熬到了唐武宗会昌二年（842）。

在临死前一年，他获得了检校礼部尚书的虚衔，但他还是常常念叨他的老友：

岁夜咏怀

弥年不得意，新岁又如何？

念昔同游者，而今有几多？

以闲为自在，将寿补蹉跎。

春色无情故，幽居亦见过。

年轻的时候，他和他一生的挚友柳宗元，被认为是大唐最有前途的政治新星。然而很快就被残酷的政争遮蔽了光芒。

尽管大半生颠沛流离，但他们都没有被击垮。他们重新燃烧，用诗歌和文章，发出了更亮的光。

"人世几回伤往事，山形依旧枕寒流。"（刘禹锡《西塞山怀古》）

"贤者不得志于今，必取贵于后。"（柳宗元《寄许京兆孟容书》）

什么是永恒的，什么是速朽的，他们知道。我们也知道。

衰世：繁华事散逐香尘

元白：友谊万岁

白居易与元稹，是因为一场考试认识的。

那一年，白居易29岁就考中进士，自称"十七人中最少年"，同年登第的人中就他最年轻。元稹更牛，23岁中进士，并在八年前就考中了明经。当时虽有"三十老明经，五十少进士"一说，但元稹15岁明经及第，也算是年少有为了。在唐代，仅仅考中明经或进士不能授官，还要通过吏部铨试才能正式入仕，就跟现在公务员考试一样，面试才决定成败。

元、白二人都在长安孜孜不倦地备考，于贞元十八年（802）同时取得官职，被正式授为秘书省校书郎，终于不用再忍受"京漂"生活。

元、白志同道合，是生活中的挚友，更是文学和政治的知己。

此后，他们一同吟咏风雅、走马行猎，流连于秦楼楚馆，醉饮于长安酒肆，30年间唱和不断，在宦海浮沉中相互扶持，一同抨击权贵豪强，一同发起新乐府运动，开启了一段千古传诵的友谊。

1

元、白亲密无间,用元稹的话说,是"坚同金石,爱等弟兄"。

白居易的母亲去世时,元稹尽管财力不宽裕,却慷慨地寄钱接济,帮穷困潦倒的白居易办丧事,前后金额超过20万钱。白居易感激不尽,写诗曰:"三寄衣食资,数盈二十万。岂是贪衣食,感君心缱绻。念我口中食,分君身上暖。"

元和十年春,他们同在长安,和其他朋友结伴游玩,一路上走了20里,两人连连吟诵,一直没停过,其他几个人都插不上嘴。

长庆三年,两人都被贬在外,在杭州久别重逢,于是并床三日,畅谈平生。之后,他们分隔两地,经常将写给对方的诗作藏于竹筒中寄出,称之为"诗筒"。

他们都有坎坷的童年,更加懂得对方年少时的艰辛,也切身体会过民间疾苦。

元稹年幼丧父,其母郑氏年轻守寡,挑起了家庭的重担。元稹还要时常忍受两个异母兄长的歧视,甚至被迫搬出了位于靖安坊的老宅。由于家贫请不起老师授业,元稹的母亲亲自手执诗书,诲而不倦。郑氏去世后,白居易受元稹所托为她写了一篇墓志铭,像对待自己的母亲一样,用真实感人的文字讲述她辛苦持家的往事,从中也可见元、白的兄弟情谊。

元稹15岁就考中明经,不仅是因为才气非凡,也是因年少处境困窘激发了他的上进心。少年的他已经心怀杜甫"安得广厦千万间"的抱负,在诗中写道"忆年十五学构厦,有意盖覆天下穷"。

他是这么想的,也是这么做的。

白居易出生于一个家道中落的官僚家庭,少年时辗转各地四处谋生,在兵荒马乱中艰难成长。他在考中进士前,曾在《望月有感》一诗中如此描述自己的生活:

时难年荒世业空,弟兄羁旅各西东。
田园寥落干戈后,骨肉流离道路中。
吊影分为千里雁,辞根散作九秋蓬。
共看明月应垂泪,一夜乡心五处同。

白居易的才华也非天赐,而是多年勤奋苦读的成果。他在给元稹的信中说过,自己为了考中进士,白天练写赋,晚上学书法,读书读到口舌生疮,写字写到手臂和胳膊肘上都生了老茧,身体未老先衰,发白齿落。

2

贞元二十一年(805),唐顺宗听从王伾、王叔文等士大夫的建议,推行"永贞革新",意欲打击藩镇和宦官势力,这一改革仅仅持续了三个多月就以失败告终。以二王、刘禹锡、柳宗元等为代表的永贞党人被贬出朝,甚至被迫害致死,唐顺宗也被迫禅位于儿子唐宪宗。

作为刚刚踏入仕途的晚辈,元、白都坚定地支持永贞革新,同情敢于以身犯险的"二王八司马"并为之鸣不平。元稹还把此前直词落第之人的策文抄写后放在身边，日夜翻读。白居易打趣说：微之（元稹字），你箧中有不祥之物。这些人都是因为得罪权贵而被迫远离朝政，元、白却深深佩服他们。

元、白在应制举前，曾退居华阳观中，"闭户累月，揣摩当代之事"，合作撰写了75篇策论，编为《策林》。这些文章表明了元、白仁政爱民的政治思想，都具有深刻的现实意义，放在今天绝对是爆文。

两个年轻人直笔书写天下不平之事，痛斥宦官专权、藩镇割据，提出惩治贪腐，求贤选能，体恤百姓，其政治主张上至整顿朝纲，下至轻徭薄赋。

在永贞革新的余波中，对现实的批判成为元、白早期政治生涯的共同底色，也影响了他们的诗歌创作，于是有了著名的新乐府运动。新乐府运动主张以诗"补察时政""泄导人情"，元、白是这场诗歌革新运动当之无愧的领袖。

清人赵翼评价说："中唐诗以韩、孟、元、白为最……元、白尚坦易，务言人所共欲言。"

在白居易看来，文学家应该心忧天下，时刻关心时事，关注社会，文坛不能只有风花雪月，而没有民生疾苦。在写给元稹的那篇著名的长文《与元九书》中，白居易对新乐府运动做了总结，喊出了那句震古烁今的口号："文章合为时而著，歌诗合为事而作。"

自考中制举任盩厔（今陕西周至县）县尉起，到在京担任谏官的十余年间，白居易就写了一百多首讽喻诗，几乎每一首都语言犀利，锋芒毕露。

35岁时，白居易第一次出任地方官，在盩厔县亲眼看到农民冒着五月的酷暑辛苦劳作，却仍要忍饥挨饿，写下《观刈麦》一诗："复有贫妇人，抱子在其旁，右手秉遗穗，左臂悬敝筐。听其相顾言，闻者为悲伤。家田输税尽，拾此充饥肠。"

回京后，白居易官拜左拾遗。这一职务负责"言国家遗事，拾而论之"，也就是平时朝廷有什么弊政，白居易就要直言上书。这个吃力不讨好的谏官之职，着实适合白居易。在京期间，白居易一直悲悯地审视着那个时代，他深爱着大唐的人民，揭示民间疾苦的方方面面，诉说当时百姓内心的悲愤。

白居易说，他执笔写作，是"为君、为臣、为民、为物、为事而作，不为文而作也"。

《杜陵叟》一诗中，那位家住在长安郊外的老农，年复一年地耕作薄田，那年收成不好，官吏们却还横征暴敛，逼着他交纳租税。农民没办法，只好抵押自家的桑树，出卖自家的土地，来换取些许钱财来交租。此中滋味，真是"剥我身上帛，夺我口中粟。虐人害物即豺狼，何必钩爪锯牙食人肉"？

《卖炭翁》一诗中，宦官掌控的"宫市"更是明目张胆地抢劫。几个宦官将那位烧炭老翁的一车千斤重的木炭公然拉走，还装模作样地表示一下，"半匹红绡一丈绫，系向牛头充炭直"。那位可怜的卖炭翁，"满面尘灰烟火色，两鬓苍苍十指黑"，"可怜身上衣正单，心忧炭贱愿天寒"，如今又该怎样度过寒冬呢？

白居易就这样直言不讳地揭露时弊，十余年间，几乎把满朝的权贵都得罪了一遍。后来他写信告诉元稹，他辛辣的讽刺让权贵们恨得咬牙切齿："闻《秦中吟》，则权豪贵近者相目而变色矣。闻《乐游原》寄足下诗，则执政柄者扼腕矣。闻《宿紫阁村》诗，则握权要者切齿矣。"

3

元稹不落下风，在京为官时也写了不少现实主义的诗篇，愤世嫉俗，哀叹民生，如《田家词》《织妇词》《西凉伎》等。元、白相互影响，诗歌创作风格不尽相同。陈寅恪先生认为，"白以简单晓畅为尚。若微之诗，一题数意，端绪繁杂"。但在与权贵的斗争中，元稹却比好友白居易更加简单粗暴。

元和四年（809），元稹任监察御史，奉命出使剑南东川，平反了一些冤假错案，甚至将矛头指向了当时的剑南节度使严砺。严砺一家人当年护驾有功，深受皇帝信任。但严砺在任时，为人贪残，士民不堪其苦，他以平叛为由，征收涂山甫等88家资产、奴婢为己用，又借朝廷之名，向农民多征收两三年的课租。很多被害者控告无路，只好流亡他乡。

元稹到剑南后，亲身访问受压迫的百姓，为他们申冤。这些被严砺欺压多年的受害者一时间纷纷向元稹诉苦，"蛮民詀諵诉，啮指明痛瘝。怜蛮不解语，为发昏帅奸"。

之后，元稹上书弹劾当地官员擅自搜刮百姓庄宅、奴婢和钱粮，要求他们将抄没的归还本主，被卖掉的亦赎回归还，加征的钱、米、草等严令禁止，并榜示乡里，让百姓知晓。

当时藩镇已经尾大不掉，朝廷只能尽力缓和矛盾，于是下诏，除了已于当年去世的严砺不再追究，其属下一帮官吏各罚两个月俸禄。元稹的大胆举措让白居易为之赞叹："其心如肺石，动必达穷民，东川八十家，冤愤一言伸。"

有道是木秀于林，风必摧之。元、白对宦官、藩镇深恶痛绝，而这些权贵、豪强也对他俩心生忌惮，早想找机会整他们。第二年，元稹途经华阴县（今陕西华阴市）的敷水驿回京，就被宦官打了一顿。

敷水驿只有一个正厅，元稹先到，就在厅内歇息。正好仇士良为首的一伙宦官也来到驿站，他们见元稹没有让出正厅，也没有出来迎候他们，登时大怒，一伙人将元稹赶出来。元稹双拳难敌四手，要打也打不过，穿起袜子就跑。宦官不依不饶，拿出马鞭直接朝元稹的脸上狠狠抽打。这就是"敷水驿事件"。

事情发生后，宦官恶人先告状，众多大臣都为元稹辩护。很多人看到这里，都觉得元稹在理吧，可唐宪宗不这么想。当时宦官气焰嚣张，皇帝也不敢得罪，于是颠倒黑白，认为元稹有罪，贬到江陵。

白居易得知此事，赶紧上疏劝谏，为好兄弟求情，说元稹为监察御史时，所弹劾的都是天下藩镇，这些人皆怨恨元稹，将他贬到地方，不是羊入虎口吗？唐宪宗哪里听得进去：白居易你就别废话了。

元稹被贬那天，白居易在长安街中相送，两人在马上道别，这是他们第一次离别，也是理想道路上的一大挫败。江陵之贬，使元稹开始对自己所奉行的正义失去信心，此后十余年几乎都过着困顿的贬谪生活。他认为，自己此次出京是负气而行，说："我虽失乡去，我无失乡情。惨舒在方寸，宠辱将何惊。"（《思归乐》）

4

相似的命运几年后降临在白居易身上。

元和十年（815），宰相武元衡在长安城中遇刺身亡，刺客逃之夭夭。武元衡为相时，正加紧部署讨伐叛逆藩镇，其被刺原因不言而喻。堂堂大唐宰相当街被刺，让"愤青"白居易怒不可遏，他一展谏官本色，事发不久后就上书议论捕杀刺客一事。白居易此时的官职是太子左赞善大夫，有点儿算越职言事，但还不至于被治罪。

可是，平时对白居易不满的宦官和权臣们总算逮着机会了，他们趁机抓住白居易不久前守孝期满的情况，不仅指责他越职言事，还诬陷他有不孝之罪，声称白母是因看花坠井而死，白居易却还写《赏花》和《新井》两首诗，实在有伤名教。在封建礼教的思想禁锢下，不孝是大罪。更别说白居易还是东宫属官，有教导太子的责任，这下就成大罪人了。

白居易不孝的罪名本就是冤枉，而他的对手们早已准备了一套组合拳。宰相韦贯之上书，请将白居易贬到边远之地当刺史，中书舍人王涯不忘落井下石，说白居易不宜当地方长官。最后朝廷一拍板，把白居易贬为江州司马。

白居易被贬江州，绝不是因为这些荒唐的理由，而是他的政敌们与他这么多年的积怨终于找到了爆发点，白居易的每一首讽喻诗，每一次秉笔直书，都像刀子一样刺痛他们的心。白居易也知道，自己不过是"始得名于文章，终得罪于文章"。

从此以后，那个仗义执言的斗士逐渐远去，取而代之的是一个

衰世：繁华事散逐香尘

悠然自得的"老干部"，开始追求佛老之学，远离官场险恶。《琵琶行》中那位孤独寂寞的琵琶女，或许就是白居易本人的化身，一个被侮辱、被损害的悲剧形象。"座中泣下谁最多？江州司马青衫湿。"

白居易被贬江州时，元稹正在通州为官，不久前生了一场重病，到了要预备后事的地步，把遗嘱都写好了。听到好友被贬，病榻上的元稹愤懑难平，写下了这首让人读之心酸的《闻乐天授江州司马》：

残灯无焰影幢幢，此夕闻君谪九江。
垂死病中惊坐起，暗风吹雨入寒窗。

这一对好友几经周折，直到元和十四年（819）才因官职调动而在夷陵（今湖北宜昌）不期而遇，当时他们已五年不见。元、白二人喜出望外，元稹本来乘船顺流而下，特意返程与白居易登陆一游，赋诗唱和，三天后才依依不舍地分别。

那一段时间，元稹情绪低落，感慨"前途何在转茫茫，渐老那能不自伤"（《酬乐天叹损伤见寄》）。他就像很多人到中年仍一事无成的失意者，不知自己前路在何方。白居易却劝元稹看开一点，该来的总会来，"高天默默物茫茫，各有来由致损伤"。（《寄微之》）

这一唱一和，仿佛正是元、白此后人生的真实写照。

5

　　元、白二人后半生的转变，或许正如陈寅恪先生所说，白乐天之精神，一言以蔽之曰"知足"；元稹却是"达则济亿兆，穷亦济毫厘"。(《酬别致用》)

　　白居易渐渐忘记了理想，他身在宦海之中，由积极进取、兼济天下转为与世无争、独善其身，不复当年锐气。

　　可元稹没忘，他还想重回朝中，还想实现自己的抱负。唐穆宗即位后，他的机会终于来了。

　　这个机会来得并不光彩，元稹再度入朝为官，得到唐穆宗重用，首先是因为宦官崔谭峻的帮助，刚好穆宗喜欢元稹的诗，是他的小粉丝，宰相段文昌等也因其谏诤直行之名而进行举荐。结交宦官最为士大夫所不齿，更何况元稹本人曾经与宦官斗争，当年被贬正是因为惹怒了宦官，现在却转而寻求宦官帮助，确实有损气节。

　　有一天，元稹与中书舍人武儒衡等同僚聚在一起吃瓜，有一群苍蝇飞过来。武儒衡鄙视元稹依附宦官，拿出扇子一边挥，一边赶苍蝇，说："从哪儿跑来的，插足这里。"众人顿然失色，都知道他在讽刺元稹。

　　吕思勉先生还对此事有过评价，"唐人务于进取，有捷足者，每为人所妒忌"，武儒衡"即此等见解"。

　　元稹出卖自己的操守，也因此实现了自己的理想，但是，只有短短四个月的时间。长庆二年（822）二月，元稹拜相。史书载，"诏下之日，朝野无不轻笑之"。四个月后，元稹就因卷入宦官与朝官的党争而被贬出朝，他提出的政策也全部付之东流。

此时的元稹，不但掌控不了自己的命运，甚至连自己的名声也保不住了。

尽管他在地方政绩颇佳，做了很多利国利民的好事，但当他七年后再度入朝，身居要职时，众臣却以他"素无检操，人情不厌服"加以排挤，致使他第四次被贬，从此再也无法重返庙堂。

6

大和三年（829），元稹途经洛阳，见到了白居易。

临别之时，白居易大醉一场，为元稹写诗："沣头峡口钱唐岸，三别都经二十年。且喜筋骸俱健在，勿嫌须鬓各皤然。"（《酬别微之》）白居易在诗中依旧鼓励元稹要有所作为，哪怕须发皆白，还有筋骨健在。

谁也没有意识到，这是他们最后一次见面。

元、白早已不再年轻，已不是30年前在华阳观中指点江山、激扬文字的有志青年，他们想改变中唐以来衰颓的社会、腐败的朝政，却碰了一鼻子灰，换来无休止的贬谪和打压。

此时，白居易已经远离中枢，在洛阳担任闲职，终日以诗、酒、山水自娱，更爱蓄养能歌善舞的家伎。有诗云："樱桃樊素口，杨柳小蛮腰"，樊素与小蛮是美女的名字，她们都是白居易的家伎。

当白居易屡遭贬谪，意识到自己争得头破血流，也改变不了世界时，他不得不急流勇退，向现实妥协，一头扎进了闲适的半退休生活。在洛阳，白居易不再写讽喻诗，不再抨击权贵，而是自嘲为

"中隐"。

白居易变了,一个人抛弃自己的青春时,连声招呼都不打。

7

大和五年(831),元稹病逝于贬所。噩耗传到洛阳时,白居易悲不自胜,哀痛许久后,他撰写多篇诗文哀悼挚友。元稹临终前嘱托白居易为他撰写墓志铭,其家人还准备了70万钱作为答谢,但白居易推辞不受,后来请求把这笔钱用于修缮香山寺。

在《祭微之文》中,白居易回忆与元稹"金石胶漆,未足为喻"的30年情谊,甚至说元稹已逝,自己也不愿久居人世:"多生以来,几离几合,既有今别,宁无后期?公虽不归,我应继往,安有形去而影在,皮亡而毛存者乎?"

这,就是真正的生死之交。

元稹去世多年后,白居易仍然不断写诗追思挚友,对他的感情至死不渝。69岁时,白居易梦到与元稹同游,醒来后写下了《梦微之》,其中写道:"君埋泉下泥销骨,我寄人间雪满头。"

或许,年逾古稀的白居易,怀念的不仅是元稹,还有他们曾经一同开创一代诗风的新乐府运动以及那段胸怀理想的青春岁月。那年长安城中执笔为民的年轻诗人,从未离去。

衰世：繁华事散逐香尘

李贺：我在大唐国家司仪馆写诗

一个诗人死后，为了论证他是仙是鬼，中国文坛各路高手隔空吵了1000多年。这是历史上绝无仅有的奇观。

他们争吵的对象，是仅活了27年的传奇诗人李贺。

一派人说李贺是鬼才：

太白（李白）仙才，长吉（李贺）鬼才。

——宋祁

李白为天才绝，白居易为人才绝，李贺为鬼才绝。

——钱易

另一派人说李贺不是鬼，是仙，至少也是鬼仙：

人言太白仙才，长吉鬼才，不然。太白天仙之词，长吉鬼仙之词耳。

——严羽

> 李家自古两诗仙，太白长吉相后先。
>
> ——姚勉

说到最后，没打起来。因为大家其实都喜欢李贺的诗，都不愿看到他的诗名被埋没。

从晚唐的李商隐开始，千余年来，学李贺的诗人络绎不绝，代有人出。到了元朝，更是达到极盛，无论大诗人还是小文人，都以学习李贺诗为荣。明清以后，徐文长、龚自珍等大牛也都深受李贺诗风影响。

李贺的诗被命名为"长吉体"，学习李贺的这一派，被称为"长吉诗派"。这都成"注册商标"了。

南宋大诗人陆游说，曹植、李白、李贺这三个人，"落笔妙古今，冠冕百世"。岂一个牛字了得！

1

李贺这么牛，到底是什么来头？

陆游说李贺出身贵族，是皇族王孙。李贺在世时，也经常说自己是"唐诸王孙"。见人打招呼，他总是自称"陇西李贺"。这个身份当然是真的，李贺的祖上是唐高祖李渊的叔父李亮。问题是，传到李贺这一代，皇族血脉已经十分疏淡了。

李贺空顶着一个高贵的族望，实际上是一介布衣寒士。

他自小理想远大，想要建功立业，出人头地。在诗中，他常把自己称为"剑侠""壮士"，也常把自己比喻为骏马。实际上，见过李贺的人，都说他一点儿也不壮，一点儿也不俊。

根据描述，李贺长相奇特，身材细瘦，长长的指甲，大大的鼻子，两道眉毛很粗，还连在一起，头发未老已白。他还多愁，多病。尽管他内心有一个巨大的能量场，但年纪轻轻，表现出来却是一副病恹恹的样子。

在当时，没有人相信这样一个貌丑体弱的少年，将会改写唐诗的格局。除了他的母亲。

李贺的母亲并不知道她的儿子有多天才，但她知道她的儿子有多拼。十几岁的时候，李贺每天别着一个破锦囊，骑着一头瘦瘦的毛驴，早出晚归。一路都在苦思冥想好诗句，遇有所得，赶紧记下来，投入锦囊。晚上回来后，再挑灯整理。他母亲看到他回来，锦囊里字条很多，就又气又心疼地说："儿啊，你是要把心都呕出来才罢休吗？"

李贺也写过自己多年抱病，拼命苦读的情景。"楞伽堆案前，楚辞系肘后"。他喜欢的书堆满案头，最爱的《楚辞》出门也带着，舍不得放下。"缃缥两行字，蠹虫蟊秋芸。"这是说，自己读书读得两眼昏花了。

后来人称赞李贺"天纵奇才，惊迈时辈"，其实啊，这世上真的没有天才。如果有，一定是1%的天分，加上99%的勤奋淬炼而成。

2

李贺生得不是时候。他大约出生于790年，略显尴尬的中唐时期。

从755年安史之乱爆发后,诗歌的盛唐气象就已远去。进入中唐,安史之乱虽已平息,但遭受重创之后,整个唐王朝的精神风貌都发生了重大改变。

一个突出表现,是唐诗大腕的陨落。这是一份大师逝去年表:761年,王维逝世;762年,李白走了;765年,高适去世;770年,杜甫和岑参相继离去……这些支撑盛唐诗坛的巨擘,在李贺出生前二三十年,均已作古。从此再无盛唐。

而跟李贺同时代的大诗人,我们可以列举几位的出生年份:751年,孟郊出生;768年,韩愈降生;772年,白居易来了;779年,元稹也来了……可以看出,当李贺开始正式写诗的时候,这些比他大十几甚至二三十岁的诗人们,要么已名满天下,要么即将名满天下。

李贺的尴尬,就在这里。

时代如此不堪,一直在往下走。而诗人赖以情绪表达的诗歌,无论何种体裁、何种题材、何种风格,都被前人或同时代的大龄人写得没有余地了。山水田园诗,王维之后,谁还敢写?边塞诗,高适和岑参之后,基本可以宣判死刑。通俗写法,白居易和元稹,已经写成万人迷了。怪咖写法,韩愈和孟郊,也早玩到了巅峰。还有一仙一圣,李白杜甫,形同两座大山,耸入云端。

李贺之前,唐诗的天空,灿若繁星,一颗就是一个大诗人。要让别人在这么多的星星点点中一眼就认出自己,李贺只能另辟蹊径,让自己的诗与众不同。他急切地思考怎样才能让自己的诗变得唯一:前人不曾涉及,后人难以复制。

"寻章摘句老雕虫，晓月当帘挂玉弓。"史书说他日夕吟诗，鬓发斑白。

18岁那年，他已经自信找到了自己在唐诗中的位置，而且是独一无二的位置。他背上行囊，也许骑着那头瘦驴，出发去东都（洛阳），去找一个人。

3

李贺准备去找的人，叫韩愈。韩愈是中唐文坛的宗主，后来被苏轼誉为"文起八代之衰"。此人耿直，讲义气，提携帮助了一拨困苦而有才的诗人。李贺相信韩愈也能够发现自己的诗才，并为自己扬名。

唐人张固在他的《幽闲鼓吹》一书中，详细记录了这次极富戏剧性的会面。

李贺带着自己精选的诗，求见国子博士韩愈时，韩愈已经忙了一整天，又困又累。门人把李贺的诗呈上，韩愈一边脱官服，一边看：

"黑云压城城欲摧，甲光向日金鳞开。"这是什么操作，一来就写两军对垒，战事一触即发。韩愈被镇住了，赶紧往下看。

"角声满天秋色里，塞上燕脂凝夜紫。"这是秋风中的一场惨烈夜战，军号震天，碧血横飞。韩愈心中暗自叫了句"好诗呀"。

"半卷红旗临易水，霜重鼓寒声不起。"看来我军的战势不妙，但是援军正在赶来，准备渡过易水。"霜重鼓寒"，夜里的寒意，侵蚀得鼓声很低闷。这么新颖的用词和搭配，看得韩愈啧啧不已。

"报君黄金台上意，提携玉龙为君死。"为什么这么多战士手提宝剑，勇于赴死？为的是报答君王的知遇之恩啊。结尾，相当正能量。

"快请李贺进来！"韩愈赶紧重新穿上官服，让门人把18岁的李贺请进来夜谈。

有一种说法，韩愈只读到前两句，就催促门人把李贺请进来了。

这首《雁门太守行》，从此成为李贺的成名作。而韩愈，则是第一个发掘并提携李贺的人。很快，李贺的诗名传遍天下。

虽然年龄、资历都相差很远，但韩、李二人在感情上均与社会流俗格格不入，他们在诗歌见解上的投合，使他们成为莫逆之交。

就在这一年，李贺的父亲李晋肃病逝。李贺返乡守丧。其间，韩愈曾约上另一个大咖皇甫湜去看望他，并当场给李贺出了个诗题《高轩过》，算是考验这个年轻人的当场作诗能力。

李贺不愧是奇才，洋洋洒洒一诗篇，又把二人镇住了。在《高轩过》的结尾，李贺抒发了自己的处境与抱负：

庞眉书客感秋蓬，谁知死草生华风。
我今垂翅附冥鸿，他日不羞蛇作龙。

我现在是枯草遇上春风，将来还要小蛇化成大龙。

韩愈感受到诗人的内心力量和追求，不禁想起自己年少时由寡嫂辛苦抚养长大的苦日子，颇多感慨。

"年轻人，除下丧服后，去考个进士吧。"韩愈说。

4

李贺来了，又走了。落寞不已，郁闷至极。

20岁那年，他参加河南府试，作了一组诗《十二月乐词并闰月》，被誉为应试诗的上乘之作。明朝人评价他这组诗说，"二月送别不言折柳，八月不赋明月，九月不咏登高，皆避俗法"。可见无论在什么情境下，李贺写诗，都在苦心孤诣追求创新，绝不落入前人窠臼。他也因此获得考官青睐，通过府试，当年冬天入长安参加礼部考试。

就在人生即将转运，李贺踌躇满志的节骨眼上，他突然被告知：身份不合格，礼部考试没你份儿。理由是，有人举报李贺死去的父亲李晋肃的"晋"字，与进士的"进"同音同义，应避家讳不能进考场。

野史记载，举报人是白居易的好友元稹。据说，元稹很喜欢李贺的诗，一日专程上门拜访，但因为元稹是明经出身，当时的人看不起考明经的，说"三十老明经，五十少进士"，李贺遂不肯见面。元稹因此由粉转黑，并记恨在心，逮住机会报复。不过，朱自清经过论证指出，元稹不可能举报李贺。

李贺被除名后，韩愈十分气愤，专门写了著名的《讳辩》一文，替李贺抗争。文中说道："父名晋肃，子不得举进士，若父名仁，子不得为人乎？"

但所有的努力，都无法抵抗世俗的力量以及人心的险恶。

李贺黯然返乡。经此打击，他的绝望与痛苦，连同那颗被揉碎了的心，呕成血，酿成最苦的诗行："长安有男儿，二十心已朽。""只今道已塞，何必须白首。""天眼何时开，古剑庸一吼。""我当二十不得意，一心愁谢如枯兰。""壶中唤天云不开，白昼万里闲凄迷。"……真是字字泣血，行行带泪。一个20岁的奇才，似乎一夜之间走到了五六十岁的悲凉的尽头，无论是生理还是心理。

此时，离他写出那些传世的"鬼诗"，已经不远了。

> 我有迷魂招不得，雄鸡一声天下白。
> 少年心事当拏云，谁念幽寒坐呜呃。

5

根据李贺自己的诗歌描述，长安应试被除名后，他几乎是灰溜溜地离开了京城：

> 雪下桂花稀，啼乌被弹归。
> 关水乘驴影，秦风帽带垂。
> 入乡试万里，无印自堪悲。
> 卿卿忍相问，镜中双泪姿。

骑驴垂帽，生怕别人认出他是李贺。一个无望的背影，行走在萧条的古道上。

他想到自己的妻子，听说丈夫归来，来不及高兴，便从丈夫脸上读出了痛苦。"卿卿忍相问，镜中双泪姿"，妻子不忍询问落第的原因，却又禁不住泪流满面。

他还有母亲，还有弟弟，还有家。

现实生活的重压，终归将他从低迷的诗境中拉回来。

第二年，李贺应征召再赴长安，出任一个叫"奉礼郎"的从九品小官。

有人说，李贺得到这个低级官职，是他身为"唐诸王孙"的荫庇，有人说是因为韩愈的举荐。但这些都不重要，重要的是，对李贺来说，他需要养家糊口，所以必须上任。

更为重要的是，正因为这个低级官职给了李贺这个人，从此唐诗的天空，多了一些前所未见的、闪着奇诡光芒的诗行。

奉礼郎，属于礼部，是朝廷举行各种朝会祭祀仪式的赞导。负责招呼参加仪式的君臣百官，排位次，摆鼓乐，赞跪拜以及仪式结束后的善后工作等等。说白了，李贺相当于国家司仪馆的一个工作人员吧。

他在这个职位上干了整整三年。在他，是人生的大不幸。在历史，则是唐诗的大幸。因为，李贺在这个职位上写下了许多成就他"诗鬼"之名的"鬼诗"。

很多人，读到李贺的"鬼诗"，都惊叹于他的想象力驰骋人鬼仙三界，没有边界。殊不知，没有现实的经历打底，纵是鬼才如李贺，恐怕也写不出鬼气这么重、这么逼真的诗。

这是李贺一首著名的"鬼诗"：

> 南山何其悲，鬼雨洒空草。
> 长安夜半秋，风前几人老。
> 低迷黄昏径，袅袅青栎道。
> 月午树无影，一山唯白晓。
> 漆炬迎新人，幽圹萤扰扰。

诗中"南山"指的是终南山，当时是唐朝王公大臣的埋身之地，尤其是北麓，有一片巨大的坟场。李贺作为奉礼郎，他不关心哪些人升官涨薪，只用关心出殡、送葬、祭祀一条龙服务。

这首诗就写了他在秋天跟随送葬的情景。送葬是在黄昏进行，一行人迎着雨，抬棺走在细长的山路上，通往深山的道路两旁种满栎树。到达落葬地点，挖坟、下葬、掩埋……全部工作做完后，雨已停，明月升空，如同白昼。此时，新坟前面点着漆灯（鬼灯），鬼火飞舞，旧鬼迎接新鬼，山间一片热闹。

瘆不瘆人？但这就是李贺的工作实录，如果说有想象的成分，可能就在最后一句吧，其余都是写实。

再看李贺的其他奇诡诗行，基本都是他在职务工作中的体验，加上适度的想象书写而成。他熟悉葬礼流程，对深山墓地环境，也达到信手拈来的地步；他熟悉祭祀仪式，也经常与宗教巫祝、神道系统等人员打交道，写起他们的宗教活动，自然十分顺手："石脉水流泉滴沙，鬼灯如漆点松花。""百年老鸮成木魅，笑声碧火巢中起。""海神山鬼来座中，纸钱窸窣鸣旋风。""呼星召鬼歆杯盘，山魅食时人森寒。"……知道了李贺的工作内容，这么多凄凉怪异、神神道道的诗句，读起来是不是就真实很多？

唐代的奉礼郎，恰好来了个诗人，这个诗人也许是李贺，也许是杜贺、张贺，只要他来了，用心工作，用诗笔记录日常，他就是独一无二、无可复制的"诗鬼"。这或许是李贺人生大不幸中唯一的大幸。

6

在李贺当奉礼郎的三年间，唐朝的诗人们发现，他的诗注入了一股奇瑰诡谲的气息，一股让人读之欲罢不能的邪魅之气。《旧唐书》说，李贺的诗"文思体势如崇岩峭壁，万仞崛起，当时文士从而效之，无能仿佛者"。一时之间，学习李贺的诗风成为文坛风气，但是，没有一个学得像，学得好。

是啊，他们即便有李贺的才气，若没有李贺的经历，也是白搭。

李贺原本多愁多病多叹息，如今，见惯了生死，看多了神鬼，变得愈加纠结和苦恼。

他始终在追寻，世间万物为什么不能长留。他写过一首《苦昼短》：

飞光飞光，劝尔一杯酒。吾不识青天高，黄地厚；唯见月寒日暖，来煎人寿。食熊则肥，食蛙则瘦。神君何在？太一安有？天东有若木，下置衔烛龙。吾将斩龙足，嚼龙肉。使之朝不得回，夜不得伏。自然老者不死，少者不哭。何为服黄金，吞白玉？谁似任公子，云中骑碧驴。刘彻茂陵多滞骨，嬴政梓棺费鲍鱼。

诗人说，时光飞逝，是因为传说中有六条龙驾日飞奔。那我就将龙足斩下，吃掉，这样日夜就不会交替，时间就不会流逝。但诗人很快就知道，这不过是一个美好的幻想，时光流转，生命易逝，对任何人都是不可逆转的。你看一代雄主汉武帝，现在也只是一堆白骨埋在了茂陵，而千古一帝秦始皇，死后消耗了大量的鲍鱼，仍然难掩尸体的恶臭。言外之意，何况我们这些历史中的小人物呢？

后人读李贺的诗，总感觉到诗中强烈的死亡意识。

由于史料有限，我们已经无法还原李贺在长安的三年到底经历了什么，只能从他的诗中窥见他的消沉与日渐暗淡的内心。

他对奉礼郎这种不入流的小官显然是不满意的，但又迫于生计，不得不从。他在这个职位上早起晚归，疲于奔波，而阴森鬼魅的氛围，无疑加重了他的阴郁。

他可能在此期间生过一场大病，本来瘦弱的身子变得更加不堪，20多岁已经老样老相。

人生与诗，互相影响。

他的诗中，充斥着鬼、血、病、泣等暗黑之辞，一半是写实，一半是心境。

某夜，他做了一个梦，梦到自己回到故乡，醒来后写了一首《题归梦》：

长安风雨夜，书客梦昌谷。
怡怡中堂笑，小弟裁涧菉。
家门厚重意，望我饱饥腹。
劳劳一寸心，灯花照鱼目。

梦到了母亲的微笑，梦到了弟弟在劳作，最悲哀的是，梦到了妻子临死不瞑目，像灯光照着死鱼的眼睛，还在盼着丈夫归来。"灯花照鱼目"，悲从中来。

也许是在这个梦之后不久，李贺拖着病躯辞了官，离开长安。

那首享誉天下的《金铜仙人辞汉歌》，正是诗人从长安返回河南昌谷（今洛阳宜阳）途中所写：

茂陵刘郎秋风客，夜闻马嘶晓无迹。
画栏桂树悬秋香，三十六宫土花碧。
魏官牵车指千里，东关酸风射眸子。
空将汉月出宫门，忆君清泪如铅水。
衰兰送客咸阳道，天若有情天亦老。
携盘独出月荒凉，渭城已远波声小。

曹魏时期，魏明帝命人将汉武帝时立在长安的金铜仙人运往洛阳。铜人被装载上车前，竟潸然泪下。李贺用这个历史传说，写出了自己的家国之痛，身世之悲，遭际之惨。其中，"天若有情天亦老"一句，意境辽远，想象力爆棚，被司马光称为"奇绝无对"。古今但凡写诗的人，对这一句都爱不释手，很多著名诗人都曾把它"偷过来"，写到自己的诗里。有个叫石延年的宋朝人，对了一句"月如无恨月长圆"，遂成千古绝对。

有唐一代，号称开创诗派的诗人不少，但真正将生命与诗歌融为一体，让诗歌放射出奇异色彩的，恐怕只有李贺一人。

7

回到故居后,李贺或许有过片刻的欢乐,或许没有。

很快,他又要面对现实的生计问题。因为家庭陷入困境,他的弟弟先离开家,去江西谋事做。接着,李贺自己前往山西潞州,投奔韩愈的侄婿张彻。

在潞州幕府三年,李贺寄人篱下,借酒浇愁。敏感的心,备受打击。

816年,秋天。他离开潞州,苦闷返乡。第二年就因病辞世,年仅27岁。

史家普遍认为,《秋来》一诗,是李贺临死前所写的绝命诗:

> 桐风惊心壮士苦,衰灯络纬啼寒素。
> 谁看青简一编书,不遣花虫粉空蠹。
> 思牵今夜肠应直,雨冷香魂吊书客。
> 秋坟鬼唱鲍家诗,恨血千年土中碧。

死亡来临时,诗人的哀思尽在诗中:这个秋夜,凄风苦雨,桐风惊心,衰灯昏暗。本以为满腹文章,可以换来功名,增加生命亮度,进而推延死亡的到来。怎料功名不就,壮志成空,唯有香魂冷雨,凄厉鬼唱,遗恨地下,千年难消……

后来,李商隐为李贺写传记,说李贺临死时,看见一位骑龙的红衣使者来召他回去,李贺说母亲还病着,他不愿去。使者告诉他,天帝刚刚建成一座白玉楼,等你为此楼赋诗写记呢!天上的差事很快乐，不苦呀！走吧！李贺独自哭泣，一会儿就气绝了。

李商隐是个讽刺高手。他写这段灵异故事，其实是为了说明李贺短短的一生，怀抱奇才，却屡遭排挤诽谤，不受待见。为什么天帝特别欣赏他，而人间反倒不珍惜他呢？

自古天才多命苦，李贺逃不过这个定律。他生前苦极，死后红极。

在生命最后的日子，他审定并编好自己的诗卷，总共233首。亲人无可依托，遂交给好友沈子明保管。

多年后，沈子明想起这位亡友，不忍其天才被历史遗忘，于是请求当时最著名的"小李杜"，一个为李贺的诗集作序，一个为李贺作传。

至此，李贺在唐代诗坛，乃至整个中国文学史上的地位，正式确立下来。论天才早逝，他与初唐的王勃，成为后世最惦念和扼腕叹息的两个诗人；论诗风浪漫，他被认为是屈原最纯正的继承人，无出其右；论唐诗大宗，他与李白、李商隐并称"唐诗三李"，冠绝百代；论诗名之盛，他在诗仙、诗圣、诗佛、诗豪等等名号皆被占尽的情况下，独得"诗鬼"一名，震天动地；论传世影响，千年来，多少文坛大腕，为了他是仙是鬼，争辩不休……

李贺生前曾自叹"天荒地老无人识"，而今，我们可以替他大喊"雄鸡一声天下白"。他的诗，他的名，不朽！

终局：唐诗收笔，终章已书

江山代有才人出，遥望天地之间，
唐诗正在最后一丝光亮间绽放出绚丽的色彩。
王朝虽迟暮，但唐诗永存。

甘露之变：天降祥瑞，人头落地

大唐，冬日长安城，一个看似平常的上午。

掌握禁军军权的大宦官、左神策中尉仇士良像往常一样参与早朝，他没有想到的是，一场针对他和整个宦官群体的刺杀行动，即将在腥风血雨中展开。

这是唐文宗大和九年（835）十一月二十一日，刚刚列班排定、正准备早朝的百官，此时突然听到金吾卫将军韩约上奏，说大明宫内的后院，有石榴夜降甘露。

天降甘露，在古人看来是一种祥瑞。

于是，宰相李训随即率领百官向唐文宗道喜"称贺"，并劝唐文宗前往观看。"欣然同意"的唐文宗于是先派出宰相等人前往查看。过了很久，宰相李训等人返回通报说，"臣与众人查验，恐怕不是真甘露，不可马上向众人公布"。

按照唐文宗与宰相李训等人事先排练好的戏剧情节，假做惊讶的唐文宗于是马上发话，命令掌握禁军的左神策中尉仇士良、右神策中尉鱼弘志等人率领宦官们前去查验。

终局：唐诗收笔，终章已书

宦官们前脚刚走，宰相李训急忙召唤已经准备好的邠宁节度使郭行余和太原节度使王璠。没想到王璠临时退缩不敢进内，只有郭行余和几百名河东镇的兵卒入宫领命。

刺杀行动即将展开。

千钧一发之际，大宦官仇士良等人按照唐文宗的命令，来到了号称"夜降甘露"的金吾卫仗院。面对大批宦官，事先准备好的金吾卫将军韩约突然脸色剧变，流汗不止，对此仇士良还奇怪地问道："将军为何如此？"

此时，突然一阵风起，将金吾卫仗院的帷幕吹开，仇士良等人惊讶地发现，帷幕后竟然埋伏着一大帮手持兵器的士兵。见状不妙，仇士良急忙向外狂奔，把门的士兵想要关闭大门，却被仇士良一顿怒斥吓呆了。于是，士兵们不敢再关大门。

宦官们集体逃出。

仇士良等一大帮宦官一度很糊涂，此时，他们还不知道唐文宗正是此次刺杀行动的总导演，于是急忙奔到含元殿，向皇帝报告说有兵变发生，并抬起唐文宗直奔后宫。宰相李训急忙上前阻止，却被宦官打倒在地。

此时，参与诛杀宦官行动的几百名士卒也涌入含元殿，打死打伤了十几名宦官，没想到宦官们却手脚利落，一下子就将唐文宗拥入了后宫，还关上了大门。

作为刺杀总导演的唐文宗，却被宦官们控制了。见状不妙，作为刺杀行动总指挥的宰相李训，急忙换了一套普通小吏的衣服，骑马狂奔出城逃命。

总导演和总指挥一个被宦官控制，一个抛下队伍出城逃命，于是，参与刺杀行动的其他朝官和几百名士卒顿时群龙无首，乱成一团。

仇士良此时突然反应过来，醒悟到扭扭捏捏的唐文宗正是此次"兵变"的总导演。于是，恼怒的仇士良一边对唐文宗破口大骂，一边马上联合鱼弘志，各出动500名左右神策军，全副武装杀向文官们办公的南衙等各部门。

大屠杀开始了。

当时，很多官员并未参与刺杀行动。不明白发生了什么事的百官们，此时还集中在南衙各个部门，没想到禁军突然杀到，神策军在仇士良等掌兵宦官的授意下，不分青红皂白见人就杀。没有来得及逃出皇城的600多名朝官和吏卒惨遭屠杀。

但宦官们并未停手，他们又命令神策军关闭各个城门，在长安城内大肆搜捕各位朝臣，此后，又有1000多名官员和家人相继遇害。唐王朝在京的官员们几乎被集体斩杀一空，而四位宰相李训、王涯、舒元舆、贾𩌇以及重要朝官李孝本、王璠、郭行余、韩约等人则被灭族示众。

长安城内一些乱兵和流氓恶少也乘机到处杀人抢劫，甚至相互攻杀。长安城中乱成一团。

试图诛杀宦官的文官集团谋事不成，反而几乎被斩尽杀绝，此后，大唐上至皇帝、下至宰相群臣，生杀废立大权全部被宦官掌握，"天下事皆决于北司（宦官），宰相行文书而已"，而"迫胁天子，下视宰相，陵暴朝士如草芥"的宦官们，则在这场被后世称为"甘露之变"的剧变以后，几乎全面掌控了唐朝的朝政，并开启了中国历史上最为惊心动魄的宦官掌权时代。

终局：唐诗收笔，终章已书

而在这场腥风血雨的剧变之后，如果说唐王朝的外围是藩镇掌控的世界，那么在长安城内发号施令者，俨然已经是宦官的世界了。

1

作为刺杀行动的总导演，唐文宗并非没有想到这个结局。

此前，唐文宗的爷爷唐宪宗李纯以及唐文宗的哥哥唐敬宗李湛相继被宦官所杀，而宦官刘克明等人在刺杀唐敬宗后，又与宦官王守澄等人发生内讧，导致本来计划接位的绛王李悟被乱兵所杀，于是，作为唐敬宗李湛的弟弟，江王李昂才在稀里糊涂中登上了帝位，是为唐文宗。

尽管自己也是被宦官拥立，但熟读史书的唐文宗李昂明白，从中唐时期开始不断坐大的宦官们已经到了任意刺杀、废立皇帝的骄横跋扈地步，因此，唐文宗也一直在谋划着，如何才能铲除宦官——这颗危害大唐的顽固毒瘤。

但说起来，宦官们的坐大，正是唐朝皇帝们一步步纵容扶持的结果。

早在安史之乱以前，宦官高力士就已经参与政事，当时，甚至连太子、后来的唐肃宗李亨，都要称呼高力士为"二兄"；而诸王和公主们，则称呼高力士为"阿翁"；驸马们则称呼高力士为"爷"。

而导致安史之乱发生根本逆转的前奏，就是作为前线监军的宦官边令诚，因为私怨诬陷潼关守将高仙芝和封常清，导致两位名将同日被处死。此后，接替高仙芝和封常清守卫关中门户潼关要塞的哥舒翰，迫于宦官的中伤和唐玄宗的压力，不得已仓促出兵迎敌，从而导致潼关失守、关中门户大开和长安沦陷。

唐玄宗从长安出逃后，宦官李辅国怂恿太子李亨分兵北上自立称帝，是为唐肃宗。此后，拥立唐肃宗的宦官李辅国被唐肃宗"委以心腹"，还被任命为兵部尚书，统管军队大权，以致连出身山东士族的宰相李揆见了他都要行弟子礼，称之为"五父"。

唐肃宗死后，李辅国甚至杀掉张皇后和越王李系等人，改而拥立唐代宗李豫，仗着自己有"定策之功"，李辅国甚至骄横地命令唐代宗说："大家但内里坐，外事听老奴处置。"

唐代时，也称皇帝为"大家"，尽管唐代宗"怒其不逊"，但也只能对李辅国等宦官忍气吞声，并且被迫将李辅国"尊为尚父，政无巨细皆委参决"。

从安史之乱的李辅国开始，唐朝宦官们此后开始掌握军权。为了夺回禁军大权，唐代宗发动反击，诛杀了继李辅国后掌握禁军的宦官鱼朝恩。此后，唐代宗和唐代宗的儿子唐德宗一度禁止宦官掌兵。

但唐德宗建中四年（783），当时泾原镇的士兵受命前往前方平叛，他们路过长安时原本希望受到赏赐，结果唐廷不仅没有赏赐，反而以粗茶淡饭打发这些将士，泾原镇军士一怒之下发动兵变，攻入长安。唐德宗在仓皇之下召集禁军御敌，没想到典兵的白志贞平时经常收受贿赂、吃空饷，很多名义上的禁军士兵，竟然根本没在皇城当差，由此导致泾原镇士兵攻入长安时，根本没有禁军御敌。

狼狈不堪的唐德宗仓皇逃出长安，此后，唐德宗对将领们失去了信任，并再次起用作为"家奴"的宦官统领禁军。由宦官们统领的神策军作为禁军不断崛起，当时，驻守外地的军队衣服粮食多有不足，但神策军的待遇却特别好，起码是普通军队的三倍，于是各个边地驻军也纷纷依附宦官，改名为神策行营，以致宦官们掌握的军队，高峰时达15万人之多。

唐代时的禁军不仅掌控着长安等京畿地区的禁卫、戍守，而且承担着讨伐藩镇、四处征战等多重职能，凭借着军权的护卫，宦官群体开始扶摇直上，进而掌握政权。

从唐宪宗时代开始，唐廷又开始设置左、右枢密使，并不断侵夺宰相的行政权力。此后，由宦官们专任的掌控军权的左神策军中尉、右神策军中尉以及宦官们掌控政权的左枢密使、右枢密使四个要职，被合称为"四贵"。这"四贵"分别掌控军权和政权，任意拥立皇帝、任免宰相、处理军国要务，成为此后整个唐王朝的实际最高决策者。

而从唐顺宗开始的唐朝最后11任皇帝中，有8人是因为宦官的拥立才得以登上帝位，另外唐宪宗、唐敬宗都是被宦官所杀。还有研究者认为，唐顺宗以及策划甘露事件的唐文宗也是被宦官所密谋杀害。

2

宦官势倾朝野，甚至左右皇帝的废立和生死。一想到自己的爷爷唐宪宗李纯和哥哥唐敬宗李湛都是被宦官所杀，再联想到自己也是在宦官的血腥屠杀和弄权下才偶然登上帝位，唐文宗李昂这个皇帝当的也是胆战心惊。

唐德宗建中四年（783）泾原兵变以后，在唐德宗的扶持下，宦官们再次执掌禁军大权。贞元二十一年（805）正月，唐德宗病死，长子李诵即位，是为唐顺宗。唐顺宗上位后，随即起用王叔文、王伾、柳宗元、刘禹锡等人进行改革，并试图打击宦官势力，但宦官们随即发动反击，使得唐顺宗在位仅仅8个月就被迫"内禅"退位。随后，"二王"王叔文、王伾以及柳宗元、刘禹锡等八人，统统被贬到各个偏僻州郡，担任闲官司马，史称"二王八司马事件"。

45岁的唐顺宗反击宦官失败，几个月后也莫名其妙死去。

考虑到前车之鉴，唐文宗于是更加谨慎谋划。当时，唐朝内部以李德裕为首的士族门阀以及以牛僧孺为首的代表进士出身的寒族新贵，纷纷依托不同的宦官势力，在唐朝内部斗得不可开交，史称"牛李党争"，以致唐文宗哀叹"去河北贼易，去朝中朋党难"。

鉴于朋党官员与宦官们有着千丝万缕的联系，于是，唐文宗又将眼光转移到翰林学士宋申锡身上，并与宋申锡密谋如何铲除宦官势力。为了响应唐文宗的计划，宋申锡在被提拔为宰相后，联络了一批朝官壮大势力，以求暗中抗衡宦官。

宋申锡联络的朝官中，就有吏部侍郎王璠。

而正是王璠的两次出卖，导致用人不慎的唐文宗，计划一再落空。

在知晓唐文宗和宋申锡的计划后，王璠转身就向统领禁军的宦官王守澄告密，王守澄密不声张，转而诬陷宋申锡密谋拥立唐文宗的弟弟、漳王李凑为帝。缺心眼的唐文宗很快中计。他原本怒火中烧之下想杀掉宋申锡，由于部分朝臣发觉异常坚决阻止，这才改而将漳王李凑贬为巢县公，宋申锡则被贬为开州司马，牵连此事被处死和流放的有100多人。宋申锡最终死在开州（今重庆市开州区）。

本来想依托宋申锡等大臣铲除宦官的唐文宗，没想到却被宦官施了反间计，但他并没有长记性，此后，他又开始起用郑注等人对抗宦官势力。

江湖游医出身的郑注，曾经治好过雪夜取蔡州的名将李愬的病，由于宦官王守澄曾经在李愬军中作为军队监军，郑注又因缘际会认识了王守澄，并被王守澄引为亲信带到了长安。

郑注虽然是游医出身，但医术确实有一套。当时，唐文宗突然中风口不能言，御医们都治不好，没想到吃了郑注的药以后却颇有疗效。于是，郑注又从大宦官王守澄的心腹转身成了唐文宗的宠臣。

郑注还与唐肃宗时的宰相李揆的族孙李训交好。李训精通《易经》，经常为唐文宗讲学。因此郑注和李训都被唐文宗引为心腹，并秘密授以铲除宦官的重任。

当时，郑注等人依托大宦官王守澄的势力，经常为非作歹，因此外界都将郑注、李训等人当作宦官势力，没有想到两人竟然是唐文宗的暗桩。

在郑注、李训的谋划和配合下，唐文宗先是提拔宦官仇士良为左神策中尉，来分解王守澄的军权，随后又将王守澄明升暗降，最终派人毒杀了王守澄。

尽管大宦官王守澄被杀，朝野内外欢呼，但朝官们对于郑注和李训作为宦官亲信反复无常的阴险狡诈也感到不寒而栗。这为后来甘露之变中李训和郑注因为势孤力单最终失败，埋下了伏笔。

王守澄死后，宦官仇士良的势力又开始坐大，于是，唐文宗又与郑注和李训密谋，计划彻底铲除宦官势力。在此情况下，谋求宰相一职不成的郑注，被唐文宗外派到毗邻长安的军事重镇凤翔（今宝鸡市凤翔区），出任凤翔节度使，当时，凤翔镇拥有强大的军力，唐文宗试图以此作为铲除宦官势力的外部屏障。

郑注出任凤翔节度使后，李训被唐文宗任为宰相，有了内外势力的依托，唐文宗于是决定孤注一掷发起兵变，彻底绞杀宦官势力。但在当时，禁军中的左神策军被宦官仇士良掌控，右神策军又被宦官鱼弘志掌控，面对远水救不了近渴的局面，唐文宗与郑注、李训等人本来可以像对付王守澄一样，慢慢分解宦官势力，但急功近利的唐文宗和郑注、李训等人等不及了，他们决定，要迅速发起反击。

郑注与李训商定，由郑注从凤翔镇率领500亲兵赶赴长安城郊，趁着王守澄下葬、宦官们集体送葬的时机，将宦官们集体铲除。

没想到计划商定后，李训却觉得如果此事成功，功劳就全归了郑注一人，于是李训决定召集朝中同官，抢先发动兵变。

仓促上阵的李训联合唐文宗，抢先在朝中动手，这才有了本文开头的甘露之变。

谋诛宦官不成后，作为总指挥的李训随后逃到终南山，投奔僧人宗密。宗密本想为李训剃发，将其装扮成僧人藏在寺院中躲避，

终局：唐诗收笔，终章已书

但由于宗密的弟子们坚决反对，李训无奈下只好出山，打算逃亡凤翔投奔郑注，没想到半路上被逮捕押送京城。

当走到昆明池时，不甘心被宦官毒打侮辱的李训对押送他的人说："现在无论谁抓住我，都可以得到重赏。听说禁军现在到处在搜捕我，他们肯定会在半路把我劫走，你们不如直接把我杀了，将首级送到京城谋求富贵。"

押送他的人听后，立即同意了李训的建议。随后，李训的人头被割下送往长安。

甘露之变发生时，郑注正率领500名亲兵赶赴长安，得知兵变失败后，郑注又率兵返回凤翔。随后，郑注被军中监军宦官和叛将联合谋杀，所率领的亲兵也被斩杀殆尽。

至此，唐文宗的计划全部失败。而仇士良等掌军宦官则在甘露之变后"气益盛，迫胁天子"，还动辄引用李训和郑注的事训诫宰相和朝臣。此前，文官集体在长安城内的南衙办公，宦官们在长安城内的北司办公，南衙北司之间经常明争暗斗，而在甘露之变后，代表文官集体的南衙最终在政治斗争中全面落败，并在朝中沦落成为北司宦官们的附庸。

事变发生后，唐文宗则被宦官们软禁，经常流露出苦痛的心情。在一次缅怀甘露之变中罹难的重臣时，唐文宗写诗道：

辇路生春草，上林花满枝。
凭高何限意，无复待臣知。

唐文宗经常饮酒求醉，赋诗遣怀。在一次与当值学士周墀对话时，唐文宗哀叹说，朕真是比周赧王和汉献帝还不如啊，他们只是被列强诸侯所挟持，我却沦落到被家奴控制！说完，唐文宗潸然泪下，周墀也伏地痛哭流涕。此后，唐文宗不再上朝，甘露之变五年后，840年，史书记载唐文宗抑郁而终。而有研究者则指出，唐文宗应该也是被宦官所谋杀。

3

在甘露之变中，被称为"茶仙"的诗人卢仝（约795—835）也惨遭毒手。

作为普通诗人，卢仝当时恰好在宰相王涯家中做客。当宦官派出的神策军冲进王涯家中搜捕同党时，卢仝大声喊冤，说自己只是"山人"匹夫而已。对此宦官怒斥说："山人何用见宰相？"

当时，跟朝中四位宰相有关联的各个受害者，头发都被反绑在柱子上，然后双手双脚被钉上钉子方才行刑。卢仝由于没什么头发，竟然被歹毒的宦官下令在脑后钉入一颗钉子，"人以为添钉之谶"。

卢仝无辜惨死后，好友、诗人贾岛写下了《哭卢仝》为他鸣冤：

贤人无官死，不亲者亦悲。
空令古鬼哭，更得新邻比。
平生四十年，惟著白布衣。
天子未辟召，地府谁来追。

终局：唐诗收笔，终章已书

> 长安有交友，托孤遽弃移。
> 冢侧志石短，文字行参差。
> 无钱买松栽，自生蒿草枝。
> 在日赠我文，泪流把读时。
> 从兹加敬重，深藏恐失遗。

与卢仝同为布衣诗人的贾岛，在好友卢仝遭遇横祸后，经常拿出卢仝写给他的诗，在泪眼模糊中赏读。而甘露之变中宦官几乎尽诛长安朝臣的恐怖政策，也震撼了整个文官集团。此后，文官们自宰相以下，几乎全仰宦官鼻息，在恐惧中明哲保身，不敢妄议朝政。

当时年过六旬、居住在东都洛阳的诗人白居易，更是在《赠客谈》中写道：

> 上客清谈何亹亹，幽人闲思自寥寥。
> 请君休说长安事，膝上风清琴正调。

此前的815年，宰相武元衡因为力主削藩，而被藩镇派遣刺客杀害，白居易由于目睹了现场，并上书请求缉捕真凶，而被另有想法的唐宪宗贬黜为江州司马。此后，白居易日益明哲保身。

武元衡死后二十年，835年，朝堂中又发生了宦官血洗文官集团的甘露之变，人生中两次遭遇巨变，幸运躲过祸害的白居易，日益消沉，在寻乐中远离政治朝堂，在《看嵩洛有叹》中他写道：

> 今日看嵩洛，回头叹世间。
> 荣华急如水，忧患大于山。
> 见苦方知乐，经忙始爱闲。
> 未闻笼中鸟，飞出肯飞还。

在残余文官几乎集体噤声的沉默中，只有当时年仅20多岁的年轻诗人李商隐（约813—约858），直白地写下了《有感二首（乙卯年有感丙辰年诗成二诗纪甘露之变）》：

> ……
> 敢云堪恸哭，未免怨洪炉。
> ……
> 古有清君侧，今非乏老成。
> ……
> 谁瞑衔冤目，宁吞欲绝声。
> ……

长安朝官飞来横祸、几乎被扫荡一空，但宦官们却大多善终。例如在甘露之变中指挥大肆屠杀文官的宦官仇士良，在唐文宗死后颁发伪诏废掉太子李成美，改立颖王李瀍为帝，是为唐武宗。

唐武宗上位两年后，最终施计剥夺了仇士良的兵权，改而任命其他宦官，而当年作为屠夫的仇士良此后告老还乡，竟然得以善终。

在离开长安前，仇士良向送行的宦官们传授秘诀说，大家想听听我怎么控制皇帝吗？宦官们纷纷点头，于是仇士良说：不能让皇帝太闲，皇帝闲了一定会看书，见儒臣，然后纳谏，智深虑远，减少游玩和亲近女色，所以各位一定要以侈靡和渔猎声色来蛊惑皇帝的心神，则必斥经术，阁外事，万机在我等控制之中。

宦官们听后纷纷点头称赞，说仇公公真是深得精髓啊。于是，宦官们还集体作揖，"众再拜"，感谢仇士良的口授秘诀。

但宦官们的好日子即将走到尽头。到了天复三年（903），军阀、凤翔节度使李茂贞挟持唐昭宗到了凤翔，引来另外一位大军阀、黄巢的叛将朱温进攻凤翔，并迫使李茂贞送出唐昭宗。

回到长安后，朱温联合宰相崔胤，将以第五可范为首的700多名宦官全部斩杀，只留下几十名小太监洒扫庭院。随后，朱温又以唐昭宗之命，传命各地藩镇，将在各地监军的宦官全部就地杀掉。至此，困扰大唐王朝100多年的宦官之祸终于被彻底根除。

宦官的集体毁灭之日，也是藩镇日益坐大之时。朱温尽诛宦官后，又在第二年（904）强迫唐昭宗迁都洛阳。此后，朱温下令诛杀唐昭宗，在得知唐昭宗已死的消息后，朱温还假惺惺地倒地大哭说："奴辈负我，令我受恶名于万代！"

907年，朱温逼迫唐哀帝"禅位"于他，并建国号为梁，唐朝至此灭亡。唐朝灭亡的第二年，唐哀帝被朱温下令杀害，时年仅17岁。

在宦官与藩镇的交替祸害中，唐王朝最终走向毁灭的深渊。历史的车轮，滚滚进入了五代十国时期。

杜牧：风流是苦难的表象

落魄江湖载酒行，楚腰纤细掌中轻。
十年一觉扬州梦，赢得青楼薄幸名。

写出这首诗的人，一定是情场的高手，风月场的老手。千百年来，这首诗也被当作"淫言媟语"的典型，时常遭到批判。而喜欢这首诗的人，从来都不好意思公开喜欢。

但实际上，诗人写出这首诗的时候，一生中最纵情放肆的日子已成追忆。他写这首诗，只是想告诉世人，他现在正在经历最郁闷、最不顺的时刻。而这种郁闷与不顺，可能与别人给他打上冶荡放浪、生活不检点的标签有关。诗人写下这首诗，是为了自辩，为了忏悔，而不是为了显摆。

1

杜牧的家世，那叫一个显赫。怎么个显赫法？当时有个说法：

终局：唐诗收笔，终章已书

"城南韦杜，去天尺五。"帝都长安城南，姓韦的、姓杜的，这两家的政治地位相当高，离皇帝、皇权相当近。

在做官讲究门第的唐代，出身高门士族的杜牧，理应有着先天的政治优势。但事实又有所偏差。

杜牧的祖父杜佑，学问相当棒，官也做得很大，是三朝宰相。但杜牧的父亲杜从郁，做官和做学问，两样都不太在行。现在我们讲到杜从郁，只能这样介绍他：杜佑之子，杜牧之父。

后来，杜家在官场的荣光，都被杜牧的堂兄杜悰占尽了。杜悰也官至宰相，官位不输其祖，可惜人品不太行。

杜牧大约10岁的时候，爷爷去世。不久，他的爸爸也去世了。很快地，杜牧这一房的生活就垮掉了。

杜牧后来说，他祖父分给他这一房的30间房子，因还债都归了别人。他和弟弟杜顗居无定所，八年间搬家十次，奴婢或死或逃，甚至有时到了要吃野菜的地步。寒冬长夜，连蜡烛都点不起，兄弟俩只好在黑暗中默默背书，长达三年。

一个官三代的没落，总是带有抗拒情绪的。杜牧此时的不如意，与童年时的显贵生活形成了强烈的反差。他有官三代的名，而无官三代的命。中年以后，不管对家中子侄，还是对外人，他都时常夸耀他的祖父，说"家风不坠"。但我们知道，这些东西越是强调，说明越是失掉了。

杜牧的出头，走的是科举的路子。他23岁就写出教科书要求背诵全文的《阿房宫赋》，借历史讽喻当朝，无论是文采还是文中的情绪，都击中了当时读书人的内心。

《阿房宫赋》立即成为爆文。太学博士吴武陵读了这款爆文后，赞不绝口，当即去找主持科举的考官崔郾。崔郾读罢，也说很好很好。

怎么样，今年的状元就给杜牧吧？吴武陵开门见山。崔郾摇头说，不行啊，状元已有人选了。不仅状元被预定了，前几名也都被人抢先打招呼了。

两人争执不下，吴武陵最后说，反正不能低于第五名，他看着办。崔郾咬咬牙总算答应了。

吴武陵一走，崔郾的其他宾客就说，杜牧这个人"不拘细行"，生活作风很有问题呀。崔郾说，已经答应下来了，就算杜牧是杀猪卖肉的，也不能改了。

唐朝的科举，跟明清大不一样，搞的是推荐制。考试前，如果没有大咖替你推荐，考得再好也白搭。

过了科举，要授官，需要通过制策考试。杜牧也考得很棒，貌似是第四名。一颗科举新星冉冉升起。一时间，想与他结交的人排起了长队。

就在杜牧最意气风发的时候，一个和尚却给他泼了一桶冷水。当时，他与同年出游城南文公寺，寺内的和尚竟然不知道他的尊姓大名，小杜很受伤，当场题了一首诗：

家在城南杜曲旁，两枝仙桂一时芳。

禅师都未知名姓，始觉空门意味长。

这首诗有自夸，但更多的是自嘲：你以为自己有多么牛哄哄的时候，在别人眼里，不过是空气。

终局：唐诗收笔，终章已书

2

一个关中高门士族的子弟，挟着科举新贵的头衔，开始了官场生涯。

官场水深，只有当杜牧踩进这条河流后，才真切地感受到。他初入官场的前10年，从828年到839年，除了有一年多在两京任职外，其余时间都在地方幕府当幕宾。用他自己的话说，是"十年为幕府吏，每促束簿书宴游间"。除了日常公务，就是宴饮游乐，征逐歌舞声色，真是生活乐无边。

他在淮南节度使牛僧孺的府下当了三个年头的幕宾，驻地正是扬州。

牛僧孺是唐朝中后期政坛的两位大佬之一，另一位是李德裕。围绕在这两人身边的一大帮官员，站队互掐整整达40年，形成历史上著名的"牛李党争"。

杜牧入牛僧孺幕府的时候，牛僧孺此前已在朝廷当过宰相，因处理边疆事务不当，外放出京。

在扬州，杜牧与大佬牛僧孺结下了深厚的私人情谊。

那三年，也是杜牧最风流浪荡的三年。当时的扬州，是国内最繁华的一线城市。时人说"扬一益二"，论繁华，扬州第一，成都第二。扬州的发达，带动了服务业的发展。青楼妓馆林立，一到晚上，灯火通明，照亮夜空。年富力强的杜牧，时常在公务之余，流连于声色粉黛之间，左手莺莺，右手燕燕，练成了撩妹高手。

据说，牛僧孺不以为意，反倒暗中派人保护杜牧，怕他遇到是非，或者吃亏。

等到杜牧离任,要回京任监察御史时,牛僧孺才在送别仪式上提醒说:老弟才华横溢,前途可期,只是要注意身体呀!

杜牧装傻:大人什么意思?我向来谨言慎行,不曾涉足秦楼楚馆,身体倍儿棒,不必担心。

牛大佬哈哈大笑,让人取来一个竹筐子。杜牧打开一看,赶紧收回刚才的话。那里面详细记录了这三年间,杜牧吃喝玩乐的时间、地点以及便衣保镖暗中摆平他遇到的纠纷,等等。杜牧于是一辈子感恩牛僧孺。

但杜牧是有政治理想的人。他的理想,从来不是安安静静地做一个诗人,或者做一个情场老手,那只是他的副业。

在晚唐,国家的颓势让人痛心疾首。杜牧从少年时代起,就有为唐朝的复兴大业奉献终生的伟大志向。这种心情,被称为"济世补天"心态。他年轻时读书,尤其注意"治乱兴亡之迹,财赋兵甲之事,地形之险易远近,古人之长短得失",希望有朝一日能够得到重用,担起振兴天下的重任。

最年轻气盛的时候,他给昭义节度使刘悟写信,义正词严,警告他不要叛乱。仅仅因为,他凭直觉,看出了刘悟称霸一方的野心。尽管那时候他什么都不是,只能以个人的名义写了那封警告信。

在扬州偎红依翠的同时,他其实也在文字中刀光剑影。那个时期,他不满朝廷对藩镇的姑息政策,写了一系列重磅的政论文,包括《罪言》《原十六卫》《战论》《守论》等,从形势、政策、调兵遣将等方面,论证了制伏藩镇的方略,非常有见地。后来司马光编《资治通鉴》的时候,不忍心割舍,把这些牛气冲天的政论文都收进去了。

这才是他扬州三年的主旋律。

你以为他是个情圣、风流才子,其实,他骨子里是个忧国忧民的战略家。

即便是他的诗,绝大部分也是感时伤世之作,讽刺当局的意图十分明显。包括著名的"商女不知亡国恨,隔江犹唱后庭花""一骑红尘妃子笑,无人知是荔枝来""南朝四百八十寺,多少楼台烟雨中",等等,都是借古讽今,表达对当朝政治的不满,甚至直接批评皇帝本人。

而他的艳情诗,所占的比例很少。写杜秋娘,写张好好,写豆蔻年华,也不像元白诗派的末流那么赤裸裸,那么低俗,而是寄寓了他个人的悲情及遭遇在里面。读来,令人动容。

只有一流的诗评家才能一眼洞穿杜牧风流的本质是悲伤,说"樊川(杜牧)忧国之心与少陵(杜甫)同"。

3

杜牧一生英雄,却无用武之地。只因为他从政的时期恰是牛李党争最激烈之时,而他在其中,做了一个矛盾的超然派,非牛非李,亦牛亦李。

前面说了,杜牧与牛党首领牛僧孺私谊很铁,但也仅限于私谊而已。论政见,杜牧是看不起牛僧孺的,反倒与牛僧孺的死对头李德裕相当契合。

这里简单介绍一下牛李两党的政见区别。唐朝自安史之乱后,存在三大严重的问题,即藩镇割据,西北少数民族回鹘、党项等的入侵骚扰以及宦官专权。

在前两个问题上,李德裕力主进取,主张主动出击。唐武宗时期,李德裕执政,内平泽潞之叛,外镇回鹘用兵,取得中晚唐难得一见的辉煌胜利。

相比之下,牛僧孺则务求苟且,姑息纵容,毫无进取之心。唐文宗曾问牛僧孺,怎样才能使天下太平?牛僧孺对当时内忧外患的现实置之不顾,却粉饰太平说:"太平无象。今四夷不至交侵,百姓不至流散,虽非至理,亦谓小康。陛下若别求太平,非臣等所及。"

对待宦官专权,李党排拒,牛党则投靠。

以杜牧"济世补天"的情怀,他的政见显然是李德裕一党的。杜牧深知这一点,要实现平生抱负,只能通过李党,而不是牛党。

他写了那么多政论文,提了很多治国方略,但这些东西都是李德裕当政时提交的。一旦牛党当政,杜牧一句话也不提。他知道牛党不可恃。

李德裕对杜牧的才干也表示欣赏。史载,李德裕平泽潞之叛,用的是杜牧的策略。对付回鹘、党项等的入侵,李德裕对杜牧的建议也称赞不已。然而,终其一生,杜牧本人始终不得李德裕任用,这使杜牧郁郁寡欢。

对李德裕而言,杜牧可能是这样的存在:我认同你的观点,但我不认同你的为人。

这就相当于把杜牧打入了另册。

李德裕出身山东豪族世家,不同于科举入仕的新贵,他是以门荫入仕而官至台阁。山东的高门士族，比起杜牧出身的关中高门士族，更加保守，而坚持传统的礼法观念。史载，李德裕"不喜饮酒，后房无声色之娱"。按照他的行为标准，杜牧不拘细行、纵情声色的做派，显然不能被容忍。

李德裕虽是中晚唐难得一见的贤相，但门户之见还是免不了。在他看来，杜牧与牛僧孺私交甚好，自然就是牛党的人了。

杜牧不认为自己是牛党中人，没用。当时的党争，争的是门户，而不是政见。从杜牧投入牛僧孺幕府的那一刻起，他就被站队成牛党一员。牛党认不认他不重要，重要的是李党铁定不会认他了。全祖望说，杜牧"不幸以牛僧孺之知，遂为李卫公（李德裕）所不喜"，说得对极了。

杜牧只能独自吞咽他矛盾的苦果。在情感上，他倾向牛僧孺；在理智上，他又偏向李德裕。在作风上，他是牛党无疑；在政见上，他又是李党必撑。

4

可怜的杜牧，纵有经天纬地之才，也永远走不进权力的核心圈层。

唐武宗会昌二年（842），杜牧40岁的时候，被李德裕逐出京城，贬作黄州刺史。此后，一直在唐朝的边缘之地做地方官。

"十年一觉扬州梦，赢得青楼薄幸名"，这样绮丽的痛语，正是作于他人生中最失意的时候。所以，你说你读出了风流倜傥，我只能说，我读出了痛彻痛悟。

唐武宗死后，唐宣宗上位，牛李两党权势大转移。李党失势，李德裕被贬得远远的，最后死于贬所。牛党得势，牛僧孺复原官太子少师，第二年也老死了。朝中是牛党的白敏中扛大旗。

白敏中是白居易的堂弟，胸襟与能力都相当普通。他唯一的用人原则是，凡是遭到李德裕贬斥的，都重用。

杜牧认为自己有希望再起，于是给白敏中写了很多信，结果却如石沉大海。或许在白敏中眼里，杜牧在唐武宗时期给李德裕上了很多治国方略，还是蛮刺眼的。

最终，是牛党的另一重要成员周墀，把杜牧调回京城任司勋员外郎。周墀跟杜牧关系很铁，所以把他调回来，仅此而已。在朋党关系上，牛党从来不认杜牧这个"党员"。

有意思的是，杜牧入朝不到一年，就一再上书要求外放杭州或湖州做地方官。他的理由是，京官收入微薄，无法养活弟、妹等一大家子。然而，更深层次的意思，他恐怕难以说出口。他对执政的牛党人物粉饰太平、攀比豪奢的做法大失所望。

48岁那年，杜牧登上乐游原，写了一首诗：

将赴吴兴登乐游原

清时有味是无能，闲爱孤云静爱僧。
欲把一麾江海去，乐游原上望昭陵。

一个胸怀大志的人，如今已是心冷气短。怀念唐太宗这个死去的皇帝，恰是对活着的皇帝与朝政的失望透顶。

最后一次回京，杜牧被拜为中书舍人，五品官员。但这已经不重要，对杜牧来说，他是想着落叶归根，回故乡而已。

他重新收拾了爷爷留下来的宅子，起名"樊川别墅"，与三五亲友优游其间，度过生命中最后一年。

大约唐宣宗大中七年（853），杜牧病逝，享年51岁。

李商隐：一生无题

这是858年的一天。

我们知道此时离大唐的覆亡仅余半个世纪，但诗人不知道。他敏感地意识到什么，来不及多想，内心如同雷击，震颤不已。

死亡，逼近了他。

他唯一清醒地意识到，他将比任何他所念及的事物都先走一步。

夜深。蜷在床上任凭思绪弥漫的诗人，强撑着起身，干咳数声，或许还呕出了血。他磨墨，铺纸，提笔。

照例是一首无题诗。颤抖的笔迹，遮不住满纸朦胧的诗意。

锦瑟

锦瑟无端五十弦，一弦一柱思华年。
庄生晓梦迷蝴蝶，望帝春心托杜鹃。
沧海月明珠有泪，蓝田日暖玉生烟。
此情可待成追忆，只是当时已惘然。

终局：唐诗收笔，终章已书

46岁的诗人，命短啊，就算一岁一弦回忆往事，都凑不够锦瑟五十根弦的整数。除此之外，每个字都看得懂，合起来却至今无人能解。专家们唯一肯定的是，这是诗人病逝之前的最后一首诗。

人生苦短，江湖路远，理想幻灭，爱情悲剧，旧情难忘，遗恨无穷……

诗人不想说，我们也不要问，读到什么就是什么。

也许，在绝命诗完成的数日之后，一个雨夜，诗人走了。最后留给世界，一个深邃的眼神。

1

诗人从小不幸。

他生在如今的河南荥阳。出身是一个下层官吏之家，3岁起随父亲辗转江南各地做幕客。后来，他的一生都想摆脱宿命，却始终难逃父亲一般的归宿，不由得不认命。

大约10岁那年，他的父亲病逝。剩下孤儿寡母，护棺返乡。

他是长子，支撑门户的重担，骤然间全压在他幼小的肩上。

在他的记忆中，这趟返乡十分不堪。

家贫势单，无处投靠。他曾泣血写道，当年情境是"四海无可归之地，九族无可倚之亲"。

很长时间内，他白天给人舂米，晚上替人抄书。

他渴望早日成名得官，光宗耀祖。

少年诗人在诗中呐喊过："永忆江湖归白发，欲回天地入扁舟。"

多年后，他得了个小官。没过几年，母亲去世。母丧期间，他拿出多年积蓄，大办家族迁葬之事。

上至曾祖母，下至小侄女，旁及堂叔，一共办了5起迁葬事宜。

这些死去的亲人，曾因各种原因寄葬异乡，分散各地。如今，他们归葬祖坟，魂返故里。

诗人总算了却平生一桩心事。

给4岁夭折的侄女写迁葬祭文时，他说："荥水之上，坛山之侧。汝乃曾乃祖，松槚森行；伯姑仲姑，冢坟相接。汝来往于此，勿怖勿惊。"

一家人最重要的是齐齐整整。他自小漂泊，聚少离多，感受尤深。

他心事重重，内心敏感，却很少考虑自己，都是在考虑家族的未来。他希望培养更多的家族子弟为官，重振家声。他数次哀叹，自己的家族如此衰微，作为一个"山东旧族"，竟然"不及寒门"。

他还要督促并帮助弟、妹办理婚嫁大事，让他们生儿育女，传宗接代。

他是大哥，回避不了家族责任。

大概在十多岁时，他可能有过第一次婚姻，但妻子很快病逝。

人生怅然。他诗中充斥着无限感伤，基本都是少年时期家道衰微、饱受困苦、深感世态炎凉的记忆折射。

所谓苦难出诗人。在群星闪耀的唐朝，历史要成全一个晚唐人的诗名，终将少不了苦痛的人生赌注。

2

诗人有抱负，尽管身份卑微，但才华是他最有力的武器。

很快，他遇到一生中最重要的恩人。

当时外调任天平军节度使的大政治家令狐楚，爱惜其才，将毫无功名的诗人招至幕下。不仅给他工作，还教他写骈文。

在当时，令狐楚的骈文，与韩愈的古文、杜甫的诗，并称"三绝"。

诗人后来的诗，以辞藻华丽、意境绚烂著称，跟骈文练习关系很深。

令狐楚曾把少年诗人介绍给诗坛名宿白居易。白居易读了他的诗，不敢倚老卖老，只好倚老卖萌。逢人就感慨，此人一定是文曲星下凡，自己要去投胎给他当儿子。

令狐楚不忍诗人的天才被埋没，果断资助他去考科举。

诗人考呀考呀，就是考不上。有人说他考了四次，有人说他考了五次。总之，老天给他打开一扇窗，就会把门堵上吧。

郁闷的诗人，落第后，有一次吃嫩笋，吃着吃着，想哭：

初食笋呈座中

嫩箨香苞初出林，於陵论价重如金。

皇都陆海应无数，忍剪凌云一寸心。

我就如同这初生的嫩笋，在於陵价值千金，在长安却不值一文，任人剪伐。

在诗人第四或第五次考科举的时候，主考官问令狐楚的儿子令狐绹：你父亲门下，哪一个人最好？

令狐绹说出了诗人的名字。

过几天，主考官又问同样的问题。

令狐绹又说出了诗人的名字。

如此反复，令狐绹推荐了诗人四次。

诗人这才中了进士。

来不及欣喜，他一生中最重要的恩人令狐楚，在这年冬天，死了。

临终前，令狐楚特地千里迢迢把诗人调到身边，要他代写上朝廷的遗表。除了他，任何人写，都写不出令狐楚想要的感觉。

令狐楚死后，诗人在奠文中悲叹一声："送公而归，一世蒿蓬。"

他预感到，没有令狐楚父子的荫庇，他的命运要像蓬草一样，飘荡不定了。

3

欲问孤鸿向何处，不知身世自悠悠。

诗人的预感不一定准确，但那些不好的预感，总是无比准确。

唐文宗开成三年，838年。也就是诗人中进士、令狐楚去世的第二年。这一年，注定要成为诗人生命中一道悲剧性的坎儿。

按唐朝规定，考中科举并不能直接做官，还要通过人事部门的铨选考试。诗人于是报考了博学宏词科。

终局：唐诗收笔，终章已书

考试结果——优秀。

但在复审时出了岔子。一位"长者"看到诗人的名字，随口说了四个字："此人不堪！"一语定性，诗人的名字被抹去。国之栋梁，就此成为不堪重用的朽木废材。

这次打击，实在太大。事情过了两年，诗人谈起此事，仍然异常激愤："博学宏词科要求才高识广，本人才疏学浅，遭到有司除名也许是好事，从此，我即使愚蠢到不能分别东南西北，也没什么好畏惧的了。"

如此自嘲，足见诗人内心之痛，之恨。

落选后，没有出路的诗人，去了泾原节度使王茂元的幕府。

王茂元是继令狐楚之后，诗人另一个最重要的恩人。他欣赏诗人的才华，并将最小的女儿嫁给诗人，变成了诗人的岳父。

命运弄人。一个政治小白，余生就此成为政治牺牲品。

听闻诗人的婚讯，令狐绹首先站出来，指责诗人忘恩负义。

当时，朝廷政治的焦点是牛李党争，无休无止。这场长达四五十年的政争，最终搞垮了大唐，也让诗人无辜卷入其中，付出了惨痛代价。

令狐绹是牛党骨干，而王茂元是李党骨干。这在当时，是3岁小孩都知道的事。

朝堂之上，非牛即李。诗人却两头都沾亲带故，亦牛亦李。结果，牛李两党都看他不爽，一党骂他薄情，另一党骂他无行。这种尴尬处境，像极了当时另一个著名诗人——杜牧。

诗人空负绝代之才，却始终意识不到政治的残酷性。

诗人一生卑微，官阶始终很低。作为幕僚，长期跟着不同的领导四处远行。历经漂泊，而难成大事。悲剧的根源，全在于此。

最痛苦的时候，他像是一只蝉，声嘶力竭，却换来无情冷遇。

蝉

本以高难饱，徒劳恨费声。
五更疏欲断，一树碧无情。
薄宦梗犹泛，故园芜已平。
烦君最相警，我亦举家清。

至此，诗人仅剩下一声哀鸣。

如果说生命是一条河，有人泅渡上岸，而他却溺水了。

4

世人误解诗人太深。

因他的爱情诗缠绵而隐晦，好事者便认为，诗人有无数不可告人的恋情。

其实，诗人是个专情之人。

他的一生，有迹可考的爱情，仅有三段。其中还包含了少年时代一段类似爱情的情愫。

姑娘叫柳枝，洛阳商人女儿，偶然听人吟诵少年诗人的诗，心生爱慕，约定相见。诗人因要赶考，无奈爽约。后，柳枝被父亲嫁作人妇。仅此而已。

终局：唐诗收笔，终章已书

诗人多情，听闻柳枝出嫁，提笔写下《柳枝五首》，凭吊这段情愫。

柳枝五首（之一）

画屏绣步障，物物自成双。
如何湖上望，只是见鸳鸯。

诗人纯情，把两个命运不能自主的少年男女的遭遇，当成了爱情。

也许，他并不知，他只是在柳枝身上照见了自己的命运。

另一段真正的恋情，始于诗人落第之时，曾躲入玉阳山修道，与女道士宋华阳产生感情。

结局仍是悲剧，只有过程刻骨铭心。有诗为证：

无题

相见时难别亦难，东风无力百花残。
春蚕到死丝方尽，蜡炬成灰泪始干。
晓镜但愁云鬓改，夜吟应觉月光寒。
蓬山此去无多路，青鸟殷勤为探看。

因为女主的身份，这段地下恋情，见不得光。春蚕自缚，满腹情丝，丝既吐尽，命亦随亡。蜡烛燃烧，泪为长流，流之既干，身亦成灰。

一诗成谶。有人考证，他们的恋情被人发现后，双方都受到了惩罚。

诗人被赶下山，逐出道观。宋华阳被遣返回宫，大概去做了守陵宫女，或卖入豪门做侍女。

诗人后来曾在长安一名权贵的宴会上，匆匆偶遇宋华阳。

彼此不敢相认。

诗人无限哀伤，无处诉说：

无题

昨夜星辰昨夜风，画楼西畔桂堂东。
身无彩凤双飞翼，心有灵犀一点通。
隔座送钩春酒暖，分曹射覆蜡灯红。
嗟余听鼓应官去，走马兰台类转蓬。

人生如转蓬，随风飘荡。

他再次从当年恋人身上，看见了自己的命运。

5

最后一段爱情，是诗人的婚姻以及归宿。

与王氏的婚姻，本为两情相悦，却意外掺杂了过多的政治因素。诗人无意中被卷入党争旋涡，沦为权斗的祭品。

他一直官职低微，长期四处奔波漂泊。但对王氏始终不离不弃。夫妻二人清贫自守，聚少离多。相思之苦，唯有诗能解。

终局：唐诗收笔，终章已书

昨日（节录）
未容言语还分散，少得团圆足怨嗟。

端居
远书归梦两悠悠，只有空床敌素秋。
阶下青苔与红树，雨中寥落月中愁。

凄迷感伤，情致缠绵。诗人缓缓咀嚼分离之痛，感伤成了他的诗与人生的基调。

在诗人39岁那年，851年。他失魂落魄，从汴州赶回长安，仍未及见上爱妻最后一面。

王氏早逝，诗人万念俱灰。

余生，他只用来写悼亡诗，为王氏写了30多首诗，字字泣血。

房中曲（节录）
忆得前年春，未语含悲辛。
归来已不见，锦瑟长于人。

破镜
玉匣清光不复持，菱花散乱月轮亏。
秦台一照山鸡后，便是孤鸾罢舞时。

《破镜》是诗人写下最悲痛的一首诗：我身虽未死，我心已随她同逝了。

后来,诗人到东川节度使柳仲郢幕府中,柳仲郢亲自挑了一位才色双绝的女子张懿仙赐给他。

他上书婉言谢绝:"至于南国妖姬,丛台妙妓,虽有涉于篇什,实不接于风流。"我的诗是写过女性的绮丽,但这种风流不是我所要的。

夜雨寄北

君问归期未有期,巴山夜雨涨秋池。
何当共剪西窗烛,却话巴山夜雨时。

川东美女如云,诗人只为亡妻写诗。

自王氏死后,他未再娶,单身至死。

在生命的最后几年,诗人唯有信佛,以求解脱:"三年以来,丧失家道,平居忽忽不乐,始克意事佛,方愿打钟扫地,为清凉山行者。"

6

这是858年的一天。

诗人来到了生命的终点,有过彷徨,有过坚毅,有过愤怒,有过深情。

少年磨难,青年坎坷,中年忧患,忽而点上终止符。

"中路因循我所长,古来才命两相妨。"

一生有才无命,但一生以才抗命,从未向命运低头。

"秋阴不散霜飞晚,留得枯荷听雨声。"

现实可以囚禁他的前途,但他在内心拥抱自由。

时光如流水,一去不复返。那些给诗人制造痛感和厄运的人与事,在历史中灰飞烟灭。

唯有诗人的诗,还活着。活得好好的。

有些人仅为今生今世而活,有些人却为千百世而活。

天下大局,离他甚远。

他根本无从干一番惊天动地的伟业。但这不妨碍他在诗里关心民间疾苦,留心国家大事,痛心社会黑暗。

爱情之弦,离他很近。

他以平等的态度,纯情的笔调,而不是色欲的腔调来写爱情,写女性。他是一个把爱情、生命和诗看得同等重要的诗人。

也许是个雨夜,可以听到雨打残荷之声。

也许他的子女并未在身旁,孑然一身。

诗人最后吟两句他的绝命诗,走时很平静:"此情可待成追忆,只是当时已惘然。"

800年后,清人吴乔在《围炉诗话》里说:"于李(白)、杜(甫)、韩(愈)后,能别开生路,自成一家者,唯李义山(商隐)一人。"

时代辜负了他,他并未辜负时代。

白马之祸：王朝崩塌前夜

九曲黄河万里沙，"十试不第"的晚唐诗人罗隐，正面朝大河慨叹：

> 莫把阿胶向此倾，此中天意固难明。
> 解通银汉应须曲，才出昆仑便不清。
> 高祖誓功衣带小，仙人占斗客槎轻。
> 三千年后知谁在？何必劳君报太平！

这首《黄河》的写作时间有争议，一种说法是写于天祐二年（905），白马之祸发生后。

在白马之祸中，30余位朝中大臣，被权臣朱温处死于黄河边的白马驿，之后投尸于河。此举意在使这些自诩为清流的士大夫沉入河中，永为浊流，是权奸对朝臣的亵渎。

罗隐并非清流，他出身寒门，考个进士考了大半辈子，在腐败朝政的打击下屡屡落榜，怀才不遇。他鄙夷那些自命清高的士大

终局：唐诗收笔，终章已书

夫，甚至豪言："我脚夹笔，可以敌得数辈。"但当朱温暴露篡唐的野心，忠于唐朝的罗隐对浊浪滔天的时代发出了愤懑的质问，抨击朱温一党残害朝臣的悖逆之罪。

古人认为，黄河五百年一清，河清是天下太平的征兆。人生须臾，天地无穷，千年后，清流、浊流都已作古，只有诗人的愤意难平，将长留在世人心中。

1

白马之祸的起因，是朝廷的一次人事安排。

天祐二年（905）三月，主管礼仪的太常卿之位空缺。独揽大权的朱温，向宰相裴枢提出由自己的心腹出任这一职位。裴枢很不给面子，拒绝了朱温的提议。按照惯例，太常卿理应由清流士大夫担任，而朱温的部下不是五大三粗的军人，就是科举落第的"野路子"，显然与所谓的"清流"相去甚远。

裴枢的坚决态度，挑动了朱温敏感的神经。直到此时，竟然还有人敢反对朱温，这件事让他对朝臣起了杀心。

朱温不仅对文人恨之入骨，还是个反复无常的小人。

黄巢起义中，作为黄巢大将的朱温先是背叛起义军，转身投靠朝廷，被赐名"朱全忠"，成为割据一方的藩镇。之后，他野心勃勃，西进关中，与另一个藩镇李茂贞对皇帝展开争夺。到了白马之祸的前一年，朱温已控扼朝廷。他杀尽宦官，处死宰相崔胤，挟天子以令诸侯，逼迫唐昭宗迁都洛阳。迁都当年，朱温就派人刺杀昭宗，改立年少的太子李柷为傀儡皇帝，是为唐朝末代皇帝昭宣帝。

全天下都知道，朱温这是要篡位了。

白马之祸前夕，朱温已在宫中大开杀戒，他假借春社日置办酒宴，命已故唐昭宗的9个年龄稍大的皇子前来赴宴，将他们灌得酩酊大醉后，一个个缢杀，抛尸于九曲池中。这9个皇子，年龄最小的不过10岁左右，至此唐王室已极为衰微。

在对宗室进行大清洗后，以裴枢为首的所谓清流士大夫成为朱温篡位的另一大阻碍。

2

唐末乱世，很多士大夫的政治立场早已发生嬗变，纷纷投靠实力强大的藩镇以求飞黄腾达。白马之祸，被一些史学家认为是投靠藩镇的幕僚针对"清流"朝臣的一次报复行为。

晚唐时，科举考试已被朝中权贵所把持，违背了科举的初衷。落榜士子怨恨这些权贵，埋怨大环境不好。

越来越多的寒门学子屡试不第，不得不另谋出路。随着中央日衰、藩镇日盛，科场失意的文人转投各镇幕府，成为藩镇的谋士，如朱温的亲信敬翔、李振等，都是放弃向体制内发展，通过向幕府投简历，才走上人生巅峰。

晚明大儒王夫之总结晚唐幕僚投靠藩镇的心理时，认为他们"足不涉天子之都，目不睹朝廷之法，知我用我，生死以之，而遑问忠孝哉"？

为朱温策划白马之祸的谋士，无一不是在科场上吃过亏的文人。白马之祸中遇害的大臣中，以崔、裴、卢三姓最多，这三大族常年干涉科场选举，为李振等朱温幕僚所记恨。

李振是朱温手下的二号军师，地位仅次于敬翔。李振年轻时也是个有抱负的青年，考了多次进士，愣是没考上，心中愤愤不平。跟着朱温混出名堂后，李振对朝中大臣展开了报复，每次他随朱温入洛阳，一定有人会被贬谪，朝臣敢怒不敢言，私底下骂他为"鸱鸮"（猫头鹰）。正是李振提出"衣冠浮薄之徒皆朝廷难制者"，极力鼓动朱温大杀朝臣。

朱温的另一谋士张策，人生经历更是奇葩。他出身书香门第，自幼喜好佛学，便出家为僧。可年轻人难以忍受青灯古佛的修行，张策还是动了凡心，还俗去考进士。主考官赵崇听说过张策，就说：你一个衣冠子弟，无故出家，现在不能参禅访道，还前来求取功名，如此行为，岂能掩人耳目，你来考十次，我就罢斥十次。张策没法子，考不了进士，改天去考制科，没想到主考官还是赵崇，又是劈头盖脸一顿奚落。

张策落榜就够惨了，还因此名誉扫地，不得已投入朱温帐下。他一直记着这个仇，后来在白马之祸中成为朱温的帮凶，趁机将赵崇杀害。

另一个参与白马之祸谋划的谋士苏楷，也是个早已对唐朝心怀不满的愤青。唐昭宗在位时，苏楷应试，但那次考试舞弊严重，皇帝特命素有清流之名的大臣陆扆主持复试。陆扆认为苏楷文笔太差，还是将他黜落。苏楷因此怀恨在心，后来昭宗为朱温所弑，朝中要议论谥号，苏楷给的建议全是恶谥，恨不得把昭宗名声搞臭。当年主持复试的陆扆虽为人平和，也因这一段恩怨惨死于白马之祸。

晚唐诗人杜荀鹤，早年在诗中同情民间疾苦，自称"直应吾道在，未觉国风衰"，堪称社会的良心，后来也成了朱温的亲信，靠着他的权势取得梦寐以求的功名。杜荀鹤投身梁王府后，竭尽所能地谄媚朱温，最有名的就是写了那首《无云雨》：

同是乾坤事不同，雨丝飞洒日轮中。
若教阴朗长相似，争表梁王造化功。

史载，杜荀鹤对当年害自己屡试不第的清流士大夫心怀不满，倚仗朱温的权势，"日屈指怒数，将谋尽杀之"。有学者推测，他可能也是白马之祸的谋主之一。

3

朱温本人对士大夫也极为鄙视，充满了反智主义。

当时，有一个叫崔禹昌的读书人考中进士，前去拜见朱温。崔禹昌百般巴结，马屁拍得极好，朱温听着高兴，每次设宴都会召见他。有一次，两人闲聊，朱温听说小崔家在汴州有庄园，就问他庄园里有没有牛。崔禹昌不假思索地答道："不识得有牛。"

"不识得有"在俗语有"无"的意思，崔禹昌的意思是"没牛"。朱温书读得不多，脾气却不小，会错了意，以为崔禹昌是存心拿自己开玩笑。哪有人没见过牛的，分明是嘲笑他朱温是村夫，才识得牛，他崔禹昌是文人，就不识得。

朱温怒斥崔禹昌为人轻薄，差点儿就要将他处死。

还有一次,朱温与其幕僚在一棵柳树下乘凉,突然起身指着身旁的柳树说:"这是上好的柳木,正好可以做车辕子。"

一群文人听着这句不着边际的话,一拍脑袋,赶紧讨好朱温,说:"是适合做车辕子。"

朱温却脸色一沉,骂道:"你们书生专爱顺口糊弄人!做车辕须用夹榆木,柳木岂可为之?"之后,下令将这些随声附和的书生全部当场处死。

据宋人所编《唐诗纪事》记载,朱温之所以对文人火气这么大,是因为诗人殷文圭对自己的背叛。

殷文圭与杜荀鹤等人是好友,未及第时也是朱温的宾客。后来,殷文圭靠朱温表荐考中了进士,对朝廷感恩戴德,还写诗称颂主考官:"辟开公道选时英,神镜高悬鉴百灵。"却不愿再与朱温同流合污,每次路过梁王的地盘,不前去拜谢,反而快马加鞭地离开。

朱温得知此事后,大骂殷文圭负心,认为文人毫无信义,"每以文圭为证,白马之祸,盖自此也"。

吊诡的是,在关于白马之祸的早先记载,如《旧唐书》中,朱温不是主谋,而是被描写为主持正义的一方,并且否认诛杀朝臣的做法,似乎全然未参与白马之祸("全忠闻之,不善也")。主张杀害清流士大夫的倒是成了柳璨、蒋玄晖等朝中大臣。

《旧唐书》载,宰相柳璨出身河东柳氏,与裴枢等同朝为官,却不为清流所容,于是为虎作伥,向朱温出了个主意,说他夜观天象,将有灾祸,必须以刑杀应对此劫,因此酿成了杀害朝臣的白马之祸。白马之祸后,柳璨又成了朱温篡唐的绊脚石,最终被处死。

他临刑前大喊:"负国贼柳璨,死宜矣!"

柳璨主谋论,被一些学者认为是后梁建立后,史官为朱温推脱责任的春秋之笔。吕思勉先生就说,此乃"蒙谤于天下后世矣"。五代编撰唐史时采用了这一记载,直到宋代,才指出白马之祸的主谋是朱温。

朱温,无疑是这次行动真正的幕后黑手。他的手下谋士则是帮凶,正因为他们多为昔日科场失意的文人,才有意无意地扩大了清洗朝臣的范围。

4

天祐二年(905)五月,愁云笼罩洛阳,李振等人为朱温制订的屠杀计划就此展开。

朱温先是矫诏,通过几道诏书,将裴枢、独孤损、崔远、赵崇、陆扆等数十名清流大臣贬出京城,贬所远至琼州(今海南海口)、白州(今广西玉林)。朝中不愿亲近朱温的重臣,无论是名门望族,还是科举进士,全部遭到贬黜,并被诬蔑为浮薄之士,朝中大臣多受牵连,朝堂为之一空。

到了六月,被贬朝中重臣已有30余位,他们还未离京,朱温再次以皇帝名义下诏,命30余人全部就地自尽。这还不足以让他安心,心急的朱温一不做二不休,没等到诏书下达,已经将裴枢等被贬朝官30多人集中于滑州(今河南滑县)的白马驿。等待他们的,是朱温安排好的刽子手。

一夜之间,30余名手无寸铁的朝臣,全部被朱温下令杀害。主持这次屠杀行动的李振，建议朱温将他们的尸体投入黄河："此辈谓清流，宜投于黄河，永为浊流。"

朱温听从其建议，将30多具尸体投入河中。尸体没入黄河，转眼间消失得无影无踪。白马之祸后，被清算的大臣不计其数，侥幸存活的朝臣也再不敢入朝，为了躲避朱温四散奔逃（"时士大夫避乱，多不入朝"）。

白马之祸是一次政治事件，也是一场文化灾难。

随着清流士大夫逝去，唐朝的忠节观念也彻底淹没在时代的浪潮中，朱温砍掉他们的脑袋，也折断了大唐最后的脊梁。当朱温再也听不到反对的声音，残破不堪的王朝离覆灭也就不远了。

择主更能保富贵，这种思想在五代文人中大行其道，这一时期的文人士大夫大多缺乏一种精神，缺乏承担文化与道德责任的理想。多年后，后唐李存勖率军攻入后梁都城，当初白马之祸的谋主李振，早已做好"朝新君"的准备。对他而言，王朝兴替，不过就是换个老板罢了。

还是有人在为这个享国近300年的王朝悲叹，守护大唐最后的荣耀。

第二年，白马之祸的消息传到了宜春仰山（在今江西宜春），在此隐居的诗人郑谷已年近花甲，闻此噩耗，心中悲怆。他感慨身在朝中的昔日故人多已遇害，尚在人世的屈指可数，唐王朝也即将走向末路，写下《黯然》一诗：

搢绅奔避复沦亡，消息春来到水乡。
屈指故人能几许，月明花好更悲凉。

在白马之祸前已遭贬谪的韩偓，在这一年写下了多首诗，他悲叹昭宗遇弑，也感伤唐朝将亡。

韩偓本来也是朝中清流，在朱温进京挟持昭宗时就敢与之争辩，因此被贬，却也躲过了这场劫难。朱温弑君、大杀朝臣，但为了收买人心，还是向被贬外地的韩偓发出了复官的邀请。韩偓知道，唐朝早已名存实亡，在诗中表明拒绝朱梁政权的立场："若为将朽质，犹拟杖于朝。"我一个半截入土的老人，怎么好意思再入朝呢？

"宦途巇崄终难测，稳泊渔舟隐姓名。"韩偓晚年入闽归隐，不问世事。他的心，和唐朝一同死了。

考了好几次科举的失意书生罗隐，在《黄河》一诗中慷慨悲歌，也曾自我排遣道："今朝有酒今朝醉，明日愁来明日愁。"可在唐亡后，他仍积极劝说地方藩镇起兵讨伐朱温。那些死于白马之祸的所谓清流士大夫，也许不曾赏识过罗隐的才学，但在罗隐身上，却观照出了真正的气节。

天祐四年（907），白马之祸两年后，朱温通往皇帝宝座的道路已无阻碍，他正式废唐称帝。早已奄奄一息的大唐王朝，消失在历史的尘埃中。

终局：唐诗收笔，终章已书

寒冷、干旱与蝗灾：被极端气候摧毁的王朝

当第一场雪降临长安城的时候，唐玄宗和所有人都觉得，这个冬天，似乎来得比较早。

这是大唐开元二十九年九月丁卯日（741年10月21日），这场初雪，相比长安城的往年，提前了约38天。

唐玄宗没有意识到的是，唐朝在从618年建国后，持续100多年的暖湿气候，将以这场初雪作为标志，此后逐渐走入冷干气候，并掀起一场王朝的剧变。

随着开元盛世进入最后一年的尾声，寒冷的气候，也给北方游牧的契丹和奚族带来了剧烈的冲击，他们开始频繁南下冲击大唐的边疆，于是，就在这场比往年明显提早的初雪之后的第二年，大唐天宝元年（742），40岁的安禄山被正式任命为东北边疆的平卢节度使，15年后（755），在东北掌权多年的安禄山，将带领手下的兵士和契丹、奚族的叛胡，掀起一场几乎摧毁唐王朝的动荡。

没有人意识到气候转型的隐性效应和巨大威力，但大唐即将因为气候转冷和诸多综合因素，逐渐进入毁灭的冬天。

1

在中国的历史性气候循环中，曾经出现过四个寒冷期，分别是东周（春秋战国）、魏晋南北朝、五代十国两宋、明末至清朝共四个气候冷干时期，而与之相对应，则是中国的王朝动荡以及北方游牧民族在天灾人祸之下、不断南下冲击农业民族的领地。

研究唐代气候变化的专家指出，中国第三个寒冷期的分界点，如果仔细追溯，开元盛世最后一年（741）的这一场明显提前一个多月的初雪，显然是值得关注的标志性事件，在此后，唐朝逐渐进入冷干寒冷期，尽管中间有短暂的暖湿回温，但并未改变此后整体的寒冷趋势。

此前在隋末时期，中国气候在南北朝末期暖湿多年后，再次转入干冷时期，先是582年，突厥由于北方干冷天灾入侵，隋军组织反击，"士卒多寒冻，堕指者千余人"；到了589年，当年杨广被立为皇太子，"其夜烈风大雪，地震山崩"；到了600年，"京师大风雪"；609年，隋炀帝至青海攻吐谷浑，"士卒冻死者太半"；612年，"（隋炀）帝亲征高丽，六军冻馁，死者十八九"。

尽管隋炀帝滥用民力激发民变，但仔细考察隋朝末年的气候记载，可以发现，隋朝末年的气候明显属于干冷时期，以致来自东北和西北的少数民族为了生存不断南侵，迫使隋朝必须主动出击；而内外的自然灾害和政治应对失措，种种压力叠加之下，最终导致了隋朝的灭亡。

618年唐朝建立后，得益于此后持续100多年的气候暖湿时期，

终局：唐诗收笔，终章已书

加上李渊父子的经营，大唐得以逐渐平定四方势力，建立起了一个统一王朝，这时期，荔枝在四川的多点广泛种植和进贡长安，是唐朝前期气候暖湿、国家平稳安乐的重要表现。

对于大唐初期这种暖湿的气候，多次吃过荔枝的诗人杜甫深有体会。就在戎州（今四川宜宾）的一次宴会中，杜甫写道：

> 座从歌妓密，乐任主人为。
> 重碧拈春酒，轻红擘荔枝。

对此，中唐诗人卢纶（739—799）也对盛产荔枝的四川印象很深刻，在《送从舅成都县丞广归蜀》诗中，卢纶写道："晚程椒瘴热，野饭荔枝阴。"

由于毗邻关中长安城的唐代四川盛产荔枝，这就使得杨贵妃拥有了吃荔枝的可能。因为以当时的交通和保鲜条件，遥远的两广岭南地区的荔枝，根本难以保质保鲜地送到长安，所以当唐王朝逐渐衰落以后，中晚唐诗人杜牧还感慨地想象唐玄宗当年兴师动众为杨贵妃进献荔枝的场景："一骑红尘妃子笑，无人知是荔枝来。"

实际上，由于唐朝前期气候温暖，因此有19个冬天，唐王朝的长安城是不下雪的。

那时候由于气候温暖，长安城中还种植柑橘，而在今天，关中地区寒冷的气候，使得最低只能经受零下8摄氏度寒温的柑橘，早已无法适应生存。《酉阳杂俎》就曾经记载，天宝十载（751），长安皇宫中的橘子树结了150多颗大橘子，唐玄宗为此还吩咐将橘子都分送给大臣们。

但大唐的气候正在逐渐逆转，以梅花为例，唐代的长安和华北、西北一带广泛种植梅花，诗人元稹就曾经在和好友白居易游览曲江池后，赋诗《和乐天秋题曲江》：

> 长安最多处，多是曲江池。
> 梅杏春尚小，芰荷秋已衰。

梅花最低只能经受零下15摄氏度的寒温，在安史之乱前暖湿的气候中，梅花开遍了长安城，但随着气候的逐渐转冷，进入五代十国两宋的寒冷期后，到了北宋时期，北方很多人已经不认识梅花了，以致大才子、江西人王安石曾经写诗笑话说，北方人到了南方，第一次看见梅花不认识，还以为是杏花："北人初不识，浑作杏花看。"

拥有荔枝、柑橘和梅花的大唐长安城是幸福的，而这种幸福，即将因为气候的逐渐逆转而消失。

2

根据气候学家推算，大概在650年的唐朝初期，至中唐时期的800年，这一时期唐朝的平均气温，约比今天高1.2摄氏度；800年以后，唐朝总体平均气温低于现今平均温度，其中在唐朝末期的880年，更是比今天低了0.6摄氏度。

安史之乱前夕的唐人，没有现今记录气候的先进技术，但他们从长安城不断提前来到的大雪中感受到，气候，确实明显变冷了。

终局：唐诗收笔，终章已书

在气候变化的反复影响下，自从东汉初期王景治理黄河后，已经相对平静了700多年的黄河，洪水泛滥的次数也在不断增加。

以741年的这场早到一个多月的初雪为标志，唐朝的气候开始逐渐进入了冷干时期，由于人口剧增、砍伐森林、水土流失等因素的多重作用，到了唐朝中期以后，黄河泛滥的次数日益增加。

根据史料统计，在唐朝初期的7世纪，黄河的决溢是6次，到了中唐时期的8世纪是19次，到了晚唐时期的9世纪是13次，在唐代人口剧增、不断砍伐森林导致水土流失加剧的背景下，唐朝紊乱的气候变化，也使得黄河在进入唐代后洪水泛滥明显加剧，其中从746年到905年，黄河大概每10年就会决溢一次，对此主要生活在安史之乱以后的诗人孟郊（751—814）就在《泛黄河》中写道：

谁开昆仑源，流出混沌河。
积雨飞作风，惊龙喷为波。
湘瑟飕飗弦，越宾呜咽歌。
有恨不可洗，虚此来经过。

诗人刘禹锡（772—842）对于频繁的河患也印象深刻，为此他在《浪淘沙》中写道："九曲黄河万里沙，浪淘风簸自天涯。"

频繁的河患使得唐王朝疲于奔命，但唐人不知道的是，气候之手的运转，正在逐渐摧毁大唐的国运，与气候变化导致黄河频繁泛滥相对应，在东北的边疆，冷湿气候导致的频繁大雪和自然灾害，也使得游牧的契丹和奚族为了度过寒冬，开始不断南下入侵唐王朝。

王朝的东北边疆压力不断剧增，与此同时，受到唐玄宗信任的安禄山则倚靠着东北的局势不断增加势力，到了安史之乱前夕，在东北边疆拥兵20万的安禄山，已经身兼平卢、范阳和河东三镇节度使，尽管不断有人提醒唐玄宗说安禄山很有可能叛乱，但唐玄宗都置之不理。

大唐天宝十四载（755）农历十一月，借助大唐不断转冷的冬天，安禄山带领着15万不同民族的骑兵、步兵从东北的范阳起兵造反，从而掀开了改变大唐国运的安史之乱的序幕。

到了天宝十五载（756），唐玄宗在安史叛军的凌厉攻势下仓皇逃亡四川。史书记载说，这一年九月十九日，四川已经"霜风振厉，（朝臣们）朝见之时，皆有寒色"。看到大臣们农历九月就已被冻得瑟瑟发抖，唐玄宗下令改变旧制，允许朝臣们穿着衣袍上朝。

根据史料记载，从741年提前到来的初雪开始，大唐的平均气温大概比此前的100年下降了1摄氏度。在农业时代，不要小看这小小的1摄氏度，它的结果就是造成北方严寒，对草原等植被造成重大损害，从而导致牲畜承载能力降低、人地关系不断趋于紧张。在这种情况下，畜牧业难以维持的北方游牧民族，其必然的选择，就是南下侵扰农耕区。

葛全胜等气候学家则认为："安禄山所辖三镇（平卢、范阳、河东）由于地处中国农牧交错带，其农牧业生产对气候变化极端敏感，当季风强盛，雨带北移，所辖区内雨水丰盈，农耕有依。反之则旱灾连片，农业歉收。天宝年间，平卢、范阳、河东三镇干湿变率明显偏高，旱灾频发，导致民众生存环境持续恶化，这可

终局：唐诗收笔，终章已书

能使得安禄山得以借口中央政府赈灾不力而公开反叛朝廷。于是羁縻于幽州、营州界内无所役属的东北降胡甘心受其驱使，南下为祸中原。"

到了763年，尽管安史之乱平息，但大唐的气温还在不断缓慢下降。史书记载，765年正月，长安城"雪盈尺"；766年正月，"大雪平地二尺"；767年十一月，长安城"纷雾如雪，草木冰"；769年夏天，长安城"六月伏日，寒。"

就在这种气候不断逆转的寒冬中，诗人杜甫，也走到了生命的尽头。

临死前一年，769年，杜甫流落到了潭州。起初，他以为潭州并不下雪，还高兴地写诗说："湖南冬不雪，吾病得淹留。"

但实际上，当时就连长沙也不断大雪了，于是到了769年冬天，杜甫又写诗说：

> 朔风吹桂水，朔雪夜纷纷。
> ……
> 烛斜初近见，舟重竟无闻。
>
> 北雪犯长沙，胡云冷万家。
> 随风且间叶，带雨不成花。

在南方，唐王朝不断转冷的气候加上病困，最终彻底击倒了诗人杜甫，就在到达长沙后的第二年，770年，杜甫最终死在了由潭州前往岳阳的一艘小船上。

盛唐最后的荣光,最终也死于严寒之中。

3

对于这种不断转冷的气候,唐德宗也感觉到了异常。

贞元年间(785—805),唐德宗就下令将唐朝此前定下的月令"九月衣衫,十月始裘"提前一个月。

随着气候的转冷,部分原来分布北方的野生动物,也在不断退却。在唐代以前,犀牛是曾经广布中国北方的大型哺乳动物,然而随着人类的猎杀和森林的砍伐减少,加上气候的转变,犀牛从中唐时期开始,已经难以在北方见到了。

当时,位处今天东南亚地区的环王国,特地向唐朝进献了一只犀牛,对此诗人白居易(772—846)就曾经在《驯犀——感为政之难终也》诗中写道:

> 驯犀驯犀通天犀,躯貌骇人角骇鸡。
> 海蛮闻有明天子,驱犀乘传来万里。
> 一朝得谒大明宫,欢呼拜舞自论功。

曾经是北方地区平常之物的犀牛,如今转眼成了进献给唐朝的珍稀野兽,但就是这只犀牛,也难以抵挡长安不断变冷的冬天。贞元十二年(796)十二月,唐德宗"甚珍爱之"的这只犀牛最终被冻死。那个月,长安城内"大雪甚寒,竹、柏、柿树多死"。

796年的历史记载中,关于竹子被冻死的记录也不可忽略。在

终局：唐诗收笔，终章已书

唐朝的中前期，由于气候相对暖湿，因此中原地区仍然存有大规模的竹林，唐朝甚至设有专门的司竹监管理竹林事务。但随着气候不断转冷和人类乱砍滥伐，到了北宋初期，竹子在北方已经难以存活，大规模竹林在北方趋于消失。最终，司竹监这个政府机构，在北宋时被撤销。

喜欢暖湿气候的动植物在北方不断退却，反映的正是唐朝时气候不断趋于变冷的事实，在这种背景下，诗人白居易写下了《放旅雁》：

> 九江十年冬大雪，江水生冰树枝折。
> 百鸟无食东西飞，中有旅雁声最饥。
> 雪中啄草冰上宿，翅冷腾空飞动迟。

酷雪寒冬，大雁觅食艰难饥声动人，与此同时，因为气候转入冷湿、天灾频发、国力虚弱的唐王朝，内乱也持续不断。

唐代宗宝应元年（762），由于洪水泛滥过后，"江东大疫，死者过半"，在饥荒、瘟疫和军需物资极度紧张的情况下，唐军内部爆发了王元振之乱。到了唐代宗广德二年（764），由于大旱过后蝗灾爆发，以致"米斗千钱"，此时唐朝中央征发河中地区兵士讨伐吐蕃，由于军需没有到位，士兵们又发动了河中之乱。

气候转变导致灾害频发，而中央国力衰弱，赈灾不力，唐朝的内部动乱不断演化。到了唐德宗建中四年（783），泾原镇士兵被征发前往平定藩镇叛乱，结果唐朝中央由于财力困窘，没有好好招待，以致泾原镇士兵一怒之下攻入长安，唐德宗不得不狼狈逃出长安，史称泾原兵变。

而在受到气候变化影响最为明显的黄河中下游、淮河下游和长江下游，兵乱也不断发生。据统计，从850年到889年，随着自然灾害不断增加，唐朝的兵变不断发生。这一时期，唐朝共有多达26次兵变发生，这里面，都有着气候变化的推波助澜作用。

4

在气候变化，冷湿气候与冷干气候的交织影响下，唐王朝在河患严重之外，旱灾和蝗灾也相继而起。

884年，黄巢起义失败。但几乎纵贯中国南北，从山东一直打到广东，又转入陕西、占领长安的黄巢军队，使得一度回光返照的大唐王朝转入了彻底的动荡和衰败。此后，藩镇割据更加肆无忌惮，人民四散流离，王朝哀号之声不断。

咸通八年（867），也就是庞勋起义的前一年，终于考中进士的诗人皮日休，在王朝的哀号声中，无意中碰到了一位以捡拾橡果谋生的老妇人。在《橡媪叹》中，他写道：

> 秋深橡子熟，散落榛芜冈。
> 伛偻黄发媪，拾之践晨霜。
> 移时始盈掬，尽日方满筐。
> 几曝复几蒸，用作三冬粮。
> ……
> 自冬及于春，橡实诳饥肠。

终局：唐诗收笔，终章已书

> 吾闻田成子，诈仁犹自王。
> 吁嗟逢橡媪，不觉泪沾裳。

在人民生路日益窘迫的艰难中，诗人皮日休一度参加了黄巢的军队，884年黄巢兵败后，皮日休不知去向。

与皮日休的晚唐哀歌相互印证，大唐关于气候寒冷、"米斗钱三千""人相食"的记录也不断见于书籍。到了唐朝的倒数第二年（906），这一年闰十二月乙亥日，史书记载洛阳城中在"震电"之后"雨雪"。

第二年，907年，原本为黄巢部将、后来投降唐朝的野心家朱温，以武力逼迫唐哀帝李柷禅位，并改国号为梁。

而仔细追究，尽管气候变化并非唐朝灭亡的唯一原因，但通过唐诗这个视角，我们仍然可以看到在一个朝代兴衰起落的过程中，气候变化所起到的推波助澜的作用。这不能作为决定性的因素去看待，却不失为一个发人深思的视角。

假如兴衰起落皆有天意，那么，为何有的政权能在天灾人祸中崛起，有的却因此而亡？

从这个角度而言，唐诗里的气候记录，或许也是一曲晚唐的哀歌。

最后60年：一个时代远去，来不及告别

唐武宗会昌六年（846），大唐又死了一个皇帝。

此前短短26年的时间里，从元和中兴的唐宪宗到会昌毁佛的唐武宗，唐朝先后换了五个皇帝。他们或因沉迷丹药，暴毙而亡，或因宦官弄权，死于非命。

大唐的落日余晖洒落大地，暮霭之间一片凄凉，忆昔贞观治世时、开元全盛日，连影子都抓不住了。王朝迟暮，如蹒跚老者般踽踽独行，一步步走向沉沉的黑夜。

同一年，年逾古稀的白居易与世长辞，元和诗坛的辉煌至此终结。

人生的最后阶段，白居易在洛阳过着退休生活，居于东南隅的履道坊，自号香山居士。

此时的白居易不复当年锐气，诗作中逐渐萌生归意。晚年的他自嘲为"中隐"，笑言"君若好登临，城南有秋山。君若爱游荡，城东有春园。君若欲一醉，时出赴宾筵"。

人生就是一次又一次的告别。闲居洛阳的十几年间，元稹走

了，刘禹锡也走了，无人再与白居易唱和。

知音少，弦断有谁听。

与此同时，长安和洛阳存在几个年轻诗人的群体，他们所引领的晚唐诗坛正在悄然崛起。

白居易当然知道，有个出身名门的后生，年方弱冠就以一篇针砭时弊的《阿房宫赋》名扬天下，又曾以一首《张好好诗》感伤风尘女子的悲剧生涯，一如自己当年的《琵琶行》。

这个后生，叫作杜牧。

白居易也曾与另一个年轻人见过面。他一组迷离朦胧的《燕台诗》让洛阳歌女深深着迷，风靡一时。据说老顽童白居易甚至还曾对他开玩笑说，希望死后能够投胎当他的儿子。

这个青年，叫作李商隐。

江山代有才人出，遥望天地之间，唐诗正在最后一丝光亮间绽放出绚丽的色彩。但白居易注定看不到唐诗的结局，那已不是属于他的时代。

泊秦淮

杜牧

烟笼寒水月笼沙，夜泊秦淮近酒家。
商女不知亡国恨，隔江犹唱后庭花。

"十年一觉扬州梦，赢得青楼薄幸名"，风流的杜牧在江南留下不少印记。正因如此，近代学者刘大杰一度认为，杜牧除了迷恋酒色外，别无长处。

其实，杜牧也有政治抱负。

出生于官宦世家的杜牧，自小享尽荣华，再加之家学渊源，年少时便已崭露头角。

20出头的他，在论述秦亡教训的《阿房宫赋》中暗讽唐敬宗大兴土木、昏聩无能。尽管他并不赞赏白居易的诗歌，却无疑深受其"文章合为时而著"口号的感召。

文中直言不讳地指出"族秦者，秦也，非天下也"，"后人哀之而不鉴之，亦使后人而复哀后人也"。

少年得意的经历，养成杜牧豪放华丽的性格。他的人生狂放而不放荡，诗歌风流而不下流。

停车坐爱枫林晚，霜叶红于二月花。

南朝四百八十寺，多少楼台烟雨中。

砌下梨花一堆雪，明年谁此凭阑干？

东风不与周郎便，铜雀春深锁二乔。

清明时节雨纷纷，路上行人欲断魂。

这些佳句传颂千古。

《泊秦淮》一句"商女不知亡国恨，隔江犹唱后庭花"更是哀叹国势日衰，晚唐当权者若仍醉生梦死，国家必然危险。

灯红酒绿中，杜牧仿佛已经看到大唐王朝的结局。

无论是朝政，还是人生，都让杜牧感到失望。临终之际，这个年少成名的天才为自己撰写墓志铭，闭门在家焚烧文稿，平生诗文仅留十之二三。

汉学家宇文所安说，杜牧是迟来的李白，一位炫耀而神采十足的诗人，却转向内心和忧伤。

宫词（其一）

张祜

故国三千里，深宫二十年。

一声何满子，双泪落君前。

风流才子的好友，必有浪子。

会昌五年（845）秋，杜牧在池州任职，诗人张祜来访，二人相谈甚欢。

张祜是一位职业诗人，备受大众追捧，被誉为"才子之最"，却不为官场所容。

唐穆宗在位时，听说张祜才名，找来元稹打听情况。元稹却回答，雕虫小技，或奖激之，恐害风教。

这是说，张祜的诗纯属雕虫小技，如果陛下任用他，恐怕会败坏朝廷的风气。

从此，张祜求仕屡屡碰壁，几次赴京应举也都徒劳而返，不得已终身以处士自居。

后来，他的诗却阴差阳错地传入宫中。

杜牧极爱吟唱这位友人所写的《宫词》，他曾写诗盛赞张祜"可怜故国三千里，虚唱歌词满六宫"，"谁人得似张公子，千首诗轻万户侯"。

据说唐武宗死时，宫中一位孟才人为其歌唱《河满子》一曲，声调凄咽，闻者涕零。数日之后，孟才人悲伤过度，肠断而死。

"一声何满子，双泪落君前"，张祜将这一凄绝的故事化作诗歌。

此诗深受宫女喜爱，在大明宫中传唱。她们唱的是自己无可奈何的人生，幽居宫中数十年，在漫长的等待中耗尽了韶华。其实，她们在宫中的命运就像此时的大唐，再也不复当年"九天阊阖开宫殿，万国衣冠拜冕旒"的气象。

新添声杨柳枝词

温庭筠

一尺深红胜曲尘，天生旧物不如新。
合欢桃核终堪恨，里许元来别有人。
井底点灯深烛伊，共郎长行莫围棋。
玲珑骰子安红豆，入骨相思知不知。

大中九年（855），也就是杜牧去世的三年后，李商隐去世前几年，科举考场上爆发出一件惊天丑闻：当年考试题目被提前泄露，一个考生被发现雇请枪手代考。

这名作弊考生乃京兆尹柳熹之子，他所请的冒名顶替者，是文坛大咖——温庭筠。

温庭筠是没落贵胄出身,《新唐书》称其"工为辞章,与李商隐皆有名",时称"温李"。

温庭筠才思敏捷,自己屡试不第,倒是经常在考场上帮别人救场。每次应试,题目要求押官韵作赋,他在思考时两手相拱,每次叉手写成一韵,八叉手而成八韵,人称"温八叉"。

温庭筠恃才傲物,甚至连宰相令狐绹(令狐楚之子)都敢得罪。

据史料载,唐宣宗是《菩萨蛮》这一词曲的"歌迷"。令狐绹投其所好,私下请温庭筠代替自己填一首《菩萨蛮》进献给唐宣宗,并承诺给他丰厚的待遇。

如此大笔生意上门,温庭筠自然欣然同意。只是令狐绹再三要求他不能泄露出去,温庭筠竟然把这八卦传得路人皆知,到处炫耀。

令狐绹很生气,后果很严重。后来令狐绹在审查温庭筠进士资格时,特意给他一个"有才无行,不宜与第"的评语。

放飞自我、一身傲骨的温庭筠因得罪权贵,终生怀才不遇。在仕途受挫后,温庭筠常流连于风月场,终成一代词宗,作品多绮罗脂粉之诗词,被誉为"花间鼻祖"。

绝望的寻欢,笼罩着死亡的阴影。

赠邻女

鱼玄机

羞日遮罗袖,愁春懒起妆。

易求无价宝,难得有心郎。

>　　枕上潜垂泪，花间暗断肠。
>　　自能窥宋玉，何必恨王昌。

晚唐诗坛有一次命运的邂逅，是正值豆蔻年华的鱼幼微与温庭筠的相遇。

鱼幼微出身娼门，自幼富有才名。温庭筠惜其才情，主动做鱼幼微的文学启蒙老师，生性豪放的他丝毫不顾及鱼幼微出身卑贱，倾尽心力教授，两人常有诗篇往来，传为佳话。

后来，在温庭筠的撮合下，鱼幼微嫁给状元李亿为妾。本是一段美满姻缘，却成为鱼幼微悲剧的起点。

李亿深爱鱼幼微才貌双全，与她度过一段和谐美满的生活，但李亿正妻一直嫉妒鱼幼微受宠，对其百般刁难。

鱼幼微自嫁入李家后，备受李亿夫人欺凌。懦弱的李亿显然更在乎正妻家的权势，22岁的鱼幼微最终被负心郎无情抛弃，被迫前往京郊咸宜观出家为道，从此改名鱼玄机。

"易求无价宝，难得有心郎"，鱼玄机大胆坦率的谴责道出了男权社会中无数女性的不幸遭遇。

更可悲可叹的是，鱼玄机最终竟因打死婢女，被京兆尹温璋处死。

一代才女，香消玉殒。

不第后赋菊

黄巢

待到秋来九月八，我花开后百花杀。

终局：唐诗收笔，终章已书

> 冲天香阵透长安，满城尽带黄金甲。

鱼玄机为情所困的那些年，黄巢正在谋划干大事。

黄巢不是诗人。他以贩盐为业，年轻时也曾一心求取功名，屡次应试进士科，却名落孙山。

有的人落榜，悻悻然感慨自己是失败者，黄巢这愤青却从不怀疑自己的实力，只相信这是制度的问题。于是，他写下一首《不第后赋菊》，满怀愤恨地离开长安。

唐僖宗乾符二年（875），已成为盐帮首领的黄巢率众响应王仙芝起义，转战于山东、河南一带。

黄巢对唐朝恨之入骨，当王仙芝想接受招安时，黄巢痛斥老大革命立场不坚定，说："当初我与你共立大誓，横行天下。如今你自己去做官了，那咱们手下这帮兄弟咋办？"

王仙芝战死后，黄巢被推举为王，号"冲天大将军"，集结起义军摆脱唐军围剿，率军南下广州。

唐军将领高骈派兵紧追不舍，起义军损失惨重。恰逢那年岭南大疫，死者十之三四，起义军命悬一线。

黄巢不愧是经商出身，想办法贿赂了高骈部将大量黄金，恳请唐军手下留情。高骈竟然相信起义军行将溃败，上奏朝廷称叛乱不日将平定。朝廷一时大意，竟遣散了一部分平叛军队。

起义军在岭南得以喘息，黄巢趁唐军懈怠、淮南空虚之机，大举北伐，所到之处城池尽陷，其队伍一度壮大到百万之众。

广明元年（880）十二月，唐都长安再一次陷落！

天竺寺八月十五日夜桂子

皮日休

玉颗珊珊下月轮,殿前拾得露华新。
至今不会天中事,应是嫦娥掷与人。

黄巢带兵进入江浙时,将有"间气布衣"之称的皮日休招至帐下。

皮日休出身寒微,求取功名的一大初衷是为了民生疾苦。

高中进士的次年中秋,他东游至天竺寺赏桂,曾写下这首《天竺寺八月十五日夜桂子》,意气风发时的闲适之情溢于言表。

但是,如此闲情却是一种奢侈。

尽管考中进士,皮日休却一直担任位低禄少的小官,亲眼见官吏鱼肉百姓,朝廷腐朽不堪。

心忧天下的皮日休,将忧虑和愤懑化作文字,他曾自述:"赋者,古诗之流也。伤前王太佚作《忧赋》;虑民道难济作《河桥赋》;念下情不达作《霍山赋》;怜寒士道尘,作《桃花赋》。"

作为忧国忧民的知识分子,皮日休曾批判道:"金玉石,王者之用也。"

他认为,正是因为统治者贪恋金、玉,才使世人视之为宝。其实,真正珍贵的并不是财宝,而是粟、帛,"一民之饥须粟以饱之,一民之寒须帛以暖之,未闻黄金能疗饥,白玉能免寒也"。

在苏州,皮日休和志同道合的好友陆龟蒙唱和。鲁迅先生说,在晚唐乱政下,他们"并没有忘记天下,正是一塌糊涂的泥塘里的光彩和锋芒"。

或许正是为了天下,皮日休才参加黄巢起义军。黄巢败亡后,皮日休下落不明,或说因故为黄巢所杀,或说为避祸流落江南。

王仙芝、黄巢起义历时将近10年,之后,唐朝已名存实亡,勉强维持了23年。

蜂

罗隐

不论平地与山尖,无限风光尽被占。

采得百花成蜜后,为谁辛苦为谁甜?

同样在科举之路历经坎坷的罗隐为入仕努力了一辈子。

"采得百花成蜜后,为谁辛苦为谁甜",罗隐写下这首《蜂》托物言志,背后却是"十上不第"的尴尬。

罗隐十次应试而不第,据说有一个原因是其相貌不佳。

唐朝史部选人之法,对相貌颇为看重,偏偏罗隐颜值不高,甚至可能有些丑。

宰相郑畋的女儿在读完罗隐的诗后,一度成为他的"死忠粉",自称非罗隐不嫁。有一回,罗隐前去拜见郑畋,这位相府千金躲在帘后偷看。罗隐的容貌映入其眼帘,给她极大的视觉冲击。

等到罗隐离去,郑畋之女发誓一辈子不再读他的诗("终身不读江东篇什")。

这真是个看脸的时代。

罗隐吃了制度的亏,却一生不忘对唐朝的忠诚。

惜花
韩偓

皱白离情高处切，腻红愁态静中深。
眼随片片沿流去，恨满枝枝被雨淋。
总得苔遮犹慰意，若教泥污更伤心。
临轩一盏悲春酒，明日池塘是绿阴。

前文提及的李商隐，曾以"雏凤清于老凤声"夸赞当时只有10岁的外甥韩偓。

韩偓没有辜负姨父的期待，在唐朝末年的诗坛开创了"香奁体"，搭上唐诗的末班车。

韩偓之诗多写艳情，他本人却是一个铁骨铮铮的硬汉，始终忠于唐朝。

唐昭宗年间，朱温入朝，专横跋扈，满朝皆惊。

一次，朱温和宰相崔胤在宫廷宴会期间议事，殿上众臣都识趣，避席起立，只有韩偓一人端坐不动，称"侍宴无辄立"。朱温见状，顿时火冒三丈，怒斥韩偓无礼，又知道他为昭宗所宠信，欲置其于死地。幸亏有大臣劝阻，韩偓才免于一死，只是被贬离京。

韩偓离开长安后，唐昭宗左右更无亲信之人。天祐元年（904），昭宗为朱温所弑，唐朝进入倒计时。

古今学者多认为，韩偓的《惜花》是一首唐王朝的挽歌，是他在朱温篡位之时所作的讽喻诗。

"眼随片片沿流去"，说的是君民四散飘零；"恨满枝枝被雨淋"，说的是唐朝宗室被杀。

清人吴乔评价，韩偓以这一首《惜花》诗即可跻身唐代大家的行列（"韩偓《惜花》诗，即大家也"）。

台城
韦庄

江雨霏霏江草齐，六朝如梦鸟空啼。

无情最是台城柳，依旧烟笼十里堤。

诗人韦庄深知大唐王朝中兴无望，以一首凭吊六朝古迹的《台城》道出往事如梦，繁华易逝，唐王朝也注定随风消逝。

年近60才得中进士的韦庄，也是大唐陨落的见证人。

黄巢攻破长安时，韦庄与亲人失散，流落江湖。他将所见所感写作一首《秦妇吟》，这是唐代长篇叙事诗的又一座丰碑。

"昔时繁盛皆埋没，举目凄凉无故物。内库烧为锦绣灰，天街踏尽公卿骨！"

全诗痛诉战争带来的深重灾难。

当朱温篡权时，对朝中局势心灰意冷的韦庄早已不在长安。半生经历兵荒马乱的他，遁入巴蜀之地，投靠西川节度使王建，只求岁月静好，不再遭遇兵燹。

天祐四年（907），唐朝灭亡。

韩偓在四处漂泊之后，在威武军节度使王审知邀请下入闽。

然而，王审知向朱温纳贡称臣，让韩偓极为反感，他到泉州城郊自建房舍隐居，号玉山樵人，从此不问世事。在朱温篡唐多年后，韩偓仍然不用后梁年号，以唐臣自称。

为功名奋斗了一辈子的罗隐，在55岁那年东归吴越钱镠幕下。

唐朝灭亡前夕，朱温笼络各藩镇势力。此时，罗隐却向钱镠进言，劝说其举兵讨伐后梁。大唐从来没有给过罗隐一个肯定，可在王朝倾覆之时，他仍坚守道义，只求带兵北归，讨伐反贼。

朱温篡唐，韦庄却"以兵者大事，不可仓卒而行"，力劝本有意兴兵讨伐的王建不可轻举妄动。

王建遂在蜀中称帝，建立政权，史称"前蜀"。韦庄被委以重任，前蜀法度多出自其手。

除了作诗，韦庄亦擅长作词，与温庭筠同是花间派词人的代表。晚年在蜀地，韦庄的主要创作都是词。下一个王朝，是属于词的时代。

当大唐王朝已成往事，唯有唐诗永流传，历经初唐的万象更新、盛唐的雄健气势、中唐的百家争鸣、晚唐的华丽谢幕，一个属于诗的时代就此远去。遗憾的是，当时的人却来不及和唐诗好好道别。

别集：唐诗的隐秘角落

如果没有共同的语言、文化打底，
再大的功业和疆土，
也都只是一盘散沙。

科举：诗人的内卷之路

唐朝人为什么那么能写诗？南宋诗人严羽在《沧浪诗话》中有这样一个独到见解："唐以诗取士，故多专门之学，我朝之诗所以不及也。"这是说，唐朝科举要考诗赋，上有所好，下必甚焉，因此有了全民写诗的风气。就好像前些年说"学好数理化，走遍天下都不怕"，遍地都是奥数班。

大历十才子之一的钱起是一个唐朝版满分作文考生。他于唐玄宗天宝十载（751）考中进士，考试时所作的试帖诗《省试湘灵鼓瑟》中有这样一句千古名句："曲终人不见，江上数峰青。"

但写出满分作文的钱起是一个复读生。他此前来到长安应试曾经不幸落第，走到街市上对酒唱着悲歌，泪水落满衣襟，写下一首《长安落第》：

花繁柳暗九门深，对饮悲歌泪满襟。
数日莺花皆落羽，一回春至一伤心。

当代诗人艾青说过:"个人的痛苦与欢乐,必须融合在时代的痛苦与欢乐里。"唐代诗人的科举之路,是苦尽甘来,还是茫茫苦海呢?

1

当唐太宗李世民在宫门远远望见新晋进士鱼贯而出,感慨"天下英雄尽入吾彀中矣"时,这一影响后世1000多年的选官制度,正徐徐拉开帷幕。

科举制滥觞于隋,到唐初基本成型。

科举制的诞生,终结了曹魏以来豪门大族垄断仕进之路的九品中正制,也打破了两汉以来地方官员自辟僚属的制度。这就是钱穆先生所说的"由门第特殊阶级中开放政权的一条路"。

有了科举,选拔官吏之权收归中央,不管是世家子弟,还是寒门士子,都可"投牒自进",通过考试取得做官资格,改变命运。

唐太宗进一步完善隋朝开创的科举制,有所谓"太宗皇帝真长策,赚得英雄尽白头"的说法。但实际上,初唐的科举考试影响力有限。

史书记载,武德、贞观年间,"士大夫以乱离之后,不乐仕进,官员不充。省符下诸州差人赴选,州府及诏使多以赤牒补官"。这说明,唐初各地官员大多是由当地人才充当,以空白告身就地任命。隋末天下大乱,活下来就不容易,到哪儿找那么多读书人去?

有学者做过统计,贞观年间的宰相,只有房玄龄、温彦博二人是隋朝进士，许敬宗一人是隋朝秀才，其余二十几人都未通过科举考试，没有正式"文凭"。

贞观年间科举取士名额不多，成为高官的更是少之又少，青史留名的进士，不过只有上官仪等几位，也没有多少人会为了这个考试老死于文场。

李世民主要提拔的是跟随他南征北战的开国功臣，还多次颁布要求百官举荐人才的诏书，那时想要升官晋职，靠的不是考试，而是个人才能和官员的推荐，充满不可预测性。

贞观年间的名臣马周，被后世视为寒门逆袭的典范，但他其实是机缘巧合下得到推荐而受唐太宗重用，并不是通过科举考试。

马周早年在民间教书，后来可能太愤青了，遭到当地官员训斥，一气之下辞职出走。世界那么大，他要出去看看。由于马周太过寒酸，途中寄住在旅店时，还遭到老板取笑，店主人宁愿招待商贩，也不理会这个穷书生。马周不放在心上，要来一斗八升美酒，悠然独酌，就这样来到了长安，成为武将常何的门客。

常何是个大老粗，每次唐太宗要群臣讨论政令得失，他就请马周为其代笔。唐太宗看到这些奏疏，发现其中建议都切中时弊，让人拍案叫绝，知道这肯定不是一介武夫的手笔，就问常何其真实作者的情况。常何只好如实禀告，将马周引荐给唐太宗。马周得以一展才华，后来成为贞观名相。

科举萌芽之初，诗歌也只流行于上层社会。那时流行的宫体诗，继承南朝绮丽之风，创作者主要是帝王及重臣。常为皇帝起草诏书的初唐进士上官仪，就以"绮错婉媚"的上官体诗风闻名于世，如其所创作的《春日》一诗：

花轻蝶乱仙人杏，叶密莺啼帝女桑。
飞云阁上春应至，明月楼中夜未央。

相似的诗，还有马周的《凌朝浮江旅思》：

太清上初日，春水送孤舟。
山远疑无树，潮平似不流。
岸花开且落，江鸟没还浮。
羁望伤千里，长歌遣四愁。

2

唐代科举的第一次大爆发，还要等到武则天登上历史舞台时。

上官仪反对武后临朝，曾上书请求唐高宗废后，高宗起初觉得有几分道理，让他起草废后诏书。但武后得知后找高宗哭诉冤屈，唐高宗到底还是宠老婆，只好跟武后说："这都是上官仪教我的。"

这下害惨了上官仪一家。之后，武后让人诬陷上官仪谋逆，将他治罪，下狱处死。上官仪的家人多受牵连，他年幼的孙女上官婉儿被充为官婢，逃过一死，后来得到武则天重用。

在成为一代女皇的道路上，难免有像上官仪这样执拗的文人进行反抗，但武则天却格外重视读书人的力量，尤其是用关东士庶阶级，打压以隋唐皇室为代表的关陇贵族集团。

武则天统治时期，大开制科，"崇尚进士文词之科，破格用人"。随着录取名额飙升，科举出身的官员得到重用，科举制迅速发展。武则天还首创皇帝担任主考官的"殿试"，又在进士、明经等科目之外，设立选拔武将的"武举"。

从唐高宗到武周这一时期，科举出身的宰相就有狄仁杰、张柬之等名人，还有诗人王勃、杨炯、宋之问、杜审言、陈子昂、贺知章等大咖出现在了科举的考场上，开元年间的名相姚崇、宋璟、张说也是武周时参加的科举。

至此，科举成了全民运动，读书人家里再有钱，身世再显赫，不考科举都成了异类，所谓"缙绅虽位极人臣，不由进士者，终不为美"。

唐高宗晚年的宰相薛元超曾经跟亲人说："吾不才，富贵过分，然平生有三恨，始不以进士擢第，不得娶五姓女，不得修国史。"他是说：我这一生富贵有余，但是有三件事最为遗憾，第一个可惜我不是进士出身，第二个可惜没有娶到五大贵族（李、王、郑、卢、崔）的女儿，第三个就是没能参与编修国史（在唐代，编修国史是士人的至高荣耀，代表有文化）。

《唐摭言》记载，随着科举逐渐制度化，它不但成为寒门士子逆袭的途径，也给了那些业已衰落的世家子弟从头再来的机会，所谓"孤寒失之，其族馁矣；世禄失之，其族绝矣"。

3

每年秋冬之时，来自五湖四海的举子在地方获得选送资格后，风尘仆仆进京，准备来年春天的考试，麻衣如雪，满于九衢。科举考试流入士子的生命长河里,也被写在诗人的文字中。

放榜后,考中进士的人,迎来的是金榜题名的喜悦。新举进士有两项重要活动,一是在曲江杏园举行宴会,二是到慈恩寺大雁塔题名。

"归时不省花间醉,绮陌香车似水流。"这一天,公卿之家常会驾车而来,倾城围观,有人还会乘此机会挑选女婿。

有的新进士春心萌动,考完试常流连于长安的风月场,据《开元天宝遗事》载,"长安有平康坊,妓女所居之地……每年新进士,以红笺名纸,游谒其中。时人谓此坊为风流薮泽"。这大概类似于高考生考完后通宵打游戏、出去浪。

名落孙山的人,怀抱的却只有苦涩,有的人留在京城继续备考,有的人会黯然归乡,或四处漫游。

调露二年(680),诗人陈子昂第一次进京赶考以落第告终。他写下《落第西还别魏四懔》,以蓬草为喻,叹息这段离家漂泊、无功而返的苦日子,不得不回老家苦读:

> 转蓬方不定,落羽自惊弦。
> 山水一为别,欢娱复几年。
> 离亭暗风雨,征路入云烟。
> 还因北山迳,归守东陂田。

在初次落第的四年后,陈子昂才进士及第,开始了他才高运蹇的不幸仕途。

有的人可能会问,既然唐代科举要考诗赋,对陈子昂这些大才子应该是信手拈来,为何还有那么多诗人在科举之路上受挫?

唐代的科举诗,实际上由两部分组成的:一是考场上的省试诗作,即应试的作品;二是考生平时创作的"行卷""温卷"之诗作,即考生进京后,向主考官或在京权贵干谒的诗文。

有唐一代,广泛流传的应试诗佳作寥寥,闻名后世的只有两首:祖咏的《终南望余雪》与钱起的《省试湘灵鼓瑟》。

祖咏是唐玄宗开元十二年(724)进士,这首《终南望余雪》描写冬日黄昏,雪过初晴的景色,只有两韵,并不符合考试要求,却凭借出色的艺术成就打动了当时的考官,也入选了现在的中小学课本:

终南阴岭秀,积雪浮云端。
林表明霁色,城中增暮寒。

除了鲜有的几篇佳作,应制之作大多是歌功颂德、形式华丽、内容空洞的作品,不值得一读。

早在初唐,陈子昂就曾激烈批判这种作品的弊病,盛唐时的李白甚至都不参加科举,通过另一个途径来到天子面前,高唱"仰天大笑出门去,我辈岂是蓬蒿人"。考场上的应试诗,对他们来说没什么技术含量。即便没有参加科举,他们的诗名还是会名垂千古。

另外,唐代的科举制还是带有很多旧制度的痕迹,并非绝对的公平。考生除了要在考场上激扬文字,也要在考场外费尽心思进行自我包装,获得一定的知名度,以得到考官或权贵的青睐。因此,"行卷"成了考生的秘密武器。当时,士子在备考之余四处奔走,还抱团结成组织，以诗文干谒达官贵人，即所谓的"棚"，并推选其中有声望的考生为"棚头"，诗人刘长卿就当过棚头。

相传，陈子昂初入京时，一度不为人知，偶然碰见一个商人在卖胡琴，叫价百万。京中豪贵集聚于此，围观这个奇葩商人，无人能辨其真伪。此时，陈子昂挤进人群，一掷千金将胡琴买下，并与在场的豪贵相约，明日到长安宣阳里赴宴，共赏此琴。

第二天，公子哥儿都到了，兴致勃勃地等着观赏这把琴。陈子昂却说："蜀人陈子昂，有文百轴，不为人知。此贱工之伎，岂宜留心！"当场把胡琴摔碎，随后，他将自己的诗文送给在场的权贵，从此名动京城。

4

开元、天宝年间，士子汲汲于功名，每年进京者络绎不绝，有时多达数千人（"一岁贡举，凡有数千"）。

一个正处于上升期的国家，其强盛的国力与诗坛的积极氛围相呼应，即便不依托于体制，诗人对前途的追求也不会止步。盛唐诗始终充溢着一种进取心与自豪感，怀有一种豪迈与傲气。

李白有"申管晏之谈，谋帝王之术"的志向，以战国时期功成身退的名士鲁仲连为偶像，可当仕途不顺时，他豪言："安能摧眉折腰事权贵，使我不得开心颜！"

孟浩然也有求功名之心，却终生与官场无缘，他将隐逸作为心灵归宿，诗中尽是清新淡泊："开轩面场圃，把酒话桑麻。待到重阳日，还来就菊花。"

若非要谋求一官半职才能过上好日子，那这个所谓的"盛世"，必定潜藏暗流。

胸怀"致君尧舜上，再使风俗淳"的壮志，文学青年杜甫就在此时来到了长安。不幸的是，杜甫是唐代科举的一个失败例子，无论是干谒，还是考试，他都没成功。

天宝六载（747），杜甫再次进京赶考，正是奸相李林甫当权。李林甫给唐玄宗上表称"全国的贤才都在朝廷，下边一个也没有了"。唐玄宗还真信了这个糟老头子的鬼话，这一年，应考士子全部落榜。

在这场"野无遗贤"的闹剧后，杜甫漂泊无依，在长安四处向朝中权贵投诗文，求推荐，却处处碰壁。直到安史之乱前夕，他才得到右卫率府兵曹参军这么一个小官，专门看管兵甲器杖。

困守长安10年时，他亲眼所见是"朱门酒肉臭，路有冻死骨"的社会现状，是盛世表面下的腐朽。当他辞官四处流浪时，他还不忘初心，为那些贫苦大众高呼："安得广厦千万间，大庇天下寒士俱欢颜。"

再到后来，耿直的杜甫连朝廷饭碗都丢了，弃官而去，只剩下诗和远方。

5

王朝的命运悄然转变，科举制度在无形中成了诗人的桎梏。中唐以后，入仕的途径逐渐变窄，定期举行的"常科"仅剩下明经、进士作为主要科目，不定期举行的"制科"也远远少于盛唐时期。

别集：唐诗的隐秘角落

唐代有一句俗语，"三十老明经，五十少进士"，意思是说30岁考中明经，已经太晚了，50岁考中进士，却还算年轻。明经社会认可度比较低，这玩意儿考帖经、墨义，就是靠死记硬背，考不出水平，而且录取名额多，有时还能花钱买。安史之乱时朝廷缺钱，就有人上书"许人纳钱，授官及明经出身"。

进士就难考多了，考试以诗赋为主，录取率极低，有时考生多达数千人，上榜者却不过二三十名。唐德宗在位时（779—805），有个叫宋济的老考生考了大半辈子都没考上。每次考场作诗，他如果发挥不好，没有按照试题要求掌握好韵律，就会拍着胸口说："宋五又坦率（粗心）矣！"这句话成了他的口头禅，长安人都知道。

后来，老宋经过多次落第，终于考上了。唐德宗见他后，先问一句："宋五坦率否？"

这也难怪白居易29岁进士及第，敢自夸"慈恩塔下题名处，十七人中最少年"。

学霸的成绩，都是用汗水换来的。

白居易年轻时太难了，他跟好友元稹说过，自己当年为了考中进士，白天练写赋，晚上学书法，读书读到口舌生疮，写字写到手臂和胳膊肘上都生了老茧，身体未老先衰，发白齿落，视力严重下降。考中进士后，为了参加选拔官员的吏部铨试，白居易又与元稹到华阳观苦心备考，闭户累月。

诗人孟郊年近半百才考中进士，难掩内心的激动，与同年们轻快地骑马游遍长安，写下唐代科举诗中的名篇《登科后》：

> 昔日龌龊不足夸，今朝放荡思无涯。
> 春风得意马蹄疾，一日看尽长安花。

孟郊一生穷困潦倒，他的科场生涯时来运转，也是历尽艰辛。在考中前，他多次应举，屡屡落榜。我们看孟郊在《登科后》之前写的科举诗歌，不是《落第》中的"弃置复弃置，情如刀剑伤"，就是《再下第》中的"两度长安陌，空将泪见花"。

悲苦是中唐科举诗的普遍主题。世道变坏，人生的路越走越窄，诗人为何还执着于科举，还想忍受艰苦的生活，去追求一个难以实现的目标？

程蔷、董乃斌撰写的一本书中有这样一段精辟的论述："他们也要吃饭，也要养家糊口，他们必须要有可靠的经济来源。更重要的是，他们要实现人生理想、人生价值，而这种理想和价值，往往与政治有着密切联系，或者说，通过政治途径、通过政治抱负的实现，往往最容易达成他们的理想和价值。"

安史之乱后，唐王朝已是江河日下，政治腐败，科场黑暗，但士人的报国之志不减，这正是他们选择为科举奔波的原因之一。

6

然而，理想很丰满，现实很骨感。

在朝廷蔓延40年之久的牛李党争，正是因制科对策引起。一些学者如陈寅恪先生认为这场科举引发的恩怨，是新兴士族与旧士族的冲突。

唐宪宗元和三年（808），牛僧孺、李宗闵等新科举子在考卷中批评朝政，言辞激烈，非常犀利。

考官看了后，觉得小伙子敢想敢说敢做，是人才啊，将他们列为前几名。宰相李吉甫（李德裕之父）听说此事大为不满，认为牛僧孺等人的指责是对自己的诽谤，就跟皇帝说，几名考官与这些考生有非正当利益关系，无端非议朝政。一时朝野哗然，大臣分为两派，有人支持李吉甫，有人为考生鸣冤。这下事情闹大了，牛僧孺、李宗闵与几名考官被贬出京，直到李吉甫死后，他们才入朝为官。

此后，以新兴庶族地主牛僧孺、李宗闵为首的牛党，与旧门阀士族出身的李吉甫之子李德裕为首的李党，形成势不两立的两大朋党，对着干了几十年。

两党相争，渐渐侵染了士子的仕进之路，诗人李商隐就是受害者之一。李商隐考科举也是费尽周折，一连考了四五次。时运不济的时候，他一边吃着笋，还一边黯然神伤，让人心疼：

初食笋呈座中

嫩箨香苞初出林，於陵论价重如金。

皇都陆海应无数，忍剪凌云一寸心。

后来，李商隐考中进士。求仕时，他的才华得到朝中重臣令狐楚、令狐绹父子的欣赏，受到令狐父子不少恩遇。令狐父子是牛党的成员，李商隐进入官场后，却在因缘际会下娶了泾原节度使王茂元的女儿为妻。王茂元与李德裕走得近，时人将他当作李党的成员，无辜的李商隐处境就尴尬了。

牛党将李商隐视为叛徒，李党也没多提携李商隐，诗人夹在两党之间，一生曲折坎坷，郁郁不得志。李商隐与这一时期的很多人才一样，明明身负才华，却处处遭到打压，只能在无数个寒夜中孤寂自伤：

嫦娥

云母屏风烛影深，长河渐落晓星沉。
嫦娥应悔偷灵药，碧海青天夜夜心。

科举没有选拔出多少为大唐力挽狂澜的人才，却形成了两党倾轧，既撕扯了李商隐的命运，也将大唐不断拖进深渊。朝堂上的文人都在恶斗，谁还能为国为民建言献策呢？

7

到了晚唐，科举制度被贵族官僚所把持，有一门累世几代考中进士，其中有真才实学的人却寥寥无几，偶尔有个别寒门子弟及第，还成了新鲜事，能上会儿"热搜"。以大中十四年（860）为例，当时考生多达千人，中第者"皆以门阀取之"，全是衣冠子弟，宰相裴休、魏扶、令狐绹等重臣的儿子赫然在列，几乎占据了整个榜单。

这显然违背了科举制度打击士族门阀权势的初衷。

读书人的出路更加狭窄，科举诗中开始弥漫悲观、叛逆的情绪，恰似大唐的国运。

唐末著名诗人罗隐，有个尴尬的称号，叫"十上不第"，就是说他从二十几岁就应进士试，考了十多次都没考上，一身才能难以施展。30岁那年，罗隐再一次落第，心情十分郁闷，写了首七律《投所思》：

> 憔悴长安何所为，旅魂穷命自相疑。
> 满川碧嶂无归日，一榻红尘有泪时。
> 雕琢只应劳郢匠，膏肓终恐误秦医。
> 浮生七十今三十，从此凄惶未可知。

颈联引用了两个有趣的典故：《庄子》有个故事说，楚国郢都有个人鼻子上沾了一点薄如蝉翼的白色粉末，找一个石匠为他砍掉。这位石匠满足他的要求，手起斧落，正好抹去了这层粉，楚人毫发无损。"郢匠"遂被后世用来比喻科举考官。诗中的秦医名叫"缓"，史书记载他医术高明，曾为晋国国君看病，此处指代朝廷病入膏肓。

罗隐是在骂晚唐朝政污浊，掌权者有眼无珠，不能提拔人才。

他可没骂错。

广明元年（880），黄巢的军队北上，长安陷落，唐僖宗慌乱之中逃到成都，随行有个耍猴艺人。这个艺人训练猴子本领高超，能叫猴子像大臣一样朝见行礼，如此博得皇帝一笑。唐僖宗高兴之余，特赐这名艺人朱绂，相当于给予他朝臣的待遇，赏赐的金银珠宝更是不在话下，当真是"将军孤坟无人问，戏子家事天下知"。

罗隐得知此事，想到自己考了十几年科举都不中，竟然还比不上这个玩猢狲的弄臣，提笔就写了首《感弄猴人赐朱绂》，这次连皇帝都骂：

十二三年就试期，五湖烟月奈相违。
何如买取胡孙弄，一笑君王便着绯。

黄巢起义后，唐政权严重受挫，科举考试早已形同虚设。值得一提的是，黄巢也是一个科举落榜生，他屡试不第后回家继承家业，成了家乡的盐帮首领，之后带领父老乡亲加入起义的浪潮。

唐朝灭亡前夕，唐昭宗天复年间（901—904），朝廷还煞有其事地搞了一个"五老榜"。唐昭宗都懒得选拔人才，直接下达诏令，说"念尔登科之际，已过致仕之年"，有的人考上时都到退休年龄了，就让这些多次落第的大龄考生金榜题名，以示皇帝开恩。

这一年，5个年过七旬的老汉靠着唐昭宗钦定的"降分录取"同榜及第。他们的命运恰似陨落的王朝，早已老态龙钟，无法为日薄西山的大唐王朝做出丝毫贡献，只能看着它走向末日。

这本身就是对科举制度的极大讽刺。

晚唐以后，士风日益颓靡，一些进士出身的文人非但没有匡扶社稷之才，反而投机取巧，巴结新贵，就连权臣朱温都瞧不起他们。

宰相崔胤与朱温勾结，引狼入室，联手灭了宦官势力，后来成为朱温篡权的阻碍，被这个野心家所杀。清河崔氏这一科举考场春风得意的名门望族，有数百人受牵连，被同时处死。

朱温篡位前清洗朝堂，他最信任的谋臣李振进言说，这些士大夫都自诩为"清流"，不如将他们投入黄河，永为"浊流"。李振曾是落魄书生，考场失意，没中过进士，投靠朱温后才飞黄腾达，对这些徒有其表的大臣自然是恨得咬牙切齿。

朱温听从他的建议，将30多名所谓的"清流"朝臣杀害后，投进了滔滔黄河。

王朝末路，功名利禄皆化为泡影，一个腐朽的时代，早已容不下高尚的理想。朝堂之上的人，没有救时匡世之心，那些坚守道义的人，也敌不过残酷的现实。

大唐科举知名"复读生"罗隐，在无数次失意之后，也只有饮酒赋诗，在大醉一场后释然：

自遣

得即高歌失即休，多愁多恨亦悠悠。

今朝有酒今朝醉，明日愁来明日愁。

唐朝的佛缘：玄奘、王维和韩愈

唐太宗李世民，决定拿不听话的老和尚法琳开开刀。

这是大唐贞观十一年（637），此前，李世民的老爸、唐高祖李渊为了给皇族脸上贴金，宣称道教鼻祖、老子李聃是李家的先祖。而这次李世民则直接尊道抑佛，宣布道教的地位凌驾于佛教之上。

出生于陈朝，已经经历过陈、隋、唐三代的老和尚法琳于是挺身而出。挟持着一点南北朝时期佛教至尊的余威，法琳自信地宣称，皇族李家本是鲜卑胡人血统，祖先并非陇西李氏出身，尊道抑佛也全无道理。

李世民家族确实是汉人混杂鲜卑血统，但老和尚法琳的自以为是，却让精心包装自己家族血统的李世民勃然大怒。李世民下令将法琳打入大牢，并且宣称，听说口诵观世音菩萨的人刀枪不入，因此先让法琳念诵七天观音，七天后再来试试刀。

七天后即将行刑，主审官再次提审法琳。主审官问道，观音到底灵不灵？

法琳的回答是：我已经不念观音了，这七天，我念的都是皇帝陛下。

主审官好奇老和尚有了"改变",法琳又接着解释说,因为皇帝就是观世音菩萨。

李世民听闻后,大概会心一笑,于是下令将法琳从死刑改为流放益州(成都)。

尽管如此,试图倚赖皇权上位的佛教徒们大概胆战心惊,南北朝佛教至尊无上的好日子,是不是快到头了?

1

和尚法琳差点被杀后的七年,贞观十八年(647),历经磨难、终于从西天取来佛经的玄奘,在位处今天新疆的于阗国,向大唐皇帝发出了一封奏章,诚惶诚恐地解释自己当初违背禁令偷渡出国,到天竺(印度)求取佛经的良苦用心。

此前,玄奘于贞观三年(629),从位处今天河西走廊的凉州出发,经玉门关西行五万里赴天竺,并在那烂陀寺求学,成长为一代高僧。

但即使载誉归来,面对尊道抑佛的祖国大唐,玄奘依然心中惶恐。好在志在建立四方霸业的李世民不以为然,表态欢迎玄奘回国,因为李世民需要的是玄奘为他带来西域的第一手历史地理信息。

相对于玄奘从天竺带来的657部佛经和150粒如来肉舍利,以及7座金、银或檀刻佛像,李世民更关心的,是催促玄奘早日写出《大唐西域记》。

日后，这部以玄奘西行为背景的历史地理名著，在不经意间成就魔幻小说《西游记》的同时，在当时最主要的意义，是为唐王朝和李世民带来了有关西域的第一手资讯。

所以，李世民选择宽恕当年偷渡出国的玄奘，不是因为他是个历经劫难、求取真经的僧人，而是因为在他看来，玄奘带回的信息有着非凡的军事地理意义。

因为在皇权看来，宗教假如不能服务于皇权和政治，那么僧侣只是随时可以拿来开刀的祭品而已。

玄奘懂得这一点，终其一生，他在唐太宗李世民和唐高宗李治手下，都活得小心翼翼。

尽管从东汉年间就已传入中国，但在统治者看来，佛教显然不如本土化的道教来得懂事和贴心。而且，佛教寺院在南北朝时期占有大量土地和劳动力，不仅不缴纳贡赋，而且还隐隐约约向皇权发起挑战。例如东晋高僧慧远甚至写下了《沙门不敬王者论》，试图为自己争取类似古印度婆罗门一样的地位。

这自然让坚持"普天之下莫非王土，率土之滨莫非王臣"的皇权心存疑虑。

早在魏晋南北朝时期，北魏太武帝拓跋焘、北周武帝宇文邕就先后发起过毁佛运动。

佛陀并不能让老和尚法琳和高僧玄奘免于屠刀和胆战心惊。就在生命最后的日子，为了避免皇权的猜疑，玄奘甚至向唐高宗李治上表，请求自贬到位处今天陕西铜川的玉华寺译经以求自保。最终，麟德元年（664）二月，玄奘在玉华寺圆寂。

李治在玄奘去世后，才假惺惺地派出御医赶往玉华寺。

从西天归来的玄奘不能让皇权放心，但在玄奘生前，一个年轻人却即将从岭南北上求法，他的到来，即将改写中国的佛教史和文学史。

2

玄奘远涉万水千山归来，在贞观十九年（645）正月进入大唐长安城，受到全城达官百姓疯狂膜拜的时候，出生在岭南新州（今广东新兴县）的慧能（638—713），还只是一个8岁的小孩子。

在玄奘主持翻译《心经》，众生念诵"舍利子，色不异空，空不异色，色即是空，空即是色"的时候，俗姓卢氏、当时还未出家的慧能，决定从岭南的广东北上学习佛法。

慧能的父亲本在范阳（今河北涿州）做官，后来被贬迁流放到新州。3岁时，慧能的父母就都已去世，这个孤儿长大后以砍柴、卖柴谋生。有一天，他听到有人在念诵《金刚经》，心有所动，于是，这个目不识丁的小伙子经人指点，决定北上位处今天湖北黄梅的凭墓山，听从弘忍大师讲解佛经。

弘忍是佛教禅宗五祖，自从天竺僧人菩提达摩在梁朝时传入禅宗，这个佛教的教派，在当时已经流传100多年，但并未显赫于人间和政界。

见到这位卖柴的孤儿，弘忍发问说：你从哪里来？

慧能回答：岭南。

弘忍问道：你想干什么？

慧能回答：求法作佛。

弘忍又问：岭南蛮荒之地，人民野蛮，怎能学佛？

慧能于是反问说：我听说人有南北，难道佛性也有南北吗？

这番对话或许让弘忍心生一颤，于是，他指派慧能去到碓房踏碓舂米，平日里也跟着门众一起听法。八个月后，弘忍宣布自己要授传衣钵，选择禅宗的下一代法嗣。按照当时的规则，传法要作偈以见高低，于是，弘忍座下的首席弟子神秀作偈说：

身是菩提树，心如明镜台。
时时勤拂拭，莫使惹尘埃。

不识字的慧能则口诵偈句说：

菩提本无树，明镜亦非台。
本来无一物，何处惹尘埃。

这位目不识丁的勤杂人员，随口诵出的真经，即将在此后改写中国的思想史。

五祖弘忍知道，他的传人来了。

于是，弘忍来到慧能舂米的碓房，用法杖在石碓上敲了三下。

慧能读出了本意。

半夜三更时分，慧能悄悄进入了弘忍的方丈卧室，听取弘忍传授真经。

大概几天后，弘忍决定在夜间，偷偷授予慧能作为禅宗传嗣的法物——据称来自禅宗入华初祖达摩祖师的钵盂和袈裟。

当时，在弘忍门下和大唐国内，对禅宗衣钵野心勃勃的大有人在，而以弘忍门下首座弟子神秀为首的众僧，更是对禅宗衣钵虎视眈眈。当夜授传衣钵后，弘忍立马对慧能说：你手持衣钵，已入险境，速速离开此地。

师徒二人连夜来到江边，弘忍为慧能送行，让他逃难岭南，以避杀身之祸。

慧能邀请弘忍一起南下，他说：请随徒弟南下，弟子摇橹送师父渡过长江。

弘忍坚持留在凭墓山善后，弘忍说：本来该我来度你。

慧能明了，于是向弘忍告别说：迷时师度，悟时自度。

弘忍慨叹一声说：三年后我将圆寂，禅宗佛法，就有赖于你了。

慧能拜别弘忍南下，在东躲西藏五年后，唐高宗乾封二年（667），他现身于广州法性寺（今光孝寺），仍然以留发的俗家弟子现身。

当时，印宗法师正在讲解《涅槃经》，刚好风儿吹动经幡，众僧议论纷纷，有人说是风动，有人说是幡动。

只有慧能静静地说：不是风动，也不是幡动，而是心动。

印宗法师听后震惊，于是将这位和尚请入卧室深谈。在一番探讨后，印宗法师说：我听说禅宗的衣钵传人到了岭南，难道是你吗？若是，请出示衣钵证明。

于是，在东躲西藏五年后，慧能终于出示了弘忍所传的衣钵，并在法性寺由印宗法师替他主持剃度。

印宗法师则反过来拜慧能为师，并邀请慧能在岭南升坛、讲法、收徒。

禅宗至此在大唐分为南北二宗，以弘忍的首座弟子神秀为首的，在后世被称为北宗；以慧能为首的，在后世被称为南宗。

然而一统禅宗佛法的，将是南宗的后人。

3

慧能在法性寺阐述"心动"时，一代佛学大师玄奘已经去世三年了。

两年后，大唐总章二年（669），不受待见的玄奘，又被唐高宗李治下令挖出遗骸改葬，因为李治想看看，玄奘的遗体是否真的金身不腐。

此后，玄奘的遗体开始了颠沛千年的旅程。

在玄奘的弟子为先师被发墓迁骸痛哭流涕之前，慧能搬到了位处今天广东韶关的曹溪宝林寺（今南华禅寺）。此后，他的言论被弟子们记录成书，是为《六祖坛经》。

《坛经》，也是唯一一部由中国人所著，被称为"经"的佛法经典。

经历大唐开国佛法的颠簸，慧能在广东讲法40多年后，最终病逝于唐玄宗开元元年（713）。

那时，一个属于封建中国的巅峰鼎盛时期——开元盛世，正在拉开序幕。

而从六祖慧能开始，禅宗的传嗣也不再以衣钵作为唯一的凭证，这就突破了接班人的人数限制，使得禅宗的佛法得以广泛流传。

诗人王维的母亲，正是禅宗的俗家弟子。

被后世称为"诗佛"的王维，为自己取字摩诘，号摩诘居士。而"摩诘"，其来源则是佛教经典《维摩诘所说经》中悟道成佛者维摩诘的名字。

王维的母亲崔氏，是禅宗北宗普寂禅师的俗家弟子，曾经听从普寂禅师讲法30多年。在母亲的言传身教下，王维早在年轻时就表现出禅宗的意境，在《鸟鸣涧》一诗中他写道：

人闲桂花落，夜静春山空。
月出惊山鸟，时鸣春涧中。

在禅宗意境的宁静致远中，他写下了《辛夷坞》：

木末芙蓉花，山中发红萼。
涧户寂无人，纷纷开且落。

31岁那年，王维的妻子亡故，此后他终生不娶，并"笃志奉佛，蔬食素衣。丧妻不再娶，孤居三十年"。

为了敬奉母亲和安放妻子病逝后自己孤寂的心灵，王维在长安附近的蓝田县建造了一所园林，是为辋川别业，来作为自己"诗意栖居"的精神家园。

在李白、杜甫还在忙于功名，高适、岑参还在奔走边疆、奋斗上进的时候，王维却迎来了自己的《终南别业》：

> 中岁颇好道，晚家南山陲。
> 兴来每独往，胜事空自知。
> 行到水穷处，坐看云起时。
> 偶然值林叟，谈笑无还期。

在禅宗的荫照下，盛唐的诗歌里，走出了一位禅宗的弟子。王维还应禅宗六祖慧能的弟子神会的邀请，为慧能撰写传记，是为《能禅师碑》，这也是慧能流传至今的第一篇传记。

然而，生命并不给予他终极的安宁——唐玄宗天宝十五载（756），安禄山的叛军攻破长安，留居长安的王维在被俘后被迫接受伪职，这也是他一生的污点。

长安光复后，王维的弟弟、刑部侍郎王缙因为平叛有功受封，请求削爵为兄赎罪，王维这才得到赦免，并被降职处理。此后，王维"在京师，日饭数十僧，以玄谈为乐。斋中无所有，为茶铛、药臼、经案、绳床而已。退朝之后，焚香独坐，以禅诵为事"。

时代的激荡，个人的起伏，使得诗人王维更加向往宁静的生活与意境，在《酬张少府》中，他写出了自己从开元盛世就开始向往佛家，经历安史之乱后无处安放的心灵：

> 晚年唯好静，万事不关心。
> 自顾无长策，空知返旧林。
> 松风吹解带，山月照弹琴。
> 君问穷通理，渔歌入浦深。

几年后，唐肃宗上元二年（761），当时安史之乱的战火仍未平息，但61岁的诗人王维却无力挣脱命运的束缚，离开了人世。

4

诗佛走了，但尘世的功业并未了了。

对此，慧能的弟子神会，感悟很深。

慧能虽然得到五祖弘忍亲传的衣钵，但是在初唐时，佛教始终受到皇权的打压。一直到了武则天（624—705）时期，晚年的武则天为了政变夺权，开始打压李唐家族极力推崇的道教，转而推崇佛教和大兴科举制，以此来压制和打压李唐的支持者道教和贵族阶层。

禅宗的春天来了，但当时受到追捧的，是以五祖弘忍的首座大弟子神秀为首的禅宗北宗。

诚如慧能所说，佛性本无南北，但在现实利益的主导下，尽管没有得到弘忍亲传衣钵的加持，神秀依然成了当时皇家炙手可热的帝王师。

弘忍圆寂后，神秀被武则天遣使迎接到洛阳讲法。此后，神秀又被武则天的儿子唐中宗、唐睿宗所器重，禅宗北宗也因此显赫一时。神秀被称为"两京（长安、洛阳）法主，三帝（武则天、唐中宗、唐睿宗）国师"。

为了与神秀等人的北宗相抗衡，慧能的亲传弟子神会冒着生命危险，在滑台（今河南滑县东）大云寺召开无遮大会，宣传禅宗南宗教义，并公开诘难以神秀、普寂禅师为首的禅宗北宗。此后，神会三次遭到刺杀，却都幸免于难。

禅宗在内部的派系争斗中曲折发展，一时北宗兴盛、南宗衰微，但时代即将给予南宗延续的火种。

755年安史之乱爆发后，神会在国家危亡之际，以九十高龄亲自出面，在各地为大唐朝廷设戒坛度僧，募捐"香水钱"以捐助给国家作为军费。这使得唐肃宗非常感动，下令为神会造禅舍于荷泽寺中。神会由此被称为"荷泽大师"。

由于危难之际对皇权的大力相助，禅宗南宗在神会的带领下逐渐崛起，禅宗北宗在唐朝日渐式微，南宗则大盛，最终一统禅门。

在禅宗看来，心即是佛，佛即是心，心外无佛，佛外无心。这也就是"即心即佛"。

换个表述就是，一个人如果想要成佛，就必须观照自己的内心，发现自我，找回自我。

与禅宗北宗主张"渐悟"不同的是，禅宗南宗主张的是"顿悟"，即使对于坏人，南宗也主张"放下屠刀，立地成佛"。这种佛法为大众所喜闻乐见，在观照内心之中，一切众生，皆有佛性。于是，苦海无边，回头是岸。放下屠刀，即可立地成佛。

中国思想史上，最为精深晦涩的佛法，在禅宗的解释中，有了通行大众、照见本心的可能。

正如禅宗四祖道信，当时还未悟道的他，去拜见禅宗三祖僧璨，僧璨问：你学佛做什么？

道信说：我学佛为解脱。

僧璨又说：那是谁束缚了你？

道信说：没有人束缚我。

僧璨说：既然没人束缚你，那么干吗要解脱？

道信大悟，由此进入禅修境界。

5

但佛法的传播，已经如南北朝时期一般，开始失控。

唐宪宗元和十四年（819）正月，唐宪宗派出使者，前往法门寺迎接佛骨。唐宪宗不仅亲自顶礼膜拜，将佛骨留在皇宫中供奉三天，此后还将佛骨送到长安城中各个佛寺轮流供奉。这使得整个长安城为之疯狂，有的信众甚至不惜倾家荡产前往膜拜施舍。

在这种宗教狂热中，52岁的诗人韩愈不顾个人安危，毅然向唐宪宗上呈《论佛骨表》，并斥责供奉佛骨太过荒唐，还公开请求销毁佛骨，以正人心。

不仅迷恋佛陀、同时也迷恋道教的唐宪宗大怒，一度要将韩愈处死。幸亏在宰相裴度等人的极力劝谏下，才改为将韩愈流放为潮州刺史。

在流放广东潮州的路上，韩愈12岁的小女儿韩拏病死。而前后几次因为进谏被贬和流放，也使得韩愈在身心俱疲中，开始了与佛教的亲密接触。

在潮州，他与大颠禅师等人惺惺相惜。此后，他还为其他禅师写下了《送惠师》等诗歌：

惠师浮屠者，乃是不羁人。
十五爱山水，超然谢朋亲。

>　……
>
>　江鱼不池活，野鸟难笼驯。
>
>　……
>
>　去矣各异趣，何为浪沾巾。

在《广宣上人频见过》中，他写道：

>　三百六旬长扰扰，不冲风雨即尘埃。
>　久惭朝士无裨补，空愧高僧数往来。
>　学道穷年何所得，吟诗竟日未能回。
>　天寒古寺游人少，红叶窗前有几堆。

在政治失意、人生困顿的愁苦中，与佛教开始深入交流的韩愈，也在与禅师的交流和政治的压力下，给唐宪宗写信请求宽宥。韩愈说，自己到潮州后由于水土不服等各种原因，才50岁年纪，就已经牙齿掉落、头发花白，估计命不久长，恳请皇帝能够宽恕，让他回到朝廷继续效力。

看到韩愈的信后，唐宪宗很是感慨地说：韩愈谏迎佛骨，我知道他是爱护朕，但为人臣子，不应该诅咒帝王信佛就会位促寿短，我因此而讨厌他的草率。

迷恋宗教的唐宪宗拥有无上的权力，但他却死于宗教的迷恋之中。

由于长期服用道士柳泌等人进献的"仙丹"，慢性中毒的唐宪宗性情愈发狂躁，并动辄迁怒于左右宫人和宦官，以致宫内人人自危。在此背景下，就在韩愈被贬潮州的第二年（820）正月，太子李恒最终利用宫内的矛盾，指使宦官王守澄和陈弘志，将43岁的唐宪宗刺杀于宫中，对外则宣称唐宪宗是服用丹药后暴崩。

唐宪宗死后，韩愈最终被开赦返回长安，通过对现实的妥协，诗人韩愈实现了退缩和自救，但他却无法挽救一个日渐衰颓的王朝。

韩愈身处的晚唐时期，唐朝经历安史之乱后国家经济凋敝，但佛教和寺院却大量垄断土地和吸附人口，并且无须缴纳赋税。不仅如此，从武则天到唐中宗、唐睿宗、唐肃宗、唐宪宗等多位皇帝都推崇佛教，这就使得佛教的经济势力日益坐大，其对晚唐经济的冲击，已经像魏晋南北朝时期一样，成为国家的重大问题。

唐武宗会昌五年（845），鉴于寺院经济泛滥，损害国库收入，唐武宗下令在全国大范围拆毁佛寺，并没收大量寺众土地，以此扩充唐朝中央政府的税源和兵员。此后在五代十国的后周时期，后周世宗柴荣也曾经在统治区域内下令毁佛。

历史上，北魏太武帝拓跋焘、北周武帝宇文邕、唐武宗李炎和后周世宗柴荣共四人的毁佛运动，也被佛教界称为"三武一宗之厄"。

但唐武宗的毁佛并没有持续多久。即使是在唐武宗任内，河北的藩镇就公然保护佛教僧侣和寺院。讽刺的是，唐武宗在掀起毁佛运动的第二年（846），就因为服用道士进献的仙丹暴毙，随后唐宣宗李忱上位，并开始复兴佛教。

而在劫难之后，禅宗僧侣也看出了只有在皇权的庇护下进行改革，佛教才能避免反复遭受"法难"的困境。

在唐武宗毁佛之前，百丈怀海禅师（约720—814）就已看出了这个问题。他极力倡导"农禅"，要求僧尼在修道学禅的同时，必须参与生产劳动，佛教僧侣集团自力更生，以此来避免皇权对于佛教蚕食国家经济的猜疑。

百丈怀海写下了《百丈清规》，以此作为寺院和僧团的生活规式。在百丈怀海的带领以及后代的不断改革下，将儒家的伦理和皇权的要求融合进入清规。经过后世改良的《百丈清规》中写道：

> 丛林以无事为兴盛。修行以念佛为稳当。
> 精进以持戒为第一。疾病以减食为汤药。
> 烦恼以忍辱为菩提。是非以不辩为解脱。
> 留众以老成为真情。执事以尽心为有功。
> 语言以减少为直截。长幼以慈和为进德。
> 学问以勤习为入门。因果以明白为无过。
> 老死以无常为警策。佛事以精严为切实。
> 待客以至诚为供养。山门以耆旧为庄严。
> 凡事以预立为不劳。处众以谦恭为有理。
> 遇险以不乱为定力。济物以慈悲为根本。

历经不断改良，禅宗脱离了早期佛教挑战皇权的不羁，走向自力更生和注重生活、实践的自然美学。

于是，在宋代禅师无门慧开的笔下，修禅变成了毫无政治危害，却能丰富中国哲学的生活与休闲之美：

> 春有百花秋有月，夏有凉风冬有雪。
> 若无闲事挂心头，便是人间好时节。

这种尽力避免危害、挑战皇权的禅宗，在宋代以后逐渐发展，而它的苗头，早在唐代就已显现。

当初，晚唐的赵州禅师从谂（778—897）驻锡赵州观音院，鉴于从谂的名气，前来学习佛法的人越来越多。有一天，负责寺院管理的院主请赵州禅师来为新人们上课，没想到当时已经80高龄的赵州禅师见到第一位信众后，第一句话就是：施主以前来过我们寺院吗？

信徒于是回答说，弟子来过。

赵州禅师说：好好好，吃茶去。

别的信徒再问，也是这句回答：好好好，吃茶去。

一番雷同的寒暄后，讲课就这样结束了。

院主大为不解，便问赵州禅师说：大和尚你让全部的人都吃茶去，到底什么意思？

赵州禅师于是大声说道，院主！

院主一愣，说：在。

赵州禅师于是又来了一句：吃茶去。

后来，宋代高僧圆悟克勤写下了一句话：茶禅一味。

吃茶是修行，劳动是修行，生活都是修行。

世俗化的禅宗，由此深入人心。

一个属于禅宗的时代，开始了。

长安城"死"于907年

大唐会昌五年（845），晚唐诗人李商隐（约813—约858），在一个王朝日益衰残、心情不佳的傍晚，登上了长安城内地势最高的乐游原。

他站在制高点上，俯瞰着这座千年古都，写下了日后广为传诵的《登乐游原》：

向晚意不适，驱车登古原。
夕阳无限好，只是近黄昏。

作为一座从西周就开始定都的千年古城，此时，长安已经繁华了近两千年的时光，但这座与洛阳并称的双子星城市，已开始星光黯淡。

此时，距离大唐和长安陨落，还有62年。

别集：唐诗的隐秘角落

1

在中国历史上，各个统一王朝和各种势力曾经建立过217处都城，但立都时间最久的还是长安，在宋代以前，先后有11个王朝、3位流亡皇帝和3位农民领袖在此建都立业，历时长达1077年。

作为中国历史上最为庞大的国都，大唐长安城更是以87.27平方千米的面积冠绝历代：唐代长安城甚至比隋唐洛阳城大1.8倍，比明代南京城大1.9倍，比清代北京城大1.4倍。

而大唐长安城的直接起源，是隋代大兴城。

隋文帝开皇三年（583），有感于从汉代始建的旧长安城历经800年时光，城市狭小且久经战乱，加上历经800年的人畜粪便等生活污染，"水皆咸卤，不甚宜人"，于是，隋文帝杨坚指令建筑专家宇文恺作为总规划师，召集百万民工，仅仅花了9个月时间，就在汉代长安城的东南方向，建立起了一座超级新城，史称隋代大兴城，这也就是盛唐长安城的直接前身。

进入唐代，唐朝继承大兴城为都，并加建了大明宫等建筑，像李商隐一样，诗人白居易（772—846）则在一个清晨，登上了长安城南的秦岭五台主峰观音台，回望这座规划严整的雄伟京城：

百千家似围棋局，十二街如种菜畦。
遥认微微入朝火，一条星宿五门西。

那时，在各个诗人的回忆中，这是一座充满了诗情画意的国都与万城之城，韩愈（768—824）就在《早春呈水部张十八员外二首》中写道：

> 天街小雨润如酥，草色遥看近却无。
> 最是一年春好处，绝胜烟柳满皇都。

诗人们对这座宏伟的都城充满了自豪，骆宾王（约619—约687）在《帝京篇》中写道：

> 山河千里国，城阙九重门。
> 不睹皇居壮，安知天子尊。

然而，长安城在近2000年的辉煌后，即将在唐诗的绚丽中走向陨落的终点。实际上，在唐朝于907年灭亡以后，长安城彻底衰落，此后再也没有成为统一王朝的正式国都，而追究历史的渊源，一座兴盛近2000年之久的城市，为何在唐代灭亡以后急剧陨落？

说起来，这首先源自大唐人口的极盛与暗藏的危机。

西汉平帝元始二年（2），当时中国人口统计为5959万人；历经魏晋南北朝动荡，到了隋朝大业五年（609），已经统一全国的隋朝统计人口为4602万人；进入唐朝后，唐太宗贞观十三年（639），由于战争丧乱，加上人口逃亡，建立之初的大唐，政府能控制的人口仅为1235万人。

经过100多年发展，到了唐玄宗天宝十四载（755），当时官方统计全国人口为5291万人，考虑到人口逃逸等问题，人口学家估算当时中国人口已达8000万人，超过了汉朝的巅峰时期。

作为大国京城，人口学家估算当时的长安城内更是聚集了超过百万的人口，而长安所在的关中平原，人口总数也超过了300万人，对于一个大国而言，极盛的人口，也意味着对于物资供应的过度开采，即将进入一个严重失衡的状态。

这首先表现在关中地区森林资源的锐减。

作为中国古籍最早记载的"天府之国"，长安所在的关中平原地区，原本是沃野千里、森林密布的生态环境优美之地。

唐太宗李世民在《望终南山》中，就描写了大唐城濒临渭水，周边森林环绕的场景：

> 重峦俯渭水，碧嶂插遥天。
> 出红扶岭日，入翠贮岩烟。

晚唐诗人杜牧（803—约852），也曾经在《过华清宫》中，回忆了长安城周边森林植被茂密的情景：

> 长安回望绣成堆，山顶千门次第开。

尽管诗歌描述华美，但继承隋代，重新进入大一统王朝的唐朝，伴随着以长安为核心的关中地区人口逐渐膨胀，整个关中平原的森林资源正逐渐遭受毁灭性的破坏——当时，从大规模的城市营建到居民日常生活，加上历经千年的农业开垦，已经使得关中平原周边的原始森林面目全非。

当时，整个关中地区"高山绝壑，耒耜亦满……田尽而地"。

到了唐朝最鼎盛的唐玄宗时期，整个长安城周围，已经没有巨木可以供应采伐，以致伐木工人要从陕西，长途跋涉到岚州（今山西省岚县北）、胜州（今内蒙古自治区准格尔旗东北）等地，才能取得营建宫室所用的巨木。

对此，唐朝诗人杜牧曾经在讽刺秦朝的《阿房宫赋》中，指古也是话今地揭露出："蜀山兀，阿房出。"

2

在历经2000年的毁灭性开发破坏后，关中地区森林植被日益锐减，而失去了森林的涵养，与之相伴，则是曾经水资源丰沛、号称"八水绕长安"的景象逐渐消失。

先秦时期，关中地区由于河流、湖泊众多，因此水源丰富，而长安周边，更是有渭、泾、沣、涝、潏、滈、浐、灞八水环绕，在水资源的滋润下，关中地区农田灌溉便利，"膏壤沃野千里，自虞夏之贡以为上田"。

对于关中地区"秦川八水长缭绕"的自然环境，唐中宗李显（656—710）就在《登骊山高顶寓目》中写道：

四郊秦汉国，八水帝王都。
阊阖雄里闬，城阙壮规模。

中唐时期诗人邵偃也在《赋得春风扇微和》中写道：

> 微风扇和气，韶景共芳晨。
> 始见郊原绿，旋过御苑春。
> 三条开广陌，八水泛通津。
> 烟动花间叶，香流马上人。

然而，在历经从西周到唐代近2000年的森林砍伐破坏后，失去了森林涵养的关中地区，水资源已不断锐减消退。到了唐代末年，泾水、渭水、灞水等河流水流量越来越小，龙首渠、清明渠等人工渠道也相继干涸。进入北宋后，"八水"中的滈水，水流量更是小到了可以蹚水过河的地步。

据统计，从唐宋开始，关中地区有关水清、涸竭、断流的记载共22次。其中，清代康熙二十二年（1683）至雍正六年（1728）的45年间，作为滋润长安最重要的河流——渭河及其支流，有记载的断流，更是达六次之多。

在"八水绕长安"日渐消逝的同时，随着森林的砍伐，关中地区的水土流失也越发严重。这就使得关中地区的自然灾害频率增大：有雨则洪水泛滥，无雨则干旱成灾。

据统计，自唐朝武德七年（624）至开元二十九年（741）的100多年里，长安周边的京畿地区，共发生了20起大型自然灾害。其中有10次旱灾，7次水灾以及3次蝗灾。

陕西省气象局根据史料记载进行统计发现，从公元前2世纪的秦朝开始，关中地区的水灾和旱灾，随着时间的推移越来越多，其中唐朝中期的8世纪，竟然发生了37次旱灾，平均每2.7年就发生一次。

关中地区这种由森林乱砍滥伐引发的水源枯竭和次生自然灾害，也使得长安城的生态环境日益恶化。

据统计，在整个唐王朝289年历史中，共有240个年头发生水、旱、蝗等各种灾害。在王朝政治清平、军事强盛时，长安城和唐王朝尚可对付，然而当安史之乱后唐王朝的实力江河日下时，这种频发的灾害，就逐渐成为摧毁王朝的致命因素。

在此情况下，长安的危机越来越迫切。

3

在森林大规模砍伐，导致"八水绕长安"逐渐消逝的同时，失去森林涵养的关中地区"有雨则洪水泛滥，无雨则干旱成灾"的局面日益加剧，这其中就表现在唐代时黄河的正式形成。

实际上，在先秦时期，古人对于"黄河"都称为"河"，因为当时黄河水质清澈，并不存在大规模携带泥沙的问题，《诗经·伐檀》就写道："坎坎伐檀兮，置之河之干兮。河水清且涟猗。"

战国以前，黄河流域仍然存在着广袤的原始森林，因此先人在此砍伐檀树等大型乔木，"河水"的清澈水质更是成为古人诗歌的歌颂对象，然而到了战国后期，随着人类开垦、战争破坏的影响，黄河中游的森林开始经历第一次大规模破坏。

以黄河的支流泾河为例，泾河到了战国后期的含沙量已经很高，随着秦汉定都关中，日趋繁盛的人口活动和关中地区经营需要，使得大规模的毁林造田不断出现，于是，到了西汉中期，泾河更加浑浊，出现了"泾水一石，其泥数斗"的特点。

到了战国后期，黄河开始被称为"浊河"；到了唐朝，随着人口的飙长和整个黄河流域森林砍伐日益严重、水土流失、泥沙裹挟，"黄河"的名称开始固定下来。这也就是李白的《将进酒》中所写的："君不见黄河之水天上来，奔流到海不复回。"

随着森林砍伐的加剧，黄河在唐代时的泛滥也日益加剧。据统计，在两汉的400多年间，黄河只决溢了9次，平均每40年1次；而在唐代290年的历史中（618—907），黄河共决溢24次，平均每12年1次，频率大大提高。

由于黄河经常泛滥成灾，加上泥沙淤积影响漕运，这就使得需要依靠黄河进行漕运的长安和关中地区受到了致命影响。

由于人口日益膨胀，唐代时的长安，已必须以漕运为生命线。

4

黄河流域的频繁泛滥和泥沙淤积问题并没有得到解决。在政治清平时，唐朝政府还有能力组织对漕运的枢纽、大运河进行疏浚，随着755年安史之乱的爆发，对于黄河和大运河的治理工作开始荒废下来，这就使得维持长安城生存的漕运血脉受到了严重威胁。

唐玄宗天宝十四载（755），安禄山在河北起兵叛唐，"渔阳鼙鼓动地来，惊破《霓裳羽衣曲》"。此后，唐朝历经8年时间才平定叛乱，但藩镇割据随之而来，唐朝中央的控制能力急转直下，对于大运河的清淤工作也逐渐废弛。

实际上，早在唐朝初期，由于关中地区森林乱砍滥伐，水土流失严重，因此黄河和渭水泥沙积屯就非常严重，行船很是艰难。

411

唐朝中叶以后，从渭水到长安的一些漕运水渠，甚至经常因为泥沙堵塞航运，不得不边挖沙、边行船。

随着安史之乱以后唐朝中央财力和控制力的减弱，加上关中地区水资源日益衰竭，关中地区水流泥沙不断淤积，因此到了唐朝末年，运输船经由渭水和漕渠行驶进入长安的记载越来越少，几乎完全消失。

而杜甫曾经在《后出塞》中所写的"云帆转辽海，粳稻来东吴"的漕运情景也逐渐消失。

自身生产不足，依靠黄河和大运河的漕运又日益艰难，这就使得长安和整个关中地区赖以为生的漕运血脉日益淤积不通。

对此，诗人杜甫在《逃难》中哀叹说：

已衰病方入，四海一涂炭。
……
故国莽丘墟，邻里各分散。

由于漕运日益艰难，加上安史之乱以后跋扈的藩镇经常阻断大运河，这就使得长安城在安史之乱以后陷入了物资供应的窘境。

5

在关中地区生态日益恶化的同时，整个黄河流域的自然灾害也不断发生。

作为砍伐森林、水土流失引发的次生灾害，据统计，在整个唐王朝290年历史中，共有240个年头发生水、旱、蝗等各种灾害。由于黄河等水患严重，加上旱灾频繁，因此实际上早在唐太宗时期，经常伴随水旱灾害相生的蝗灾，就开始频繁侵袭整个大唐，以贞观二年到贞观四年（628—630）为例，当时整整三年间，整个大唐王朝都处于严重的蝗灾袭扰下，此后，小蝗灾每隔几年，大蝗灾每隔几十年就爆发一次，贯穿了整个唐朝的历史进程。

当时，从西汉的董仲舒开始，就习惯将蝗灾作为"天谴"来警示君王，鉴于蝗灾的超级破坏力，到了唐朝时，各个社会阶层甚至将蝗虫敬拜为神虫或虫王，认为蝗虫不是人力可以战胜的，统治者应该"修德禳灾"。

到了唐玄宗开元三年至四年（715—716），唐王朝再次爆发了大规模蝗灾，当时有人主张应该灭蝗，但即使是宰相卢怀慎都认为蝗是天灾，大规模瘗埋会"杀虫太多，有伤和气"。

对此，连大诗人白居易也天真地写诗道：

捕蝗捕蝗竟何利，徒使饥人重劳费。
一虫虽死百虫来，岂将人力定天灾。

当时，民间普遍建立有八蜡庙和虫王庙祭祀蝗神，在山东大蝗的情况下，民众甚至"或于田旁焚香膜拜设祭而不敢杀"。面对这种从上到下的迂腐习气，宰相姚崇怒斥说："庸儒执文，不识通变！"

姚崇说，如果蝗灾不除，势必导致"苗稼总尽，人至相食"。为此，姚崇坚决向唐玄宗请求灭蝗。他说：如果因为"救人杀虫，因缘致祸",那么我姚崇就请求独自承受上苍的惩罚,"义不仰关"。在姚崇的力请下,唐玄宗最终下令灭蝗,"由是连岁蝗灾,不至大饥","蝗因此亦渐止息",从而为开元盛世的到来奠定了基础。

但唐朝在政治清平时,治理蝗灾尚且争议重重,一旦发生动乱,则政治执行力立即下降。

安史之乱(755—763)后,唐朝的蝗灾明显加剧,其中783—785年连续三年大蝗,836—841年连续六年大蝗,862—869年连续八年大蝗,875—878年连续四年大蝗。

在藩镇割据、政治治理失控、蝗灾四起的背景下,咸通九年(868),由于唐朝政府财政拮据、克扣兵士薪水,长期在桂林戍守的徐州、泗州兵800人因为超过役期却不能返乡,随后发动兵变,并拥护庞勋为首领北归。这支叛变的军队在抵达淮北地区时,刚好碰上江淮流域连续多年蝗灾,加上当时再次水灾,"人人思乱,及庞勋反,附者六七万"。

由于水旱蝗灾并起,无数失去生存依托的灾民纷纷投靠庞勋的部队,庞勋的军队迅速扩张到了20万人。尽管遭遇唐朝和各路藩镇的强力镇压最终失败,但庞勋领导的桂林戍卒起义,确是在水旱蝗灾的助力下迅速扩散。

庞勋失败后,唐朝境内的蝗灾继续蔓延,到了乾符二年(875),唐朝境内的蝗灾更是"自东而西,蔽日,所过赤地",面对这种遍布整个王朝北部的大蝗灾,唐朝的官僚群体却忽悠唐僖宗说,蝗虫全部自己绝食,"皆抱荆棘而死"了,为此,当时几位宰相还向唐僖宗祝贺说这是上苍有灵。

面对大规模旱灾和蝗灾蔓延的局势，当时有百姓向唐朝的陕州观察使崔荛哭诉旱灾、蝗灾之巨，没想到崔荛却指着官署里的树叶说："此尚有叶，何旱之有？"然后将请求赈灾的百姓暴打一顿了事。

在这种大规模旱灾、蝗灾相继侵袭，唐朝整个官僚集团却从上到下不闻不问的情况下，"州县不以实闻，上下相蒙，百姓流殍，无所控诉"，于是，整个唐王朝内部，人民开始"相聚为盗，所在蜂起"。

就在蝗灾肆虐的乾符二年（875），王仙芝在蝗灾最为严重的濮州（今山东鄄城）领导了一场为时三年之久的大规模农民起义，王仙芝在878年被杀后，他的余部又继续投靠黄巢，而黄巢大规模起事的这一年（乾符五年，878），正是唐僖宗时期蝗灾最为严重的一年。对此，唐京西都统郑畋在讨伐黄巢的檄文中写道："近岁螟蝗作害，旱暵延灾，因令无赖之徒，遽起乱常之暴。虽加讨逐，犹肆猖狂。"明确指出旱灾和蝗灾相继侵袭，正是直接激发王仙芝、黄巢起事的重大背景。

6

唐僖宗中和三年（883），黄巢率军攻破长安，不久唐朝官军又反攻入城，随后黄巢又再次反攻进入长安。在这种反复的争夺中，先是唐朝官军在长安城中大肆抢掠，然后恼怒长安居民帮助官军的黄巢，又指使军队对长安进行了屠城，"（黄巢）怒民之助官军，纵兵屠杀，流血成川，谓之洗城"，当时，黄巢军队共在长安城"纵击杀八万人,血流于路可涉也"。

经过这场血腥的反复争夺,长安城遭到了大规模的破坏,对此,亲身经历此事的晚唐诗人韦庄,在他的著名长诗《秦妇吟》中写:

家家流血如泉沸,处处冤声声动地。
……
六军门外倚僵尸,七架营中填饿莩。
长安寂寂今何有?废市荒街麦苗秀。
采樵斫尽杏园花,修寨诛残御沟柳。
华轩绣毂皆销散,甲第朱门无一半。
含元殿上狐兔行,花萼楼前荆棘满。
昔时繁盛皆埋没,举目凄凉无故物。
内库烧为锦绣灰,天街踏尽公卿骨!

在这场883年的黄巢起义中,当时,长安城"宫室、居市、闾里,十焚六七",昔日辉煌壮丽的大明宫,更是烧得只剩下了含元殿。

黄巢起义失败后,从883年到904年,短短21年间,长安城又先后经历了三次动乱:其中885年宦官田令孜在挟持唐僖宗退出长安时,下令在长安城全城放火,以致整个王朝首都"宫阙萧条,鞠为茂草","唯昭阳、蓬莱三宫仅存"。

尽管长安城此后有所修复,但到了唐昭宗乾宁三年(896),军阀李茂贞又从岐州(今宝鸡市凤翔区)攻入长安,并在城内到处杀人放火。至此，整个长安城"宫室廛闾，鞠为灰烬，自中和以来荟构之功，扫地尽矣"。

而长安城的第三次，也是最后一次的毁灭性打击，则是来自朱温。唐昭宗天祐元年（904）正月，军阀朱温强迫唐昭宗迁都洛阳，据《旧唐书·昭宗纪》记载，朱温命令长安全城军民"毁长安宫室百司及民间庐舍，取其（木）材，浮渭（水）沿（黄）河而下，长安自此遂丘墟矣"。

这座千古名城，最终被军阀朱温下令彻底拆毁，以营建洛阳宫室。于是，在从881年至904年的三次动乱中，历经多次动荡的大唐长安城，最终在一次次的战火和人为破坏下走向毁灭，并堕入深渊。

三年后，907年，朱温又强迫唐哀帝"禅位"，随后朱温即皇帝位，灭大唐，改国号为梁。

唐代长安城，至此彻底覆灭。

尽管长安城在唐代以前屡屡被毁、又多次复兴，但从唐朝末年的黄巢起义开始，一直到朱温下令拆毁长安城后，长安城再未崛起。

而追究根源，除了政治动荡外，其根本原因则在于以长安为核心的关中地区，在乱砍滥伐森林、水土流失、可耕地面积锐减、自然灾害频发、无法自给自足的情况下，其生态环境日益恶化，已无法支撑作为王朝首都的重负。

进入五代十国后，长安周边又战乱不断。

到后汉乾祐元年（948），赵思绾夺取长安后，与后汉军队进行对峙。当时，整个长安城已经从盛唐时期的百万人口，减少到了只有10万人。经历后汉这场战争后，长安城的人口最终锐减到了1万多人，相比巅峰时期，长安城人口减少达99%。

北宋时，宋人由于用兵西北，以致长安一带长期动荡。南宋时，长安一带又成了宋人与金人、蒙古人争战的前线。可以说，从883年的黄巢起义开始，一直到1279年南宋灭亡的近400年间，整个长安及关中地区，一直处于不间断的政治和军事动荡中。

长安的这个动荡周期，甚至超过了魏晋南北朝时期。从此，长安王气丧尽。

此后，在整个五代十国及两宋期间，长安周边"畜产荡尽……十室九空"。关中地区，在宋代时，最终沦落成为"壤地瘠薄""土旷人稀"的"恶地"。

后来，南宋时人李献甫在《长安行》中写下了那个业已衰落不堪的长安和关中平原：

长安大道无行人，黄尘不起生荆棘。
高山有峰不复险，大河有浪亦已平。

在破碎的时空里，那座唐诗里辉煌壮丽的长安城，再也回不来了。

洛阳：中国唯一的"神都"

若是在唐代，你问一个人，死后想去哪？象征最高荣誉的回答，应该是洛阳邙山。

邙山又称北邙山、芒山、太平山等，位于洛阳境内北面、黄河南岸，是秦岭山脉的余脉，崤山支脉。虽然海拔只有300米左右，但山势雄伟，东西横亘数百里。古人认为，立墓于此，可"枕山蹬河"，风水绝佳，因此一直是最受欢迎的墓葬地。

邙山受欢迎到什么程度呢？

据统计，邙山的陵墓群涵盖了东周、东汉、曹魏、西晋、北魏、后唐共6个朝代的24座帝王陵墓，还有秦相吕不韦、南朝陈后主、南唐李后主、大诗人杜甫、大书法家颜真卿等历史上的名人，也归葬于此。其他王侯将相、富商巨贾，那就数不胜数了。

古人的梦想不是死后上天堂，而是死后葬邙山，以至于"生在苏杭，葬在北邙"成为一句流行语。他们觉得，葬在邙山，这才叫"死得其所"。

毫不夸张地说，邙山堪称世界上最密集的墓葬地，被形象地形容为"邙山无卧牛之地"。

唐朝诗人王建有一首诗,描述当时的人想葬在邙山有多么困难:

北邙行(节录)
北邙山头少闲土,尽是洛阳人旧墓。
旧墓人家归葬多,堆著黄金无买处。

这山头风水实在太好了,墓满为患,哪怕你家有黄金万贯,也买不到山上一小块墓地啊。

邙山密集的古代权贵墓葬群,大大激发了盗墓者的创造力。闻名于世的盗墓工具"洛阳铲",就是在洛阳被发明并以洛阳命名。

而邙山崛起为古代最受欢迎墓葬地,很大程度上源于它面朝的是洛阳城——中国历史上数一数二的古都。正如唐朝诗人沈佺期所说:

邙山
北邙山上列坟茔,万古千秋对洛城。
城中日夕歌钟起,山上唯闻松柏声。

1

邙山的好风水,是洛阳赋予的。

别看如今的洛阳市平平无奇,放在全国就是一个经济总量排在

40多名的普通三线城市；可在宋代以前，洛阳的地位几乎无可匹敌，哪怕在中国历史第一城西安面前，也毫不逊色。

洛阳是独一无二的。

就连"中国"这个名称，最早所指的地方，也是以洛阳为中心的河洛地区。这里不仅是汉民族形成和兴盛的地方，也是中华文明起源、形成、定型和发展的中心地区。

早在西周初年，周公营建洛邑，就认定洛邑是"天下之中"。周公认为把都城建在天下的中央，有利于打造一个"四方辐辏"式的政治、经济、文化中心，既便于四方诸侯贡赋，又利于镇抚全国。

这一理论对后世影响极大。后来，很多皇帝想把首都定在洛阳，一个关键的形而上考虑，正是想依托"天下之中"的区位来确立政权的合法性。

关于洛阳，有"九朝古都"之说，也有"十二朝古都"之说，看具体怎么算吧。但即便按照最严格的标准来算，洛阳作为正式都城的历史也有900年左右（不含陪都），时间跨度上仅次于西安。

在中国封建时代的前半期，洛阳是与西安双星并峙的大都会。但按照司马迁的说法，洛阳的发迹更早。

《史记》记载，"昔三代之居，皆在河洛之间"。洛阳所处的河洛地区，因此被称为"九州腹心"，是中华文明的发源地。这是位于黄河中下游南岸的一块河谷盆地，三面环山，西有崤山、中条山，南有熊耳山、外方山、伏牛山，东有淇山、嵩山；北面就是黄河，黄河南岸的邙山则成为一座天然的屏障，使洛阳免于黄河水患的侵扰。

有山还有水。洛阳水系发达，北面黄河，而洛河、伊河、涧河、瀍河等汇流于此，滋养着这片风水宝地，史称"五水绕洛城"。在很长的历史时期内，河洛地区代表着农耕文明的最高经济水平。

秦朝定都咸阳，没有选择东周故城洛邑，这可以理解，毕竟人家就是在关中一带发家的。而刘邦在楚汉争霸中获胜后，建立汉朝，都城毫无意外地选择了洛阳。但是，仅仅几个月后，一个叫娄敬的小人物劝说刘邦迁都关中。

劝说的理由是，东周时期的天子虽处天下之中，但天下诸侯都把他当成了摆设，"非其（周天子）德薄也，而形势弱也"。就是说，从地势的险要程度来看，洛阳作为都城，并不如长安好。

刘邦觉得有道理，就迁都到长安去了，反正他在关中也很有群众基础。虽然他当年是在东南起兵反秦，但成就大业却是在关中。

到了刘秀建立东汉，他起家的政治支柱是以南阳、颍川等地为主的山东（崤山以东）豪族地主，这些人在山东拥有雄厚的经济基础和社会关系，他们并不想离开自己的根基到关中去。于是，刘秀定都洛阳，便成了一个自然而然的选择。

而这一决定，让洛阳在帝制时代首次正式成为一个王朝的都城，拉开了后续多个朝代定都于此的序幕。

为了弥补洛阳与长安的形势差距，东汉时期，在洛阳四周设置了函谷、伊阙、广成、大谷、轘辕、旋门、孟津、小平津八大关口，合称"八关都邑"。这样，洛阳四塞环卫，雄关林立，成为名副其实的形势险固之地。

但是，作为都城，沾染一个王朝兴盛的荣光，也必然要承受一个王朝衰败的重压。除非是以禅让之名实现权力的转移和交接，否则，诉诸战争的朝代更替，肯定会伴随都城的破坏与毁灭。东汉末的董卓之乱、西晋末的永嘉之乱，都是刻写在洛阳历史上的重大伤痕。

直到494年北魏孝文帝推行汉化政策，从平城迁都洛阳，才在西晋洛阳城故址上重建了这座城市。很快，这座旧址新城就汇集了30万人口，佛寺达到1000多所，繁盛一时。

仅仅40余年后，北魏两大权臣家族，一个立足长安，一个东迁邺城，后来演化成西魏和东魏。东西相争，洛阳地处两者中间，成为争战之地，难逃被毁的命运。正所谓，洛阳"盖四方必争之地也，天下常无事则已，有事则洛阳先受兵"。

547年，在北魏分裂为东、西魏13年后，一个名叫杨衒之的人奉命回到故都——前北魏洛阳城。眼前的一切，让他十分悲痛。他看到这座当时规模最宏伟的都城，"城郭崩坏，宫室倾覆，寺观灰烬，庙塔丘墟"。繁华的背面是荒凉，这是任何一座都城都难以逃脱的兴衰宿命，洛阳更不例外。

有意思的是，为了对抗占据山东富庶地区的高欢家族，立足长安的宇文泰家族发展出一套"关中本位政策"，这套政策及其影响下形成的关陇军功集团，此后影响了中国历史300多年，并深度介入了长安和洛阳这两座超级都城的命运。

2

作为对抗关中本位政策的基地，洛阳在隋唐时期一度达到繁盛的顶点。

南北朝时期的中国，沿着两条路径发展，最终以西魏—北周—隋朝作为历史的出口，重新统一并主导了中国的走向。杨坚建立的隋朝，实际上继承的是宇文泰家族的衣钵，包括接下来李渊建立的唐朝，也是如此。由此可见宇文泰的关中本位政策影响多么深远。

关中本位政策是史学大家陈寅恪最早提出来的一个说法，在此基础上，发展为"关陇集团"。具体指的是西魏权臣宇文泰"融合其所割据关陇区域内之鲜卑六镇民族，及其他胡汉土著之人为一不可分离之集团，匪独物质上应处同一利害之环境，即精神上亦必具同出一渊源之信仰，同受一文化之熏习，始能内安反侧，外御强邻"。

也就是说，鲜卑贵族把关中的汉族豪强纳入府兵系统形成统一的军功贵族，这样，关中勋贵便具有了共同的利益和信仰，能够团结起来共同战斗。历史表明，关中本位政策使西魏变弱为强，到北周后，消灭了北齐，统一了中国北方，隋朝代北周后，又南下消灭了陈，最终实现了国家的统一。

从北周到隋朝再到唐朝，三个朝代的权力更替，实际上是在关陇集团内部进行的，说得更具体一点，是在同一个婚姻圈内，一堆亲戚之间进行的。最终的胜出者，都仅仅是因为得到了关陇集团的集体拥护。哪怕是在太原起兵的李渊，也要处心积虑回到长安，争取关陇集团的支持，才能顺利建立李唐王朝。

正因如此，长安是隋唐两朝的基本盘，两朝的开国皇帝都毫不犹豫地以长安为都城，绝无其他打算。同时，无论杨坚还是李渊，都对代表山东士族势力的洛阳进行无情的打压。目的也是维护关陇集团的纯粹性和基本利益，防止洛阳崛起成为对抗长安的根据地。

然而，到了这两个王朝的第二代接班人，想法就有些不同于他们的父辈了。他们的父辈既然是依靠关陇集团的背景立国，实际上落实到皇帝本人的权力是相对有限的，身为第二代接班人，杨广和李世民都是经过兄弟夺权上位的，他们显然不满足于父辈受到的权力制衡，希望进一步强化皇权。

在野心的支配下，隋炀帝杨广开始了重新营建洛阳城的宏大工程。

登基的第二年，605年，杨广亲自登上北邙山，南望伊阙，选择了西对龙门的一块地儿，重建东都洛阳。他任命天才建筑师宇文恺负责洛阳城的规划营建，工程十分浩大，每月役使的工人达200万人。这次洛阳城的重建堪称鬼斧神工：一方面适应地形，打破南北轴线完全对称的城市营建法则，将皇城和宫城建在城市的西北角，但整个城市的规划仍然是棋盘形格局，力求方正整齐；另一方面整个城市跨河流两岸建设，洛河穿城而过，由西向东将市区分成南北两半，城中用四座桥梁连接，此外还引伊水、瀍水入城，开凿漕渠，使得洛阳城的水运系统极其发达。

杨广的另一项宏大工程，是以百万民力凿通长达2000多千米的南北大运河，形成一个庞大的内河航运系统。而这个系统的中心，正是洛阳。江南、山东、河北的粮食物资，通过水运，经黄河直接进入洛阳。到洛阳后，经广通渠等继续西运，再转入长安。成为水运枢纽后，洛阳的商业急剧发展，城市人口迅速飙升到百万以上。

营建东都洛阳的成功，标志着杨广从父辈纯粹依托关陇集团，转而依托山东士族、江淮士族等新势力。后世将此解读为杨广与关陇集团的决裂。

或许是步子迈得太大了,杨广最终还是败给了关陇集团。继起的唐朝开国皇帝李渊,是杨广的表哥。

李唐的第二代接班人李世民,又开始走杨广当年制衡关陇集团的路子。尽管遭到多次谏阻,但李世民还是坚持要大力修建隋末战乱中被破坏的洛阳宫城。原因无他,李世民想以洛阳牵制长安,以山东集团制衡关陇集团而已。

由于有了杨广的前车之鉴,李世民的步子迈得稳妥很多。他随时兼顾关中与山东两个集团的势力平衡,确保了权力的稳定过渡。

直到他曾经的妃子、后来的儿媳——武则天,掀起了更大的风浪。

3

洛阳在武则天的手上,被赋予了"神都"之名,地位超越长安。而这一切,仍旧源于一直悬而未决的关陇集团势力问题。

655年,唐高宗李治决定要废掉王皇后,立武则天为后。这次"废王立武"事件引起了轩然大波,其本质则是关陇集团与山东集团之间的一场斗争。王皇后出身关陇贵族,家族根基深厚,而武则天的父亲是一个木材商,属于山东寒族。这场背景悬殊的对立,却以武则天胜出而告终,标志着山东集团在与关陇集团的较量中开始占据上风。

武则天是个政治奇才。在唐高宗常年卧病、无力处理政事的背景下，她凭借聪明能干介入朝政，到674年以后，已经发展出朝廷的"二圣"格局，实际政务由她一手包揽。683年，唐高宗病逝后，武则天距离成为大唐的女主，只差一个名号而已。

横亘在她面前的障碍，一个是她的性别，另一个是她的出身。关陇集团对武则天的敌意，很大程度上源于她是一个外来的闯入者。而武则天要想抵达权力的巅峰，就必须突破关陇集团的阻挠。所以，武则天向来将关陇集团势力盘结的长安视为畏途，她的做法是在洛阳重建班子，对抗关陇集团。

684年，武则天致信西京留守刘仁轨，将刘仁轨比作萧何，并把长安托付给他，自己专心留在洛阳。

同年，武则天改东都洛阳为"神都"，使之凌驾于长安之上。

事实上，在唐高宗和武则天时期，洛阳的地位已超越长安，成为全国的政治中心。唐高宗在位33年中，七幸洛阳，累计达11年之久。唐高宗死后，武则天执政22年，除晚年一度回长安两年外，其余时间全在洛阳。

神都洛阳在武则天的运作下，迎来了史上最荣耀的时期。

唐高宗和武则天先后对洛阳城宫城进行重建。上阳宫是最重要的听政场所，以建筑华丽著称，武则天长居于此，最后亦在此病逝。唐朝诗人王建曾写诗称赞上阳宫的巍峨华美，诗曰：

上阳宫

上阳花木不曾秋，洛水穿宫处处流。
画阁红楼宫女笑，玉箫金管路人愁。
幔城入涧橙花发，玉辇登山桂叶稠。

曾读列仙王母传，九天未胜此中游。

武则天的最大动作，是在洛阳修建明堂和天堂。史书记载，明堂有三层，高度约为88米，中有通天柱上下贯通。而天堂更宏伟，一共有五层，从第三层就可以俯瞰明堂，中间放置一尊大佛，仅佛像的小指就可并坐数十人。明堂和天堂都在建成不久后遭火灾或风灾，毁掉后，又重建。史载，为了重建，"日役万人，采木江岭，数年之间，所费以万亿计，府藏为之耗竭"。

从记载来看，明堂和天堂绝对是中国历史上规模最大的单体木构建筑，一直以来，人们甚至不敢相信它们真实存在过。直到1986年，洛阳一个施工现场意外挖出了一个直径3.67米的巨型柱坑，人们才终于相信天堂和明堂不是传说。

武则天以巨大的财力和魄力，将洛阳打造成一座真正意义上的"神都"，借此为她建立武周政权及称帝造势。当时的诗人宋之问在诗里还原出洛阳繁花似锦的景观，并欢呼这是一个千年一遇的太平盛世：

寒食还陆浑别业

洛阳城里花如雪，陆浑山中今始发。
旦别河桥杨柳风，夕卧伊川桃李月。
伊川桃李正芳新，寒食山中酒复春。
野老不知尧舜力，酣歌一曲太平人。

对于那个时代的诗人而言，武则天确实是一个千载难逢的明君圣主。如前所述，为了对抗关陇集团，武则天需要构建支持自己的力量。关陇贵族主要通过门荫入仕，固化和垄断阶层利益，而武则天则大力推动科举，通过科举选拔人才，从而对关陇贵族入仕形成抑制。

正如陈寅恪在《唐代政治史述论稿》中指出的："进士之科虽设于隋代，而其特见尊重，以为全国人民出仕之唯一正途，实始于唐高宗之代，即武曌专政之时。"

只要你有才学，哪怕出身寒微，没有关系，武则天照样给你官做。出身论一定程度上被打破了。"初唐四杰""文章四友"等文人活跃于这个时期，应该说跟武则天对于科举和文学的重视是分不开的。就算骆宾王在檄文中将她骂得狗血淋头，武则天仍然会惊讶于这名诗人的才气，而质问自己的宰相说，你怎么能错失这样的人才！

洛阳由此成为全国最大的科举和人才中心，即便在武则天死后，长安重新夺回帝都之位，但洛阳出人才的名声依旧深深影响着历史。

东阳夜怪诗

佚名

长安城东洛阳道，车轮不息尘浩浩。
争利贪前竞着鞭，相逢尽是尘中老。

日晚长川不计程，离群独步不能鸣。
赖有青青河畔草，春来犹得慰羁情。

在不知名的唐朝诗人笔下，洛阳的繁华吸引着无数的士人和商人，为了名利，竞相奔走在通往洛阳的道路上。这条洛阳道，不正是实实在在的成功之道吗？

武则天也成功了。

在她的推动下，庶族新兴阶层的兴起，逐步取代了关陇贵族的地位，由此构成唐宋社会变革的一个重要进步内容。而她依靠这股进步力量，登上了个人的权力顶峰。

690年，武则天称帝，成为中国历史上唯一的女皇帝。

神都洛阳跟着女皇武则天，创造了一段伟大的历史——门阀士族统治没落了，科举士大夫阶层兴起了。这是一个缓慢的进步过程，但它的发端无疑是在洛阳，光凭这一点，洛阳就足以在历史上不朽。

4

巅峰意味着下坡的开始，接下来的洛阳故事就略显悲凉了。

705年，武则天在洛阳上阳宫病逝后，她的儿子、唐中宗李显还都长安，并有意降低了洛阳的地位。

到了唐玄宗时期，他在位期间曾五次巡幸洛阳，但都发生在开元二十四年（736）以前，主要是到洛阳处理武则天称帝时期留下的"尾巴"，比如清理一些不合礼制的建筑，为被镇压的李唐宗室成员平反，等等。开元二十四年从洛阳返回长安以后，唐玄宗再也没有踏足洛阳。

742年，唐玄宗下诏东都改名为东京。

现在我们讲唐朝的极盛，都是讲"开元盛世"，实际上开元盛世是在唐高宗和武则天执政时期奠定的人才、制度基础上出现的，是洛阳作为神都时期留下来的政治遗产。

后来，那些没有经历过开元盛世的唐朝诗人，总是以洛阳的衰落来隐喻唐朝的衰落。在他们看来，洛阳的繁盛一去不返，是整个王朝走向黄昏的一个缩影：

洛阳行

张籍

洛阳宫阙当中州，城上峨峨十二楼。
翠华西去几时返，枭巢乳鸟藏蛰燕。
御门空锁五十年，税彼农夫修玉殿。
六街朝暮鼓冬冬，禁兵持戟守空宫。
百官月月拜章表，驿使相续长安道。
上阳宫树黄复绿，野豺入苑食麋鹿。
陌上老翁双泪垂，共说武皇巡幸时。

中唐诗人元稹写过一首更著名的诗，短短20个字，却让人读后有一种崩溃感：

行宫

寥落古行宫，宫花寂寞红。
白头宫女在，闲坐说玄宗。

诗中的"古行宫",正是唐高宗、武则天时期营建的洛阳上阳宫。唐玄宗当年巡幸洛阳时留下的宫女,从青春少女变成了白头老妪,岁月不可挽回,而盛世同样一去不返了。

无论对于洛阳还是对于唐王朝,更大的破坏源于唐玄宗执政后期爆发的安史之乱。

在安史之乱八年间,洛阳四次在叛军和唐政府借用的回纥兵之间易手,四次都遭到不同程度的焚烧劫掠。到战乱平息后,洛阳所存人口仅有原来的两三成,而宫室建筑"十不存一",豺狼出没,一片荒凉凄惨的景象。

诗人杜甫早年曾跟姑妈一起居住在洛阳,中年后又曾与李白、高适一同漫游洛阳,对这座都城有着深厚的感情。但他晚年在南方漂泊,回忆往事,却不敢跟人打听洛阳的最新情况:

忆昔二首(节录)

洛阳宫殿烧焚尽,宗庙新除狐兔穴。
伤心不忍问耆旧,复恐初从乱离说。

整个中晚唐,面对王朝中兴无望,诗人们一个个渐生幻灭之心,这跟盛唐时期诗人写起洛阳总是一片繁华心生乐观,形成了强烈的对比。童年经历过安史之乱的孟郊,有一次站在洛阳的天津桥上,看到了满眼萧条:

洛桥晚望

天津桥下冰初结,洛阳陌上人行绝。

榆柳萧疏楼阁闲，月明直见嵩山雪。

要知道，天津桥坐落在洛阳中轴线上，是城中最繁华的地带。李白当年在天津桥南的酒楼里"黄金白璧买歌笑，一醉累月轻王侯"，沈佺期退朝后从天津桥招摇而过，"天津御柳碧遥遥，轩骑相从半下朝"。而到了孟郊的时代，短短数十年间，一切都换了容颜。

这座城市老了。

洛阳作为大运河中心的地位，在安史之乱后也受到了挑战。

从江淮连接到洛阳的通济渠，由于安史之乱断航淤塞长达八年，直到764年朝廷理财大臣刘晏重开汴河，并改革漕运制度后，开封的水运地位逐渐崛起。四方转运的粮食货物不再进入洛阳，而是由汴河经黄河入渭水，直达长安。在王朝经济重心南移的大背景下，洛阳又丧失了大运河的中心地位，日渐衰落并最终被开封所取代，已经只是时间的问题而已。

而这一切的发生，跟封建中国的权力中心东移是同步的。从秦朝开始的帝制时代，到北宋立国，在1000余年的历史中，中国的都城有一个缓慢东移的过程，其中有两个最主要的临界点：

一次是904年，大军阀朱温胁迫唐昭宗从长安迁都洛阳。这次迁都，不仅迁走长安的皇帝、百官和百姓，连建筑拆下来的木材都沿渭河和黄河顺水而下，一起运到了洛阳。长安遂为丘墟，沦为一般城市，从此与帝都无缘。

另一次则是在五代时期，洛阳虽然与开封组成新搭档，轮流当国都，但谁都知道，洛阳只是开封的一个过渡和替身。北宋时期，洛阳称作西京,成为陪都,用来安置朝廷党争的失败者和闲散官员,而这也是洛阳都城史上最后的陪都时期。

宋太祖赵匡胤曾想迁都洛阳,他弟弟说"大哥,你到洛阳吃什么啊",一句话噎得赵匡胤没脾气。风水轮流转,开封凭借大运河中心的区位优势,源源不断获取来自南方的粮食物资,而洛阳仅剩下了光辉历史涂抹的一层光圈,此外啥也没有。

北宋灭亡后,洛阳沦为一个普普通通的区域性城市。

然而,我还是喜欢洛阳如今的样子,一座光耀千年的都城,蜕变成文明与历史的象征。她在现实中老去,却在唐诗宋词的经典中永远年轻。

就像司马光说的那样,"欲问古今兴废事,请君只看洛阳城"。

就像永不言语的北邙山,埋葬了多少荣华富贵,但唐朝的诗人们说:

观送葬

欧阳詹

何事悲酸泪满巾,浮生共是北邙尘。
他时不见北山路,死者还曾哭送人。

浩歌行(节录)

白居易

贤愚贵贱同归尽,北邙冢墓高嵯峨。
古来如此非独我,未死有酒且酣歌。

颜回短命伯夷饿，我今所得亦已多。

功名富贵须待命，命若不来知奈何。

在这样一座几经兴衰的千年古都面前，人类还有什么想不开、看不透、放不下的呢？

成都：大唐最后的乌托邦

有唐一代，天子"四出而卒返，虽乱而不亡"。自安史之乱起，先后有四个皇帝为了避乱而出奔，其中唐玄宗和唐僖宗都逃到成都，唐德宗挨打时本来也想奔蜀，跑了一半没走成。

唐玄宗亲身体验了在没有现代交通工具的情况下，从国都长安到西南都会成都的来回路途。为了躲避安史叛军，旅客李先生从长安逃到成都是一个半月，后来叛乱逐渐平息，李先生回长安见儿子，又走了一个月零十天。从关中到巴蜀，翻过山地、越过栈道，这两趟旅程都花了一个多月时间。

蜀道真难！

大诗人李白虽曾感叹蜀道之难，却不吝赞扬锦城之美。唐玄宗还朝，举国欢庆，李白为此写了《上皇西巡南京歌十首》。其中"圣主西巡"等语听起来就别扭，不说还以为是反讽，可李白对养育自己的故乡蜀地都是真情实感，尤其是夸成都：

九天开出一成都，万户千门入画图。

草树云山如锦绣，秦川得及此间无。

此处的"南京"指成都，唐玄宗入蜀后，曾将其升为南京。李白认为，这个西南大都会才是真正的一线城市，千家万户如在画中，青山白云灿若锦绣，就连当时繁盛的关中也不及成都。

大唐成都，究竟有何魅力，让人流连其间？

1

在中国历史上，至少有7个地方曾被称为"天府之国"，其中，关中与四川堪称"天府"联盟当之无愧的"清华北大"。但到了唐朝中后期，关中地区战乱频仍、经济凋敝，生态环境更是急速恶化，四川盆地就抢了老大哥的位置，渐渐独占"天府之国"的称号。

如今说起天府之国，你会想到四川，还是陕西呢？

作为四川的中心，成都建城至今已有2300多年，而且自秦汉起就是天下富庶之地。《汉书》说了，此地"有江水沃野，山林竹木，蔬食果食之饶。……民食稻鱼，亡凶年忧，俗不愁苦"。当年，高卧隆中的诸葛亮，还没出山就跟快破产的老板刘备说，这块地盘一定要占了，老祖宗汉高祖就是以此成帝业的。

到了隋末唐初，成都是仅次于长安的第二大城市，人口约10.7万余户。所谓"时天下饥乱，唯蜀中丰静"，当时中原地区都在打仗，伊、洛以东道路萧条、鸡犬不闻，成都人却幸运地成为旁观者。即便是深受隋炀帝青睐、日后与成都并称的江都（扬州），此时也被成都远远甩在后头。隋末，扬州被杨广一折腾，再遭遇一番战乱，人口仅剩2万余户，排在20名开外。

到唐代，才有"扬一益二"的俗语，长安、洛阳、扬州与成都，成了唐朝版"北上广深"。雄富冠天下的扬州终于逆袭了，但这也离不开成都的帮衬。唐时，这两个商业城市所在的长江上游与下游地区，通过长江水道航运不断进行物资交换，四川盛产的桑麻被运出三峡，扬州一带的盐则逆流而上供应蜀地。

杜甫在成都时就亲眼见过水路繁忙的景象。他看到蜀、吴两地的无数船只穿梭其中，与窗外风光相映成趣，写下：

两个黄鹂鸣翠柳，一行白鹭上青天。
窗含西岭千秋雪，门泊东吴万里船。

从四川走出去的诗人陈子昂曾自豪地描述自己家乡，说蜀地遍地都是宝，是国家的宝库，"顺江而下，可以兼济中国"。

此言不虚。

成都是唐代重要的经济作物产地。青城山、峨眉山护佑锦城，两江流过平原，都江堰坐落江上，蜀地的茶、蚕桑、蜀锦、造纸等行业各显神通，商品越秦岭入关中，沿水路下吴越，商旅不绝，为一时之盛。

满街珠翠，千万红妆，酒店林立，百卉飘香，在唐代，成都每月都要办商品展览会："正月灯市，二月花市，三月蚕市，四月锦市，五月扇市，六月香市，七月七宝市，八月桂市，九月药市，十月酒市，十一月梅市，十二月桃符市。"（《蜀典》卷六引《成都

古今记》）

当时，成都还有一个特产——荔枝。竺可桢先生考证唐代气候比现代温暖，其中一个依据，就是当时成都盛产荔枝。唐代诗人张籍有一首《成都曲》，写到成都城外漫山遍野栽种的荔枝树，可作为佐证：

锦江近西烟水绿，新雨山头荔枝熟。
万里桥边多酒家，游人爱向谁家宿？

杨贵妃最爱吃的荔枝，一说产自川东。一骑红尘妃子笑，从四川运送新鲜荔枝到长安，在唐代可是技术活，亲自走了两遍蜀道的唐玄宗李隆基应该深有体会。

2

成都是唐代的一线商业都市，自然也少不了文化熏陶，而唐代成都最深刻的文化符号，不过一人、一草堂而已。

说到杜甫，不得不提成都草堂，而说到成都，也注定离不开杜甫。作家冯至在《杜甫传》中写道："人们提到杜甫时，尽可以忽略了杜甫的生地和死地，却总忘不了成都的草堂。"

乾元二年（759），仕途失意的杜甫辞官漂泊，寄居于浣花溪畔一座古寺，得到旧交老友严武、高适等人资助，盖起了一间茅屋，前前后后在成都居住了三年零九个月，作诗近250首。据统计，唐代入蜀诗人共留下诗作1000多首，杜甫一人就占了五分之一。

48岁的杜甫来到成都，爱上了这里闲适隐逸的生活。

尽管杜甫的生活仍然贫苦，也依旧忧国忧民，甚至当狂风卷走他屋顶的茅草时，他还在《茅屋为秋风所破歌》中哭诉"吾庐独破受冻死亦足"，高呼"安得广厦千万间，大庇天下寒士俱欢颜"。但是，杜甫在成都，更多是对此地生态环境、恬静生活的吟咏。

在古寺过完年，杜甫便决定在成都定居，次年初与家人着手营建草堂。当时没有房价的烦恼，杜甫在古寺旁边选了一块宅基地，建材也都是朋友所送，还有一个姓徐的果农送来了一些果木。

唐代，成都气候湿润，绿化优美，杜甫写《蜀相》，说起成都的武侯祠，开头就是："丞相祠堂何处寻，锦官城外柏森森。映阶碧草自春色，隔叶黄鹂空好音。"他建筑草堂所用的竹子，也是特地跟朋友要来的当地绵竹。他说，自己住的地方，一定要有数竿竹。

在成都的第二年春天，杜甫在蒙蒙细雨中度过了一个安静的春夜，写下脍炙人口的千古名篇《春夜喜雨》：

好雨知时节，当春乃发生。
随风潜入夜，润物细无声。
野径云俱黑，江船火独明。
晓看红湿处，花重锦官城。

他有时会独自到江畔散步，看繁花似锦，邻居黄四娘家的花开满乡间小路，万千花朵压弯枝条：

> 黄四娘家花满蹊，千朵万朵压枝低。
> 留连戏蝶时时舞，自在娇莺恰恰啼。

杜甫漂泊西南时期，经常盛赞当地的花草树木，唯独没有写到成都的海棠花。有人说，那是因为海棠飘零，容易让杜甫想起自己的人生经历，无限惆怅；也有人说，是因为唐玄宗宠爱杨贵妃时，看贵妃宿醉未醒，钗横鬓乱，曾笑说："海棠春睡未足耶？"杜甫仍然不忘愤青本色，想到海棠就来气。

杜甫写了许多成都美景，给他留下深刻印象的，还有成都人。

杜甫是人民的诗人，他寓居成都后也迎来了身份的转变。困守长安，痛诉"朱门酒肉臭，路有冻死骨"时，他是一心求仕的文人；创作"三吏""三别"时，他是在官场中斡旋、关怀天下苍生的官员，这些都是以旁观者的角度记叙民间疾苦。但在成都时，杜甫已抛弃曾经苦心追求的一官半职，彻底融入老百姓的生活，时不时就与当地乡亲"摆龙门阵"。

有一首《遭田父泥饮美严中丞》，是杜甫在郊外散步，受邻家田父邀请，一起饮酒闲谈后所作。诗中所写的，正是当时典型的成都人生活。

"久客惜人情，如何拒邻叟……月出遮我留，仍嗔问升斗。"种田的老翁拉着杜甫随兴聊天，摆出自家酿的春酒和新鲜的果栗，从卯时说到了酉时，从府尹严武说到了自己家人，诗人想要告辞，还被拉住手肘留下，一直喝到月上东梢，烂醉如泥。

在风光秀丽的美景与热情好客的乡亲陪伴下，身在成都的老杜，有时放下了心中的忧虑与激愤，只留下诗与远方的春天。饱经风霜的他，在此度过了一生中难得的快乐日子。

浣花溪畔的成都草堂，为锦城铭刻永远的文化记忆，而杜甫在世时，也被这座城市深深感染，对这片土地怀着深深眷恋，离开成都后还念念不忘：

怀锦水居止二首
雪岭界天白，锦城曛日黄。
惜哉形胜地，回首一茫茫。

一个真正的繁华都市，不应是以高速的生活节奏与望而生畏的生活成本，压得人喘不过气来，而应是让人能够更加充分地享受丰富多彩的生活，有更多的时间，去做自己喜欢的事情。

唐代的成都，正是如此。

3

由于深受盆地文化影响，唐代成都人易于满足，安于闲适，醉心于崇尚享乐的生活方式，如宋人所说，"成都之俗，以游乐相尚"。

诗人岑参晚年在四川为官，曾与镇守蜀地的节度使崔宁宴游，写有《早春陪崔中丞泛浣花溪宴》，记述唐代成都流行的"浣花遨游"活动：

旌节临溪口，寒郊陡觉暄。

> 红亭移酒席，画舸逗江村。
> 云带歌声扬，风飘舞袖翻。
> 花间催秉烛，川上欲黄昏。

每年春天，成都人倾城而出，在浣花溪上泛舟遨游，这一习俗到唐末尤为流行，一说是由于崔宁妾室冀国夫人任氏带动，乡人竞相模仿。

相传，任氏还是少女时，曾救济一位疮疥满体、衣服垢弊的僧人。别人都不愿靠近这个满身疮患的邋遢僧人，只有她尽心照顾，还为僧人浣洗衣服。当地人传说，善良美丽的任氏泛舟浣衣时，潭上涌出莲花，崔宁听说后就将她纳为妾。后来，她又得到了朝廷封号，当地人还为她设立祠祀。

史学家考证，这一神异故事不过是后世附会而已。任夫人真正让成都人纪念，是因为她虽是女流之辈，却曾立下战功，是个女中豪杰。

《旧唐书》记载，有一次，崔宁入朝，留下家人留守成都，一个叫杨子琳的人趁机作乱，率领精骑数千突入成都。任氏临危不乱，出家财招募千名勇士，亲自指挥作战，最终保得成都一城安危。

任夫人浣衣出莲的故事是虚构的，成都人游乐宴饮的习俗却是实打实的。

中唐女诗人薛涛寓居成都时，常出入幕府，与地方大员、入蜀文士交游唱和。与她酬唱的诗人，有记载的就有元稹、白居易、裴度、张籍、刘禹锡等20多位名家。四川官员还曾上书皇帝推荐她做女校书郎,后来虽然没有奏准,但薛涛也由此有了一个"薛校书"的称号。

成都造纸业发达,薛涛作诗时,发现蜀笺制作得不够精致,且无其他颜色可选,就突发少女心,亲自进行改进,用浣花溪水和芙蓉花汁制作了十色笺,即风靡后世的"薛涛笺"。她在红笺上为恋人(一说是元稹)作的《牡丹》,写出了唐代成都的都市男女那淡淡的离愁别绪:

去春零落暮春时,泪湿红笺怨别离。
常恐便同巫峡散,因何重有武陵期?
传情每向馨香得,不语还应彼此知。
只欲栏边安枕席,夜深闲共说相思。

有人可能会以为,这些吃喝玩乐、男欢女爱的生活只属于上层社会。那就错了,唐代的成都,民间亦是宴饮不绝。史书记载,到了唐末五代的战乱时代,成都依旧是"村落间巷之间,弦管歌声,合宴社会,昼夜相接"。

成都人的浪漫与闲适,自那时就流传了下来,这座城洋溢着快乐,就像乱世中的乌托邦,带给诗人深深的慰藉。人们来到这座城,不再感受到时代的束缚,即便是苦了一辈子的晚唐诗人李商隐,来到蜀中后也曾吟唱:"美酒成都堪送老,当垆仍是卓文君。"

史学家严耕望说,随着中原士人不断涌入巴蜀之地,唐末五代的成都,不但是当时中国第一大都市,也是当时中国文学艺术之最大中心。

当代作家余秋雨写成都时更是毫不吝惜笔墨，他认为，中华文明所有的一切，成都都不缺少：

"它远离东南远离大海，很少耗散什么，只知紧紧汇聚，过着浓浓的日子，富足而安逸。那么多山岭卫护着它，它虽然也发生过各种冲撞，却没有卷入过铺盖九州的大灾荒，没有充当过赤地千里的大战场。只因它十分安全，就保留着世代不衰的幽默；只因它较少刺激，就永远有着麻辣的癖好；只因它有飞越崇山的渴望，就养育了一大批才思横溢的文学家。"

你也许会爱上唐诗里的成都。

来到这里，无关成败，只谈风月，莫问前程，只为生活。既然已经改变不了时代、逆转不了命运，那就在有限的生命里，做一些能让自己开心的事情，如杜甫诗中说的，"报答春光知有处，应须美酒送生涯"。

这样的日子，巴适得板。

大运河：王朝兴衰的生命线

当安禄山的叛军猛烈冲击江淮防线时，唐王朝进入了最危险的时刻。

从755年十二月安禄山起兵，到第二年洛阳和长安相继陷落，尽管唐王朝的政治中心先后沦陷，但对于大唐来说，它赖以生存的经济基础江淮地区并未受到冲击。依赖着来自江淮地区的财赋，唐王朝的军队仍然拥有源源不断的支援。

于是，安史的叛军开始向睢阳城发起猛烈冲击。

作为守护江淮流域的屏障，睢阳位处隋唐大运河的重要支点。如果睢阳陷落，那么作为运输江淮财赋的大运河也势必将为叛军所掐断，并且叛军还可从此南下江淮地区，彻底摧毁大唐的经济基础。

为此，张巡等人先后坚守睢阳周边近两年时间，历经大小400余战，一直战斗至757年十月全军覆没，睢阳城才最终陷落。

有赖张巡等人的坚守，作为唐王朝运输江淮财赋的生命线，大运河得以保全。

大运河不失，唐王朝就还有复兴的希望。

1

早在春秋时代楚庄王时期，楚国令尹孙叔敖就在今天湖北一带的云梦泽畔开凿人工运河。此后约100年，吴王夫差开凿了连接长江与淮河的邗沟，并挖掘运河荷水连接黄河，率兵北上中原参与诸侯争霸。

到了战国初期，魏惠王（约公元前400—公元前319）又指挥开凿了连接黄河与淮河的鸿沟水系，从而为中华文明的水运时代开启了浩瀚的先声。

从春秋战国时代开始中国境内的各个政权不断修建运河。从秦国修建连接岭南地区的灵渠，到灌溉关中地区的郑国渠，再到汉朝开凿漕渠连接黄河与渭水，东汉末年曹操指挥修建白沟、平虏渠等人工运河，可以说，古代中国的水运工程，一直在不间断地修建之中。

到了隋朝，再次实现大一统的隋朝用隋文帝和隋炀帝两代人的时间，先后开凿了广通渠、山阳渎、通济渠、永济渠、江南河，构建起了一条以洛阳为中心，北至涿郡（今北京），南至余杭（今杭州）的大运河。这就是此后在历史上赫赫有名的隋唐大运河和京杭大运河的前身。

从隋唐时期开始，中国的政治中心尽管处在关中地区的长安，但经济中心却逐渐东移到江淮流域。由于古代陆运艰难、损耗巨大，因此水运成为最经济便捷的运输方式。通过大运河，江淮地区的财赋得以源源不断地输入关中地区，成为哺育隋唐的乳母。

由于向往江淮地区的繁华，隋炀帝杨广曾经三次沿着大运河下过江都（扬州）。隋朝大业十二年（616）七月，隋炀帝第三次从洛阳下江都，从此踏上了生命的不归路。

两年后，618年，留恋扬州繁华不归的隋炀帝在江都被叛军所杀。尽管主持凿通大运河的他有望成为一代雄主，最终却落得了凄凉下场。

隋朝因为修建大运河、征伐高句丽等超级工程，滥用民力而亡，但继隋而兴的唐朝却得到了大运河实打实的好处。

唐朝在618年建立后，随着王朝再次归于一统，关中地区的人口也不断激增。在最高峰时期，当时人口超过百万的长安城，粮食缺口达400万石（约合1.68亿千克），因此，即使是在"年谷丰登"的丰收年份，长安城也是粮食紧缺，"人食尚寡"。

随着土地的盐碱化和肥力的不断减退，当时关中地区已经无法哺育不断激增的人口，大唐王朝的京畿地区必须通过大运河运输的江淮财赋和粮食来支撑生存。大运河的财赋和粮食供应，走水运必须经由黄河进入渭水，再通过其他水道进入长安，但黄河三门峡段非常凶险，"多风波覆溺之患，其失尝（常）十（之）七八"。

为此，唐朝的皇帝为了就近大运河接收江淮财赋和粮食供应，不得不多次迁到大运河的中心点洛阳"就食"。

2

总长2000多里的大运河，沟通了长江、黄河、淮河、海河和钱塘江五大水系，形成了以政治中心长安、洛阳为轴心，向东北、东南呈现扇形辐射的水运网。这种布局，也极大影响了此后1000多年的中国城市布局和政治中心走向。

关注中国首都地址变迁可以发现，中国的首都从隋唐时期开始，沿着长安—洛阳—开封从西向东迁移，此后从南宋开始，又沿着杭州—北京从南到北路线迁移。这种从西向东、从南向北的十字架走向，其本质就是隋唐大运河和京杭大运河的脉络走向。大运河的走向与中国的首都迁徙出现高度重叠，绝对不是简单的偶然，而是政治与经济结合的必然。

在隋唐大运河的哺育下，中国的城市格局也出现了重大变化。在隋唐以前的魏晋南北朝，长安和洛阳由于长年的战乱受到了严重摧残，与之相对，临近漳水、拥有河运便利的邺城，还有远离中原战火的河西走廊的武威，甚至远在黄土高原的平城（今山西大同），都曾经一度成为地方政权的首都。

长安和洛阳由于大运河的哺育，再次焕发了生命力。而在大运河沿线，沟通江淮流域和关中地区的扬州，则崛起成为唐王朝的第一经济都市。此外，在大运河沿线的楚州（今江苏淮安）、苏州、杭州、润州（今江苏镇江）以及在大运河北线的魏州（今河北大名东），中线的汴州（今开封）、徐州等城市也纷纷崛起。可以说，从隋朝开凿大运河后，此后1400多年间，中国最重要的城市格局，基本就是沿着大运河的走向，不断地上演兴衰起落。

对此，唐朝诗人李敬方曾经在歌颂大运河汴河线的《汴河直进船》中写道：

> 汴水通淮利最多，生人为害亦相和。
> 东南四十三州地，取尽脂膏是此河。

大唐因运河而兴，也将因运河而衰。

安史之乱以后，由于北方多地陷入藩镇割据，而西北的河西走廊等地又被吐蕃占据，这就使得困守陕西关中地区的唐王朝更加仰赖大运河运输的江淮财赋。由于关中地区长期缺粮，如何供养关中地区庞大的军队和人口就成了非常棘手的问题。

当时，大运河由于引入黄河等河水，各条渠道泥沙含量非常高，平时如果不加疏浚，往往一两年后就陷入淤塞。安史之乱以后，唐朝中央财力日益困窘，这就使得大运河的许多河渠未能得到及时疏通，河运和物资供应日益艰难。

另外，黄河在进入唐代以后泛滥加剧，也使得大运河经常遭遇洪水和泥沙的冲刷淤塞。随着隋唐的统一，中国人口不断增加，黄河中上游的森林植被不断遭到破坏。在唐朝290年的历史中，黄河共决溢24次，平均每12年1次，频率大大提高，大运河因此在安史之乱后经常出现支流淤塞、阻碍航运的局面。

尽管倚赖着大运河，大唐还在小心翼翼地生存，但是来自流民起事的烽火，却即将成为摧毁大运河的导火索。

安史之乱爆发100多年后，唐僖宗乾符元年（874），私盐贩子王仙芝在濮阳起兵；第二年（875），另外一位私盐贩子黄巢也在山东菏泽一带起兵响应。王仙芝死后，黄巢带领军队从山东打到了广州，又从广州打到了长安，这种纵贯唐王朝东西南北的战争，使得大唐的藩镇割据更加剧烈。在藩镇割据的影响下，大运河名存实亡，已经无法向唐朝中央和关中地区供应来自江淮地区的财赋。

失去了生命线的哺育，大唐岌岌可危。

尽管在唐军的合围下，黄巢最终于中和四年（884）被杀，但这次起义，却使得唐朝遭受了极大打击。黄巢起义失败后，江淮地区陷入了大动荡，例如一度成为唐朝第一经济都市的扬州，这之后又陷入了长达五年的军阀混战，以致扬州"庐舍焚荡，民户丧亡，广陵之雄富扫地矣"。

大运河遭遇淤塞，运河沿线城市尤其是江淮流域的动荡，最终让大唐王朝失去了经济支柱，唐朝中央沦为军阀和政治强人的傀儡。

3

904年朱温强拆长安城，下令迁都洛阳，是中国城市变迁史上的转折性事件。

此后，长安彻底没落，再也没有成为中原统一王朝的首都。而这种变迁的根本，一方面是中国经济中心的不断东移南迁，另一方面则是因为长安所处的关中地区生态日益恶化、交通不便，种种因素的汇合，最终成就了大运河上另外一个明星城市——开封的崛起。

朱温废唐自立后，升汴州为开封府，建为东都，而以洛阳为西都。朱温建立的后梁，其真正的政治中心是开封。在五代十国中，除了后唐定都洛阳外，后梁、后晋、后汉、后周都以开封为政治中心。这种选择，最主要是因为开封临近黄河和大运河，从唐朝开始，就已经是大运河线上的重要城市。

北宋代替后周立国后，沿袭五代十国的历史遗产，仍然以开封为首都。开封除了北临黄河外，其他三面都是平原，无险可守，为了拱卫京都，北宋于是在开封周边布置重兵守卫。庞大的军队与政府开支，使得开封的漕运至关重要。

在此情况下，北宋在开封原有的大运河汴渠之外，又疏通开凿了广济河（即五丈河）、金水河、惠民河。这四条河渠也被统称为"通漕四渠"。

在"通漕四渠"中，汴渠也就是汴河水道连接的太湖平原地区至关重要。北宋时人评价说，正是因为汴渠连接的江淮地区的供应，北宋才得以立国："当今天下根本在于江淮，天下无江淮不能以足用，江淮无天下自可以立国。何者？汴口之入，岁常数百万斛，金钱布帛百物之备，不可胜计。"

同样得益于运河的哺育，北宋取得了比唐朝更加繁盛的经济成就，开封则崛起成为当时世界上的第一大都市。但1127年靖康之变金兵攻破开封、灭亡北宋后，为了阻挡金兵铁骑，1128年，南宋军队在今河南滑县西南处，扒开黄河大堤"以水当兵"，造成了黄河下游的第四次大改道。

南宋军队扒开黄河大堤后，黄河形成了新旧两条河道，并在从黄河到淮河之间的广阔区域到处摆荡。由于这个位置刚好处于南宋与金国的对峙前线，因此宋金双方都无意堵塞决口，以致黄河在整个南宋时期一直在北方呈现到处泛滥摆荡局面。

于是，在整个南宋时期，从原来的开封到北方的大运河沿线都受到了黄河泛滥的极大影响。这种格局，一直延续到1279年南宋灭亡。

元朝建立以后，为了打通政治中心大都（北京）与经济中心江南地区的联系，元朝通过疏浚隋唐大运河旧道以及开凿新道，建立起了一条全长1700多千米，南起余杭，北至大都，途经今天的浙江、江苏、山东、河北四省及天津、北京两市，贯通海河、黄河、淮河、长江、钱塘江五大水系的大运河，这就是京杭大运河。

尽管京杭大运河全线贯通，但受到自唐末北宋以来，黄河多次自然和人为泛滥的影响，京杭大运河经常受到泥沙淤塞，漕运经常受阻，加上沿线水源不足不胜重载，因此元朝时期从江南通往大都的漕运，大多需要通过海运运输。元朝末年，大运河的会通河等河段竟然废弃不用，到了明朝初年，从山东东平连接北京通州的会通河河段，甚至已经淤塞断阻了三分之一。

明朝建立初期定都南京，永乐十九年（1421），明成祖朱棣正式迁都北京。在迁都前，朱棣命人重新疏浚打通了会通河。鉴于黄河泥沙进入运河的危害，为了避开从徐州到淮阴300多千米一段的黄河之险，此后从明朝中叶到清代康熙中期的100多年间，明清两代王朝不断开挖新河，最终使得京杭大运河全线基本改为人工河道，全线也延长到了1900多千米。

大运河，再次进入了黄金时代。

4

随着京杭大运河的贯通，沿线的城市再次兴盛发展起来。

在京杭大运河的带动下，沿线的城市从山东德州、临清、聊城，到江苏北部的徐州、淮安到扬州，再到长江以南的镇江、常州、无锡、苏州，浙江境内的嘉兴、湖州、杭州，无数城市和重镇因为大运河而兴。这也掀开了中国历史上一场浩浩荡荡的城市运动。

当时，山东临清因为临近会通河，成了北方重镇；济宁每年更是有400万艘漕运船舶经过；大运河沿线的南阳镇、清江浦（淮阴）、王家营等地也从小镇崛起。到了明朝万历年间，大运河沿线又设立了八个征税的榷关——崇文门、河西务、临清、九江、浒墅、扬州、北新、淮安，这些地方都因为大运河的缘故，或是从小镇崛起成为城市，或是获得了更加持久的繁华。

这种因运河而兴的城市格局，影响到了今日的中国城市分布。

而扬州，作为京杭大运河上的明珠和南北交通枢纽，更是璀璨夺目。

尽管曾经历两宋之际以及明末清初等战乱，但坐拥漕运、盐运和水运之利的扬州，仍然在战乱之后继续强势崛起。从唐代安史之乱以后，北方人口不断南下，持续补充着扬州的活力，到了清代康熙时期，扬州更是成为当时人口超过50万的世界级都市。

元朝时，漕运的粮食等物资大多通过海运，但由于清代初期实行严格的禁海令，这就使得京杭大运河成为整个王朝物资从南到北运输的最主要通道。因此，位处京杭大运河要冲的扬州，再次成为鸦片战争以前中国最为发达的经济都市。时人记载说，"国家岁挽漕粮四百万石，以淮、扬运道为咽喉"。

作为京杭大运河的要冲，扬州是两淮地区的盐业垄断集散地以及南粮北运的漕运中心，"四方豪商大贾，鳞集麇至。侨寄户居者，不下数十万"。

到了清代，扬州被指定为两淮地区盐业营运中心。当时，扬州地区的盐运年吞吐量达到了6亿斤。康熙年间，国库年收入不过2000万两白银，而扬州盐商的年利润就能达到1000多万两白银。乾隆年间，两淮盐商已经发展成了一个拥有亿万资产的商业资本垄断集团。

扬州的繁盛，使得康熙六下江南，有五次经过或停驻扬州；而乾隆六下江南，更是次次巡幸扬州游玩，并称赞扬州"广陵风物久繁华"。当时，扬州仅徽商商帮的总资本就达到了5000万两银子之巨。而康雍乾时期，乾隆时代号称巅峰，国库最高存银不过也就7000万两，这使得乾隆皇帝不由得感慨说："富哉商乎，朕不及也。"

乾隆的感慨，针对的正是拜大运河所赐的扬州商人的富可敌国。

5

繁盛的大运河，在哺育唐诗宋词的同时，也哺育了中国的小说和戏曲。

在这种运河的盛世中，曹雪芹的爷爷曹寅（1658—1712）被康熙皇帝指派为江宁织造。这个职务虽然品级不高，仅为正五品，但其一方面负责为宫廷采购绸缎布匹，一方面则是皇帝在江南地区的密探耳目。由于承担着特殊任务，担任江宁织造的臣子一般都是皇帝近臣，在江南一带的地位也仅次于两江总督，是不折不扣的要职。

倚赖皇家的恩赐，曹雪芹也跟随着祖父和父亲，在扬州一带度过了奢华的早期生活，这成了他后来写作小说《红楼梦》的家族背景。而《红楼梦》从本质上来说，就是一部大运河缔造的财富史和家族史。

不仅仅是小说，当时扬州作为与北京并立的南北两大戏曲中心，亦是南方戏曲艺人的汇集之地。乾隆五十五年（1790），为了给乾隆皇帝祝寿，安徽安庆的徽班剧团北上京城祝寿，受到了热烈欢迎。此后，安徽的四喜、三和、春台、和春等徽戏班社纷纷从大运河北上京城，并与先期进京的汉调（楚调）戏班同台献艺。在徽汉合流的戏曲交融下，并在吸收了昆腔和梆子、吹腔、罗罗腔等其他戏曲精华的基础上，到了1840年，京剧最终在北京、天津一带孕育成型。可见，京剧的诞生，本质上正是大运河南北交流贯通的产物。

但时代的巨变正在酝酿，大运河沿线的人们和城市却一无所知。

1840年，第一次鸦片战争爆发，此后，清廷被迫开放广州、厦门、福州、宁波、上海五处作为通商口岸。作为海洋时代的产物，沿海口岸城市的诞生，也意味着大运河等内河城市衰落的开始。

在海洋时代的冲击之外，清朝的内乱也加剧了大运河的衰落。

1850年，太平天国运动爆发。此后，太平军转战南北，先后攻占南京，又多次在扬州等大运河沿线城市与清军展开激烈争夺，以致扬州爆发了长达11年之久的战乱，城市繁华毁于一旦。其他运河沿线城市也受到了战争的严重摧残和破坏。

与此同时，黄河的泛滥则再次成了大运河的生死点。

黄河在进入清代以后，平均每三年就发生一次决口，在康熙初年更是几乎年年决口。到了1855年，黄河在铜瓦厢决口改道，夺大清河由山东利津入渤海，并在东平县境腰斩会通河，致使京杭大运河航运被拦腰截断。

运河断裂，此后一直到1864年太平天国运动失败前，清廷根本无法进行疏浚。运河被废，等于掐断了扬州等大运河沿线城市的血脉。受此影响，扬州、山东临清、江苏淮安等城市迅速陷入了商业断裂、人口锐减、百业凋零的陨落深渊。

大运河断线了，但王朝的生命线却不能断。

为了继续向北京输送江南地区的财赋、支撑战争和王朝运转，清廷不得不做出了废河运、行海运的决定，对此，同治时期《续纂扬州府志》详细记载道："道梗阻，江浙全漕改由海运，其时江北各邑漕米统归上海，兑交海船运赴天津。"

当时，由于太平军席卷了整个华中和东南地区，因此包括扬州商人在内的两淮、两湖地区和江浙、安徽、江西等地富商纷纷云集上海，致使周边大量人口和商业资本改而云集上海。随着京杭大运河漕运断裂，拥有海运便利和洋人保护的上海因此一跃而起。

至此，在太平天国运动的催化作用下，整个中国南北的商业网络格局，由以运河为主转为以海运为主。而依托海运的上海，则成为中国转口贸易中心和国际贸易中心。从此，依托大运河兴盛千年的扬州，最终被上海取而代之。

随着海洋时代的到来，大运河的衰落不可避免，而铁路的兴起，更是成了插在大运河心脏上的一把尖刀。

1876年，中国第一条铁路吴淞铁路上海至江湾段正式通车运营。尽管这条铁路仅仅存在了一年就被清廷下令赎回并拆毁，但这却吹响了中国铁路时代的号角。在洋务运动的推进下，晚清进入了铁路扩张时代。以卢汉铁路（京汉铁路）、京张铁路等为代表，晚清开始大规模的铁路建设运动。到了1909年，清朝境内铁路通车里程已经接近9000千米，每年给清廷带来了高达2000多万两白银的财政收入。

铁路通达迅速、营收丰厚，并且没有大运河需要经常疏浚的烦恼，货运量也更加巨大，在种种优势的加持下，铁路在内陆也逐渐取代了大运河的交通地位。

于是，在海运和铁路的双重夹击下，大运河，这条从春秋战国时代就开始部分兴起，在隋唐时期进入上升阶段、元明清达到高潮的中国运输命脉，最终在时代的变化冲击下，逐渐衰落，退出了中国交通转型的历史舞台。

而回到晚唐，诗人罗邺就在哀叹隋亡唐兴之际，隐喻性地写下了《汴河》一诗："至今呜咽东流水，似向清平怨昔时。"

1000年后回望，大运河，不也是同样的命运。流水落花春去也，换了人间。

唐诗里的长江：文明、经济与生态变迁

724年，大唐盛世，24岁的李白决定仗剑走天涯。他告别亲人，乘舟沿着长江顺流而下，人生第一次离开巴蜀故乡。

船还在蜀地境内，年轻的诗人对着月色，已经开始想念他的朋友。但外面的世界很大，他终归要去看一看。他写下了著名的《峨眉山月歌》，表明他不曾因为思念故乡故人而停下脚步：

峨眉山月半轮秋，影入平羌江水流。
夜发清溪向三峡，思君不见下渝州。

长江的水土滋养了这名旷世诗人，而他从此刻起，才真正感受到了来自长江的神采丰姿。历史注定，要让他来为这条伟大的母亲河留下震古烁今的文字。

也是从此刻起，李白的命运，和大江大河永远地勾连在了一起。

1

在李白之前,古老的长江已经不舍昼夜地奔流了千万年。

虽然在楚辞汉赋中出场,在魏晋诗文里留下身影,甚至在本朝诗人前辈张若虚的一叹一咏中投下了"江畔何人初见月?江月何年初照人?"的经典设问,但是,长江实在太长太长了,以至于过往的文人墨客,在不同的时间与空间里,只是截取了长江的一面:也许是川江的怒涛,也许是楚江的瑰奇,也许是扬子江的诗情画意……

直到等到了李白的长江之旅。

这个被认为出生于西域的诗人,成长于巴蜀,24岁出蜀,62岁卒于当涂。来自长江上游,殁于长江下游。他一生大部分的时间在长江流域度过,虽然在长安达到他一生声名的顶点,但始终把长江流域作为自己的安身之处。用他自己的话来说,叫作"我似鹧鸪鸟,南迁懒北飞"。

当他在北方成名以后,他写过一些歌咏黄河的诗句。像"黄河之水天上来,奔流到海不复回""欲渡黄河冰塞川,将登太行雪满山",等等,是气魄雄浑的千古绝唱。然而,他一生写得最多的,还是关于长江的诗。

黄河在李白的心中,充满气势恢宏的庄严感,只能眺望,而难以亲近。他对长江的感受,恰好相反——有一种特别的亲近感。

他把长江当成了故乡水。

24岁的长江行以及此后人生无数次在长江的航行,使得李白对这条大江的每一段都相当熟稔。他留下的诗,几乎覆盖了长江的每一段。他应该是史上第一个把长江写满、写全、写好的大诗人。

那年乘舟东行，到了现在的重庆忠县、万州一带，他写了真挚淳朴的《巴女词》：

巴水急如箭，巴船去若飞。
十月三千里，郎行几岁归。

自万州以下，就是激流险滩的长江三峡段，可经夔州（奉节）直到峡州（宜昌）。这段水路是巴渝通往关中和长江中下游的主要通道。李白年轻时对三峡无比向往，曾在成都登上散花楼，赋诗说："暮雨向三峡，春江绕双流。"幻想着三峡的奇景。而他一生最痛苦和最快意的时刻，确实也都留下了与三峡有关的文字。

他最痛苦的是晚年被流放夜郎（今贵州桐梓一带），从九江逆流而上，走了很久很久才到达宜昌，随后进入三峡，写了《上三峡》：

巫山夹青天，巴水流若兹。
巴水忽可尽，青天无到时。
三朝上黄牛，三暮行太迟。
三朝又三暮，不觉鬓成丝。

三峡确实是长江中最艰险难走的一段，但诗人借此想表达的是他在逆境中郁闷到极点的心情。他说船在黄牛峡走了三天三夜还没走出去，自己因为船行如此缓慢而愁白了头，夸张的写法让人秒懂他内心的痛苦难熬。这哪里是在写三峡，分明是在写他悲剧的人生。

等他行到夔州（奉节）白帝城，忽然收到赦免的消息，惊喜万分，随即乘舟东下江陵（荆州）。这次，他的船走得有多么快：

朝辞白帝彩云间，千里江陵一日还。
两岸猿声啼不住，轻舟已过万重山。

船出三峡之后，崇山峻岭就都不见了，取而代之的是宽阔平坦的荒野。"青山遮不住，毕竟东流去"，江水浩浩荡荡，来到了荆江段。24岁的李白，目睹江水出了悬崖峭壁，从江汉平原流去，一去不返。在荆江上，他看见月影倒映江面，仿佛天镜飞下，跌入江中；云生天际，连接江上的海市蜃楼，一派雄浑阔大的景象。诗意从他笔下流过：

渡远荆门外，来从楚国游。
山随平野尽，江入大荒流。
月下飞天镜，云生结海楼。
仍怜故乡水，万里送行舟。

27岁那年，李白在湖北安陆成家，住了有10年之久，成为长江中游的居民。730年春天，李白得知好朋友孟浩然要去广陵（扬州），便托人带信，约孟浩然在江夏（武汉市武昌区）相会。几天后，孟浩然乘船东下，李白亲自送到江边，送别时写下了著名的

别集：唐诗的隐秘角落

《黄鹤楼送孟浩然之广陵》：

> 故人西辞黄鹤楼，烟花三月下扬州。
> 孤帆远影碧空尽，唯见长江天际流。

武昌当时已是长江流域重要的商业城市，商人上下长江，货物都会堆积在城外的南市和鹦鹉洲。鹦鹉洲——武昌城外江中的小洲，因此成为长江旅客与商人的驻泊之地，并成为唐代诗人经常吟咏的对象。比如崔颢写黄鹤楼顺手带红的名句——"晴川历历汉阳树，芳草萋萋鹦鹉洲"。据说李白被崔颢这首诗震慑到了，不敢再写黄鹤楼，但他还是写了一首诗，专咏不远之处的鹦鹉洲：

> 鹦鹉来过吴江水，江上洲传鹦鹉名。
> 鹦鹉西飞陇山去，芳洲之树何青青。
> 烟开兰叶香风暖，岸夹桃花锦浪生。
> 迁客此时徒极目，长洲孤月向谁明。

长江从武昌往东南一直流，在江西湖口接纳鄱阳湖水系后，就进入了下游。在长江下游的重要城市——金陵（南京），李白用一首诗，对他的长江之行做了一次回顾式的全景描绘：上游之秀丽，三峡之急险，中游之宏阔，下游之浩瀚，在他笔下汇成一幅极其宏伟的万里长江风光图卷。这首诗就是《金陵望汉江》：

> 汉江回万里，派作九龙盘。

> 横溃豁中国，崔嵬飞迅湍。
> 六帝沦亡后，三吴不足观。
> 我君混区宇，垂拱众流安。
> 今日任公子，沧浪罢钓竿。

长江绵延曲折长达万里，在浔阳（九江）分作九条支流，如同九龙盘踞。江水四溢，滥觞于中国，波涛汹涌，迅疾奔流。六朝帝王沉寂沦亡之后，江南已没有了昔日之盛，无足称赏。我朝圣明之君统一天下，垂衣拱手无为而治。如今，《庄子》中垂钓大鱼的任公子，也就罢竿隐居不出了。

当诗人一路游览一路吟唱，终于要结束长江之旅的时候，他已经不再局限于对这条壮美河流一时一处、一鳞一爪的描述，而是写出了纵横万里、跨越古今的图景。

当然，我们也不难从他的这首名诗中，读出一个盛世才子的些许惆怅之情。

过了金陵，长江继续奔腾东流，直到入海。而我们追随李白的足迹，到此告一段落。

终其一生，李白的精神性格之中已经嵌入了长江的某些特征。这不仅影响了他的诗，也影响了他的命运。

2

其实，李白诗歌的奔放与奇诡的想象力，就是长江文明滋养的产物。但是，相比黄河，中国人对长江及其文明的致敬，整整迟到了2000多年。

历史上，长江一直是被遗忘的华夏文明之源。直到最近几十年，人们的认知才逐渐有所改观。

按照传统的历史观，黄河流域的中原地区，被认为是天下之中，是中华文明的发祥地，而且是唯一的发祥地。中华文明起源于黄河流域，崛起于中原地区，并以中原地区为中心不断向周边地带作单向度的传播、辐射和扩散。中原以外的"四夷"之地，包括整个长江流域地区，直到汉代还是不开化的蛮荒之地。而居住在长江流域的原住民，被认为是"断发文身"的蛮夷，只是在汉魏以后不断接受中原文化的传播和教化，才逐渐开化和文明起来。

由中原地区开启的地图炮模式——南蛮、北狄、东夷、西戎，从先秦一路延续下来，固化了国人的历史观和文明观。

早在商周时代，来自长江流域的楚部落就备受中原歧视。楚子熊绎建立楚国后，历经几代人的隐忍和奋斗，到熊通上位以后，发动了讨伐随国的战争。他让随侯给周天子传话说："我蛮夷也，今诸侯皆为叛相侵，或相杀。我有敝甲，欲以观中国之政，请王室尊吾号。"周天子虽然已经衰微，但仍对"蛮夷"自居的楚国人保持了文化优越感。随侯带回了否定的答复。熊通大怒说："王不加位，吾自尊耳。"于是自封为楚武王，相当于另立山头，与周天子平起平坐。到了楚庄王熊旅在位时期，楚国击败晋国，问鼎中原。春秋末期，长江下游的吴国和越国也相继崛起，称霸一时。在一个常见的"春秋五霸"榜单中，来自长江流域的诸侯国占了三席，可见实力不俗。

但是，无论任何时候，标准都是黄河流域中原地区定的。当长江流域道家发源、楚辞兴盛之时，黄河流域跟你讲武力。当长江流域武力崛起的时候，黄河流域跟你讲文化。长江流域从那时起，就陷入了后发区域的话语权困境。秦朝统一中国以后的帝制时期，由于中原文化和政治上的既有优势以及对先秦典籍的遵奉，导致长江流域无论如何发展、如何超越中原，在道德上依然总是"低人一等"。

可惜啊，2000多年来长江流域的人们对自己脚下的土地还是了解太少了。否则，来自黄河流域的"中原中心论"不可能错误地流传，并长时间地压制长江流域。

错误的历史观受到颠覆，已是20世纪七八十年代以后了。历史学家借助田野考古的调查和发掘，终于发现中国大地散布着7000多处新石器时代的文化遗址。而新石器文化的发达，不仅把中国文明的历史大大前推，同时也证明早在距今约1万年前的新石器时代早期，农业革命已经在长江、黄河两河流域的中下游地区同步发轫。

另一个惊人的事实也被揭示出来：在距今约5000年前甚至更早的时代，在长江中游的江汉平原、下游三角洲地区，已经出现了一批文明的古国。

长江流域文明的出现，植根于独立的文化谱系——上游的三星堆文化，中游的石家河文化，下游的良渚文化。进入历史书写时代后，这种独立性在长江流域的内部仍然很明晰地体现出来——上游四川盆地的巴蜀文化，中游江汉平原的荆楚文化，下游三角洲的吴越文化。

更有意思的是，中华文明号称礼乐文明，但考古发掘成果显示，中原文化核心的礼制，其实是良渚文化发明出来，并逐渐走向规范化和制度化的。夏商周三代王朝作为立国重器的鼎、钺，三代统治者祭祀天地的玉琮、玉璧和玉璜等基本礼器，也大多是良渚文化的先民社会首创。

这表明，长江流域文明起步并不比黄河流域晚，甚至比黄河流域早。华夏文明的历史源头，是多元复合，而不是单线的，是在江河相济、南北互补中融合铸造的。以往建立在"中原中心论"历史观上的种种定论，是对长江文明的无知和偏见。

到了春秋战国时代，也应该破除中原地区的文化偏见，承认当时的华夏文明已经有明显的二元格局：南江北河；南凤北龙；南水稻北粟麦；南《离骚》北《诗经》……

古代长江流域人不了解史前文明发源的状况，由北方掌握文化话语权，今天应该放开旧观念，既要说黄河是中华文明的母亲河，也要说长江是中华文明的母亲河。这两者并不互相排斥。黄河文化朴实的理性光华，与长江文化瑰丽的浪漫色彩，共同构成华夏文明的两大源头。

长江作为文明源头长期被忽视的现实，就像是长江本身的源头难以确定的一个隐喻。

在漫长的历史中，人们认定儒家经典《尚书》的表述——"岷山导江"，并把长江的源头定在了岷山。直到明万历年间，探险家徐霞客万里探源，才明确地指出长江的上源在金沙江，而非岷江。但这仍不是长江真正的源头。又过了大约400年，直到1976年，长江的源头最终被确定在唐古拉山脉主峰各拉丹冬雪山西南侧的沱沱河。长江全长6380千米。

长江源头的确立，也使得长江正式成为世界第三长河流，仅次于非洲尼罗河、南美洲亚马孙河。

3

在历史上,长江是一条沟通东西、界分南北的重要航线。明朝人杨慎说,滚滚长江东逝水,浪花淘尽英雄。是历史的感慨,更是每一个当下的真实。

三国时期,曹操为了统一中国,制定的战略是先占领荆州,然后顺江而下,消灭东吴。虽然他后来在赤壁被孙刘联军击败,但"顺江而下"的战术是正确的。这给后来的朝代的统一大业提供了借鉴,"顺江而下"成为历史上常见的经典战术。

到晋武帝时,采用了"顺江而下"的战术,终于消灭东吴,实现了暂时的中国统一。之后,隋朝灭南陈,唐朝灭萧铣,北宋攻入南唐,晚清曾国藩扑灭太平天国运动,等等,都是这一战术的成功实践。

这就带出一个有意思的问题:长江号称天险,虽然有宽阔的江面和险要的江岸,可以据江自守,但历史上所有划江而治的朝代,如果真的以长江为界,基本就离被征服不远了。这是为什么呢?

比起北方平原,古代南方因为山地、丘陵众多,陆路系统并不发达。维持南方交通运输基本以水路为主,从湘江到赣江,再到新安江和钱塘江,是一张整体的水网,人员通行、运粮运兵、信息传递等都要依靠与长江的连接。如果以长江为界,整个运输体系在北方的攻击下暴露无遗。而且,江南的政治、经济、文化中心城市,基本分布在长江边,或离长江不远处。长江一旦被北方突破,南方政权立马缺少必要的缓冲地带,一下子就感受到兵临城下的统治危机。

所以,历史上的南方政权,自东吴之后都坚守"守江必守淮"的原则,力图把防御重心北推到淮河流域。南方政权念念不忘的北伐事业,大部分时候都是为了夺取淮河防线,确保长江防线的安全。正如清初历史地理学家顾祖禹所言,南方政权的盛衰,"大约以淮南北之存亡为断"。南宋和南明两个政权,一个坚持150年成为正统朝代,一个存在20年只算流亡政权,就是前者有江淮之间的缓冲地带,而后者很快就丧失了江北防线。

757年,57岁的李白加入永王李璘的队伍,兵败,在浔阳入狱,后被宋若思、崔涣营救出狱,并成为宋若思的幕僚。其间,他替宋若思写过一篇奏章《为宋中丞请都金陵表》。在这篇奏章里,李白提出他的政治主张——迁都金陵(南京):"臣伏见金陵旧都,地称天险。龙盘虎踞,开扃自然。六代皇居,五福斯在。"他接着说,唐玄宗留在成都,唐肃宗迁都南京,一旦国家再出现安史叛乱,"北闭剑阁,南扃瞿塘,蚩尤共工,五兵莫向,二圣高枕,何忧哉?飞章问安,往复巴峡,朝发白帝,暮宿江陵,首尾相应,率然之举"。

可以看出,李白一生对长江情有独钟,但他对历史大势却十分含糊,才会提出迁都金陵的建议。正如我们前面所说,金陵紧靠长江,有险难守,历史上定都于此的都是偏安短命王朝。这样的建议,对于希望抗击安史叛军奠定个人权威、稳固帝位的唐肃宗来说,显然是犯忌讳的。

不久之后,李白就被追究站队永王李璘的问题,收到唐肃宗的命令：流放夜郎。

诗仙终于为他的天真付出了代价。

到了晚唐，人称"小杜"的杜牧面朝长江，写了一首历史观透彻的诗作《西江怀古》：

> 上吞巴汉控潇湘，怒似连山静镜光。
> 魏帝缝囊真戏剧，苻坚投棰更荒唐。
> 千秋钓舸歌明月，万里沙鸥弄夕阳。
> 范蠡清尘何寂寞，好风唯属往来商。

杜牧在滚滚东逝的长江西江段，想起一代枭雄曹操妄想以布袋装沙填塞长江而轻取荆州，真是可笑；前秦苻坚幻想朝江中投鞭以截断江流，实为荒唐。不管这些帝王如何狂妄自大，最终都湮没在历史的长河中，只有清风明月中的声声棹歌，辽阔江天中迎着夕阳翱翔的沙鸥，亘古如斯，它们不曾为历史上的狂妄之徒作丝毫改变。哪怕是足智多谋、富可敌国，最后功成身退的范蠡，也逃脱不了化作一抔黄土的命运，让人徒生寂寞与伤感之情。此时此刻，长江上的无边风月，曹操、苻坚和范蠡都无福消受了，这些景色，永远只属于频繁往来于江上的商人。

什么是永恒，什么是瞬息？杜牧看得很清楚，英雄终成过往，而凡人的日常，才是亘古不变。

比起作为战争防线的历史，长江更为日常的功能，其实是商旅往来，船只不绝。唐代是长江历史发展的重要时期，当时流行的谚语——"扬一益二"，说明以长江下游扬州和上游益州（成都）为两个中心，经济地位已经超过了传统中原名城长安和洛阳。

唐诗中不乏反映长江水面商旅繁荣的诗句。像大诗人杜甫写的，"门泊东吴万里船"，表明吴地的商船通过长江把生意做到了益州。他晚年在夔州看到经商的胡人沿长江水路去往扬州，不禁心向往之："商胡离别下扬州，忆上西陵故驿楼。为问淮南米贵贱，老夫乘兴欲东游。"

751年，扬州江面突然刮起大风，聚集在长江口岸的船舶躲避不及，沉没多达数千艘；763年，鄂州失火，火势猛烈，波及江边，逃离不及的船只被烧了3000艘；775年，杭州大风，海水翻潮，船只损失了千余只……这些史料，正如史学家严耕望所言："今就唐时实情论之，水运之盛，大江第一，运河次之，黄河又次之……荆、扬、洪、鄂诸州，每失火，焚船常数千艘，大江水运之盛可知。"

唐代史料记载，当时长江流域最大的航船，人的生死嫁娶等大事，都能在船内完成，船上连整支乐队都有。而操驾的船工竟多达数百人，航程更是南至江西，北至淮南，往往一行驶就是一整年。

这就是长江，一条流淌在战争之外的大江的日常，有诗人们深情的送别，有船夫们悲壮的号子，有商人们致富的渠道，更有改写中国经济版图的低调崛起……

在永不枯竭的生命力背后，是奔流不息的长江水。

4

有一点可以肯定，包括李白在内的唐代人，他们看到的长江景象，跟后来不同时代的人随着时间推移看到的长江，是绝对不一样的。

尽管我们不愿承认，但不得不承认，过去的时代文明的发展总是以生态的破坏为代价的。生态的改变，给人类带来文明的曙光，也绝对会留下斑驳的阴影。

唐代恰好是长江生态维持与人类开发的一个分界点。

在唐代以前，关于长江流域经济情况的经典记载，出自司马迁《史记·货殖列传》："楚越之地，地广人希（稀），饭稻羹鱼，或火耕而水耨，果隋嬴蛤，不待贾而足，地势饶食，无饥馑之患，以故呰窳偷生，无积聚而多贫。是故江淮以南，无冻饿之人，亦无千金之家。"一个自然馈赠充沛而又地广人稀的区域，尽管会被后人解读为生产技术落后，但生活在那里的人们，不贫不富，无须为了争夺生存资源而拼命，这其实是幸福感蛮高的事情。

在黄河文明和长江文明同步发源的过程中，后者曾被前者在生产技术上反制，这或许恰能说明长江流域生态比黄河流域良好。反过来说，长江流域广阔的土地，暖湿的气候，丰饶的物产，使人们有足够的空间从渔猎和采集中获取所需的生活资料，正是因为自然资源的丰足，在很长一段历史时期内滞缓了整个长江流域农业发展的速度。

促成南北文明交融的一个历史因素，我们现在称为"衣冠南渡"，从西晋末年永嘉南渡，到北宋末年的宋室南渡。而唐代安史之乱后的北人南迁，恰好在一个中间点上，史学家认定南方超越北方，正是肇始于此。

衣冠南渡的直接原因是战争，无论是外族入侵，抑或内部战乱。但是，一个隐形原因也许影响更大，那就是黄河流域的生态破坏太严重了，已经难以承担过量的人口，只能通过迁移来舒缓内部环境压力。

历史上，黄河流域的水患特别多，特别大。以黄河中游的洛阳为例，据不完全统计，唐代洛阳共发生大小水害22次。而造成黄河水患的主要原因，是过度采伐森林，致使生态系统紊乱，洛阳及其周围地区水土严重流失，河道严重壅塞，结果有雨必溢，无水不灾。

与此形成对照的是，唐代长江流域山清水秀，没有黄河那样层出不穷的自然灾难。长江水的清澈，几乎是所有唐朝人的共同观感。大诗人杜甫晚年长期漂泊于长江流域的巴蜀与荆湘之间，一年四季，不分晨昏，每当提到长江水，不是"清"就是"澄"，而无一句提到"浑""浊""黄"。"江清心可莹，竹冷发堪梳。""春知催柳别，江与放船清。""日出清江望，暄和散旅愁。"

唐代以后，过了不到200年，南宋时期长江的水土保持就明显大不如前了。当时有关川江和三峡地区的水文历史记述变得糟糕起来，经常出现"黄""浊"和"浑"的记载。南宋诗人范成大对长江水的描述往往是这样的："暑候秋逾浊，江流晚更浑。""雨后涨江急，黄浊如潮沟。"

长江水土生态的进一步恶化是在明清时期。当时的记载是"江水皆浊"。这个历史大势，到了最近的一个世纪，就更为严重了。如今的长江大部分江段，常年黄流滚滚，完全"黄河化"，以致被一些学者称为"第二黄河"。

除了水质，长江生态的变迁，在动植物方面也有典型的体现。

南宋时，诗人陆游入蜀，乘船路过湖北，他描述眼中的山景说："群山环拥，层出间见，古木森然，往往二三百年物。"陆游所见"二三百年"的"古木"，显然生长于唐代，可见唐代长江的森林植被保护得比较好。与此同时，南宋的长江下游，由于人类活动，一些山已经被砍伐得"有山无木"了。明清时期，对森林的破坏沿着长江上溯，连秦巴山地都无土不垦，时人记载说"山渐童矣"。随着山体植被的恶化，唐代诗人过三峡，写诗一定会写到的"猿啼"现象也逐渐消失。长臂猿、白猿步步退隐不见。

这一切的背后，是长江流域在安史之乱后持续的人口迁入与经济发展需求。这次人口南迁，促成了中国人口地理分布的一次突变，此后长江流域取代黄河流域成为人口分布的重心。特别是在16世纪玉米和甘薯传入中国后，因其适应性强、产量大，很快在长江流域得到广泛传播，成为山地丘陵地区的重要粮食作物。由此使得长江森林植被的破坏无可逆转。借助外来物种催生的人口大爆炸，则在清初变成了"百病以人多为首"的热议，至此长江的人口与环境矛盾已经明显激化。

如果说前现代时期长江的生态变迁是缓慢累积的结果，进入现代以后，长江的生态负担在人类的欲望面前，迅速增加。过度开发，江水污染，物种灭绝，已经是长江不能承受之重。

唐代诗坛的双子星——李白和杜甫，最终都死于长江流域，一个死于安徽当涂，一个死于驶往湖南岳阳的小舟中。他们的诗，告诉世人那个时代的长江景观与风貌以及生命之叹。而他们无法预料的是，恰好在他们的时代，长江开始了跨度长达千年的历史与生态变迁史。

登高

杜甫

风急天高猿啸哀,渚清沙白鸟飞回。
无边落木萧萧下,不尽长江滚滚来。
万里悲秋常作客,百年多病独登台。
艰难苦恨繁霜鬓,潦倒新停浊酒杯。

那是一个最好的时代,也是一个最坏的时代。

参考文献

一、古籍、资料汇编

[1]（唐）吴兢. 贞观政要[M]. 上海：上海古籍出版社，2009.

[2]（唐）张九龄. 曲江集[M]. 广州：广东人民出版社，1986.

[3]（唐）陈子昂. 陈子昂集（修订本）[M]. 徐鹏，校点. 上海：上海古籍出版社，2013.

[4]（唐）王昌龄. 王昌龄诗注[M]. 李云逸，注. 上海：上海古籍出版社，1984.

[5]（唐）王维. 王右丞集笺注[M].（清）赵殿成，笺注. 上海：上海古籍出版社，2007.

[6]（唐）李白. 李白集校注[M]. 瞿蜕园，朱金城，校注. 上海：上海古籍出版社，2007.

[7]（唐）杜甫. 杜甫全集[M]. 上海：上海古籍出版社，1996.

[8]（唐）元结. 元次山集[M]. 孙望，校. 北京：中华书局，1960.

[9]（唐）孟郊. 孟郊集校注[M]. 韩泉欣，校注. 杭州：浙江古籍出版社，2012.

[10]（唐）柳宗元.柳河东集[M].上海：上海古籍出版社，2008.

[11]（唐）刘禹锡.刘禹锡集笺证[M].瞿蜕园，笺证.上海：上海古籍出版社，1989.

[12]（后晋）刘昫.旧唐书[M].北京：中华书局，1975.

[13]（宋）欧阳修，宋祁.新唐书[M].北京：中华书局，1975.

[14]（宋）司马光.资治通鉴[M].北京：中华书局，2009.

[15]（元）辛文房.唐才子传[M].沈阳：辽宁教育出版社，1998.

[16]（清）王夫之.读通鉴论[M].北京：中华书局，2004.

[17]（清）彭定求.全唐诗[M].北京：中华书局，1960.

[18]中华书局编辑部.全唐诗[M].北京：中华书局，2008.

[19]萧涤非等.唐诗鉴赏辞典[M].上海：上海辞书出版社，1999.

[20]周啸天.唐诗鉴赏辞典[M].北京：商务印书馆，2019.

二、专著、论文

[1]陈寅恪.隋唐制度渊源略论稿·唐代政治史述论稿[M].北京：生活·读书·新知三联书店，2001.

[2]陈寅恪.元白诗笺证稿[M].北京：生活·读书·新知三联书店，2001.

[3]吕思勉.隋唐五代史[M].上海：上海古籍出版社，2005.

[4]严耕望.严耕望史学论文集[M].上海：上海古籍出版社，2009.

[5]严耕望.唐代交通图考[M].上海：上海古籍出版社，2007.

[6]黄永年.唐史十二讲[M].北京：中华书局，2007.

[7]宁欣等.唐史十二讲[M].北京：中国国际广播出版社，2009.

[8]杜文玉.唐代宫廷史[M].天津：百花文艺出版社，2010.

[9]聂石樵.唐代文学史[M].北京：中华书局，2008.

[10]闻一多.唐诗杂论[M].上海：上海古籍出版社，1998.

[11]郑临川述评.闻一多论古典文学[M].重庆：重庆出版社，1984.

[12]叶嘉莹.叶嘉莹说中晚唐诗[M].北京：中华书局，2008.

[13]莫砺锋.杜甫评传[M].南京：南京大学出版社，1993.

[14]周勋初.李白评传[M].南京：南京大学出版社，2005.

[15]麻天祥等.中国宗教史[M].武汉：武汉大学出版社，2012.

[16]杜继文，魏道儒.中国禅宗通史[M].南京：江苏人民出版社，2007.

[17]韩茂莉.中国历史地理十五讲[M].北京：北京大学出版社，2015.

[18]邹逸麟.中国历史地理概述[M].上海：上海教育出版社，2007.

[19]杨军，高厦.怛逻斯之战——唐与阿拉伯帝国的交锋[M].北京：商务印书馆，2016.

[20]刘维治.元白研究[M].北京：人民教育出版社，1999.

[21]蹇长春.白居易评传[M].南京：南京大学出版社，2002.

[22]莫砺锋.莫砺锋评说白居易[M].合肥：安徽文艺出版社，2010.

[23]莫砺锋.莫砺锋讲唐诗课[M].南京：江苏凤凰文艺出版社，2019.

[24]袁行霈.唐诗风神及其他[M].合肥：黄山书社，2017.

[25]罗宗强.唐诗小史[M].北京：中华书局，2019.

[26]葛晓音.唐诗宋词十五讲[M].北京：北京大学出版社，2013.

[27]陈铁民.高适岑参诗选评[M].上海：上海古籍出版社，2018.

[28]侯玉梅.唐诗人简史（初盛唐卷）[M].西安：三秦出版社，2018.

[29]张志勇.唐诗性格[M].北京：中国青年出版社，2019.

[30]郦波.唐诗简史[M].上海：学林出版社，2018.

[31]易中天.易中天中华史：禅宗兴起[M].杭州：浙江文艺出版社，2016.

[32]孙昌武.禅宗十五讲[M].北京：中华书局，2016.

[33]周裕锴.中国禅宗与诗歌[M].上海：复旦大学出版社，2019.

[34]王树海.禅魄诗魂[M].北京：知识出版社，2000.

[35]马奔腾.禅境与诗境[M].北京：中华书局，2010.

[36]张文木.气候变迁与中华国运[M].北京：海洋出版社，2017.

[37]傅璇琮.唐代科举与文学[M].西安：陕西人民出版社，2007.

[38]郑晓霞.唐代科举诗研究[M].上海：复旦大学出版社，2006.

[39]王勋成.唐代铨选与文学[M].北京：中华书局，2001.

[40]洪业.杜甫：中国最伟大的诗人[M].曾祥波，译.上海：上海古籍出版社，2014.

[41]胡戟.武则天本传[M].北京：北京大学出版社．，2011.

[42]陈铁民.王维新论[M].北京：北京师范学院出版社，1990.

[43]孙望.元次山年谱[M].北京：中华书局，1962.

[44]孙昌武.柳宗元评传[M].南京：南京大学出版社，1998.

[45]卞孝萱，卞敏.刘禹锡评传[M].南京：南京大学出版社，

1996.

[46]毕士奎. 王昌龄诗歌与诗学研究[M]. 南昌：江西人民出版社，2008.

[47]李珍华. 王昌龄研究[M]. 西安：太白文艺出版社，1994.

[48]顾建国. 张九龄研究[M]. 北京：中华书局，2007.

[49]文洁若. 万叶集精选[M]. 钱稻孙，译. 上海：上海书店出版社，2012.

[50]余恕诚，刘学锴. 李商隐诗歌集解[M]. 北京：中华书局，1998.

[51]刘学锴. 李商隐传论[M]. 合肥：黄山书社，2013.

[52]叶嘉莹. 美玉生烟：叶嘉莹细讲李商隐[M]. 北京：北京大学出版社，2018.

[53]董乃斌. 李商隐的心灵世界[M]. 上海：上海古籍出版社，2012.

[54]王小甫主编. 盛唐时代与东北亚政局[M]. 上海：上海辞书出版社，2003.

[55]荣新江. 归义军史研究——唐宋时代敦煌历史考索[M]. 上海：上海古籍出版社，2015.

[56]余秋雨. 文化苦旅[M]. 长江文艺出版社，2014.

[57]姜维东，郑春颖，高娜. 正史高句丽传校注[M]. 长春：吉林人民出版社，2006.

[58]孙玉良，孙文范. 简明高句丽史[M]. 长春：吉林人民出版社，2008.

[59]李并成，张力仁. 河西走廊人地关系演变研究[M]. 西安：三

秦出版社，2011.

[60]厉声，等.中国新疆历史与现状[M].北京：五洲传播出版社，2013.

[61]冯广宏，肖炬.成都诗览[M].北京：华夏出版社，2008.

[62]〔英〕崔瑞德.剑桥中国隋唐史[M].北京：中国社会科学出版社，1990.

[63]〔美〕宇文所安.盛唐诗[M].贾晋华，译.北京：生活·读书·新知三联书店，2004.

[64]〔美〕宇文所安.晚唐：九世纪中叶的中国诗歌[M].贾晋华，等，译.北京：生活·读书·新知三联书店，2011.

[65]杨辰宇.唐代边疆与诗歌[D].长春：吉林大学，2019.

[66]李军.灾害危机与唐代政治[D].北京：首都师范大学，2004.

[67]王昊.环境变迁与作物选择——唐宋时期河北平原的水稻种植[D].石家庄：河北师范大学，2015.

[68]周智.甘露之变对晚唐文人影响研究[D].西宁：青海师范大学，2012.

[69]张正明.两条中轴线的重合——长江文明的历史和现实[A].长江流域经济文化初探[C]，1997.

[70]史念海，史先智.长安和洛阳[A].唐史论丛（第7辑）[C]，1998.

[71]张萍.武则天时期的洛阳城市建设[A].中国古都研究（第23辑）[C]，2007.

[72]阎琦，张淑华.永贞"革新"与中唐文人刘禹锡、柳宗元及韩愈[J].唐都学刊，2013（6）.

[73]贾二强. 唐永王李璘起兵事发微[J]. 陕西师大学报（哲学社会科学版），1991（1）.

[74]张冬云. 论李白的精神困境及其成因[J]. 杜甫研究学刊，2018（3）.

[75]邓小军. 永王璘案真相——并释李白《永王东巡歌十一首》[J]. 文学遗产，2010（5）.

[76]潘竟虎，潘发俊. 阳关兴废时间初考[J]. 克拉玛依学刊，2017（6）.

[77]王兆鹏. 千年一曲唱《阳关》——王维《送元二使安西》的传唱史考述[J]. 文学评论，2011（2）.

[78]汤擎民. 元结和他的作品[J]. 中山大学学报，1957（1）.

[79]杨承祖. 元结作品反映的政治认知[A]. 唐代文学研究（第9辑）[C]，2002.

[80]沈家庄，蒋安全. 诗人的悲剧和悲剧的诗——论苦吟诗人孟郊和他的创作[J]. 浙江大学学报，1992（3）.

[81]范新阳，顾建国. 孟东野早年生活考略[J]. 江西师范大学学报（哲学社会科学版），2007（6）.

[82]蒋寅. 孟郊创作的诗歌史意义[J]. 华南师范大学学报（社会科学版），2005（2）.

[83]陈剩勇. 长江文明的历史意义[J]. 史林，2004（4）.

[84]周宏伟. 长江流域森林变迁的历史考察[J]. 中国农史，1999（4）.

[85]查屏球. 微臣、人父与诗人——安史之乱初杜甫行迹考论[J]. 安徽大学学报（哲学社会科学版），2018（2）.

[86]王辉斌.李白与王维未交游原因探析[J].宁夏师范学院学报（社会科学版），2007（5）.

[87]魏耕原.杜甫：从日常来的诗史[A].杜甫研究论集[C]，2012.

[88]许总.论陈子昂人生心态与诗风演变[J].四川大学学报（哲学社会科学版），2001（2）.

[89]许总.文化与心理坐标上的王维诗[J].东南大学学报（社会科学版），1999（1）.

[90]陶文鹏.论李商隐诗的幻象与幻境[J].文学遗产，2002（5）.

[91]蓝勇.唐代气候变化与唐代历史兴衰[J].中国历史地理论丛，2001（1）.

[92]马亚玲等.杜诗记载的唐代荆湘地区寒冬及其古气候意义[J].古地理学报，2015（1）.

[93]周书灿，李翠华.唐诗与历史地理学[J].殷都学刊2007（1）.

[94]戴永新.唐诗中的大运河[J].文史新义，2011（10）.

[95]刘惠敏.大运河对城市文明兴起与经济发展的作用[J].生产力研究，2011（6）.

[96]王明德.论中国都城的东渐.殷都学刊[J]，2007（3）.

[97]杨文秀.唐长安城的衰败——从唐诗窥其一斑[J].唐都学刊，2005（5）.

[98]檀新林.以诗证史——从唐诗看唐都长安的繁华[J].历史教学问题，2013（2）.

[99]谢元鲁.论"扬一益二"[A].唐史论丛（第三辑）[C]，1987.

[100]陈尚君.贺知章的文学世界[J].杭州师范大学学报（社会科学版），2012（3）.

[101]薛宗正. 郭昕主政安西史事钩沉[J]. 西域研究，2009（4）.

[102]莫砺锋. 韩偓《惜花诗》是唐王朝的挽歌吗？[J]. 古典文学知识，2017（6）.

[103]谢亚鹏. 花间鼻祖温庭筠的性格和人生际遇[J]. 文史天地，2018（8）.

[104]贾发义，王洋."白马驿之祸"与唐末幕府文人心理[J]. 中州学刊，2016（2）.

[105]方坚铭. 白马驿事件与相关诗歌作品[J]. 浙江工业大学学报（社会科学版），2006（1）.

[106]石树芳. 天宝三载的诗学意义[J]. 浙江学刊，2015（5）.